Fedor von Zobeltitz

Der Telamone

Der Autor

Fedor Karl Maria Hermann August von Zobeltitz (* 5. Oktober 1857 auf Gut Spiegelberg, heute Poźrzadło, bei Topper in
der Neumark, Land Sternberg; † 10. Februar 1934 in Berlin)
war ein deutscher Schriftsteller und Journalist.

_____

Fedor von Zobeltitz

Der Telamone

Roman aus der Artistenwelt

edition mabila

Erstveröffentlichung 1893 Berlin

edition mabila
Reihe „Europäische Klassiker"
© 2012. Alle Rechte vorbehalten.
ISBN 978-1-4716-5065-9

Erstes Kapitel

Junge, nu laß das Flennen und geh zu Bette. Wat war, das war und da giebt's nischt mehr. Wie du aussiehst! Ganz rote Augen und 'n Gesicht wie die Wand! Junge, das geht nicht so, sonst legst du dir auch noch hin und folgst deinen Eltern nach. Und das verhüte Gott. Komm her und gieb mir die Hand . . . So – und nu machst du, daß du in die Federn kriechst! Siehste, es dämmert schon . . .«

Eine rauhe, krächzende Stimme war's, welche diese Worte im Tone weichen Mitgefühls sprach, und unmittelbar darauf klang durch den unheimlich stillen Raum ein leises Gluckern, als ob jemand einen tiefen Schluck aus einer Flasche nehme.

»Hier, Fritze, willste auch 'mal trinken? – es wärmt!«

»Ich danke schön, Lennert, ich kann nicht« . . .

Durch die schmalen, grünglasigen Fenster fielen die ersten grauen Lichter des erwachenden Sommertags. Im Stübchen brannte nur eine einzige Talgkerze, die in einem Leuchter aus Messing steckte, der mitten auf dem Tische stand. Fritz hatte schon vor einer Stunde das eine der Fenster geöffnet, denn es war dumpf und muffig im Zimmer geworden – und nun strich ein frischer Morgenwind von draußen herein, ließ die Flamme der Talgkerze hoch aufflackern und verlöschte sie dann. Aber weder Fritz, noch der alte Lennert dachten daran, das Licht abermals anzuzünden. Fritz kniete noch immer vor dem wackligen Lehnstuhl in der Ofenecke und hatte das kreideweiße, thränenüberströmte Kindergesicht tief hinein in die verschlissenen und verblaßten Polster des Sessels gebohrt – und der alte Lennert kauerte auf einem Schemel Fritz gegenüber und war nach dem letzten herzhaften Zug aus seiner Schnapsflasche eingeschlafen. Der dicke Kopf, den nur noch wenige gelbweiße Haarsträhne bedeckten, hatte sich tief auf die Brust geneigt und bewegte sich zu den leisen Schnarchtönen des Alten wie ein müder Pendel langsam hin und her.

Draußen flogen die Nebel auf, und der Osten rötete sich. Es wurde heller, sodaß man im Stübchen die einzelnen Gegenstände ziemlich deutlich unterscheiden konnte. Das kleine Zimmer war äußerst einfach möbliert, aber sauber gehalten. Ein Tisch, einige Stühle, der Lehnsessel am Ofen und ein schmales, dürftiges Sofa an einer der Längswände bildeten mit dem Prachtstück dieser Wohnstube, einem alten Harmonium, das unter einem Christusbilde in der Ecke dem Fenster gegenüber stand, den Hauptteil der Ausstattung. An den weiß getünchten Wänden hing unter Glas und Rahmen und mit peinlicher Symmetrie geordnet eine Anzahl teilweise schon stark verblaßter Photographien von Familienmitgliedern.

Zum Nebenzimmer war die Thür nur angelehnt. Auch hier hatte das Tageslicht bereits siegreichen Einzug gehalten und fegte mit seinen immer glänzender werdenden Schwingungen die letzten Reste der Nacht aus Winkeln und Ecken. Selbst hinter die zusammengezogenen Kattungardinen des Himmelbettes drang der neue Tag und versuchte die blassen Gesichter wach zu küssen, die dort in starrer Unbeweglichkeit auf dem Leinen ruhten.

Nun knarrte leicht die Thür, und Fritz trat in das Schlafgemach. Einen Augenblick blieb der dreizehnjährige Junge wie in tiefem Erschauern dicht am Thürpfosten stehen, und durch seine große, massive und starkknochige Gestalt, die den Jahren vorausgeeilt zu sein schien, ging ein nervöses Zittern. Dann kam ein leiser Wehlaut von seinen Lippen, ein rührend klagender Ton – und, mit den ungefügen, knarrenden Stiefeln vorsichtig vorwärts tappend, schlich sich der große Junge an das Himmelbett heran, schlug die Gardinen auseinander und sank in die Knie.

8

»Mutter – liebe Mutter!« schluchzte er auf . . .

Das Frührot schimmerte durch die Fenster und setzte überall seine rosigen Lichter auf. In der Fliederhecke und in den Apfelbäumen im Garten begannen die Vögel zu jubilieren. Die ganze Natur erwachte.

Fritz hatte sich einen Stuhl an das Bett getragen und sich dort niedergesetzt. Mit verglastem Auge, das keine Thräne mehr spenden wollte, starrte er auf die beiden Totengesichter. Er dachte an nichts – nicht an den schrecklichen letzten Tag, der ihm im Laufe einer einzigen Stunde beide Eltern geraubt hatte – nicht an die Zukunft, die so öde und trostlos vor ihm lag – eine verzweiflungsvolle Gleichgültigkeit hatte sich seiner bemächtigt . . .

Vor etwa einer Woche war die »Kantorsche« an einem hitzigen Nervenfieber erkrankt, und in der Pflege um die treue und geliebte Gefährtin seines Lebens hatte sich der Kantor mehr zugemutet, als sein zarter Körper zu ertragen im stande war. Am Tage vor dem Tode seiner Frau legte er sich hin, und kaum eine Stunde nach ihrem Hingange schloß auch er die Augen für immer, und ihr einziges Kind blieb als Waise zurück.

Zehn Jahre hindurch waren die Kantorsleute von Klein-Busedow kinderlos geblieben. Dann flog eines Tages der Storch über das kleine Haus mit dem mächtigen Giebeldach mitten im Dorfe, und die Lennerten, die Frau des Bälgetreters, die damals noch lebte und die in dieser schweren Stunde der Wöchnerin Samariterdienste leistete, konnte dem gerade in der Schulstube bei seinen Kindern beschäftigten Kantor zurufen: »Ein Junge, Herr Fiedler – und was für einer!«

Ja, das war einmal ein Junge! Dreizehn Pfund wog die Range bei der Geburt, und die Leute im Dorfe hatten so Unrecht nicht, wenn sie witzig meinten: was lange währt, wird gut. Die Fiedlers hatten viele Freunde in der Gemeinde. Es

9

waren stille und gutherzige Leute: er ein lang aufgeschossener, bartloser Mensch, den man selten ohne eine mächtige Tabakspfeife im Munde sah – sie eine runde, kleine, freundliche Frau, die Tochter eines gräflichen Unterförsters, der einst infolge eines unglücklichen Ungefährs auf der Jagd erschossen worden war.

Der Junge brachte Leben in das Kantorhaus von Klein-Busedow. Er war ein wilder Strick und an körperlicher Kraft ein kleiner Riese. Bei den Gladiatorenspielen auf dem Dorfplatze, an denen sich alles zu beteiligen pflegte, was bei Herrn Fiedler in die Anfangsgründe des Lesens und Schreibens eingeweiht wurde, blieb er gewöhnlich Sieger – es gab wenig Jungen im Dorfe, die es mit ihm aufzunehmen versuchten. Er schoß wie ein Gigantenkind in die Höhe – groß, breitbrustig, knochig und muskelgeschwellt – »gar nicht wie ein Kantorssohn«, meinte die Lennerten. Er sollte aber auch kein Schullehrer werden wie sein Vater. Du lieber Gott, wenn einer das Elend der Volksschullehrer ausgekostet hatte, dann war es Fiedler gewesen – der arme Teufel, der Fiedler, der seine drückende Mittellosigkeit schon auf dem Seminar, wo ihm eine Freistelle auserwirkt worden war, so bitter hatte empfinden müssen! – Nein, der Fritz sollte kein Schullehrer werden – er wollte auch gar nicht so recht in die Schulstube hineinpassen. Er hatte einen offenen Kopf und war ein gewitzigter Bengel, aber draußen im Freien, im Walde und auf dem Wiesengrün oder auf der Schneehalde fühlte er sich wohler als hinter der Fibel und der Schiefertafel. Er hatte in seinen dreizehn Jahren nicht viel mehr gelernt als Lesen, Schreiben und Rechnen – die Violine spielen und dazu allerhand schnurrige Gassenhauer singen. Für die Violine, die auch sein Vater nicht ohne Talent zu handhaben verstand, hatte er schon als Kind besondere Vorliebe gezeigt, und der Pastor mochte Recht mit seiner Behauptung haben, daß der Junge entschieden musikalisches Gehör besitze. Und der Pastor war ein Mann von musikalischer Bildung, der Bach und Palestrina auf seinem Harmonium mit so erschütternder Verve spielte, daß man den rauschenden Orgelton von einem Ende des Dorfs bis zum andern vernehmen konnte.

Sicher – Fritz besaß Gehör und auch eine schöne, klangvolle Stimme, die er ordentlich auszunutzen verstand, wenn er in der Kirche die Liturgie mitsingen mußte. Durch das unharmonische Gegröhle der übrigen Kinder klang sein Organ hell und schmetternd, Fanfaren gleich, und dann auch wieder weich und schmiegsam wie Geigenton. Die Bauern, die unten auf den gelb gestrichenen Bänken zu Seiten ihrer Eheliebsten ihren Kirchenschlaf hielten, fuhren zeitweise erschreckt aus süßem Traume empor, wenn das »Kyrie eleison« gar zu metallen an ihr Ohr schlug, und bei solcher Gelegenheit pflegte der alte Lennert, der mit seinen gichtischen Beinen nur noch mühselig die Orgelbälge treten konnte, dem in seiner Nähe sitzenden Fritz stets einen gehörigen Rippenstoß zu versetzen und mit seiner heiseren Schnapsstimme zuzuflüstern: »I du imfamichte Range du – wirschte woll nich so gröhlen!« . . .

Es war merkwürdig – alle Leute im Dorfe ärgerten sich über das wundervolle Organ des Kantorjungen, dessen zwitschernden Jubel sie überall, auf dem Anger, in Feld und Hof und selbst in der Kirche hören mußten. Nur der Pastor und Fiedlers selbst, Vater und Mutter, hatten ihre Freude an dem glockenreinen Trilieren des Jungen. »Laßt ihn doch ausbilden,« hatte der Pastor so und so oft halb im Spaße zu den Fiedlers gesagt, »der nimmt's 'mal mit Wachtel auf! . .« Ausbilden lassen! Du meine Güte! Kantors waren froh, wenn sie des Sonntags ein Stück Fleisch auf den Tisch bringen konnten – der Pastor hatte gut reden! –

Pastor und Kantor standen auf bestem Fuß zu einander. Sie hatten eine gemeinschaftliche Lieblingsneigung: die Botanik – und wanderten bei gutem Wetter fast täglich selbander in die blühende Natur hinaus, um auf der grünenden Moossandale im Walde oder am Feldrain, genau nach dem

Linnéschen System, ihre Blümchen zu sammeln, die dann daheim gepreßt und dem Herbarium einverleibt wurden. Pastor Hartwig war ein wohlbeleibter Fünfziger, hatte eine kreuzbrave Frau und sieben kreuzbrave Kinder. Er saß schon an die zwanzig Jahre auf seiner Pfarre, aber in diesen zwanzig Jahren hatte er es noch nicht fertig bekommen, sich mit seiner Gemeinde zu verständigen. Er vertrug sich mit jedem einzelnen ausgezeichnet – – sobald aber die dick-köpfige Bauerngesellschaft zu einer Gemeinderatssitzung zusammentrat, gab's dem armen Pastor immer etwas am Zeuge zu flicken. Klein-Busedow besaß keine Gutsherrschaft, es war eine »Dorfrepublik«, wie der großschnäuzige Matzenthien, der Schulze des Orts, bei jeder unpassenden Gelegenheit zu versichern pflegte, und der Pastor hing in gewisser Weise von dem Wohlwollen seiner Gemeinde ab. War aber die Gemeinde dickköpfig, so war es der Pastor auch, und an beständigen gegenseitigen Reibereien fehlte es deshalb nicht. In der ersten Zeit seiner pfarramtlichen Thätigkeit hatte Hartwig versucht, die stör-rischen Bauern durch sanfte Ermahnungen von der Kanzel aus zu bessern. Doch die ganze Gesellschaft hatte sich, wahrscheinlich nach dem Gesetz der Vererbung, durch Generationen hindurch den sonntäglichen Kirchenschlaf so sehr angewöhnt, daß der gute Pastor in des Wortes verwe-genster Bedeutung nur tauben Ohren predigte. Da halfen weder sanfte Worte, noch zorniges Donnern – höchstens daß einmal Fritz Fiedlers jugendhelle Stimme einen der An-dächtigen weckte. Auch in einer Gemeindesitzung hatte Hartwig einstmals – o, das war aber schon lange her – mit scharfer Betonung gegen den sündlichen Kirchenschlaf protestiert, und da war Matzenthien im Vollbewußtsein seiner Würde aufgestanden und hatte in seinem korrumpier-ten neumärkischen Landdeutsch also geantwortet: »Nu lassen Se man sin, Herr Paster! Wir sin andechtige Leute und kummen ahle Sunntage zu Ihnen in de Kirche und set-zen uns hin und thun unsen Kirchenpfeng in den Beutel und sin mäuschenstill, und wat wir sunst thun, kann Ihnen ehngal sin. Und nu lassen Se man gut sin, denn so haben wir's allweil gehalten.«

Und wirklich – über den Kirchen*besuch* konnte der Pastor nicht klagen. Es fehlte selten einer, und die Kirche war immer voll, aber alle Welt schlief. Und das lag nicht an der Predigt, denn die Gemeinde hätte auch geschlafen, wenn der berühmteste Kanzelredner der Welt vor ihr mit feurigen Zungen geredet hätte. Das lag auch nicht an der Gottlosigkeit dieses Bauernvolkes, denn dies Bauernvolk war im Grunde genommen naiver und gläubiger als die städtischen Gemeinden – – es war eben so, weil man's »allweil so gehalten hatte«, wie Matzenthien sagte. Es war *auch* ein Erbübel.

Besser als der Pastor vertrug sich der Kantor mit der Gemeinde, obgleich er selbst bei den reichsten Bauern sich das Schulgeld förmlich zusammenbetteln mußte, denn ehe einer von diesen Leuten außerhalb des Wirtshauses einmal einen Groschen freiwillig herausrückte, konnten Wunder geschehen. Aber Fiedler war ein stiller Socialdemokrat, der bei allen Wahlen immer einen Stimmzettel *gegen* den Regierungs-Kandidaten in die Urne warf – und das gefiel den Bauern in ihrer trotzigen Oppositionslust. Es war ihnen allen durch die Bank ganz gleich, wen sie wählten, denn politisches Verständnis besaßen sie wenig. Wenn aber der Landrat die Hoffnung aussprach, die Gemeinde von Klein-Busedow werde all' ihre Stimmen auf den Rittergutsbesitzer und Kammerherrn Grafen Kölpin-Deesenhoff (Reichspartei) vereinigen, dann wählten die Klein-Busedower ganz gewiß den Gegenkandidaten Rechtsanwalt Pfefferkorn (deutsch-freisinnig). Als jedoch der Schulze Matzenthien eines Tages im »Stadt- und Landboten für Tiesewalk und Umgegend« schwarz auf weiß gelesen hatte, jeder gute Bürger habe angesichts der greulichen, pechschwarzen Reaktion, die den Horizont der freien Meinungsäußerung verdunkele, die Pflicht – ja, die unabweisbare Pflicht, für den Vertreter des Fortschritts, des Lichts und der Freiheit, den Bürger Pfefferkorn, seine Stimme abzugeben, da erklärte Matzenthien im Kreise seiner Getreuen feierlich: »Nu wählen wir *grade* den Deesenhoffener Grafen, denn vorschreiben lassen wir uns nischt, und wir sin eine freie Dorfrepublik und könn'n allweil thun, wat wir thun *woll'n!* Ja, dat könn'n wir!« – Und er ging hin und wählte den Grafen Kölpin, und alle seine Lämmer folgten ihm.

So sah es in Klein-Busedow aus, wo Fritz Fiedler das Licht der Welt erblickt und seine sonnige Kindheit verlebt hatte

Zweites Kapitel

Die Müdigkeit hatte den Knaben überwältigt. Während draußen aus einem leuchtenden Farbenmeere die Sonne aufstieg und in wonnigem Glanze der Tag anbrach, war Fritzens blonder Kopf allmählich vornüber auf das Totenbette seiner Eltern gesunken. In langsamen Atemzügen hob und senkte sich seine Brust, und aus dem Nebenzimmer tönte verstärkter das Schnarchen des alten Lennert.

Es mochte sechs Uhr sein, als eines der niedrigen Parterrefenster in der Kantorstube von außenher heftig aufgestoßen wurde. Zu gleicher Zeit rief eine dröhnende Stimme in das Zimmer hinein:

»Na, Lennert, schlaft Ihr schon wedder?! Kopp in de Höh', alter Saufaus, und die Oogen uff! – Wo steckt denn der Fritze?«

Der alte Lennert fuhr zusammen, rieb sich die rotumränderten Augen, blinzelte ein paarmal nach dem Fenster hinüber und richtete seine schäbig gekleidete, gebrechliche

Gestalt mühselig auf – reckte die Arme und erwiderte dann in grämlichem Tone:

»Wo soll er denn sin? Drüben« – und er wies mit dem Daumen seiner verrunzelten Rechten nach dem Nebenzimmer. »Da hockt er – die ganze Nacht hat er geflennt, daß man nich'n Monument zur Ruhe gekommen is! Was gibt's denn schonst wedder?«

»Sei nich so dämlich, Lennert,« gab der andere vom Fenster zurück, »nu wasch dir erst 'mal den Rausch aus 'm Koppe. Du wirst dir woll wedder 'mal mit der Schnapspulle verheiratet haben . . . Punkt achte is Gemeinderatssitzung – da wird uns der Fritze gewaschen und gekämmt, wie's in der Ordnung is, vorgeführt. Hast du verstanden?«

»Na wat soll ich dat denn *nich* verstehen!« brummte Lennert und drehte Matzenthien den Rücken zu. Er konnte das gestrenge Dorfoberhaupt nicht leiden, denn er war Ortsarmer und wurde von der Gemeinde ziemlich karg gehalten. »Un wat soll sonst noch sin?« –

»Nischt weiter, du Esel,« antwortete Matzenthien, »als daß du dir nicht etwa unterstehst, irgend 'was aus dem Kantorshause zu mopsen, denn zu Mittage kommt das Gericht und versiegelt die Bude und über acht Tage is Aukzejohn« . . .

Matzenthien warf das Fenster zu, daß die Scheiben klirrten und die Spatzen aus der Fliederhecke flüchteten.

Fritz fuhr jach in die Höhe. Einen Augenblick starrte er verwundert um sich, dann sah er die weißen Totengesichter auf dem Bett, neben dem er entschlummert war, und große Thränen perlten ihm über die Wangen.

Durch die Thürspalte zwängte sich der graue Kopf Lennerts und nickte ihm zu.

»Flennst du noch immer, Fritze?« sagte der Alte in tröstendem Tone. »Nu laß das doch sin. Es führt zu nischt, kann ich dir sagen, denn wat hin is, is hin, und das is nu mal so. Und nu geh raus, Junge, und wasch dir und zieh dir die Sonntags-Jacke an; Uhre achte is Gemeinderatssitzung, hat der Schulze gesagt, und da wird abgestimmt, wat aus dir werden soll« . . .

Fritz stand auf, und ein trotziger Zug flog über sein blasses Gesicht. Er steckte die Hände in die Hosentaschen und stellte sich breitbeinig hin.

»Das eine kann ich euch sagen, Lennerts Vater,« erwiderte er, »Kuhjunge beim Schulzen werd' ich nicht, und wenn er mir noch einen Thaler extra auf den Tisch legt!«

»Hihi,« lachte Lennert, »der wird dir wat hinlegen, der Geizkragen der! Aber du hast Recht, Fritze, laß dir nischt gefallen – laß dir *gar* nischt gefallen! Gieb's dem Bauernpack fuchtig – du bist ein strammer Bengel und find'st überall dein Unterkommen! Du brauchst noch lange nich Kuhjunge zu werden, Fritze – verstehste mir? Du kannst dir direkt als *Knecht* vermieten mit deine Muskeln und deine Bildung. Dir nimmt jeder gerne. Wenn ich du wäre, packt' ich überhaupt meine Siebensachen zusammen und wanderte aus. Verstehste? Nach Amerika würd' ich auswandern, wenn ich du wäre, Fritze!« –

Die Augen des Knaben glänzten auf. Das Wort Amerika hatte einen berauschenden Klang für ihn – es zauberte mit Blitzesschnelle endlose Prairien, geheimnisvolle Urwälder, rauschende Ströme, Büffeljagden und Indianerkämpfe vor seinen geistigen Blick, die ganze romantische Welt, die Cooper so farbenprächtig zu schildern wußte. Die drei Bände Cooper, die Fritz einmal vom Pastor geschenkt erhalten hatte, als er diesem beim Umräumen seiner Bibliothek behilflich gewesen, waren nämlich bisher seine einzige geistige Unterhaltung geblieben. Dafür hatten sich auch die

Geschichten vom letzten Mohican und seinen braunhäutigen Helden unauslöschlich seinem Gedächtnisse eingeprägt.

Er nickte.

»Auswandern – ja, das wär 'was!« entgegnete er. »Aber ich würde wohl nicht weit kommen mit den paar Nickeln, die ich in der Tasche habe, und –«

Er wandte das Gesicht zurück nach dem Totenbette der Eltern und schwieg plötzlich. Das Wehgefühl, die letzten verloren zu haben, die für ihn gesorgt und sein Leben behütet hatten, drängte sich wieder so mächtig in ihm empor, daß es seiner ganzen Tapferkeit bedurfte, ein kummervolles Schluchzen zu unterdrücken.

Der alte Lennert merkte das, trat an Fritz heran, nahm ihn bei der Hand und sagte mit der rührenden Weichherzigkeit, die diesem verkommenen Trunkenbold eigen war und die einen fast aussöhnen konnte mit der Verwahrlosung seines Charakters:

»Nich heulen, Kind – dadermit machst du nich besser, wat nu 'mal is. Kurasche, Fritze, und immer getroste vorwärts! *Die* Zeit wird ooch vergehen, und denn is sie vorbei und denn is allens anders geworden. Sieh' 'mal *mir* an: ich bin ein alter versoffener Kerl un habe keine Zukunft nich vor mir und steh' schonst mit einem Fuße im Grabe und muckse doch nich und sage kein Wort. Und nu *du* erscht! Wer so jung is wie du und so helle Oogen im Koppe hat und so'n strammer Bengel is, der brauch nich zu flennen, weil's der liebe Gott 'mal zu strenge genommen hat in seinem Ärger mit die Welt! . . Nee, laß' man sin, Fritze – die bösen Tage werden vorbeigehen, du weißt nich wie! Und verstehste, mit die paar Nickel, da ist's *ooch* noch nich schlimm. Woll'n erscht 'mal abwarten, wat die Auktion dir einbringt, und dann weiter miteinander sprechen. Schulden haben die Alten nich ville gehabt, und für dat Mobiljemang wer'n schon ein paar Thaler gezahlt werden ... Und nu komm und wasch dir und zieh dir die gute Jacke an, damit der Schulze nich wedder dat große Maul aufreißen brauch ...«

Willig folgte Fritz dem Alten in die Küche, wo auf einer Holzbank das Waschgeschirr stand. Er holte einen Krug frischen Wassers vom Brunnen, füllte das irdene Becken, entkleidete dann seinen Oberkörper und steckte den Kopf in das hochaufspritzende Naß. Währenddessen hatte Lennert Feuer auf der Maschine angefacht und sich einen Topf mit dünnem Kaffee, der noch vom Abend stehen geblieben war, gewärmt.

»Willste ooch en Schluck?« fragte er Fritz.

»Ich danke, Lennert, ich kann nicht ... Aber wollt Ihr euch nicht waschen? Ich werde noch Wasser holen ...«

»Laß man sin. Ich habe mir schonst gestern gewaschen,« entgegnete Lennert über den Kaffeetopf hinüber.

Wenige Minuten später schritten die beiden über den Dorfplatz nach dem Schulzenhause. Die Sonne stand schon hoch über dem Horizonte; es war sehr heiß geworden. Auf dem Anger hüteten zwei kleine Bauernmädel die Gänse und starrten Fritz mit offenen Mäulchen nach. Mitten auf dem Platze stand die kleine Kirche, und um sie gruppierten sich, von Obstgärten freundlich eingerahmt und von Linden und Ulmen beschattet, die Gehöfte der Kossethen und Bauern. Klein-Busedow war anmutig hineingebettet in ein weites, fruchtbares Thal, durch das die Buse ihre klaren Wasser zur Oder führte. Der Kirche gegenüber, neben dem Kantorhause, lag die Pfarrei, ganz versteckt zwischen Hecken von wildem Wein und dickbuschigen Kletterrosen. Auf der andern Seite der Kirche hatte Matzenthien seinen Hof. Am Eingange desselben war eine Tafel angebracht worden mit der Inschrift: Gemeindevorstand Klein-Busedow. Die schwarzen Lettern auf weißem Grunde glänzten hell im Sonnenscheine.

Das Wohnhaus des Schulzen war das stattlichste im Dorfe. Matzenthien war ein reicher Mann, aber schmutzig geizig. Nur zeitweilig, wenn er einmal über den Durst getrunken hatte, konnte er sogar verschwenderisch sein. Dann kam es wohl vor, daß er sich im Wirtshause mit einem Fünfzigmarkscheine die Pfeife ansteckte oder eine Hand voll Goldstücke aus dem Fenster in den Ententümpel warf, um sich vor Lachen auszuschütten, wenn Alt und Jung auf allen Vieren zwischen kreischendem Federvieh in dem Morast nach den Goldfischen suchte. Matzenthien war ein riesiger Kerl mit einer dröhnenden Baßstimme. Im Vollbewußtsein seiner hohen Würde trug er gern einen dunklen langschößigen Tuchrock und eine gestrickte Weste darunter, auf der sich an einer silbernen Uhrkette ein paar als Breloques gefaßte Sauzähne schaukelten.

In der Gesindestube, dem größten Raum des Hauses, war der Gemeinderat schon versammelt, als Lennert mit Fritz Fiedler eintrat. Auf den Bänken rings um den Eichentisch saßen die Größen des Dorfes mit gewichtiger Miene und tiefem Ernst in den Zügen. Matzenthien präsidierte. Den Platz rechts neben ihm nahm Klein-Schulze ein, so genannt zum Unterschiede von seinem Namensvetter, Groß-Schulze, einem baumlangen, schwindsüchtig aussehenden Bauern. Noch ein dritter Schulze war anwesend, der Stellmacher, und der wurde Bernschulze genannt, weil er Bernhard mit Vornamen hieß. Neben Bernschulze saß der Schmied, ein gutmütiger Hüne, und neben diesem Herr Thomas Fleck, der Schneider, der allgemein für einen sehr gebildeten Mann galt, weil er einen gebundenen Jahrgang der »Gartenlaube« besaß und auf den »Stadt- und Landboten für Tiesewalk und Umgegend« (Tiesewalk war die Kreisstadt) abonniert war, aus dem er seine Weisheit für tiefsinnige politische Räsonnements schöpfte, die er

19

gewöhnlich im Wirtshause oder nach Feierabend auf der Holzbank vor seiner Hausthür zum besten gab.

Der Widerpart des Schneiders war der dicke Fleher, der Krämer, ein würdiger Mann mit konservativen Ansichten, die er aber nicht gern laut werden ließ, wenigstens nicht in Gegenwart eines so roten Demokraten, wie der Schneider war. Der dicke Fleher roch beständig nach grüner Seife oder nach Heringen, und zwar so intensiv, daß man seine Nähe schon immer spüren konnte, wenn er sich selbst noch in ziemlich weiter Entfernung befand. Er sprach sehr wenig und pflegte jeden Satz mit der Bemerkung einzuleiten: »Wat ich sagen wollte, so mein ich doch . . .« Daß er einen Satz beendet hätte, hatte noch nie ein Mensch gehört. Nach den präludierenden Worten versank er gewöhnlich wieder in tiefes Schweigen und nickte nur noch mit dem dicken Kopfe.

Matzenthien, Klein-Schulze, Groß-Schulze, Bernschulze, Fleck und Fleher bildeten die Stützen der Verfassung von Klein-Busedow. Dazu kamen noch die Kossethen Friebe und Mennechen, Leute, die zu allem Ja sagten und für die Matzenthien der erste Mensch auf dem Erdball war, Leute »ohne Rückgrat«, wie der Schneider, der in seiner Oppositionslust selbst das geheiligte Dorfoberhaupt zuweilen nicht verschonte, sehr witzig behauptete – der Witz stammte aber aus dem »Stadt- und Landboten für Tiesewalk und Umgegend«, nicht von ihm selbst.

Es ging immer ziemlich lebhaft in den Gemeinderatssitzungen zu. Die Leute von Klein-Busedow sprachen alle das schlechte, halb dem Berliner Dialekt und halb dem oberschlesischen Patois sich nähernde Deutsch der märkischen Bauern. Nur der Schneider machte eine rühmliche Ausnahme; die Lektüre des Stadt- und Landboten hatte auch seine Sprache und seine Ausdrucksweise veredelt, und er war stolz darauf. Er fühlte sich hoch erhaben über die Mitlebenden in Klein-Busedow.

»Setz dir,« sagte Matzenthien mit herablassender Handbewegung zu Fritz Fiedler, und der Junge nahm auf einem
Holzschemel vor der Corona Platz, während der alte Lennert nach dem andern Ende des Zimmers humpelte und von
einer Fensternische aus den Verhandlungen lauschte.

Matzenthien führte das Wort. Es handelte sich um die
Zukunft von Fritz. Der Schulze erklärte, die Gemeinde sei
gesetzmäßig verpflichtet, sich des Jungen anzunehmen, bis
er großjährig geworden. Der Schneider bestritt dies in zierlichen Redewendungen. Nur bis zu Fritzens vierzehntem
Jahre brauche man ihn zu erhalten und keinen Tag länger.
Im übrigen sei Fritz ein so strammer Bengel, daß er sich
schon jetzt allein durchs Leben helfen könne.

»Das will ich auch – ich brauche euch gar nicht!« schrie
Fritz von seinem Platze dazwischen.

Das kränkte Matzenthien in seiner Schulzenwürde. Er erhob sich wuchtig und schlug mit der flachen Hand auf den
Tisch, daß das alte Eichenholz ächzte.

»Du hast nich mitzureden,« sagte er und rollte die Augen;
»du wirst nich gefragt. Wat wir thuen, dat thuen wir. Wir
sind 'ne Republik – sind wir, und wat Rechtes is, dat soll
geschehen. Wir werden deine Eltern auf Gemeindekosten
begraben – das werden wir. Und wir werden auch für dich
sorgen – verstehste? Und nu biste stille.«

Die Erwähnung seiner Eltern drängte Fritz wieder das
ganze Weh zum Herzen. Aber die brutale Art des Schulzen
kränkte ihn gleichzeitig so, daß er empört aufsprang und dicht vor den Tisch trat, um den sich die Versammlung
geschart hatte.

»Ihr habt mir gar nichts zu verbieten, Schulze,« schrie er
Matzenthien an, und seine kräftigen, zu Fäusten geballten
Hände zitterten dabei. »Ich lasse mir von euch nichts sagen
– weder von euch noch von andern! Ich will auch eure Un-

terstützung nicht, denn ich weiß ja doch, daß ihr froh wäret, mich los zu sein! Vater hatte ganz recht, wenn er sagte, ihr wäret ein geiziges Bauernpack! Das seid ihr! – Wenn die Auktion vorüber ist, woll'n wir uns wieder sprechen, aber nur zum Adjösagen! Ich fahre nach Hamburg und verdinge mich als Schiffsjunge und wandre nach Amerika aus! So – und nun wißt ihr's!«

Aus der Fensterecke her, wo der alte Lennert mit zusammengekrümmtem Oberkörper stand, ertönte ein leises Grunzen des Beifalls. Das war aber auch die einzige wohlmeinende Äußerung, die der überraschenden Erklärung Fritzens folgte. Die Bauern waren anfänglich starr vor Staunen. Amerika war für sie ein etwas dunkler Begriff, an den sich ungemessene Fernen, Wasserstürme und Schiffsunglücke knüpften. Und nach Amerika wollte dieser dreizehnjährige Bengel! Es war unglaublich.

Am meisten schien der dicke Krämer aus seiner Fassung gekommen zu sein. Er wiegte den Kopf hin und her, starrte Fritz mit seinen runden Glotzaugen voll maßloser Verwunderung an und entschloß sich endlich zu der einleitenden Bemerkung:

»Wat ich sagen wollte, so mein' ich doch . . .«

Und dann schwieg er wieder und schüttelte nur noch in übermächtigem Erstaunen das weise Haupt. Der Schneider aber, der nie eine Gelegenheit versäumte, mit seinen Kenntnissen zu glänzen, schnellte wie eine Feder von Stuhle auf, warf einen triumphierenden Blick auf seine Tischgenossen und begann dann mit seiner dünnen, immer etwas heiseren Stimme:

»Nach Amerika?! Ah – sieh einmal an! Weißt du denn, wo das liegt, das Amerika? Nein, das weißt du nicht. Na, nu hör' einmal zu, ich werd' es dir sagen. Amerika ist weit, sag' ich dir, und eh' du hinkommst, kannst du zehnmal von den Haifischen gefressen worden sein oder von den Seeschlangen oder den Krokodilen. Siehst du, und was ist dann aus dir geworden? ... Oder es kommt ein Sturm, ein Orkan, wie man's nennt, und das ganze Schiff ersäuft – was hast du dann davon? ... Oder wenn du wirklich glücklich hinüber bist, so verstehst du nicht einmal das Amerikanisch, das die Leute drüben sprechen, und wenn du Unglück hast, fällst du den Wilden in die Hände, die ihre Nebenmenschen dort noch lebendig fressen. Da sind zum Beispiel die Feuer-länder, die kennen weiter kein Mitleid, und die Mexikaner schlitzen ihren Gefangenen den Leib auf und reißen das Herz heraus. Oder die Neger und die Mohren – das sind keine Leute wie hier, Fritz, und die kennen keine Bildung, und das Eine sag' ich dir noch: laß es lieber sein! Und glaubst du vielleicht, daß es da drüben keine wilden Tiere giebt? Da irrst du dich, sage ich dir. Da giebt es Brillensch-langen und – –«

Die schwere Hand Matzenthiens drückte den in förmliche Begeisterung geratenden Sprecher in diesem Augenblicke etwas unsanft auf den Stuhl zurück, und zu gleicher Zeit er-hob sich von allen Seiten ein wüstes Geschrei, das indessen nur eine kurze Minute währte, da sich die Thür plötzlich öffnete und Pastor Hartwig im Rahmen derselben erschien.

»Grüß' euch Gott,« sagte der kleine dicke Herr und tupfte sich mit seinem roten wollenen Taschentuche die Sch-weißtropfen von der Stirn, die der brennende Sonnenschein draußen hervorgelockt hatte. »Ist das ein Gebrüll – man merkt am andern Ende des Dorfes, daß ihr Gemeinderats-sitzung haltet! Kann's denn ohne Gezänk nicht gehen? Schämt euch, Leute – in Frieden und Eintracht läßt sich doch besser beraten als unter so unbändigem Gejohle!«

Und dann schritt der Pastor pustend und keuchend an den Tisch heran und reichte jedem einzelnen die Hand, und jeder einzelne reichte sie ihm freundschaftlich wieder, als ob man in herzlichster Versöhnlichkeit miteinander lebte.

»So,« fuhr der Pastor fort und setzte sich an das Ende der einen Bank, dicht neben den Krämer, »und nun erzählt mir 'mal, was es denn eigentlich giebt! Ist Fritz die Ursache eurer Spektakelei? – Ich dacht' mir's beinah' – und deshalb bin ich hergekommen . . .«

Drei Stimmen zugleich versuchten dem Pastor Aufklärung zu geben. Matzenthien überschrie sie alle. Er hatte sich breitspurig vor dem Pastor aufgepflanzt und fuchtelte mit den beiden gewaltigen Armen wie mit Windmühlenflügeln in der Luft umher. Sein Gesicht war dunkelrot, und jedes seiner Worte stieß er mit voller Lungenkraft hervor. Er schimpfte gewaltig auf Fritz und meinte, der verdiene gar nicht, daß die Gemeinde sich seiner annehme – er sei es nicht wert, er sei ein undankbarer Bursche, der auswandern wolle.

»Ja wohl, auswandern,« fügte der Schneider hinzu, dicht neben Hartwig rückend. »Nach Amerika, Herr Pastor – na, Sie wissen ja selbst, was das zu sagen hat und was einem da alles begegnen kann, wo man die Gegend nicht kennt. Aber das kommt von der Unbildung, Herr Pastor, und weil der Fritz von all' den Gefahren keine Ahnung hat, die einem da drüben umlauern. Und das wird auch nicht besser werden, wenn das Volk nicht freisinniger erzogen wird, Herr Pastor – denn wie soll der Mensch wissen, daß es in Amerika anders ist, als bei uns, wenn die Bildung im Volke unterdrückt wird und der liberale Gedanke nicht genug Ausbreitung findet . . .«

Den letzten Passus hatte Herr Thomas Fleck vor einer Stunde im Stadt- und Landboten gelesen und seinem Gedächtnisse eingeprägt. Er freute sich, daß er ihn so schnell und gut verwenden konnte, und alle Anwesenden freuten sich mit. Der Gemeinderat war wieder einmal stolz auf seinen Schneider. Man nickte ihm Beifall zu, nur der konservative Krämer meinte bedächtig:

»Wat ich sagen wollte . . .« und dann schluckte er auch den Nachsatz seiner Einleitungsphrase hinunter und bewegte den Kopf mißbilligend auf den breiten Schultern hin und her.

Der Pastor hatte den Herzenserguß des Schneiders gar nicht beachtet. Er schaute Fritz mit seinen klugen und gütigen Augen prüfend an, rief ihn dann zu sich und ergriff seine Hände.

»Ist das dein Ernst, Fritz?« fragte er milde, »das – mit dem Auswandern?«

»Ja, Herr Pastor! Was soll ich denn anders machen? – Knecht werden bei Bernschulze oder Matzenthien und mir noch sagen lassen, man ernähre mich – – das kann ich nicht, Herr Pastor, und das *will* ich auch nicht!« –

Fritz hatte dies in ruhigem und festem Tone gesagt und mit einer charakteristischen Sicherheit, die bekundete, daß auch seine innere Entwicklung den Jahren vorgeschritten war. Er wußte, daß Pastor Hartwig ihm wohl wollte – er hatte das mehr als einmal erfahren – und deshalb trotzte er um so zäher den Bauern.

Der Pastor schaute dem Knaben ernst in die Augen.

»Du bist noch zu jung, um von eigenem Willen zu sprechen,« sagte er sanft, »du darfst auch nicht vergessen, daß *all'* die Leute, die du hier um dich siehst, bereit sind, dir zu helfen, und daß du ihnen deshalb Dankbarkeit schuldig bist. Mit Trotz und Eigensinn kommt man nicht durch die Welt, mein lieber Fritz, aber ich denke, auch du wirst es erlernen, dich zu beugen, wenn es notwendig ist . . . Nun höre zu, Fritz. Deine lieben seligen Eltern waren brave und ehrenwerte Leute, und weil sie es waren und weil ich deinem Vater noch auf dem Totenbette versprochen habe, mich deiner zu erbarmen, darum will ich, wenn du einverstanden bist, dich in *mein* Haus nehmen. Knechtsdienst verlange ich von dir nicht, wohl aber wünsche ich, daß du die Pflichten, die ich dir auferlegen werde, sorgsam erfüllst. Meine Familie ist groß, und jeglicher muß da die Hände rühren, soll's ordentlich in unserm kleinen Gemeinwesen zugehen. Auch *lernen* mußt du noch tüchtig, mein Junge, mußt nachzuholen versuchen, was du bisher versäumt hast, damit du einmal als ganzer Mann ins Leben treten kannst . . . Und nun antworte mir: willst du zu mir kommen?«

Fritz wußte nicht, wie ihm geschehen war. Bei aller Hartköpfigkeit besaß er auch ein sehr weiches Gemüt und ein Herz, das warmen Regungen leicht zugänglich war. Die Güte des Pastors rührte ihn tief. Die Thränen drängten sich ihm in die Augen, aber er schämte sich ihrer. Er biß die Zähne zusammen, griff mit beiden Händen nach der Rechten Hartwigs, die er mit krampfhaftem Drucke umspannte, und stammelte nur:

»Ich will – Herr Pastor . . .«

Hartwig erhob sich und ein Lächeln glitt über sein rotes, gutmütiges Gesicht.

»Nun dürfte eure Sitzung ja wohl beendet sein,« sagte er zu den Bauern, die in tiefem Schweigen und mit dem unverhohlenen Ausdruck der Verwunderung den Worten Hartwigs gelauscht hatten. »Ich denke, ihr werdet auch zufrieden sein, daß ich euch den Fritz Fiedler abgenommen habe . . . Matzenthien, ich meine, 's ist Recht so – was?«

Der Schulze wußte anfänglich nicht ganz, was er sagen sollte. Recht war ihm das so im Grunde gar nicht, er hätte nur zu gern, gestützt auf seine Eigenschaft als Dorf-Autokrat, eine gegenteilige Meinung ausgesprochen. Aber das ging nicht an; der Pastor hatte auch ein Wort mitzureden, und Fritz konnte thun, was er wollte. So blieb Matzenthien nichts weiter übrig, als zustimmend mit dem Kopfe zu nicken und mit seinem Löwenorgan in gewichtiger Betonung das denkwürdige Votum zu fällen:

»Wenn der Herr Paster meinen, na denn können ja der Herr Paster thun, wat der Herr Paster belieben. *Uns* soll's ehngal sin!«

Und dabei schaute Matzenthien sich fragend im Kreise seiner Genossen um, und die Genossen nickten wie er, und Friebe und Mennichen wiederholten gleichzeitig:

»Ja, ja – *uns* soll's ehngal sin! . . .«

Nur der dicke Krämer schien sich mit andren Gedanken zu tragen, aber er sprach sie nicht aus, weil ihm dies zu schwer ward, und auch Herr Thomas Fleck machte den Eindruck, als sei er nicht völlig befriedigt mit der Erledigung der Angelegenheit. Doch der Pastor wartete die Entgegnung, die der demokratische Schneider im heimlichen Port seines Busens vorbereitete, nicht erst ab, schwenkte sein rotes Taschentuch Kühlung fächelnd um die Stirne, ging erst zum Schulzen und dann zu den andern heran und sagte jedem einzelnen freundlich Adieu, richtete auch an jeden einzelnen noch eine herzliche Frage, wie: »Was macht denn Eure Frau, Bernschulze – hat sie noch immer eine dicke Backe?« oder »Euer Ältester ist im letzten Halbjahr gehörig in die Hopfen geschossen, Mennichen – das wird 'mal ein Goliath!« oder »Grüßt mir Eure Kathrine, Klein-Schulze, und sie soll doch 'mal wieder meine Lotte besuchen« . . . Und die Bauern drückten die Hand des Pastors, sagten »Ich dank' ooch schön« oder »Ja ja,« und damit war die Verabschiedung vorüber.

Der Pastor nahm Fritz bei der Hand und verließ mit ihm die Stube, ohne auf den Lärm zu achten, der losbrach, sobald er die Thür geschlossen hatte.

Dicht hinter ihm humpelte der alte Lennert ins Freie.

»Herr Paster,« rief er mit seiner heiseren Stimme dem Davonschreitenden nach.

Hartwig wandte sich um. »Na, Lennert,« sagte er, »was wollt *Ihr* denn noch?«

Lennert humpelte näher. »Nischt weiter, Herr Paster,« erwiderte der Alte und schaute Hartwig mit seinen roten, wimpernlosen Augen treuherzig an, »als Ihnen man bloß sagen, daß Sie sich wedder 'nen Gotteslohn verdient haben, dat Sie den armen Bengel, den Fritze, zu sich nehmen wollen. Der wär' unter die Bauern zu Grunde gegangen, Herr Paster, un um den wär's schade gewesen – Herr Paster . . .«

Hartwig nickte. »Das wär's,« entgegnete er sehr ernst, »und seht einmal, Lennert, gerad' so ist's auch um *Euch* schade gewesen, daß Euch der Saufteufel so ganz in seine Klauen bekommen hat. Denkt Ihr denn gar nicht mehr an Euer braves Weib zurück und an das Versprechen, das Ihr der Marianne noch im Tode gegeben habt?« –

Und ohne die Antwort abzuwarten, schritt Hartwig weiter, und der alte Lennert blickte ihm mit verglasten Augen nach und murmelte dabei mit den welken Lippen unverständliche Worte. Es war ein Elend, daß er die Schnapsflasche nicht lassen konnte, und er hätte es doch so gern gethan! –

Bis zu der Stakettthüre, die in den Garten der Pfarrei führte, behielt der Pastor seinen neuen Schützling an der Hand. Dort blieb er einen Augenblick, sich verschnaufend, stehen, steckte sein Taschentuch umständlich in die hintere Rocktasche und legte dann seine rechte Hand in leiser Berührung auf den Blondkopf des Jungen.

»Nun tritt ein, Fritz Fiedler,« sagte er, »und Gott der Herr segne deinen Eingang in dieses Haus.«

Drittes Kapitel

Zwei Tage später wurden der Kantor und die Kantorin auf dem Dorf-Kirchhofe zur Ruhe bestattet. Das war noch eine schwere Stunde für Fritz Fiedler. Er stand am offenen Grabe zwischen der Pastorin und Pastors Gustel, und wie er auch die Zähne fest auf die Unterlippe preßte, sodaß er das warme Blut zu fühlen vermeinte – der Schmerz ließ sich nicht meistern. Aber es war doch gut, daß die Frau Pastor und ihr zwanzigjähriges Gustel neben ihm standen – sonst hätte er laut aufgeschrieen und sich über die beiden Särge geworfen, die schwarz und mahnend neben der Gruft aufgebahrt waren. Es war ein rasender Schmerz, der die Seele des Knaben durchwühlte, etwas Ungebändigtes und Ursprüngliches, das ihm zu unterdrücken wahrhaft qualvoll wurde. Er hatte noch nicht gelernt, sich zu beherrschen; so trotzig und starrsinnig er auch sein konnte, so sehr war es anderseits ein Lebensbedürfnis für ihn, sich auszutoben, wenn er den Drang danach spürte.

Das ganze Dorf war bei dem Begräbnis zugegen. Man hielt das immer so. Freundschaft oder Pietät sprachen nur in Ausnahmefällen mit. Man ging zu den Begräbnissen, wie man zu den Kindtaufen oder des Sonntags in die Kirche ging – aus traditioneller Gewöhnung. »Dat is 'mal so,« pflegte Matzenthien zu sagen, und einen andern Grund gab es für die meisten Bauern auch wirklich nicht. Es war 'mal so, und damit war's gut. In ihren langen schwarzen oder dunkelblauen Sonntagsröcken, Hut oder Mütze in den gewaltigen, arbeitsharten Händen und das Gesangbuch unterm Arme – die Frauen in ihren besten Kleidern und mit hart gesteiften Schürzen – so stand die Gemeinde dicht gedrängt um die Grabstätte und lauschte den Worten des Pastors. Hartwig sprach kurz und schlicht, aber eindringlich und zu Herzen gehend. Und ging's auch keinem weiter zu Herzen, *einer* war doch da, der die warme Liebe spürte, die von den Lippen des Geistlichen floß, und der in seiner frommen

29

Einfalt erschüttert ward durch das Gebet, das die Seelen der beiden Entschlafenen Gott empfahl.

Während der Feierlichkeit war ein Gewitter am Himmel aufgestiegen, und gerade, als man die Särge in die Gruft zu senken begann, zuckten die Blitze auf und der Donner krachte. Gleich darauf fielen die ersten Regentropfen klatschend auf die Blätter der Eichen, die an der Kirchhofsmauer standen und die Gräber in weitem Umkreise beschatteten. Es blieb aber nicht lange beim Tröpfeln; einem gewaltigen Donnerschlage, der in langhallendem, dumpfen Grollen verklang, folgte ein rauschender Guß. Und nun kreischten die Frauen plötzlich auf, rafften die Oberkleider empor und begannen zu flüchten. Die Männer lachten, obwohl ihnen der Regen wenig erwünscht kam, denn man stand mitten in der Ernte. Sie lachten über die Drolligkeit ihrer Weiber, wie sie die Röcke über den Kopf schlugen, damit das Haar nicht naß würde, und dann im Sturmlauf nach der Kirchhofsthür eilten. Auch mit der äußeren Andacht war's nun vorüber. Als der Regen heftiger wurde, flüsterte Matzenthien seinen nächsten Nachbarn einige Worte ins Ohr, und dann stülpte er seinen breitkrämpigen Sammethut auf den triefenden Kopf und zog sich langsam zurück. Der Schneider, Friebe und Mennichen waren die ersten, die ihm folgten – und nicht lange währte es, da war die ganze Gemeinde zerstoben, wie ein Haufen gelbes Laub, in das ein Windstoß bläst . . .

Der Pastor ließ sich in der Beendigung der Ceremonie nicht stören. Er stand aufrecht neben dem frischen Grabe und barhäuptig, ob auch der Regen in kleinen Rinnsalen über seine Schultern den Talar hinabfloß. Mit festen und klingenden Worten sprach er das Schlußgebet und das Amen und markierte das Zeichen des Kreuzes über den Schollen, welche die Toten deckten. Dann erst setzte er das Barett wieder auf und schaute sich um, und nun glitt etwas wie ein Lächeln über sein gutes Gesicht. Er trat an Fritz heran und streichelte ihm die blassen Wangen.

»Sieh', mein Junge,« sagte er, »so geht's oft im Leben, wie heute. Man glaubt an die Freundschaft und wird verlassen. Aber eins bleibt uns doch, wenn uns auch alles verläßt: das ist der liebe Gott und seine ewige Kirche.«

* * *

Ein paar Tage danach traf der neue Kantor in Klein-Busedow ein, und dann fand auch die Versteigerung des Nachlasses der verstorbenen Kantorsleute statt, in die Fritz gewilligt hatte.

Natürlich fehlte auch hierbei keiner der Bauern. Das war ein Ereignis, an dem man sich nicht alle Tage erfreuen konnte. Als Auktionslokal war anfänglich die Schulstube gewählt worden, und hier wurde zunächst das Hausgerät zur Versteigerung gebracht. Vieles davon kaufte die Pastorin, deren Gatte zu Gunsten Fritzens die Preise nach Möglichkeit in die Höhe trieb. Dann ging es von Stube zu Stube weiter an die Veräußerung des Mobiliars.

Der Pastor zog Fritz an sich heran.

»Willst du dies oder jenes behalten, so sag's,« flüsterte er dem Knaben zu – der aber schüttelte nur den Kopf. Was sollte er mit all' den Sachen! –

Das Harmonium wollte der neue Lehrer, ein junger Mann, der eben erst vom Seminar gekommen war, kaufen. Aber als er einige Mal über die Tasten gefingert hatte, verzichtete er – es war ihm allzu verstimmt. Nun wollte es Matzenthien an sich bringen – für seine »Jöhren«, wie er sagte. Das ärgerte den Pastor, und er bot drei Mark mehr, wofür ihm das wertlose Ding zugeschlagen wurde.

Unter der kleinen Büchersammlung des verstorbenen Fiedler fand sich auch noch eine alte lateinische Bibel vor, die im untersten Fache des Regals lag. Der Auktionator schlug ein Taschentuch um die Finger, ehe er den staubigen Folianten, der in dickes Schweinsleder gebunden war, hervorholte, um ihn dann auf den Tisch zu werfen.

»Wer bietet?« krächzte der Versteigerer. »Niemand – ahä? . . .«

Der litterarisch gebildete Schneider trat näher, um sich das schweinslederne Ungetüm anzusehen, aber es war ihm zu alt – es war nichts für einen Mann von Bildung, der den Fortschritt liebte.

»Ahä – also niemand?« wiederholte der Auktionator. »Dann bleibt's . . . ahä – dann bleibt's für den Trödler . . .«

Fritz zupfte den Pastor am Rocke. Er entsann sich, daß seine Mutter in früherer Zeit öfters in der alten Bibel geblättert hatte – sie stammte aus ihrem heimatlichen Försterhause – und Fritz wollte nicht, daß sie an den Trödler verschleudert würde. Der Gedanke that ihm weh.

»Herr Pastor,« flüsterte er, »– ich möchte die Bibel behalten . . .«

Der Pastor nickte.

»Fünfzig Pfennige,« rief er, und der Auktionator wiederholte das Angebot. Das Buch wurde dem Pastor zugeschlagen, der den Folianten in die Arme Fritzens legte. Der aber stürmte damit fort, ohne erst das Ende der Versteigerung abzuwarten, und verwahrte das Schweinslederne im letzten leeren Fache der Birkenholzkommode. welche die Frau Pastorin aus ihrer eigenen Schlafstube in sein Kämmerchen hatte schaffen lassen.

Als das letzte Stück des Fiedlerschen Hausrats in andere Hände übergegangen war, wurde Kasse gemacht. Die Auktion hatte nach Abzug aller Kosten hundertundsiebzehn Thaler (man rechnete in Klein-Busedow noch gern nach

Thalern) und fünfunddreißig Pfennige gebracht. Das war das Erbe und Eigentum Fritzens, der sich dafür auf Hartwigs Rat ein Sparkassenbuch kaufte.

Zwei Tage später zog Herr Baldewin, der neue Lehrer, in das kleine Haus mit dem großen Giebeldach, und von nun ab sprach man nur noch selten von den verstorbenen Kantorsleuten, um deren Doppelgrab sich das grüne Geschlinge des Epheus immer dichter zu ranken begann. Herr Baldewin war unverheiratet und von anderm Schlage als der stille selige Fiedler. Der neue Kantor rauchte keine lange Pfeife, sondern Cigarren, das Stück für fünf Pfennige, und kneipte des Abends mit den Bauern im Extrazimmer des Kruges. Er führte dort das große Wort, schlug mit der Faust auf den Tisch wie Matzenthien und schimpfte gemeinsam mit dem Schneider über alles, was nicht in seinen Kram paßte. Das gefiel den Bauern. Baldewin wurde im Umsehen beliebt.

Fritz Fiedler lebte sich inzwischen zum besten im Pfarrhause ein. Ganz oben im Giebel lag sein Stübchen, ein kleiner Bretterverschlag von wenigen Fuß Breite, sodaß darin gerade die eiserne Bettstelle, die gelbe Kommode aus Birkenholz und ein Schemel Platz hatten. Die Wände hatte Fritz sich sehr schön selbst tapeziert, und zwar mit Neu-Ruppiner Bilderbogen, von denen ihm Veitel Aron, der Lumpenmatz, aus alter Freundschaft sechs Stück für zwanzig Pfennige abgelassen hatte. Gerade über Fritzens Bette hing der Sturm auf die Düppeler Schanzen und die Einnahme von Konstantinopel durch die Kreuzfahrer, und wenn er morgens aufstand, ergötzte sich sein schönheittrunkener Blick an der Landung des Kolumbus und an dem bunten Federschmucke der Indianer, die den großen Entdecker mit himmelblau gemalten Augen anstarrten. Ein weiteres Bild stellte Garibaldi dar, wie er in einem flammend roten Hemde und mit einem Rubens-Barett auf dem Kopfe über ein Schlachtfeld reitet, das im Hintergrunde von einem schrecklichen feuerspeienden Berge begrenzt wird –

und noch ein andres die Tiere der Arche Noah, wobei jegliches Viehzeug poetisch erläutert ward, z. B.:

Die Ameise hat nimmer Ruh,

Der Affe sieht behaglich zu –

oder:

Der Elefant hat einen Rüssel,

Der Eber frißt aus keiner Schüssel –

oder auch:

Das Zobeltier lebt hoch im Norden,

Das Zebra lebt an andern Orten.

Die tiefe Weisheit dieser Verse hatte zwar auch Fritz bisher noch nicht ergründen können, aber das that der Pracht der bunten Bilder keinen Abbruch, an deren leuchtendem Farbenreichtum sich sein Auge alle Morgen erfreute.

Das Leben im Pfarrhause war ein sehr geregeltes. Die Dienstmagd klopfte früh um fünf Uhr an Fritzens Thür, und zwar stets mit so gewaltiger Faust, daß auch der vielverschlungenste Traumfaden, der den Schlummernden umsponnen hielt, auf der Stelle schnöde zerrissen wurde. Stiefelputzen und Kleiderreinigen mußte sich Fritz selbstverständlich eigenhändig, aber auch sonst hielt ihn der Pastor scharf zu häuslicher Arbeit an. Es gab immer etwas zu thun in Haus, Hof und Garten, und ruhten die Hände aus, dann mußte der Geist heran. Das war nun eine schlimme Sache. Auf seiner Fäuste Kraft hatte Fritz immer mehr gehalten, denn auf die Zucht seiner geistigen Fähigkeiten. Vom Lernen wollte er nicht gern etwas wissen. Aber der Pastor fragte viel danach, was Fritz wollte oder nicht wollte. Jeden Tag von zehn bis zwölf Uhr – zwischen der Butterstulle des zweiten Frühstücks und dem Mittagessen – wurde gelernt. Der Pastor unterrichtete seine sämtlichen Kinder selbst. Gustel, Line und Fanny waren über die

Lernzeit hinaus, die vierjährige Mieze war noch nicht reif dazu – blieben Toni, Bärbchen und Otto übrig, mit denen zusammen Fritz in den Vortempel der höheren Bildung eingeführt wurde. Der Pastor lehrte seine kleine Gesellschaft alles, was er selbst wußte, ohne in pädagogischem Sinne schematisch vorzugehen; er lehrte seine Mädchen Latein und Griechisch lesen ebensogut wie das Französische (das war aber seine schwächste Seite, weil er sich mit dem Accent nicht so recht verständigen konnte), und führte sie in die Geheimnisse der Naturkunde mit gleichem Feuereifer ein wie in den Wirrwarr der historischen Geschehnisse vor Christi Geburt. Hartwig war ein sehr geschickter Präzeptor; er hielt sich nicht lange bei Einzelheiten auf, sondern begnügte sich mit großen Zügen, und er erreichte damit vollkommen seinen Zweck: seine Mädchenschar war in allem Wissenswerten wohl bewandert, und der neunjährige Otto konnte auf der Stadtschule nachlegen, in die er Ostern übers Jahr gebracht werden sollte.

Fritzen wurde das Lernen recht schwer. Seine Gedanken waren überall anders, aber nie bei der Arbeit. Wenn er in der kleinen, vollgerauchten Amtsstube des Pastors neben Otto, Bärbchen und Toni, Hartwig gegenüber am Tische saß, dann schweifte sein Auge gewöhnlich sehnsüchtig hinaus, wo hinter den regenverwaschenen Fenstern das dunkle Grün der Apfelbäume und das sonnenbrandige Rostbraun des Dorfangers erglänzte. Und statt an die Seeschlacht von Salamis oder ut mit dem Konjunktiv dachte er dann daran, daß er heute noch Matzenthiens Labander, den langen Karle, durchprügeln müsse, weil er gestern von ihm mit Sand beworfen worden war, und daß er eine notwendige Verpflichtung habe, dem bissigen Köter von Bernschulze eine Ladung Lehmkugeln durch das Pusterohr auf den Pelz zu blasen. Und wenn dann der Pastor wissen wollte, wer bei Salamis gesiegt hatte, dann sperrte er den Mund auf, gab aber keine Antwort, und wenn dann nicht Bärbchen so gutmütig war, ihm das Richtige ganz heimlich zuzuraunen, so wurde der Pastor böse, schlug mit dem Lineal auf den Tisch und behauptete, Fritz sei ein dummer Junge und werde es wohl für Zeit und Ewigkeit bleiben. Und dann wurde Fritz purpurrot im Gesicht vor Scham und Verlegenheit und nahm sich fest und heilig vor, künftighin besser aufzupassen, was aber nicht hinderte, daß sein Gedankenflug fünf Minuten später wieder hinauskreiste über die verräucherten vier Wände der kleinen Stube und sich im Karnickelstall des Kossethen Braunmüller oder in der »Sandkuhle« am Dorfende verlor, wo die männliche Jugend von Klein-Busedow sich wie die Bewohner von Patagonien in Erdhöhlen einzunisten pflegte.

Unser junger Held lernte also wenig Positives. Es fehlte ihm nicht an Begabung, aber an Lust und Liebe zur Sache; jedes Lehrbuch war ihm ein Greuel, jede Lehrstunde erschien ihm als Urbegriff der Langeweile. Das einzige, was ihn noch einigermaßen interessierte, war die Geographie, weil die weite Ferne mit ihren ungeschauten Wundern seine lebhafte Phantasie stets mächtig beschäftigte. Selbst die Violine ruhte in ihrem hölzernen Sarge aus. Er verstand ihr nur liederliche Weisen zu entlocken, wie sie die Burschen beim Heumachen und auf dem Felde sangen – das aber hatte sich der Pastor verbeten. Er gehörte nicht zu den prüden theologischen Seelen, die im heiligen Amte sich scheuten, der Erinnerung an die leichtsinnigen Strophen aus der Studentenzeit Raum zu geben – aber es paßte ihm nicht, daß man den Singsang von der Straße in das Zimmer übertrug, wo sein Harmonium stand. Draußen im Garten mochte Fritz fiedeln, wie es seinem Geschmacke zusagte, dagegen hatte der Pastor nichts – Fritz war aber trotzig genug, die Violine lieber ganz beiseite zu legen, ehe er sich auf Konzessionen einließ.

Mit seinen Spielgenossen im Pfarrhause vertrug er sich gut. Das waren Otto, Bärbchen und Toni; die andern galten schon als erwachsen, obwohl die vierzehnjährige Fanny in ihrem Äußeren noch völlig kindlich erschien. Gerade Fanny aber war Fritzen am liebsten. Er hegte eine Art romantische Schwärmerei für sie, seit sie ihm einst heimlich einen mächtigen Teller voll Butterstullen auf das Zimmer gebracht, als ihn der Pastor einer Dummheit wegen zu Hausarrest bei Mehlsuppe und trocknem Brot verurteilt hatte. Fanny war ein merkwürdiges Mädchen – völlig anders geartet als ihre Geschwister, äußerlich und seelisch. Die ganzen Pastorschen waren blond, strohblond, »märkisch blond«, wie Hartwig, dessen Familie seit Jahrhunderten im Oderbruch ansässig war, mit einem gewissen Stolze zu betonen pflegte. Nur Fanny war brünett. Sie schlug nach der Großmutter mütterlicherseits, die eine Französin war, eine geborne Dutêtre. Diese längst verstorbene Großmutter, deren Silhouette in einem schmalen goldenen Barockrahmen über dem Kamin im Zimmer der Pastorin hing, war gewissermaßen der »dunkle Punkt« in der pfarrherrlichen Familie. Sie war Bonne in einem gräflichen Hause gewesen, und dort hatte sie der seiner Zeit ebendaselbst als Hauslehrer angestellte Vater der Pastorin kennen und lieben gelernt. Die Ehe der beiden war aber nicht glücklich verlaufen. Zwei Jahre nach der Heirat wurde sie gerichtlich getrennt; die schöne Französin ließ sich als Sprachlehrerin in der Hauptstadt nieder und ging später zur Bühne. Nach jahrelangen Irrfahrten durch halb Europa erreichte sie in Brüssel ein tragisches Geschick. Das Theater, in welchem sie auftrat, brannte nieder, und auch die hübsche Soubrette fiel dem entfesselten Element zum Opfer.

Fanny sollte ihrer Großmutter ähnlich sein. Sie war ein selten schönes Kind. Ein Gesicht wie eine Camee – von wundervoller Regelmäßigkeit im Schnitt und jenem matt olivenfarbenen, weiß abgetönten Teint, den der Südländer Morbidezza nennt, und den man am häufigsten unter den jungen Jüdinnen des Orients findet, wo sich die Rasse noch rein erhalten hat. Haar und Augen waren von leuchtendem Schwarz, das Haar von seltener Üppigkeit und das von schön gezeichneten Brauen überwölbte Auge von unbeschreiblich mildem und träumerischem Ausdruck, wie er dem dunklen Blick sonst selten eigen zu sein pflegt. Es lag etwas Schwärmerisches in diesen schönen Kinderaugen, etwas rätselhaft Fragendes, das seltsam, zuweilen fast unheimlich berühren konnte, weil es in seiner geistigen Reife merkwürdig kontrastierte mit der körperlichen Entwickelung der überaus zierlichen und puppenhaften Mädchengestalt.

Fanny war ein stilles und sanftes Wesen zu eigen; unter ihren lebhaften, oft wilden und ungeberdigen Geschwistern saß sie wie eine kleine scheue Schwalbe im Nest lärmenden Spatzenvolks. Sie war der Liebling der Mutter, die sie zum steten Ärger des rauheren Vaters gern ein wenig verzog. Zu zart für die derbere und gewöhnlichere Arbeit, an der sich Gustel, Line, Bärbchen und Toni gleichmäßig beteiligen mußten, war ihr im Bereiche des Hauswesens das Gebiet der Handarbeiten übertragen worden. Sie strickte, stickte und stopfte tagein tagaus mit ihren schlanken, weißen, immer fleißigen Fingern. Im Winter hatte sie den Nischenplatz am letzten Fenster der Wohnstube inne, von dem aus sie den ganzen, unter der Schneedecke ruhenden Dorfplatz überschauen konnte – und zur Sommerszeit saß sie meist in der Fliederlaube im Vorgarten, und rings um sie her gluckerte und gackerte ein zahlreiches Volk von Hühnern und Enten, das sie zuweilen durch eine Handvoll Gerstenkörner zu erfreuen pflegte, die gewöhnlich in einer mächtigen, bunt bemalten Thonschüssel neben ihr standen. Im Gegensatz zu ihren Geschwistern liebte Fanny eine stille geistige Beschäftigung. Sie las gern und viel und alles, was ihr unter die Hände kam, mit Vorliebe aber dramatische Werke. In der kleinen Bibliothek ihres Vaters standen die Dramatiker einer vergessenen Epoche zu ganzen Haufen. Gelb eingebunden leuchtete Gerstenbergs »Ugolino« zwischen der düsteren Römertragödie des Herrn von Brave »Brutus« und dem »Julius von Tarent« Leisewitzens wie ein Symbol fressenden Neides hervor; nebenan waren Klingers Sturm- und Drangwerke in Reih' und Glied aufgepflanzt, und dann folgte Maler-Müllers rührsame »Genovefa«, Leopold Wagners schaurige »Kindesmörderin« und schließlich in Massen Auffenbergs Dramen, Iffland und Kotzebue. Eine bunte Gesellschaft halb und ganz verschollener Namen, nur noch von Interesse für die Litterarhistoriker – und für Fanny. Ihre blassen Wangen röteten sich, und in fieberhaftem Eifer nestelten die Hände am Strickstrumpf, wenn sie, dicht über das Buch geneigt, sich von Maler-Müller von der Niedertracht des Ritters Golo oder von Kotzebue die abenteuerreiche Geschichte der Kreuzfahrer erzählen ließ. Während der Lektüre arbeitete ihre Phantasie mächtig mit. Sie sah die Leute handelnd vor sich und lebte und litt mit ihnen, und so ganz war sie zuweilen in ihren Lesestoff vertieft, daß sie es kaum merkte, wenn der unartige Otto sich hinter sie schlich, um sie mit den langen Zöpfen am Stuhle festzubinden oder ihr einen Frosch in den Schoß zu werfen.

Otto neckte Schwester Fanny ganz besonders gern, bekam aber dann mit Regelmäßigkeit eine gut gemeinte Tracht Prügel von Fritz. Daraus machte sich Otto freilich nicht viel, denn hatte Fritz auch derbe Fäuste – der Rücken des kleineren Gegners war nicht minder derb und konnte schon etwas aushalten. Sie waren beide ein paar rauflustige Buben, die sich beständig knufften und pufften. Sah es die Pastorin, so schalt sie, und sah es der Pastor, so freute er sich. Er war der Meinung, daß Prügel empfangen und per comptant zurückgeben, nicht nur die Muskeln, sondern auch den Charakter stärke. Er hatte Otto einmal gehörig ausgelacht, als der Junge ihm heulend geklagt hatte: »Vater – der Fritz hat mir eine 'runtergehauen.« »Hau' ihm wieder eine,« gab der Pastor zurück. »Das habe ich schon,« erklärte Otto, bereits trockenen Auges, »aber Fritzen seine war derber.« »Dann gieb ihm noch eine hinterher,« riet der spartanische Vater – und Otto ging hin, wo Fritz gerade im

Sande buddelte, stellte sich breitbeinig vor ihm auf und sagte: »Fritz, guck 'mal her.« Und als Fritz neugierig aufschaute, hatte er bereits mit der Randbemerkung »Vater hat's befohlen« seinen Schilling weg. Im nächsten Augenblicke aber wälzten sich beide Burschen im Sande und prügelten sich mit vergnügten Gesichtern und wetteten dabei um Murmelkugeln, wer Sieger bleiben würde. –

Die Lust am Schmökern hatte Fritz von der Fanny erlernt. So ungern er sich mit den Lehrbüchern des Pastors befaßte, so leidenschaftlich liebte er die alten Rittergeschichten, die noch aus dem Nachlasse des Vaters der Pastorin stammten und zu Ballen zusammengeschnürt, mit Staub und Spinneweben bedeckt, in der leerstehenden Giebelstube des Hauses lagen. Da schlich er sich oft in aller Heimlichkeit hinauf, suchte sich unter den alten Scharteken irgend einen Roman mit recht schauerlich schönem Titel heraus und lief damit ins Freie, um hinter einem Heuhaufen oder in den Waldkuscheln am Dorfende sein Buch mit fiebernder Spannung von Anbeginn bis zu Ende durchzulesen. Und dabei erging's ihm genau wie Fanny: er lebte und webte mit den Leuten im Roman, sprengte als Löwenritter im heißen Wüstensande dem Sultan Saladin entgegen, begleitete die heilige Vehme an ihre unterirdischen Versammlungsorte und kämpfte mit den Seeräubern des Mittelmeeres – bis seine Wangen brannten und seine Augen glänzend wurden . . .

Viertes Kapitel

Am Sonntag Palmarum des nächsten Jahres – zur selben Zeit, da Otto in eine Pension nach der Stadt gebracht wurde, um endlich »vernünftig« zu werden – reichte der Pastor Fritzen zum erstenmale am Altare Gottes das heilige Abendmahl. Fritz wurde mit zehn Dorfkindern zusammen eingesegnet. Er war sehr bewegt und seine Augen traten voll Wasser, als der Pastor und die Pastorin und ihre sechs Mädchen ihm nach Beendigung der feierlichen Handlung mit tiefstem Ernste und einen Segenswunsch auf den Lippen die Rechte reichten.

Zu Mittag gab es im Pfarrhause einen mächtigen Kalbsbraten und hinterher, was nur sehr selten vorkam, Eierkuchen mit Mussauce – dazu aber, und das geschah lediglich Fritz zu Ehren, zwei Flaschen Johannisbeerwein. Als der Pastor die Gläser mit ihrem mattroten Inhalt gefüllt hatte, erhob er das seine und winkte Fritz zu.

»Du trittst nun in eine neue Phase deines Lebens, mein Junge,« sagte er, während die übrigen Tischgenossen mit einer gewissen feierlichen Spannung an den Lippen des Sprechers hingen, »und da ziemt es sich und ist's alter guter Brauch, dir beim vollen Glase ein herzlich Glückauf zuzurufen ...« Hartwig schwieg eine kleine Weile und schaute nachdenklich in den merkwürdig gärenden Wein, hüstelte dann und fuhr etwas langsamer fort: »Das Stück Wegs, das du hinter dir hast, ist nicht frei von Dornen und Disteln gewesen, und auch beim Vorwärtsschreiten wirst du noch manche stachelige Hecke zu überwinden und manchen Stein fortzuräumen haben, ehe dein Pfad glatter und ebener wird. Aber Gottvertrauen, fester Sinn und weises Überlegen helfen über alle Schwierigkeiten hinfort, darum bewahr' dir den Glauben und lerne deinen oft recht ungefügen Trotzkopf neigen, wenn es sein muß ...« Hier stockte der Pastor wieder und schaute noch nachdenklicher als vorhin in seinen Wein, und da ihm im Augenblick nichts weiter einfiel, was er noch zu sagen nötig hätte, so ließ er sein Glas mächtig an das Fritzens anklingen und leerte es mit einem Zuge bis auf den Grund. Dann nickte er und versuchte seinem behäbig freundlichen Gesicht ein besonders wohlwollendes Gepräge zu verleihen, was ihm jedoch nicht recht gelingen wollte, da der noch nicht ausgegorene Wein schauerlich schmeckte.

Auch Fritz trank aus, die andern aber nippten nur und reichten dem großen Jungen noch einmal die Hand über den Tisch. Fanny jedoch stand auf, ging mit dem Glase zu Fritz heran, stieß mit ihm an und wiederholte mit leiser Stimme den Wandergruß des Vaters:

»Glück auf!« –

Nach Tische zog der Pastor sich in die Amtsstube zurück, zündete sich seine Pfeife an und rief Fritz zu sich.

»Na, mein Sohn,« sagte er, sich behaglich in die eine Ecke des großen schwarzen Ledersofas drückend und dabei qualmend wie ein Fabrikschlot, »nun setz' dich einmal zu mir, und dann wollen wir beraten, was wir mit dir weiter beginnen. Wie denkst du dir denn eigentlich deine Zukunft? Was möchtest du werden – he?«

Fritz wurde verlegen. Was er werden möchte? Darüber hatte er sich noch nie den Kopf zerbrochen, daran hatte er überhaupt noch nicht gedacht.

»Was ich werden möchte?« wiederholte er stotternd. »Ja, Herr Pastor – das – das weiß ich nicht . . .«

Der Pastor lachte lustig auf und stieß eine neue staubgraue Dampfwolke von sich.

»Du bist ein kostbarer Junge, Fritz!« rief er aus, ihm gutmütig auf die strammen Schultern klopfend, »ein origineller Bengel! Meinst du denn, du könntest zeitlebens in der Pfarrei von Klein-Busedow bleiben? – *Mir* sollte es recht sein, aber, Junge, sage einmal, steckt denn in dir nicht eine Spur des Bedürfnisses, vorwärts zu kommen in der Welt?«

Fritz spürte von einem solchen Bedürfnisse nichts, und deshalb antwortete er gar nicht erst.

Der Pastor schüttelte den dicken runden Kopf und paffte immer erregter den Tabaksrauch in die Luft.

»Da hört doch alles auf,« meinte er, »– da hört doch alles auf! – Fritz, Junge – ist denn nie der Gedanke in dir aufgestiegen, daß du dir irgend einen Beruf wählen mußt, der dich ernährt, der dir so viel einbringt, daß du leben, wohnen und dich kleiden kannst, ohne auf die Hilfe anderer angewiesen zu sein?!«

Fritz nickte. O ja – *der* Gedanke war ihm öfters gekommen. Pelzjäger wollte er werden im fernen Amerika – oder auch – da schwankte er noch – sich als Matrose anwerben lassen, um sich dann bei günstiger Gelegenheit (ganz klar über das Wie dieser Sache war er sich noch nicht) zum Befehlshaber eines Piratenschiffes aufzuschwingen. Fritz schaute den Pastor von der Seite an; es dünkte ihm doch nicht ganz geheuer, seine wilden Phantasien in Worte zu kleiden.

Der Pastor wurde ernst.

»Es ist unglaublich,« sagte er kopfschüttelnd, »du bist doch sonst ein ganz gescheiter Junge, wenn du auch nie so recht ordentlich hast lernen wollen – und dein gesunder Menschenverstand muß dir doch sagen, daß du nicht ewig und drei Tage in Klein-Busedow bleiben kannst! Es muß doch einmal etwas aus dir werden – irgend etwas! Verstehst du, Fritz – irgend etwas!«

Die letzten Worte sprach der Pastor mit erhobener Stimme; er ärgerte sich über die Dummheit des dickschädligen Jungen. Als er aber sah, daß Fritz errötend und ver-

schüchtert den Kopf sinken ließ, siegte wieder die Gut-
mütigkeit in ihm.

»Woll'n uns 'mal gemeinsam die Sache überlegen,« fuhr
er fort. »So kann's natürlich nicht bleiben. Das beste wär's,
es fände sich eine Beschäftigung für dich, die deiner Kon-
stitution zusagte. Für das Bureau bist du nicht geschaffen.
Wie wär's mit der Försterei? – Zu teuer und zu sehr über-
laufen! Aber im Eisenbahn-Dienst fände sich vielleicht ein
geeignetes Unterkommen! Ah – das ist ein vernünftiger
Einfall! – Ich habe einen Vetter in Polnisch-Grottkau, der
dort Stations-Inspektor ist – an den werd' ich 'mal
schreiben! Höre, Fritz, das ist eine gute Carriere, wenn du
dich zusammennimmst. Da kannst du es auch einmal bis
zum Inspektor bringen, wie mein Cousin in Polnisch-Grottkau. Ich werd' ihm 'mal schreiben – gleich morgen – das
war eine sehr gute Idee von mir! . . .«

Der Pastor schrieb aber nicht – es kam nämlich anders.

Am Ostermontag war's – in den ersten Nachmittagsstunden. Auf dem Dorfanger spielte ein Schwarm von Buben
und Mädchen Räuber und Soldat. Fritz stand am Gartenza-
une und schaute der kleinen Schar wehmütig zu. Er war
eingesegnet und durfte nicht mehr mit den übrigen spielen,
weder Räuber und Soldat, noch Versteckens, noch
Bäumchen verwechseln oder Huschekätzchen – er war
schon zu groß dazu, und er hätte es doch für sein Leben
gern noch gethan.

In dem lustigen kleinen Schwarm kreischten plötzlich
einige Stimmen hell auf, und einen Augenblick später stob
die ganze Gesellschaft in alle vier Winde auseinander.

Vom Dorfeingang her raste ein reiterloses, sehr elegant
aufgeschirrtes Pferd in vollem Galopp und mit sprühenden
Nüstern quer über den Anger. Hinterher jagten zwei Reiter
– eine junge Dame in wehendem dunklen Kleide und ein

älterer Herr mit frischfarbenem Gesicht und kurzgehaltenem weißen Schnurrbart.

»Aufhalten – aufhalten!« tönte die Stimme des Herrn über den Platz und dabei fuchtelten seine Hände mit dem Reitstock in der Luft umher und deuteten auf den vierbeinigen Flüchtling, der vor der mit wildem Geschrei auseinander steubenden Kindergesellschaft stutzte, einen Moment schnaufend stehen blieb und dann mit nervösem Kopfspiele und peitschendem Schweife in kurzem Trabe den Anger durchmaß.

Fritz hatte interessiert aufgeschaut. Der Gaul stampfte dicht am Pfarrgarten vorüber, und da in diesem Augenblick abermals das »Aufhalten!« des alten Herrn ertönte, so besann sich unser jugendlicher Held nicht lange, riß die niedere Staketthür auf und fiel dem Pferde in die Zügel.

Das war ein Wagnis. Der Braune stieß ein kurzes Wiehern aus und stieg dann, mit den Vorderhufen die Luft durchschlagend, kerzengrade empor. Fritz wurde mit in die Höhe gerissen, aber er ließ den Kandarenzügel nicht locker. Ein toller Gedanke strich ihm durch den Kopf. Im selben Augenblick, da die vier Hufe des Gauls wieder den Boden berührten, sprang er auf, krampfte sich mit der Linken in die Mähne des Braunen ein und packte mit der Rechten fest den Sattelknopf. Dann schwang er sich, ohne den Steigbügel zu benutzen, mächtig empor und lag im nächsten Moment mit dem Bauch quer über den Sattel.

Nur eine Sekunde währte die staunende Starrheit des Tiers ob dieses unvermuteten Überfalls – dann zuckte der schön geschnittene Kopf in starkem Ruck hoch empor, die Nüstern weiteten sich und die Flanken erzitterten, die Hufe tänzelten einigemale über den Boden und nun ging es heidi! in langgestrecktem Linksgalopp die Dorfstraße hinab. Quer über dem Sattel aber, die Zügel über den linken Arm bis

zum Ellenbogen gestreift, hing noch immer der Kantorsjunge . . .

»Halt, Katinka – halt, ich bitte dich!« keuchte der alte
Herr, seiner Dame zurufend und den eigenen störrischen
Gaul zu einem unruhigen Zackelschritt parierend; »– der
Junge muß toll geworden sein – willst du ihm nachrasen!?«

»Ich möcht' am liebsten,« lachte die Dame zurück, »das
ist ja ein prächtiger Bengel – so etwas hab' ich mein Lebtag
nicht gesehn! Wie er im Umsehn im Sattel hing – der beste
Voltigeur macht ihm das nicht so leicht nach! Wenn nur
kein Unglück geschieht – der Zappelphilipp hat wieder einmal   seinen   Zappeltag! . . .   Wo   steckt   nun   aber
Wendelin? . . .«

Die junge Dame, deren nicht schönes, aber sehr sympath-
isches und überaus vornehmes Gesicht vom Purpur der Erregung übergossen war, zügelte ihren Schimmel und kehrte
an die Seite des Alten zurück.

»Wo steckt Wendelin?« wiederholte sie. »Hätte er sich
nur den Sprung über den Schlagbaum erspart – er weiß
doch, daß der Zappelphilipp vor jeder Hürde scheut! Aber
Wendelin ist unverbesserlich – ich meine, das dreifach
gebrochene Schlüsselbein könnte ihm endlich einmal eine
Warnung sein! . . . Ah – da kommt er – wetternd und
fluchend und humpelnd – aber es scheint ihm Gott sei dank
– nichts weiter passiert zu sein . . . Uh, und *dies* Gesicht!« –
Die Dame lachte hell auf. »Sieh nur, Papa, mit welch bitter-
bösem Gesicht uns Wendelin begrüßt! . . .«

Der junge Herr, der in diesem Augenblick hinter den letzten Häusern der Dorfstraße erschien und mit leicht
nachziehendem rechten Fuße über den Anger schritt, sah allerdings mürrisch genug aus. Seine Toilette war arg de-
rangiert. Das dunkelblaue Jackett war mit Staub bedeckt
und die Beinkleider, sowie die über die Unterschenkel

geknöpften Reitgamaschen waren mit Schmutzflecken übersäet, der graue Cylinderhut war böse zerbeult.

»Hast du dir Schaden gethan, Wendelin?« rief der alte Herr – das war der Graf Kölpin, der Gutsherr von Deesenhoff – leisen Spott im Tone, seinem Sohne entgegen.

»Ach was – Schaden!« schnarrte der junge Graf zurück. »Den rechten Huf ein klein Bissel lädiert – sonst nichts! Aber wütend bin ich – mordsmäßig wütend – ich könnte gradswegs aus der Haut fahren! Habe den Zappelphilipp ganz verdammt an die Kandare genommen und die Schenkel wie Klammern an die Flanken gelegt – 's ist nicht die Möglichkeit, den Dickkopf der Bestie zu brechen! Ich möchte *den* sehen, der nicht aus dem Sattel fliegt, wenn der Racker zu bocken beginnt . . .« Graf Wendelin blieb plötzlich stehen, klemmte ein Monocle ins rechte Auge und sah sich verwundert um. »Ich denke, Ihr habt den Zappelphilipp eingefangen –?« fügte er lachend hinzu, »– Ihr seid mir auch die Rechten! . . .«

»Aufgepaßt!« schrie in diesem Moment die Gräfin Katinka und deutete mit dem Onyxknopf ihrer Reitgerte nach der Richtung der Kirche.

Der Graf sprang dicht an den Zaun des Pfarrhauses heran, maßlose Verwunderung in dem blassen, vornehmen Gesicht und die Augen weit aufgerissen.

Hinter der Kirchecke preschte der Zappelphilipp hervor – mächtig ausgreifend, Schaumflocken um sich werfend, muskelübergossen und zitternd in jedem Nervenstrang – fest auf ihm aber saß, tief hintenüber, die Füße weit in die Bügel geschoben und die Zügel straff angezogen, Fritz Fiedler.

Sein Gesicht war dunkelgerötet vor Anstrengung und Erregung, doch der Mund lachte übermütig und die Augen blitzten in verwegenem Triumphe. Er saß kerzengerade im

Sattel und eisenfest. Die neuen schwarzen Konfirmation-
shosen waren bis zu den Knien herauf gerutscht, aber das
genierte den mutigen Reitersmann nicht. Mit gewaltiger
Kraft preßte der riesenstarke Junge dem Gaul die Flanken
zusammen und hielt ihn mit ehernen Fäusten im Gebiß. Der
Schaum, der dem Zappelphilipp aus dem Maule tropfte, war
an den Ganaschen blutig gefärbt – der ganze Körper des
Tiers war in Schweiß gebadet . . .

Mitten auf dem Dorfplatz hatte Bernschulze, der mit
Holz handelte, ein paar Fuhren Eichenkloben
aufgeschichtet. In seiner blinden Wut raste der Zappelphilipp direkt auf das Hindernis los. »Aha,« dachte Fritz, »da
soll's hinüber . . . mir kann es recht sein,« – und, unwillkürlich die Zügel etwas freier lassend, setzte er sich noch fester
im Sattel zurecht. Sechs Schritt vor dem Holzhaufen stutzte
der Zappelphilipp und wollte ausbrechen. Aber sein Dickkopf gab dem Fritz Fiedlers nichts nach. Ein helles
Jauchzen entrang sich der Brust des Knaben, und dann
hämmerte er dem Tiere mit den Stiefelabsätzen in die
Seiten und preßte die Oberschenkel gleichzeitig wie Eisenklammern an die Satteldecken an . . . Zappelphilipp
wieherte auf und schoß lang gestreckt, wie ein Pfeil, der
von der Sehne schwirrt, über das Hindernis.

»Bravo – bravo!« rief Graf Kölpin, und »bravo!« jubelte
seine Schwiegertochter, die mit vor Interesse blitzenden
Augen den Vorgang verfolgt hatte, ihm nach. Graf
Wendelin aber war schier außer sich vor Aufregung. Mit
einigen Sprüngen stand er dicht neben dem Holzhaufen.
»Kehrt – kehrt!« schrie er, krebsrot im Gesicht und mit den
Füßen stampfend, »reiß ihn herum, Junge – noch mal über
die Hürde – noch mal über die Hürde!« . . .

Und Fritz riß den Zappelphilipp wirklich herum, daß er
auf den Hinterhufen tanzte, und setzte zum zweitenmal über
das Hindernis, und riß den Gaul wieder herum und flitzte
zum drittenmal über das Holz . . . Und Zappelphilipp ge-

horchte, ohne zu mucken – spielend nahm er die Hürde, galoppierte dann in gemäßigterem Tempo quer über den Anger und fiel endlich, wenn auch noch immer gewaltig schnaufend und prustend, in langsamen Trab. Zappelphilipp war besiegt worden.

Graf Wendelin schlug die Hände zusammen.

»Habt Ihr je so etwas gesehen!« rief er seinen Begleitern zu. »Ist's denn die Möglichkeit?! – Das ist ja ein Kerl von einem Jungen, ein wahrhaftes Prachtstück! Heilige Güte, ist so etwas von Kraft schon dagewesen? Der Junge ist der reine Athlet – ein Herkules – ein Centaur – ein kleiner Gigant! Junge – he – du! . . .«

Zappelphilipp ließ sich willig regieren. Die phänomenale Körperkraft Fritzens, dieser furchtbare Schenkeldruck, der dem armen Zappelphilipp fast den Atem benommen, hatte den Starrsinn des Pferdes vollkommen gebrochen. Es ließ sich ruhig lenken und trottete in langsamem Schritt der gräflichen Gruppe zu.

Fritz sprang hochaufatmend ab – und behielt nur die Zügel in der Hand. Er fühlte sich schachmatt und zerschlagen, lächelte aber zufrieden über den errungenen Sieg.

Graf Wendelin klemmte wieder das Monocle ein und reichte Fritz die Hand.

»Tüchtige Patsche,« lachte er, seine Rechte über die Armmuskeln Fritzens gleiten lassend, – und eine Muskulatur wie von Stahl und Erz! Wetter, ist das ein Junge! . . . Wie heißt du?«

»Fritz Fiedler.«

»Schon oft auf 'nem Gaule gesessen?«

»Zum erstenmale.«

Der Graf schüttelte den Kopf und sah seinen Vater und seine Gemahlin in unbemessenem Erstaunen fragend an.

»Und da sag' mir noch einer, daß die rohe Kraft nichts sei!« rief er aus. »Was ich bei all' meiner Reitkunst, bei all' meiner Übung nicht fertig bekommen habe – der Junge erreicht's, weil er ein angehender Herkules ist! Freilich – bei jedem Gaule dürften seine Schraubstöcke nicht so angebracht sein – aber der Zappelphilipp ist nur mit Gewalt zu bändigen – ich hab's immer gesagt . . . Katinka, was meinst du: aus dem Jungen kann einmal ein tüchtiger Reiter werden, wenn man sich seiner annimmt?« –

»Ganz gewiß,« gab die Gräfin zurück, »du hättest nur sehen sollen, wie er im Handumdrehen oben war!«

»Ein *ganzer* Kerl,« bestätigte der alte Graf kopfnickend.

Graf Wendelin ließ den Blick prüfend über die stämmige Gestalt Fritzens schweifen.

»Du bist ein Bauernsohn aus Klein-Busedow?« fragte er weiter.

»Der Kantorsjunge,« erwiderte Fritz.

»Ah so – na – schadet nichts! Überlege dir mal, ob du nicht in meinen Dienst treten willst. Es ist ja möglich, daß du Interesse für die Reiterei hast, und es würde mir Spaß machen, dich ausbilden zu lassen. Gradatim natürlich. Du müßtest als Reitknecht anfangen – ich brauch' grade einen – aber ich würde dich gut halten, verstehst du? Also denk' 'mal darüber nach und frage den Vater, was er dazu sagt. Und dann gieb mir Nachricht nach Deesenhoff – ich bin der Graf Wendelin Kölpin und bleibe noch vierzehn Tage in Deesenhoff, dann muß ich nach Berlin zurück zum Regimente . . . So – nun warte 'mal . . .«

Und der junge Graf zog seine Geldbörse aus der Tasche und holte mit Daumen und Zeigefinger ein glänzendes Goldstück hervor.

»Da, mein Junge!«

Fritz nahm das Goldstück und bedankte sich. Er dachte nicht daran, daß dies Geschenk im Grunde nur ein gut gemeintes Almosen war – er freute sich über die Gabe. Ein Goldstück für einen wilden Ritt über den Dorfanger – das war schon ein Verdienst, den man mitnehmen konnte! –

Graf Wendelin schwang sich in den Sattel.

»Ich erwarte dich also!« rief er Fritz noch einmal zu.

»Komm nur!« fügte die Gräfin mit freundlichem Kopfnicken hinzu – dann trabte die Kavalkade davon. Zappelphilipp schien gänzlich in sich gegangen zu sein; er ließ den buschigen Schweif hängen, trippelte langsam den andern nach und wandte nur noch einmal den kleinen Kopf mit den klugen und glänzenden Augen zurück, als ob er seinem Besieger ein versöhnendes Lebewohl zurufen wollte.

Fritz Fiedler schaute den Reitern, in der rechten Hand noch immer das Goldstück haltend, das Graf Wendelin ihm geschenkt hatte, lange nach. Als er aber sah, daß die Kinder wieder inmitten des Dorfplatzes zusammenströmten, um ihn fragend und neugierig wie ein Wundertier zu betrachten – ihn, den alten Spielkameraden – und als er weiter sah, daß quer über den Anger der alte Lennert mit wackelndem Kopfe auf ihn zuhumpelte, da schoß ihm plötzlich alles Blut ins Gesicht und seine Stirn verfinsterte sich. Er riß die Thüre zum Pfarrgarten auf und stürmte spornstreichs ins Haus.

Fünftes Kapitel

»Liese!« rief der Pastor den Hausflur hinab, »Liese – komm einmal her! – Gustel, Line, Fanny, Bärbchen – Kinder, kommt einmal alle her! Der Fritz will fort, will zum Grafen Kölpin, will Stallknecht werden – – ich denke, ich habe nicht recht gehört, aber der Starrkopf besteht auf seinem Entschluß! Kommt einmal her! . . .«

Und sie kamen – alle miteinander. Zuerst Frau Liese, das war die Pastorin. Sie kam direkt aus der Küche, das gutmütige Gesicht vom Herdfeuer gerötet, fast atemlos vor Erstaunen. An ihrem Kleide hing Bärbchen, und ihr zur Seite schritt ihr erster Adjutant, das Gustel. Line stürmte aus dem Hintergarten herbei, wo sie Wäsche aufgehängt hatte, und Fanny war in ihrem Mansardenstübchen in der Lektüre eines schauerlich schönen Dramas von einem Stürmer und Dränger unterbrochen worden.

Sie eilten alle herbei – erwartungsvoll und verwundert. In seiner Amtsstube stand inmitten wallender Rauchwolken, wie Zeus im Olymp, der Pastor, und vor ihm mit trotzigem Gesicht Fritz Fiedler. Er hatte sich nicht lange besonnen. Daß er fort mußte, wußte er nach der letzten Aussprache mit dem Pastor – und er *wollte* auch fort. Was sollte er noch länger in Klein-Busedow? Gelernt hatte er genug – nach seiner eignen Meinung – und im Pfarrhause war er nur ein fünftes Rad am Wagen. Nein, er wollte nicht länger bleiben. Er wollte aber auch nicht in den Eisenbahndienst treten, wie es der Pastor ihm vorgeschlagen hatte. Er kannte die Beschwerden dieses Berufs. Ein Bruder seines Vaters war Lokomotivführer gewesen – Onkel Ede hieß er – und Onkel Ede hatte in seiner Urlaubszeit, die er öfters bei dem Kantor in Klein-Busedow verbracht, recht bitter über die Anstrengungen des Dienstes, über das karge Gehalt und die ermüdende Einförmigkeit des Lebens auf der Bahnstrecke geklagt. Jahr und Tag immer die gleichen Touren, und Sommer und Winter immer auf demselben Platze – das mochte ein Kretin aushalten, kein vernünftiger Mensch! Schließlich war Onkel Ede in Ausübung seines Berufs gestorben: ein Metallstück von einem überheizten und platzenden Wasserkessel war ihm an die Stirn geflogen und hatte ihn im Augenblick getötet.

Die Erinnerung an Onkel Ede war ganz plötzlich frisch geworden im Gedächtnis Fritzens, als der Pastor ihm gesagt hatte, er wolle an seinen Vetter, den Bahnhofsinspektor in Polnisch-Grottkau, schreiben. Fritz hatte nichts darauf erwidert, aber daß er um keinen Preis in den Eisenbahndienst treten würde – das stand fest bei ihm. Eher Knecht bei Matzenthien – da gab es wenigstens Abwechslung, und nichts haßte der Junge so sehr, wie Einförmigkeit und Langeweile.

Nun war es auf einmal anders gekommen. Das kecke Reiterkunststück auf dem Dorfanger hatte eine unbändige Lust zum wilden Erproben seiner Kraft in ihm geweckt. Nun wußte er erst, wie stark er war. Graf Kölpin hatte es ihm gesagt, und das Auge der jungen Gräfin war mit Bewunderung seinem Bändigungsversuche gefolgt. Das hatte ihn stolz gemacht. Er sollte reiten lernen – warum nicht? Es gab sicher aussichtsreichere Carrieren als die, welche mit dem Reitburschen anfing – aber keine dünkte Fritzen im Augenblick so lustig und so wagehalsig und so interessant als diese. Er *wollte* Reitknecht werden und in den Dienst des Grafen Kölpin treten – er wollte es! Und damit war's gut.

Im Pfarrhause war zufällig niemand Zeuge der nachmittäglichen Ereignisse auf dem Dorfplatze gewesen, und somit war denn das Erstaunen groß, als Fritz sein Abenteuer erzählte und seinen Entschluß kund gab.

Der Pastor war sehr ergrimmt. Er hatte einen höheren Flug von seinem Pflegling erhofft. Besonnener sprach die Pastorin. Was blühte denn dem armen Kantorsjungen für ein besseres Los? Gelernt hatte er herzlich wenig – an den

Besuch des Seminars war nicht zu denken – und in den Diensten des jungen Deesenhoffner Grafen konnte er wenigstens seine körperliche Gewandtheit ausnützen! –

Gustel stimmte bei und auch Line nickte zu den Worten der Mama ernsthaft mit dem blondzopfigen Köpfchen. Nur Fanny sagte gar nichts. Ihre dunklen Träumeraugen hafteten mit fast entsetztem Ausdrucke auf Fritz. Sie war aus allen ihren Idealen gestürzt. Ihr starker Ritter sollte Reitknecht werden – das war entwürdigend, sie schämte sich Fritzens! Reitknecht – du lieber Gott! Die Ritterknappen im Mittelalter hatten zwar manche Heldenthaten verübt, und oft genug war ihr Helmschmuck mit grünem Lorbeer umkränzt worden – sie wußte das aus Kotzebues Dramen und aus den Rittersagen Veit Webers – aber was konnte so ein moderner Knappe sich für Lorbeern erringen? Ein Trinkgeld war der gewöhnliche Dank auch für eine ungewöhnlichere Leistung, und eine an Ehren reiche Belohnung war ein Trinkgeld doch sicher nicht!

Nein – Fanny war durchaus nicht mit dem plötzlichen Entschlusse Fritzens einverstanden. Sie sprach kein Wort und zuckte nur mit den Achseln, als die Pastorin sich mit der direkten Frage: »Was sagst du denn dazu, Fannchen?« an sie wandte. Als aber auch der Pastor, durch seine praktischere Gattin halb und halb überzeugt, daß es gar nicht so thöricht sei, wenn der Fritz den Vorschlag des Grafen Kölpin annehme, sich zu der Ansicht der Pastorin bekehrte und Fritz ein noch etwas ärgerlich klingendes: »Na, dann thu', was du willst!« zurief, da verließ Fanny entrüstet das Zimmer und schlich sich hinauf in ihr kleines Mansardenstübchen, wo neben dem angefangenen Strickstrumpf für Bärbchen eine Rittergeschichte Veit Webers aufgeschlagen auf dem Tisch lag. Und seufzend setzte die hübsche Fanny sich nieder und stützte das mit romantischem Wust überfüllte Köpfchen in die rechte Hand, ließ die rätselhaften Träumeraugen durch das schmale Fenster weit hinaus über

Wiesen und Felder schweifen und überlegte, wie jammerschade es doch sei, daß sie nicht ein paar Jahrhunderte früher auf die Welt gekommen sei. Und bei diesen thörichten Gedanken war ihr blasses, schönes Gesicht so ernst, als handele es sich um eine Angelegenheit von äußerst folgenschwerer Bedeutung, und in ihren prachtvollen Augen lag so viel Kummer, daß ein heimlicher Beobachter hätte vermeinen können, ein schweres Leid habe sie betroffen.

Fritz ahnte nichts von den Herzensbedrängnissen des romantischen Pastortöchterchens. Seine Seele war ganz erfüllt mit lustigen Zukunftshoffnungen, die freilich immer noch recht bescheidener Art waren. Die Freude, vom Schultische fort und aus dem langweiligen Dorfe hinauszukommen, beherrschte ihn völlig. Wie sich das weiter gestalten würde – daran dachte er kaum.

Am Nachmittage des folgenden Tages machte er sich zu Fuß auf den Weg nach Deesenhoff. Er schritt rüstig fürbaß, erst ein Stück die nach Frankfurt a. O. führende Chaussee hinab und dann einen Feldweg entlang, auf dem er in kaum zwei Stunden nach dem in einer Thalmulde liegenden Deesenhoff gelangte. Schon von weitem sah er das stattliche Dorf vor sich, dessen rote Ziegeldächer von dem kastenartigen, von hohen Türmen flankierten Schlosse des Grafen überragt wurden.

Hinter dem Schlosse dehnte ein mächtiger Park mit wundervollen alten Bäumen sich aus. Der Vorgarten war ziemlich schmal. Nur ein Blumenparterre trennte auf dieser Seite das Schloß von der Dorfstraße, doch wucherte hinter dem Gitter eine so dichte Taxushecke, daß man vom Dorfe aus kaum einen Blick in den Garten werfen konnte.

Fritz schritt bescheiden an dem Haupteingang vorüber und bog in einen der Fußwege ein, die durch das Wirtschaftsgehöft nach dem Schlosse führten. Vor dem großen massiven Pferdestall, der Fritz selbst schon wie eine

Art Schloß erschien, sah er den jungen Grafen in eifrigem Gespräche mit einem Manne in weißen Lederhosen, Stulpenstiefeln und roter Jacke stehen. Ein zweiter, ähnlich gekleideter Mann hielt den Zappelphilipp, der nur mit einer Wassertrense gezäumt war, am Zügel, während ein dritter das rechte Hinterbein des Tiers aus einem Stalleimer kühlte.

Graf Wendelin klemmte sich das Monocle ein, als er Fritz erblickte, und ließ den weißblonden, ausgedrehten Schnurrbart durch die Finger gleiten.

»Ist das nicht unser Held von gestern?« rief er dem Kantorsjungen entgegen. »Ist das nicht unser Herr Fritz Fiedler aus Klein-Busedow?«

In diesem Augenblick stieß der Zappelphilipp ein schmetterndes Wiehern aus und scharrte mit den Vorderhufen die Erde, während er gleichzeitig den schmalen Kopf hob und die Ohren spitzte.

»Aha,« lachte Graf Wendelin, »– er kennt dich wieder, Fritz Fiedler! Ja, ja, mein guter Zappelphilipp, das war ein böser Tanz für dich, aber ich denke, du wirst dich mit deinem Bändiger aussöhnen und ihr werdet noch einmal gute Freunde sein! Ja, ja, mein Herr Fritz Fiedler, der Zappelphilipp hat's doch gewaltig übel vermerkt, daß du ihn so scharf traktiert hast! Er hat eine unruhige Nacht gehabt und mit dem rechten Hinterknochen über der Kette gelegen und sich das zarte Fell ganz gehörig durchgescheuert. Aber das schadet ihm nichts . . . Nun guten Tag, Kantorsjüngling! Was hat Vater gesagt? War er einverstanden und bist du es auch –?«

Fritz hatte die dunkelblaue Tuchmütze vom Kopfe gerissen und behielt sie in der Hand, während der Graf mit ihm sprach. Er entgegnete in bescheidenem Tone, daß er keine Eltern mehr habe und daß der Pastor Hartwig sich bisher seiner angenommen, daß er aber nun Lust verspüre, sich auf irgend eine Art selbständig zu machen und deshalb gern in den Dienst des gnädigen Herrn Grafen treten wolle. Der Herr Pastor sei auch damit einverstanden, und um andre Leute habe er sich nicht zu kümmern.

Graf Wendelin hörte dem Burschen kopfnickend zu, während er mit der Schleifenspitze der Reitgerte die Spritzflecke von seinen Kniestiefeln abschnellte.

»Na schön,« sagte er dann, »das wär' also abgemacht. Am siebenundzwanzigsten fahren wir nach Berlin zurück – da kannst du gleich mitkommen. An Lohn will ich dir vorläufig zwanzig Mark monatlich bewilligen, aber du sollst avancieren – je nach deinen Leistungen . . . Das weitere kannst du dir von Hempel sagen lassen – dem Herrn da! Adjes, mein Junge.«

Bei den Worten: »dem Herrn da!« deutete der Graf auf den älteren Mann in Reithosen und roter Jacke, der das Kühlen des Zappelphilipp beaufsichtigt hatte und dem Fritz nunmehr, als der Graf außer Sicht gekommen war, eine respektvolle Verbeugung machte.

Hempel war ein verwittertes kleines Kerlchen mit einem gelben runzligen Gesicht, freundlichen Augen und großer Hakennase. Er hatte vor fünfzehn Jahren einen guten Ruf als Trainer und Jockey genossen und war stolz darauf, sich einundzwanzigmal irgend etwas an seinem hageren, ausgedörrten Körper gebrochen zu haben. Jeder einzelne, auf der Rennbahn empfangene Knochenbruch war für ihn eine Gladiatorwunde, deren er sich brüstete. Nun freilich waren die Jahre über ihn gekommen, Muskeln und Sehnen versagten ihre Dienste und auch die überanstrengte Lunge konnte die scharfen Ritte nicht mehr vertragen. Erspart hatte sich Hempel trotz seiner zeitweilig glänzenden Einnahmen nichts; er war, wie fast alle seine Kollegen von der niederen Sportswelt, ein leidenschaftlicher Spieler, der sein Gehalt und seine Prämien im Umsehen zu verjeuen pflegte. So war er denn froh gewesen, auf seine alten Tage eine bequeme Anstellung bei dem Premier-Lieutenant Grafen Kölpin zu finden; er führte die Aufsicht über den Stall des Grafen und ließ sich deshalb vom Gesinde »Herr Stallmeister« titulieren.

Hempel musterte unsern Fritz mit einem scharfen Blick aus seinen grauen, lebhaften Augen.

»Wie alt bist du, my boy?« fragte er. Die Vorliebe für englische und französische Redewendungen hatte Herr Hempel von der Rennbahn her übernommen.

»Sechszehn Jahre,« meldete Fritz.

Hempel nickte. »Das beste Alter für die hohe Schule,« meinte er wohlmeinend. »Voyons – woll'n 'mal sehen, ob sich etwas aus dir machen läßt! Knochen und Muskeln sind da – aber das genügt noch nicht. Die Volubilität macht's – die allein. Mußt erst einmal tüchtig in Training genommen werden, hast noch zu viel faules Fleisch auf dem Leibe, m'ami, das muß herunter – das muß herunter! . . .« Und dabei zwinkerte er mit den grauen Augen und schlenkerte mit den Armen nervös hin und her. »Also am siebenundzwanzigsten bist du zum Frühzuge auf der Station Deesenhoff – mit Sack und Pack – 's wird ja nicht allzu viel sein. Nun will ich dir erst einmal deine näheren Kollegen vorstellen. Das ist der Tom, der erste Reitknecht! Tom, come to me!«

Tom kroch hinter dem Zappelphilipp hervor, reichte Fritz die rechte Hand, schnitt ein Gesicht und sagte mit hoher Fistelstimme:

»Morning! Hab' die Erre! Serr angenähm!«

»Sprich deutsch, Kamel!« fiel Herr Hempel ein und gab dem vielleicht achtzehnjährigen Reitknecht einen gut gemeinten Klaps auf die Schulter. »Mußt nämlich wissen, Fritz Fiedler, daß diese Range sich einbildet, ein Engländer zu sein, weil er einmal bei Mister Beshford, dem englischen

General-Konsul in Berlin, gedient hat. Der hat ihn auch Tom getauft, aber eigentlich heißt er August und mit Vatersnamen Pretzel. Filou du! ... So – und das da, der kleine Schwarze mit den fünf Barthaaren auf der Oberlippe, ist der Nickel! Nickel, komm' her!«

Nickel warf den Schwamm, mit dem er den Zappelphilipp gekühlt hatte, in den Stalleimer, sodaß das Wasser hoch aufspritzte, und machte einen Kratzfuß vor Fritz.

»Nickel nennt ihn der gnädige Herr Graf,« erläuterte Hempel; »in der heiligen Taufe hat dieser junge Windbeutel den Namen Nikodemus empfangen, aber das war uns zu lang. Nickel ist kürzer und thut's auch. Vor diesem Nickel warne ich dich, Fiedler. Er ist ein Schwerenöter und läuft den Mädchen nach, statt sich um seine Pferde zu kümmern. Auch liest er heimlich Romanbücher und ist zu allen Schandthaten fähig. Sonst ist's aber ein guter Junge. Nickel, wenn du mir noch einmal hinter dem Zappelphilipp die Zunge heraussteckst, nehm' ich dich beim Ohre! ... Nun kommt der Kutscher heran – den haben wir auch mitgebracht, weil er ein geborener Deesenhoffner ist. Vegesack!«

»Herr Stallmeister!«

In der Stallthüre erschien ein sehr feiner Herr in blauer Livree mit silbernen Wappenknöpfen, ein Mann mit englisch zugestutztem Backenbarte, aber sonst glattrasiertem Gesicht und leicht gestülpter Nase, die der ganzen Physiognomie einen gewissen dummstolzen Ausdruck gab.

»Einen Augenblick, Vegesack,« sagte Hempel, »ich möchte Ihnen gern unsern neuen zweiten Reitknecht, Fritz Fiedler benamset, präsentieren!«

Herr Vegesack, der Kutscher, schritt steifbeinig, dabei aber eine vornehme Nonchalance heuchelnd, auf unsern Helden zu und begrüßte ihn mit gnädigem Kopfnicken.

»Ich freue mich, junger Mann,« näselte er, nickte dann abermals und wandte sich an Hempel.

»Es wird Zeit, daß wir bald wieder in die Mauern der Residenz zurückkehren,« fuhr er in derselben nasalen Tonart fort. »Man hat sich des Landaufenthaltes entwöhnt – man ist dorfmüde geworden. Ich bin nun einmal ein Großstädter – äh . . .«

Dieses letzte »äh« wandte Herr Vegesack immer an, wenn er ganz vornehm erscheinen wollte. Der Kutscher des Grafen Horn – Rittmeister Graf Horn war der Intimus des Grafen Wendelin Kölpin – hatte dies unnachahmlich feudale »äh« als ein Erbstück seines Herrn auch angenommen, und dieser wackere Rosselenker galt Vegesack als ein Muster von Vornehmheit.

Herr Vegesack hielt sich nicht lange auf. Er näselte noch einiges vor sich hin und stolzierte dann mit kokettem Wiegen der Hüften in seinen Stall zurück.

»Die andern sind in Berlin geblieben,« wandte sich Hempel von neuem an den immer noch voll höchsten Respekts vor ihm stehenden Fritz. »Das sind nämlich erstens einmal der Herr Kammerdiener Aalkrug und der Lakai Heinrich, sodann der lange Basedow, der Stallknecht, zugleich Bursche des gnädigen Herrn Grafen, ein Rüpel aus Hinterpommern, der stets mir und mich verwechselt und mit der Zunge anstößt. Das übrige Hauspersonal besteht aus Frauenzimmern, die dich weiter nichts angehen. Und nun merke dir eins, Fritz Fiedler, mon petit ami: Du kommst in ein sehr vornehmes und sehr elegantes Haus, in eines der feinsten der Residenz. Zeige dich würdig dieses Hauses und halte dich brav. Schließe dich an mich an und meinen verehrten Freund, den Herrn Kammerdiener, einen Mann von großer Bildung und reicher Vergangenheit, denn er war an die zwanzig Jahre bei Hofe installiert und kennt das Leben. Du bist noch sehr jung, und wir beide, der Herr

Kammerdiener und ich, werden gern bereit sein, deine Jugend zu beschützen und dich vor bösen Erfahrungen zu bewahren. Denn Berlin, mein Sohn, ist ein Babel, in dem man leicht schlecht werden kann, wie Exempla beweisen . . . So – und nun geh' wieder heim und bringe deine Sachen in Stand und sei pünktlich am siebenundzwanzigsten auf dem Bahnhofe. Da hast du noch eine Cigarre mit auf den Weg. Adieu, my boy.«

Der gute Hempel gab Fritz die Hand und reichte ihm dann eine schwarze, unheimlich lange Cigarre, die er locker in der Brusttasche seiner roten Jacke trug. Fritz schämte sich, zu erwidern, daß er noch nie geraucht habe, nahm das unheimliche Kraut deshalb dankend an und verabschiedete sich, wobei er auch nicht unterließ, Tom und Nickel die Hand zu geben.

Am Ausgange von Deesenhoff fiel ihm ein, die Cigarre Hempels zu probieren. Schwefelhölzer führte er in der Westentasche mit sich. Er zündete eines derselben durch kräftiges Streichen am Hosenbein an, biß dann die Spitze der Cigarre ab und begann lustig zu rauchen. Die ersten Züge schmeckten nicht übel. Fritz kam sich sehr stolz vor. Er warf sich in die Brust, hob die Nase keck in die Höhe und trug die Cigarre zwischen den gespreizten Fingern in der Hand. Aber das währte nicht lange. Ein plötzliches Unbehagen in der Magengegend nötigte ihn, stehen zu bleiben, und gleichzeitig fühlte er kalte Schweißtropfen auf der Stirne. Ihm war entsetzlich elend zu Mut.

Am Grabenrande stand ein Weidenbaum, an dessen Stamm er sich tief aufatmend lehnte. O je, war *das* ein Genuß! Fritz hielt zwar noch immer den glimmenden Stengel zwischen Zeige- und Mittelfinger, aber sein Stolz war dahin und sein Hochmut verflogen. Es schwirrte und flimmerte ihm ganz merkwürdig vor den Augen, und seine Knie bebten. Zehn Minuten etwa währte die fatale Krise, dann wurde ihm langsam besser. Er nahm die Mütze ab, sodaß die frische Luft seine Stirn kühlen konnte und setzte seinen Weg fort. Dabei warf er einen scheuen und mißtrauischen Blick auf die angerauchte Cigarre. Sie war ausgegangen und sah nun noch unheimlicher aus als vorher. Fritz überlegte, ob er sie fortwerfen sollte – dann steckte er sie aber kurz entschlossen in die Tasche, nachdem er das obere Ende sorgfältig befühlt hatte, ob es auch gänzlich erkaltet sei. Er wollte sie dem alten Lennert schenken – der mochte sie weiterrauchen . . .

Wenn Fritz Philosoph gewesen wäre, so würde er nach diesem ersten mißlungenen Rauchversuche vielleicht zu dem weisen Schlusse gekommen sein, daß auch das Genießen erlernt werden müsse. Aber Fritz war vorläufig noch ein recht dummer Junge.

Sechstes Kapitel

Der Abschied aus dem Pfarrhause wurde dem Kantorsjungen doch schwerer, als er es selbst für möglich gehalten hatte. Daran war aber in der Hauptsache niemand anderes Schuld als Fanny. Noch am Abend jenes Tages, da er in Deesenhoff gewesen war, hatte sie sich ihn in einem Winkel der Wohnstube vorgenommen und recht eindringlich in ihn hineingeredet. Er sei doch zu gut dazu, Reitknecht zu werden oder Stallbursche oder was es sonst sei, er müsse höher hinaus, sonst verliere man ja alle Achtung vor ihm – und sie selbst, die Fanny, würde ihm nicht mehr halb so gut sein können, als sie es jetzt noch sei. Denn mit einem Reitknecht oder Stallburschen oder so etwas Ähnlichem werde sie sich nie auf eine gleiche Stufe stellen, – sie sei wahrhaftig nicht hochfahrend, aber das gehe nun einmal nicht an . . . Und dabei schaute sie Fritzen so ernsthaft mit ihren großen dunklen Augen an, daß der arme Junge ganz verwirrt wurde. Er wußte nicht, was er antworten sollte, aber die Worte Fannys wollten ihm in den nächsten Tagen gar nicht aus dem Kopf. Er überlegte hin und her, und da er sich sagte, daß sie nicht so Unrecht habe, daß er eigentlich wirklich »zu gut« sei zu solch' niederen Diensten, so gab es einen harten Kampf in ihm, ehe er sich zu einem Entschlusse durchzuringen vermochte. Schließlich siegte aber doch die Scheu vor der Stubenluft und sein Drang nach Freiheit und Abwechslung über alle ernsteren Bedenken, und als am Morgen des siebenundzwanzigsten der Wagen, der ihn nach der Station bringen sollte, vor das Pfarrhaus rasselte und als er des Kutschers lustigen Peitschenschlag hörte, da wurden seine trüben Augen auf einmal wieder hell und im Nu waren all' seine sorgenden Gedanken verflogen . . .

Beim Abschiede überkam ihn aber doch die Rührung. Der Pastor hatte Bernschulzes Braunen vor seine eigne alte Kalesche spannen lassen, die er des Sonntags dann und wann benutzte, wenn er einmal auswärts predigen mußte. Im Fond der Kalesche saß Fritz, und vorn auf dem Bocke Bernschulze. Einen Koffer besaß Fritz nicht, dafür hatte ihm aber die Pastorin eine Kiste geschenkt, deren Deckel mit Eisenklammern befestigt war und die sich verschließen ließ. Diese Kiste enthielt die wenigen Habseligkeiten des Jungen: seine beiden Anzüge, seine Wäsche, die alte Erbbibel und die Neu-Ruppiner Bilderbogen, die Fritz vorsichtig von den Wänden seiner Mansarde gelöst und mit eingepackt hatte.

Die ganze Pastorfamilie war zum letzten Abschiedsgruße um die Kalesche versammelt. Man hatte den Jungen recht lieb gewonnen, er war sozusagen mit dem Pfarrhause verwachsen. Das kleine Bärbchen schluchzte leise hinter dem Kleide der Mutter, und auch Fannys dunkle Rätselaugen glänzten feucht. Gustel und Line standen etwas ferner und nickten dem Fritz, sobald seine Augen sie trafen, immer nur stumm mit den Köpfen zu, so daß die blonden Zöpfe flogen. Der Pastor, der barhäuptig aus dem Hause getreten war, hielt die Rechte Fritzens zwischen seinen Händen.

»Behüte dich Gott, mein Junge,« sagte er, »und möge sein Segen mit dir sein immerdar.«

»Und vergiß nicht, Fritz,« fügte die Pastorin hinzu, sich mit dem Schürzenzipfel die Augen wischend, »daß du bei uns allzeit eine Heimat hast, wenn dich draußen in der Welt einmal die Sehnsucht nach einer solchen überkomme.« . . .

»Nun aber los, Bernschulze,« rief der Pastor dazwischen, »es ist an der Zeit! Gott befohlen!«

»Und schreibe recht bald!« ertönte Fannys Stimme – dann knallte Bernschulze mit der Peitsche und der Braune zog an.

Jetzt erst fiel Fritzen ein, daß er sich ja noch nicht einmal bedankt hatte für all' das Gute, das ihm im Pfarrhause geworden war. Sein Herz war voll von Dankbarkeit, aber in der Wehmut der Trennungsstunde hatte er nicht daran gedacht, sie in Worte zu kleiden. Er hatte überhaupt nicht gesprochen, weil er fühlte, daß er dann laut hätte weinen müssen. Er hatte immer nur die Zähne zusammengebissen, aber in seinen Augen gab sich kund, was er fühlte.

Während der Wagen über den Anger rollte, wandte Fritz sich noch einmal um. Die Familie des Pastors war noch immer vor dem Pfarrgarten versammelt. Alle Hände winkten ihm nach; Fanny ließ ihr Taschentuch flattern – und in diesem Augenblick flutete eine so heiße Welle Bluts durch das Herz des Abreisenden, daß er, einer unwillkürlichen Eingebung folgend, die beiden großen Hände an die Lippen drückte und dem Mädchen einen schallenden Luftkuß zurücksandte.

Bernschulze drehte sich verwundert um.

»Wat meenst du, Fritze?« fragte er. Aber Fritz gab keine Antwort – mit dem Sprechen wollte es noch nicht recht gehen.

Vor dem Hause des dicken Fleher stand der alte Lennert. Er war wie gewöhnlich betrunken und lallte Fritz mit schwerer Zunge ein Abschiedswort zu. Am Dorfende johlte eine Kohorte Kinder dem Abreisenden entgegen. Matzenthiens Carle, Klein-Schulzes August, der Peter Mennichens und andere Spielgenossen Fritzens.

Fritz nickte nach rechts und links und nahm es nicht einmal übel, daß Matzenthiens Carle, mit dem er in steter Feindschaft gelebt hatte, ihm ein Dutzend Kartoffeln nachpfefferte. Hinter dem Dorfe stuckerte der Wagen über die Holzbrücke der Buse und bog dann in ein Birkenwäldchen ein. Nun war Klein-Busedow aus dem Gesichtskreise Fritzens verschwunden.

Auf dem Bahnhofe Deesenhoff war die Cortege des Grafen Wendelin bereits versammelt, als Fritz dort eintraf. Der alte Hempel nahm ihn sofort in Beschlag, löste ihm ein Billet und besorgte sein Gepäck. Wenige Minuten später rollte ein offener Landauer mit dem alten Grafen Kölpin, seinem Sohn und seiner Schwiegertochter vor das Stationsgebäude. Der Bahnhofsinspektor trat militärisch grüßend an den Wagen heran, erkundigte sich nach dem Befinden der Herrschaften und geleitete sie dann auf den Perron.

Es währte nicht lange, so sah man auch schon über dem Walde, in welchem die Schienenlinie verschwand, die weißgraue, fliegende Dampfwolke des nahenden Zuges auftauchen. Graf Wendelin stieg mit seiner Gattin in ein Coupé erster Klasse ein, während Fritz mit dem alten Hempel, Vegesack, Tom und Nickel in einem solchen dritter Klasse Platz nahm.

Fritz war noch nicht oft mit der Eisenbahn gefahren. Zwei- oder dreimal hatte er Onkel Ede in Frankfurt a. O. besucht, und einmal hatte ihn seine Mutter zu ihrer derzeitig noch lebenden Schwester mit nach Küstrin genommen. So gewährte ihm denn die etwa vier Stunden dauernde Fahrt nach Berlin eine ganz besondere Freude. Seine Coupégenossen waren von ausgelassener Lustigkeit. Der kleine Nickel trank auf jeder Station einen Cognac, was Herr Vegesack für ungemein plebejisch erklärte. Dieser würdige Mann war der einzige, der mit untergeschlagenen Armen stumm in einer Ecke lehnte. Die Unterhaltung der anderen ging ihn nichts an, nur zuweilen warf er eine nicht zur Sache gehörende Bemerkung dazwischen, die er gewöhnlich mit dem vornehm klingenden Nasaltone: »äh –!« abschloß. Als es ihm schließlich zu langweilig wurde, die vorüberfliegende Landschaft zu betrachten, steckte er sich eine Cigarette in den Mund und zog die neueste Nummer der Kreuzzeitung aus der Tasche, in deren Leitartikel er sich vertiefte, ohne ihn zu verstehen.

Gegen Mittag traf man in Berlin ein. Ein elegantes Coupé erwartete den Grafen und die Gräfin auf dem Bahnhofe; Fritz klapperte mit den übrigen in zwei Gepäckdroschken der Equipage seiner neuen Herrschaft nach.

Graf Wendelin Kölpin bewohnte ein mit vollendetem Komfort und hoher Eleganz eingerichtetes kleines Palais in der Stülerstraße. Die Kölpins zählten zur begütertsten Aristokratie des Landes, und Wendelin war der einzige Sohn. Er besaß nur noch eine um weniges ältere Schwester, die mit einem Fürsten Wolchonski verheiratet war und in St. Petersburg lebte. Wendelin Kölpin sollte ursprünglich in diplomatische Dienste treten, aber über seine juristischen Lehrjahre, die er bei den Saxo-Borussen in Heidelberg in äußerst zweckdienlicher Weise absolvierte, war er nicht hinausgekommen. Das Referendarsexamen wollte ihm nicht gelingen. Er war einmal durchgefallen und hatte genug davon. Um diese Zeit lag während eines großen Manövers vor dem obersten Kriegsherrn der Prinz Friedrich Karl in Deesenhoff in Quartier. Der alte Graf klagte dem Prinzen die Antipathie, die sein Sohn gegen das juristische Studium im allgemeinen und gegen das Referendarsexamen im besonderen hegte, und der gütige Fürst versprach dem Leidtragenden, für eine »Umsattelung« Wendelins Sorge tragen zu wollen. Diese Umsattelung ging denn auch Dank der Fürsprache des Prinzen rasch genug und ohne Schwierigkeiten von statten. Wendelin trat als Avantageur beim Leibgardedragoner-Regiment ein, avancierte schnell und konnte sich in anderthalb Jahren die Epaulettes auf den Waffenrock stecken. Nun war er geborgen, und auch sein geistig bei weitem bedeutenderer Vater gab sich zufrieden und verzichtete auf den Ehrgeiz, seinen Herrn Sohn einstmals am Steuer des Staatsschiffs zu sehen.

Graf Wendelin war eine harmlose und gutmütige Natur, die nur *eine* hervorstechendere Passion, den Sport, und nur *einen* unangenehmen Charakterfehler besaß: eine fast an Geiz grenzende Genauigkeit in finanziellen Dingen. Merkwürdigerweise äußerte sich diese Genauigkeit hauptsächlich in recht kleinlichen Angelegenheiten. Sein Haus war auf großem Fuß eingerichtet, sein Stall vorzüglich versehen, und seine Feste und Gesellschaften bildeten häufig das Tagesgespräch in der eleganten Welt. Galt es indessen nicht, eine eigne Liebhaberei zu befriedigen oder standesgemäß zu repräsentieren, so war der dreiunddreißigjährige junge Mann gewaltig genau. Die Oberleitung der Wirtschaft lag in seinen Händen. Er prüfte jede Rechnung selbst und wetterte gehörig, wenn er sich einmal übervorteilt glaubte; er sah dem Koch ebenso scharf auf die Finger wie seinen Bedienten und gab den Schlüssel zum Weinkeller nur ungern aus der Hand. Das alles wäre ja nun kein Unglück gewesen, denn eine weise Sparsamkeit ist sicher auch bei denen eine Art von Tugend, die sie nicht nötig haben. Aber Graf Wendelin übertrieb. Es kam sogar vor, daß der Herr Premierleutnant die silberne Zuckerdose höchst eigenhändig verschloß, wenn ihm der Verbrauch ihres süßen Inhalts zu stark erschien, und daß er dem Koch eine Strafpredigt hielt, wenn dieser für einen Rehrücken mehr bezahlt hatte, als er es für notwendig hielt.

Niemand konnte über derartige Kleinlichkeiten mehr in Ärger und Aufregung geraten als die Gräfin Katinka, Wendelins Gattin. Sie war ihrem Gemahl nicht nur geistig, sondern auch an Bildung des Herzens bei weitem überlegen. Wendelin hatte Katinka vor vier Jahren bei einem Sommerausflug nach Tirol in Cortina kennen gelernt und sich in sie verliebt. Verlobung und Heirat folgten schnell hintereinander. Das hatte seiner Zeit gewisses Aufsehen in der Gesellschaft erregt. Man hielt Katinka schon für gebunden; ein Vetter von ihr, der Freiherr Leopold von Krey, der in österreichischen Diensten beim Regiment der Kaiser-Jäger stand, hatte sich lange Zeit um sie beworben. Aber Baron Krey war tief verschuldet – man wußte das – und Katinka ein armes Mädchen. So ließ sich denn ihre Heirat mit dem reichen Majoratsherrn von Deesenhoff leicht erklären. Die Welt beneidete sie; es war ein Glück für sie, daß die Liebelei mit dem Leutnant von Krey nicht zur Ehe geführt hatte. Krey galt für einen bodenlos leichtsinnigen Menschen und für eine brutale, tief leidenschaftliche Natur. Er hatte kurze Zeit nach der Hochzeit Katinkas den Dienst quittiert und war vor seinen Gläubigern in die weite Welt geflohen – nach Amerika oder Australien – man wußte nicht, wohin: er galt für verschollen.

Am ehelichen Leben Wendelins und Katinkas ließ sich, äußerlich betrachtet, nichts aussetzen. Gräfin Katinka repräsentierte das Haus Kölpin mit vornehmer Würde und bezaubernder Liebenswürdigkeit. Das genügte Wendelin – minder aber seinem Vater, dem Deesenhoffner. Schon im ersten Jahre nach der Heirat seines Sohnes glaubte Graf Kölpin bemerken zu können, daß der Ehe der beiden das

Ferment innigster Seelengemeinschaft fehle; Wendelin und Katinka lebten nebeneinander, aber keiner ging im andern auf. Nur im Interesse für den Sport trafen sich ihre Neigungen; für geistige Liebhabereien hatte Wendelin keinen Sinn – er hatte seine junge Frau sogar einmal recht tüchtig ausgelacht, als er eines Tages auf ihrem Schreibtische ein kleines Heft mit Gedichten aus ihrer Feder vorfand.

Die Ehe war kinderlos. Auch das schmerzte den alten Deesenhoffner tief. Nicht nur, weil das reiche Erbe der Kölpins, wenn das Geschlecht mit Wendelin aussterben sollte, auf eine Seitenlinie überging – sondern weil er gehofft hatte, ein Kind würde die beiden Ehegatten inniger aneinander führen. Dem Grafen Kölpin kamen zeitweilig derartige unmoderne, sentimentale Anwandlungen. Er hatte aus seinem reichen und vielbewegten Diplomatenleben noch ein Stück warm schlagendes Herz in das Alter hinübergerettet, das zu seinem Recht kommen wollte.

Das kleine Palais Wendelins in der Stülerstraße war ein schlichter Bau mit einem Parterregeschoß und einem Stockwerk. Es machte äußerlich einen fast bescheidenen Eindruck, enthielt aber eine lange Reihe großer und sehr schöner Zimmer, die mit vollendeter Eleganz ausgestattet waren, ohne daß es ihnen an Behaglichkeit gefehlt hätte.

Fritz sperrte Mund und Augen auf, als er zum erstenmale in diese Flucht von Gemächern schauen durfte. Er war wie berauscht. Im Schlosse des Kaisers konnte es auch nicht herrlicher sein! War das eine Pracht! Diese schwellenden Teppiche, diese blitzenden Spiegel, die vom Fußboden bis hoch an die Decke reichten, dieser Bilderschmuck rings an den Wänden, diese hunderterlei verschiedene Gegenstände in Gold, Silber, Glas, Bronze und Porzellan, Gegenstände, von deren Gebrauchsverwertung Fritz sich nicht die leiseste Vorstellung machen konnte – das war ihm wie in einem Feenmärchen!

Es war unmöglich für Fritz, während der ersten Nacht, die er im Dienste des Grafen Wendelin verbrachte, auch nur ein Auge zu schließen. Tolle Phantasien umgaukelten ihn. Die beiden großen Pagoden, die er in der Entree auf dem Kaminsimse hatte stehen sehen, hielten stundenlang Wache neben seinem Bette, glotzten ihn mit ihren Porzellanaugen an, nickten mit den Köpfen und streckten dazu die Zungen heraus. Und dann trat plötzlich an ihre Stelle der Helle-bardier aus Bronze, der im Treppenhause eine hell leuchtende Glaskugel hielt – und dann wieder die milesi-sche Venus mit ihrem schimmernden Marmorleibe, die im Gartensaale aus einem Arrangement großblättriger exot-ischer Pflanzen hervorlugte. Und im wachen Traume hörte Fritz allerhand Stimmen an sein Ohr schlagen: das lustig klingende »my boy« des alten Hempel, das dröhnende »sollte man's glauben!« des Pastors Hartwig, das krächzende Organ Lennerts und die vornehmen Nasallaute des Herrn Vegesack. Einmal war es ihm auch, als sähe er Fanny mit ihren traurigen Schwärmeraugen vor sich stehen und als hörte er ihre schöne Altstimme sprechen – und dann kam Matzenthiens langer Carle und warf mit Kartoffeln nach ihm . . .

In aller Frühe am nächsten Morgen wurde Fritz zu Hempel beschieden, der ihn in den Stall führte, um ihm die Pferde vorzustellen, die seiner besonderen Obhut anvertraut werden sollten. In dem großen, hellen und luftigen und äußerst sauber gehaltenen Raume standen zwölf Gäule vor ihren Krippen und wühlten im Futter. Da war zunächst der berühmte Viererzug Wendelins – Goldfüchse mit wunder-voller Halsung und prächtigen Mähnen, die augenblicklich, wie das Haar schöner Frauen vor der Toilette, durchflocht-en waren, die aber aufgelöst gleich einem Ballen Goldfäden schimmerten. Dann kamen zwei stämmige Karossiers, »Barodok« und »Troilus« genannt, zwei riesige Gäule von mächtigem Gliederbau – dann der Lieblingsrenner des Grafen, der dunkelbraune »Josias«, ein schlanker Trakehner mit nervösem Ohrenspiel, schönem Bug und drahtigen Beinen. Neben ihm stand der Apfelschimmel »Jemina«, das Reitpferd der Gräfin Katinka, und neben diesem der Rapp-Wallach »Hubertus«, ein Pferd, das Wendelin einmal auf einer Auktion gekauft hatte und das merkwürdigerweise unbekannter Abstammung war, obwohl es sicher Vollblut in sich hatte und auf allen Rennplätzen sich wacker hielt. Nun folgte »Princeps«, ein Graditzer, der seinem Herrn im letzten Meeting ein hübsches Kapital gebracht hatte – dann der »Zappelphilipp« und schließlich der »Jason«, ein hellbrauner Wallach, dem auch ein Laie sein hohes Alter ohne weiteres ansehen mußte und der sich gar seltsam unter seiner stattlichen Umgebung ausnahm. Vier Boxe waren unbesetzt.

Zwischen den Boxen von »Zappelphilipp«, der schon vor acht Tagen von Deesenhoff zurückgeschickt worden war, und »Jason« blieb der alte Hempel mit Fritz stehen.

»Wundre dich nicht, mein Sohn,« sagte er, seine beiden Daumen in die Ärmelausschnitte der blau und weiß gestreiften Weste steckend, »daß ich dir grad' die beiden Gäule herausgesucht habe. Das Reiten wird dich in erster Zeit ziemlich in Anspruch nehmen, deshalb wollt' ich dir absichtlich keine größere Last für den niederen Stalldienst aufhalsen. Den Zappelphilipp kennst du ja schon – das ist dein alter Freund – sieh' nur, wie freundlich er dich anschaut, der Racker ist by Jove klüger wie manch zweibeinig Geschöpf! Am Jason drüben sollst du die Pflege erlernen. Auch das ist eine Kunst, und der Jason verdient ebenso gut seine Pflege, wie ein müde gewordener alter Mensch, der sich sein Leben lang zum besten anderer abgerackert hat. Der Jason hat an die zehn Jahre unserm Herrn Grafen getreulich gedient und war dereinst ein Schrecken für alle Konkurrenten. Er hat einmal den großen Preis und zahlreiche zweite Preise gewonnen und ist seiner Zeit als Sohn des Kentucky und der Joe mit schwerem Gelde bezahlt worden. Eine chronische Bindegewebeverdickung in den Kniegelenken hat ihn unbrauchbar gemacht, und alle möglichen anderen Leiden sind dazu gekommen, wie das eben nur einer so treuen alten Bestie passieren kann. In deinen freien Stunden werde ich dir, zur Erholung gewissermaßen und damit du lernst, dem Tierarzt zur Hand zu gehen, ausführlich beschreiben, an welchen Fehlern, wie man sagt, unser alter Jason leidet, und werde dir erzählen, was ein Lufthopper ist und was Fesselgallen und was Staarpunkte und Überbeine sind. Ein tüchtiger Reitersmann muß in all' diesen Dingen Bescheid wissen und muß bei einem gelinden Kolikanfall oder einem unvorsichtigen Übertreten auch einmal selbst einzugreifen verstehen. Ja, mein Sohn, das muß er. Der Jason sei dir also von nun ab zur besonderen Pflege übergeben; der gnädige Herr Graf hat ihm das Gnadenbrot geschenkt, und nimmst du dich dieses alten Tiers recht brav und ordentlich an, so verdienst du dir damit so zu sagen auch einen Gotteslohn. Dixi, mein Junge. Nun an die Arbeit! . . .«

Es gab vollauf zu thun im Stall und auf dem Hofe. Nickel mußte auf Befehl Hempels Fritz die äußere Anleitung zum Putzen, Waschen und Füttern der Pferde geben. Das war nicht schwer zu begreifen, kostete aber fürerst noch manchen Schweißtropfen. Die Handhabung von Striegel und Kartätsche erforderte ebenso viel Übung wie das geschickte Reinigen der Hufe und das Futterschütten und Tränken. Fritz arbeitete am glatten Fell des Zappelphilipp sich förmlich müde, aber er war nicht wenig erstaunt, als der alte Hempel mühelos noch fünf Striche weißen Staubs aus der Striegel herausklopfte, nachdem er, der Fritz, seiner Meinung nach doch schon das Menschenmöglichste geleistet hatte. Hempel lächelte mit wohlmeinender Überlegenheit, als er das dumme Gesicht des Jungen sah. »Es ist noch kein Meister vom Himmel gefallen, my boy,« sagte er, »gelernt will eben *alles* werden!« – Und in der That, so leicht sich der Stalldienst auch anließ – es gehörte immerhin Kraft und Geschicklichkeit dazu, ihn recht zu erfüllen. Wie vorsichtig mußte die Kartätsche gebraucht werden, damit der kitzliche Zappelphilipp nicht hell wiehernd ausschlug! Wie geschickt mußte der Hafer in die Krippe geschüttet und das Heu in die Raufe geworfen werden, damit kein Atom des kostbaren Futters umkam! Und wie schwierig war die Schweifwäsche des ungeberdigen Gauls, der unausgesetzt mit den Hufen das Stroh durchwühlte und boshaften Gemüts dem guten alten Jason ins Ohr biß, sobald dieser einmal seinen schläfrigen Kopf zu weit nach dem Stande Zappelphilipps hinüberneigte! »Es will eben *alles* gelernt sein«, Hempel hatte ganz recht.

Um die Mittagsstunde trat ein bewegliches kleines Männchen in den Stall. Tom, Nickel und der lange Basedow, der immer mit der Zunge anstieß – der Bursche des Grafen – begrüßten den Kleinen mit schmetterndem Hallo. Das verdroß das Männlein sichtlich. Es stellte sich mitten im Stallgange auf, schob die rechte Hand in die lebhaft karrierte Weste, warf den Kopf zurück und schaute die johlenden Burschen mit Verachtung an.

»Erziehungsloses Plebs!« meckerte er dabei; »habt ihr noch immer nicht gelernt, was sich dem Vertreter von Landré und Bonnheimer gegenüber schickt?! Gegen Dummheit kämpfen Götter selbst vergebens, sagt freilich schon der große Körner – aber gut wär's, hättet ihr wenigstens Achtung vor dem Alter und vor der höheren Bildung! Wo ist Herr Hempel, mein Freund, keckes Gesindel?«

Erneutes Gejohle. Nickel pflanzte sich vor dem Kleinen auf und machte ihm ein halbes Dutzend Verbeugungen bis zur Erde. Basedow holte einen Stalleimer herbei, setzte ihn umgekehrt vor dem Männlein nieder und fragte in parodierender Ehrfurcht: »Wollen der gnädige Herr Graf Meck von Meckernsdorf nicht Platz nehmen?« Tom aber klopfte dem Kleinen mit derber Hand ziemlich rücksichtslos auf die

Schulter und sagte in seinem künstlich gebrochenen Deutsch:

»Mit Ihrer Schneiderei können Sie sick begrabben lassen, my dear mister Mausebrei – die neue Hose sein auch schon wieder geblatzt!«

Das ging dem Vertreter von Landré und Bonnheimer aber doch über den Spaß. Er wurde kirschrot im Gesicht und schleuderte dem falschen Englishman einen vernichtenden Blick zu.

»Wenn Ihre neue Hose geblatzt sein, so werden Sie woll von eine Pferde heruntergekabolzt sein, mein werter Mister Tom oder vielmehr Mister August Pretzel aus Pasewalk,« fuhr er mit dünner Stimme los. »Was denken Sie sich denn eigentlich, Sie grünschnäbliges Individibum? Glauben Sie, Sie können einen Mann, der klafterhoch an geistiger Bildung über Ihnen steht, ungestraft uzen? Noch *eine* solche Beleidigung, Herr Pretzel – und ich verklage Sie wegen Beschimpfung meiner Firma! Das fehlte mir grade! Die Hosen von Landré und Bonnheimer platzen *nie*, wenn man es nicht darauf absieht – wissen Sie das! Landré und Bonnheimer ist das *erste* Geschäft in Livreen aller Art – das *erste* Geschäft Europas – selbst Dudevant frères in Paris und John Dydles in London haben nicht einen Umsatz wie wir! Das merken Sie sich, Herr Pretzel, und nun heben Sie sich fort und rufen Sie mir Herrn Hempel! Er hat mich herbestellt – ich soll einem neuen Ankömmling Maß nehmen . . .«

Die letzten Worte sprach der kleine Mann voll stolzen Selbstbewußtseins, das sich noch wesentlich hob, als in diesem Augenblicke Hempel in der Stallthür erschien. Auch über sein faltiges Gesicht flog ein belustigendes Lächeln, als er Herrn Mausebrei sah, der sich mit kurzer Kehrtwendung zu ihm wandte und ihm die Rechte entgegenbrachte.

»Seid mir gegrüßt, Ihr Recke ans Champagnerland,« recitierte Mausebrei (er wollte »Burgunderland« sagen, verwechselte aber wie gewöhnlich die Begriffe); »gut, daß Sie kommen, mit Ihren entarteten Söldlingen ist ein Verkehr nicht mehr möglich! Machen Sie's kurz, Stallmeister – wem soll ich Maß nehmen? Ich bin immer froh, wenn ich dem rohen Volk den Rücken gewendet habe . . .«

»Sind Nickel und Tom wieder einmal boshaft gewesen?« entgegnete Hempel, halb schmunzelnd und halb mit Augenrollen. »Oder gar der lange Basedow, mit dem ich sowieso noch ein Hühnchen zu rupfen habe? Wartet, ihr Bürschchen, ihr werdet nicht eher ruhen, bis ich euch einmal allesamt acht Nächte hindurch habe Stallwache thun lassen! Das macht mürbe und dürfte euch die dummen Gedanken auf ein halb' Jahr vertreiben! . . .«

Hempel schlug mit der Reitpeitsche über seine Stiefelschäfte, daß es laut knallte. »Auf ein halb' Jahr, versichre ich euch,« wiederholte er noch einmal und faßte dann den Vertreter von Landré und Bonnheimer gemütlich um die Taille. »Machen Sie sich nichts draus, dear Mausebrei,« fuhr er fort, »diese verlotterte junge Gesellschaft ist Ihres Zornes gar nicht wert!« –

Mausebrei erhob seine rechte Hand zu einer Bewegung voll königlicher Würde und rümpfte ein klein wenig die Nase, um durch diese Vereinigung von Geste und Mimik auszudrücken, wie tief er Nickel und Konsorten verachte.

Der alte Hempel hatte inzwischen Fritz herangewinkt.

»Unser neuer Reitknecht,« sagte er zu Mausebrei; »der Junge steht noch in der Entwicklung, also nicht zu eng – auf Nachwuchs berechnet! Stallanzug und kleine Livree – das dürfte vor der Hand genügen, meint der Herr Graf.«

»Des Grafen Wunsch ist Mausebrei Befehl,« deklamierte der Kleine, zog dann ein Metermaß aus der Tasche seines kurzen, hechtgrauen Röckchens und begann die nötigen Schneidermessungen an Fritz vorzunehmen. Auch bei dieser Gelegenheit versäumte er nicht, seinen Citatenreichtum an den Mann zu bringen, wobei es ihm allerdings auf die merkwürdigsten Versverschiebungen und Umformungen durchaus nicht ankam.

»Fertig,« sagte er schließlich, das Metermaß wieder zusammenrollend. »Sie sind entlassen, junger Mann ... Der Stallanzug aus englisch Leder und an der Livree Wappenknöpfe – nicht wahr, mein werter Herr Hempel?«

»Wie gewöhnlich.«

»Ist schon notiert. Und bis wann?«

»So schnell wie möglich, bester Herr Mausebrei.«

»Werde es den Chefs vermelden. Es liegt allerdings kolossale Arbeit vor – die russische Botschaft hat eine völlig neue Equipierung bestellt. Aber Graf Kölpin ist unser alter Kunde – – wollte er nur nicht immer soviel an den Rechnungen streichen! Wollen sehen, was sich machen läßt. Meinen Gruß, Herr Stallmeister – ich muß zu Schiff nach Frankreich!«

»Was wollen Sie denn *da?*« fragte Hempel zurück.

Mausebrei lächelte halb mitleidig, halb überlegen.

»Dichterische Wendung, Herr Stallmeister – lesen Sie selbige in Schillers Wallenstein nach!«

Und dabei winkte der kleine Mann noch einmal königlich mit der Hand und verließ, wie ein Theatermarquis davontänzelnd, den Stall.

»Verdrehte Schraube,« murmelte Hempel leise vor sich hin und schüttelte den auf einem handbreiten weißen Stehkragen sitzenden Kopf. »Ist mir so etwas Verrücktes schon vorgekommen! Hätte ruhig Komödiant bleiben sollen, der kleine Hanswurst – goddam! . . .«

Fritz erfuhr erst später gelegentlich, welche Bewandtnis es mit diesem seltsamlichen Herrn Mausebrei hatte. Er bekleidete die hohe Würde eines Maßnehmers und Zuschneiders bei der Firma Landré und Bonnheimer, war früher aber einmal Schauspieler gewesen (Hempel behauptete, er hätte »tote Väter und schleichende Intriganten« zu seinen Hauptchargen gezählt) und von dieser Zeit her rührte seine Vorliebe für das Theatralische und für die Dichtercitate, die er, seiner Halbbildung entsprechend, freilich nach Möglichkeit falsch anzuwenden pflegte. –

Am Nachmittage erhielt Fritz in der verdeckten Bahn eines nahe gelegenen Pferdeverleihinstituts seine erste Reitstunde unter der Leitung Hempels. Fritz saß auf dem Zappelphilipp – so hatte es Graf Wendelin befohlen: der dicke faule Braune sollte gleichzeitig auch einmal ordentlich herangenommen werden. Das war eine anstrengende Stunde! Hempel ging nicht methodisch vor, sondern ließ Fritz hintereinander Schritt reiten, traben, galoppieren und springen. Zuerst sollte der Zögling Haltung lernen. Dabei wurden die Anfangsbegriffe der Bewegung dem jungen Reiter spielend eingeprägt. In einer halben Stunde wußte Fritz, was es hieß: durch die Bahn changieren, Volte und Kehrt reiten, Quergalopp und dergleichen mehr, und in der zweiten halben Stunde waren ihm auch die grundlegenden Begriffe der Zügelführung und des Schenkeldrucks nicht mehr fremd. Erst acht Tage später ging Hempel mit strengerer Schulung vor. Fritz war ein gelehriger Schüler, und obwohl ihm in der ersten Zeit alle Glieder des Körpers schmerzten, ließ sein Eifer und sein guter Wille doch keinen Augenblick nach. Auch Zappelphilipp mußte das schon Vergessene von neuem erlernen. Das dicke Tier stöhnte gewaltig, wenn es unter der lockeren Faust, aber dem festen Beindrucke Fritzens Schulter herein durch die Bahn tänzeln oder halb links, halb rechts Galopp eine Achte zirkeln mußte. Aber alles Prusten, Stöhnen und Wiehern half dem guten Zappelphilipp nichts, und wenn er einmal ärgerlich in die Höhe steigen wollte, dann schrie der alte Hempel: »Eisen herein!« und Fritz bohrte dem Widerspenstigen die Sporen in die Weichen, daß Zappelphilipp vermeinte, sein letztes Stündlein sei gekommen.

Sechs Wochen mochten vergangen sein, als Graf Wendelin eines Tages unerwartet in die Reitbahn trat. Fritz mußte zeigen, was er gelernt hatte. Der Graf stand in seiner Interimsuniform, die Hände auf den Säbel gestützt, das Monocle im Auge, breitbeinig in der Mitte der Bahn und schaute aufmerksam zu. Von Zeit zu Zeit nickte er und rief ein kurzes »Bravo« zu Fritz empor. Gegen Ende der Stunde wandte er sich an Hempel.

»Hat denn der Zappelphilipp nun endlich springen gelernt?« fragte er.

»Wie ein Daus, Herr Graf,« antwortete Hempel.

»Na denn 'mal los,« befahl Wendelin.

Hempel ließ Stangen hereinbringen und in die Einschnitte der Bande legen. Die ganze Reitbahn sah wie ein Springgarten aus. Zappelphilipp wieherte und zitterte förmlich vor Nervosität – er kannte die Vorbereitungen. Dann begann die Hetze. Hui – hui – hui ging es über die Hindernisse, schlankweg, ohne Zaudern und Zögern – sechsmal, zwölfmal – ohne daß Zappelphilipp nur Miene gemacht hätte, zu stutzen, geschweige denn auszubrechen.

Der Graf nickte lebhafter mit dem blonden Kopfe. »Seh 'mal einer an,« meinte er, »das hätte ich nicht gedacht! Vortrefflich – ganz vortrefflich! Es ist gut, Hempel – es ist gut, Fritz! Halt!«

Fritz parierte, und der Gaul stand, mit schäumendem Maule an der Kandare kauend.

»Ich bin sehr zufrieden, Hempel,« sagte Wendelin, »die Schule hat auch dem Zappelphilipp gut gethan. Er war verwöhnt wie eine Prinzessin von Fez. Nun aber noch eins, Hempel. Halten Sie mir darauf, daß der Fritz eine schlankere Taille bekommt. Zum Zappelphilipp mag der Kartoffelbauch passen, aber für meine Renner nicht. Überwachen Sie die Diät des Jungen. Da – fange 'mal, Fritz!«

Und der Graf zog seine Börse hervor und warf Fritzen ein Goldstück zu. Fritz fing es auf, bedankte sich und steckte es in die Westentasche.

Gut, daß es Fanny nicht gesehen hatte! –

Siebentes Kapitel

Die Zeit verrann. Fritz Fiedler lernte reiten und noch alles Mögliche dazu. Er lernte auch Englisch sprechen – freilich nur das Rennbahnenglisch des alten Hempel, der ihn in den freien Abendstunden nach eigener Methode zu unterrichten pflegte. Fritz, der sonst, wie wir wissen, durchaus nicht lernbegierig war, machten diese Lehrstunden im kleinen Stübchen Hempels vielen Spaß. Auf die Grammatik kam es dem alten Jockey wenig an – das Sprechen war die Hauptsache, und es währte auch gar nicht lange, so plapperte Fritz sein Englisch genau so flüssig und genau so schlecht herunter wie sein Lehrherr selbst.

Die Lehrmethode, die Hempel anwandte, war so übel nicht. Sobald Fritz sich nur einigermaßen auszudrücken verstand und sich die ersten paar Dutzend Vokabeln angeeignet hatte, begann Hempel mit ihm zu konversieren. Der Alte erzählte allerhand Schnurren und Erlebnisse aus seinem bunten Leben und wußte diese kleinen Geschichten so interessant vorzutragen, daß Fritz ihnen mit größter Aufmerksamkeit lauschte und bei jedem Ausdrucke, den er nicht verstand, oder jeder Wendung, die ihm nicht klar erschien, sofort um Erläuterung bat. Hempels Geschichten spielten sich selbstverständlich stets auf den Rennplätzen oder wenigstens in Sportkreisen ab, und er war unerschöpflich in Anekdoten. Er hatte ein hübsches Stück Welt gesehen, in Epsom ebensogut seine Renner durch die Pfosten geführt wie in Nizza und Paris und auf den Rennplätzen Amerikas. Ein sehr amüsantes Nachahmungstalent erhöhte die Wirkung seiner Erzählungen noch mehr. Wenn er die gravitätische Vornehmheit eines englischen Lords, die nervöse Zapplichkeit eines französischen Marquis oder das brutale, breitspurige Wesen eines amerikanischen Sportsman charakterisierte, brach Fritz stets in schallendes Gelächter aus.

Das Verhältnis zwischen Hempel und Fritz hatte sich mit der Zeit wie das eines Vaters zum Sohne gestaltet. Hempel hatte seinen jungen Zögling lieb gewonnen. Wie dieser, so stand auch der alte Mann einsam auf der Welt, und es that seinem verwaisten Herzen wohl, in Fritz eine anschlußfähige Natur und ein warmes Gemüt gefunden zu haben. So machte es ihm auch Freude, Fritz zu unterrichten und nach seiner Art zu einem tüchtigen Menschen heranzubilden. Die Lehrstunden nach dem Abendessen hatten im weiteren noch den Vorzug, daß sie Fritz von den Bummeleien und den dummen Streichen der übrigen Dienerschaft des Kölpinschen Hauses zurückhielten. Fritz fühlte sich in der Gesellschaft Hempels so wohl, daß er den Verkehr mit den andern auf das geringste Maß beschränkte – der Umgang mit Tom, Nickel, Basedow, dem hochmütigen Vegesack und den Lakaien paßte ihm sowieso nicht recht. Nur mit dem alten Aalkrug, dem ersten Kammerdiener und würdigen Freunde Hempels, stand er auf gutem Fuße. Aalkrug war eine brave Seele, und obwohl auch ihm, der in früheren Jahren längere Zeit im königlichen Schlosse bedienstet gewesen, etwas von dem Lakaiendünkel der Bedienten großer Häuser eigen war, so wußte er den Stolz auf seine Vergangenheit doch stets in so humoristische Formen zu kleiden, daß man ihm nicht gram sein konnte. Aalkrug besaß eine Frau, die, sechszigjährig wie er selbst, die Wäsche und das Silber des Hauses zu bewahren hatte. Die beiden Leutchen bewohnten im ersten Stockwerk des dem Stalle gegenüber gelegenen sogenannten Kastellanshauses zwei Zimmer und hier war Fritz mit Hempel zusammen öfters zu Gaste. Man verzehrte gemeinsam das Abendbrot und trank dazu aus einem mächtigen Glase Berliner Weißbier. Hempel stiftete den dazu gehörigen Kümmel, ohne den, wie er sich ausdrückte, das »labbrige Zeug« ihm nicht durch die Kehle gleiten wollte. Dabei erzählte der alte Jockey denn mit ernstestem Gesicht die wunderbarsten Münchhausiaden und Aalkrug gab allerlei aus dem Schatze seiner Hoferinnerungen zum besten, wobei er nie verfehlte, jede dieser Geschichten mit den würdevoll vorgetragenen Worten einzuleiten: »Als ich noch die Ehre hatte, unsrer gnädigsten Majestät persönlich zu dienen . . .« Der gnädigsten Majestät hatte er zwar nie persönlich gedient, da er, wie man wissen wollte, nur Tafel-Lakai im Schlosse gewesen war – aber das schadete nichts; seine Erzählungen fanden dennoch den Beifall der Zuhörer, besonders den der guten Mutter Aalkrug, die, immer strickend und mit dem Kopfe nickend, auf jedes Wort ihres Gatten wie auf das Evangelium schwur.

Äußerlich hatte Fritz sich im letzten Jahre bedeutend zu seinem Vorteil verändert. Hempel hatte ihn, dem Befehle des Grafen folgend, der den Burschen zum Jockey herangebildet wissen wollte, gehörig in »Training« genommen. Alle Fett ansetzenden Speisen wurden ihm verboten, dafür erhielt er Fleisch, soviel er wollte. An Gewicht verlor der Junge binnen kurzer Zeit infolgedessen gewaltig; er war schlank wie eine Tanne geworden, und das stand ihm vortrefflich. Alles an ihm war Muskel und Sehne; seine riesige Körperkraft schien dabei noch gewachsen zu sein – Tom und Nickel hatten allen Respekt vor seinen eisernen Fäusten.

Nach Klein-Busedow schrieb Fritz fast alle Monate, und er erhielt stets pünktliche Antwort – abwechselnd vom Pastor und der Pastorin, dann auch einmal von Gustel und Line, doch niemals von Fanny. »Fanny grüßt«, lautete gewöhnlich der Schluß des Briefes, und das ärgerte Fritz. »Sie kann ja selbst einmal schreiben,« sagte er sich, »und wenn sie zu stolz dazu ist, dann lasse sie's bleiben. Mir ist es wurscht«. Es war ihm in Wahrheit aber durchaus nicht »wurscht«. Es kränkte ihn sehr, daß sein Ritterfräulein seiner so ganz vergessen hatte, und oft genug schlich sich in stilleren Stunden in seinen Gedankenflug die Erinnerung an ihr blasses süßes Gesicht und an ihre dunklen, fragenden Augen. Doch sein Trotzkopf war störrisch und dick geblieben, ob auch des Leibes Gliederbau gefügiger geworden war, und der dicke Kopf meinte: schreibt *sie* nicht, schreibe ich auch nicht – basta! –

An seinen freien Tagen wollte Fritz natürlich Berlin kennen lernen, und Hempel übernahm die Führung. An diesen Sonntagen wurde die Livree mit Civil vertauscht, das Portemonnaie auf seinen Inhalt hin revidiert, und dann zogen die beiden los. Ein ungleicheres Paar ließ sich kaum denken. Neben dem hochgewachsenen, pinienschlanken Fritz mit seinem rosigen Kindergesicht und dem kurz geschnittenen blonden Haar, nahm sich der kleine Hempel wie eine Oberländersche Karrikatur aus. Das magere Gesicht mit der riesigen Hakennase war zwar stets glatt rasiert, aber auf Kinn und Wangen lag trotzdem beständig ein bläulich dunkler Schimmer. Die kurzen krummen Beine – »Teckelbeine« sagte der boshafte Basedow – hatten jenen merkwürdig watschelnden Gang, den man häufig bei alten Kavalleristen findet, und dabei schob Hempel den Oberkörper mit Vorliebe weit nach vorn und krümmte den Rücken, als ob er zu Pferde säße und über die Rennbahn sauste. Im Anzuge trug er sich gern etwas geckenhaft. Er liebte die grellen Farben, liebte maisgelbe Westen und scheckige Beinkleider und steckte sich, wenn er konnte, eine Blume ins Knopfloch. Im Munde aber hatte er immer, wo es nur anging, eine jener langen, pechschwarzen, fürchterlich schweren Cigarren, die Fritzen in so böser Erinnerung waren, daß er seit dem verhängnisvollen Heimweg von Deesenhoff nach Klein-Busedow am Ostermontage es noch nicht wieder mit dem Rauchen versucht hatte. Eine besondere Eigenschaft der Hempelschen Cigarren war die, daß sie alle fünf Minuten ausgingen; Hempel rauchte dann gewöhnlich eine Stunde lang kalt weiter, ehe er sie von neuem anzündete, um sie nach abermals fünf Minuten von neuem ausgehen zu lassen. So kam es, daß er tagsüber sich immer nur mit einer Cigarre abzuquälen brauchte, obschon er sie, wie gesagt, selten aus dem Munde ließ.

Die Sonntagsspaziergänge mit Hempel hatten einen eigenen Reiz für Fritz. Hempel kannte Berlin seit dreißig Jahren und wußte überall Bescheid. Nur einmal, als Fritz mit ihm das Museum besuchte, erlahmte seine Allwissenheit. Für die schönen Künste hatte er ebensowenig Sinn wie sein Herr. Er selbst war zum erstenmale in seinem Leben im Museum, und das Museum mißfiel ihm sichtlich. Da war es im Cirkus denn doch bei weitem interessanter – oder im American-Theater, wo der unverfälschte Berliner Witz seine Heimstätte hat – oder draußen in der Hasenhaide in den großen Vergnügungsetablissements, wo »Familien Kaffee kochen können« und wo sich an den Sonntagsnachmittagen das bunteste Volksleben zu entwickeln pflegt. Dann und wann fuhren die beiden wohl auch einmal mit der Ringbahn oder dem Dampfer hinaus in die Umgebung der Residenz, stapften vergnügt durch den Sand des Grunewalds, ruderten auf einem der Havelseen bei Potsdam umher oder wanderten die staubige Chaussee hinab bis nach dem grünen Tegel, wo dereinst Alexander von Humboldt sein Buen Retiro aufgeschlagen hatte – eine Thatsache, die Herrn Hempel freilich weniger interessierte als das geräuschvolle Treiben unmittelbar hinter dem ehemaligen

Wohnsitze des großen Gelehrten, auf der Trabrennbahn von Weißensee.

Die Rennbahn bildete stets den Hauptanziehungspunkt der beiden Sportsmen, wenn sie sich an den Feiertagen einmal des Herrendienstes ledig fühlen durften. Ließ Graf Wendelin eines seiner Pferde laufen, so war es ja selbstverständlich, daß weder der alte Hempel noch Fritz in der Umgebung des Grafen fehlte – aber auch sonst waren die beiden ständige Zuschauer bei allen Meetings auf der großen Charlottenburger Bahn. Die Trabrennen in Weißensee, wo Gevatter Pusecke aus der Prinzenstraße seinen angejahrten Braunen gegen Meister Hannemans schwindsüchtige Schimmelstute im Geschirr gehen ließ und wo die geehrten Herren Schlächtermeister von Berlin sich ihren Wochenverdienst am Totalisator gegenseitig abnahmen, wurden nur dann und wann einmal und auch nur »Ulkes halber« besucht, denn Hempel war viel zu sehr Pferdekenner und Pferdefreund, um die Traberkunststücke der unglücklichen Schlächtermähren auf dem Blachfelde von Weißensee amüsant zu finden. Aber draußen in Charlottenburg – da gab es doch wirklich etwas zu sehen, da lachte einem das Herz im Leibe, wenn man die prächtigen Gäule am Startpfosten vor sich hatte, und das Auge weitete sich, wenn die Fahnen fielen und es hurra huß! hineinging in die unübersehbare Bahn – keuchend, pustend und schäumend!

Das war doch noch Leben und nervenkitzelnde Aufregung! Man mußte den alten Hempel sehen, mit welch' fieberndem Interesse er den Vorgängen auf dem Rennplatze folgte! Alle Welt kannte er, und überall sah man seine kleine dürre Gestalt und seine riesige Hakennase. Bald zischelte und flüsterte er mit den Buchmachern, bald renommierte er gewaltig im Kreise befreundeter Jockeys und Trainer, bald unterhielt er sich an der Wage mit einem aristokratischen Sportsman, der von dem Vielerfahrenen vielleicht irgend einen guten Rat erbat. Und stets mußte Fritz an seiner Seite bleiben. Hempel wollte es so. »Immer dicht neben mir,« hatte er zu Fritz gesagt, »immer die Augen offen und immer den Mund zu – so lernt man am meisten.« Und Fritz befolgte diesen Rat getreulich – auch auf ihn übte dieses eigentümlich anregende Treiben einen mächtigen Reiz aus.

* *
*

Am sechsten Mai feierte der alte Aalkrug seinen Geburtstag. Graf Wendelin hatte ihm schon am frühen Morgen persönlich gratuliert und ihm sein Kabinetsporträt mit der Unterschrift: »Seinem treuen alten Aalkrug – Wendelin Graf Kölpin-Deesenhoff« geschenkt. Das war sinnig und billig. Gegen Mittag hatte Gräfin Katinka den Kammerdiener in ihr Boudoir rufen lassen. Die Gräfin pflegte gern wieder wett zu machen, was ihrem Gemahl mit seiner übertriebenen Sparsamkeit übel vermerkt worden war, und deshalb schenkte sie Aalkrug eine goldene Taschenuhr als Ersatz für das schwere, altertümliche Tombakwerk, das der Kammerdiener in der Westentasche trug. Aalkrug war tief gerührt, küßte seiner gnädigen Herrin wiederholt thränenden Auges die Hände und wußte am Abend, wo Hempel, Fritz Fiedler und Herr Spirius, der Koch, zu einem solennen Essen in das Kastellanshaus geladen worden waren, nicht genug von der Güte und Freundlichkeit seiner jungen Gräfin zu erzählen.

Es ging sehr festlich zu an diesem Abend in der kleinen Wohnung Aalkrugs. Herr Spirius hatte es sich nicht nehmen lassen, selbst das Menü zusammenzustellen und für einige Delikatessen der Saison Sorge zu tragen. Hempel und Fritz mußten sich durch einen kleinen Geldbetrag beteiligen – Aalkrug hatte sich nur um den Wein zu kümmern, um sonst nichts.

Das waren vergnügte Stunden. Im Zimmerchen brannte die Hängelampe über dem von Frau Aalkrug festlich

85

gedeckten Tische, dessen Mitte ein voller Strauß Maiglöckchen einnahm, den Vegesack, der erste Kutscher, am Vormittage gespendet hatte. Frau Aalkrug hatte die Absicht gehabt, in einer Aufwallung dankbarer Gesinnung auch Herrn Vegesack für den Abend einzuladen, aber sowohl ihr Gatte, wie auch Hempel und Spirius waren dagegen gewesen. Kein Mensch mochte den albernen Vegesack recht leiden, und da die gräflichen Herrschaften zum guten Glück in den Abendstunden noch ausfuhren, so war dies der beste Grund, den geckenhaften Oberkutscher mit der Einladung zu übergehen.

Neben dem alten Aalkrug, der in einem großen Sorgenstuhle saß und der mit seinem frischen, dicken und glatten Gesicht, dem schneeweißen, sorgfältig gescheitelten Haar und dem behäbigen Embonpoint heute noch würdiger aussah als sonst, hatte seine Frau Platz genommen, ein rundes kleines Weibchen in geblümtem Kattunkleide und mit einer altmodischen großen Haube auf dem Kopfe. Auf der andern Seite Aalkrugs saß Herr Jean Henry Spirius, der Koch, den man sonst immer nur im Kostüm seines Berufs, schneeweiß vom Kopf bis zu den Füßen, zu sehen pflegte, der aber an diesem feierlichen Abend einen tabakbraunen Überrock mit Sammetkragen und gelbe Beinkleider mit breiten Gallons trug. Spirius war ein wohlgenährter Mann, wie sich dies für einen Küchenchef ziemt; sein Vollmondsgesicht glänzte immer, als sei es in Öl getaucht, und hinter das rechte Ohr steckte er gern irgend eine Blume oder ein grünes Zweigchen aus dem zur Ausschmückung der Schüsseln bestimmten Blütenstrauß, den der Gärtner tagtäglich zur gewissen Stunde in der Küche abzuliefern hatte. Auch heute war Spirius nicht von dieser Gewohnheit abgegangen; über seine voll gerundete rechte Backe nickte eine feuerrote Nelke a tempo mit jeder Kopfbewegung des Küchenmeisters.

Frau Aalkrug hatte soeben eine mächtige, mit einer weißroten Serviette bedeckte Schüssel auf den Tisch gestellt, strich sich dann das beständig leise knisternde Kattunkleid glatt und ließ sich wieder umständlich neben ihrem Gatten nieder. Aalkrug schmunzelte im Vorgefühl der ungeahnten Herrlichkeit, welche die weißrote Serviette vorläufig noch neidisch verbarg; man hatte ihm das Menü der Tafel sorgfältig verschwiegen – er sollte an diesem seinen Ehrentage überrascht werden, so war es der Wunsch der Freunde gewesen.

Hempel reckte sich auf seinem Stuhle in die Höhe, um dem bedeutend größer gewachsenen Koch die Frage ins Ohr zu tuscheln, mit welcher Weinsorte anzufangen sei.

»Scharlachberger,« wisperte Spirius zurück, – »die Rheinweinflaschen mit dem blauen Kopfe . . .«

Und Hempel erhob sich und stakerte mit seinen krummen Beinen nach der Ofenecke, wo eine ganze Kollektion von Flaschen in Reih und Glied aufgepflanzt stand und ihrer Bestimmung harrte.

Währenddessen zog Spirius mit lüstern gespitztem Munde und fast feierlicher Miene die Serviette von der Schüssel in der Mitte der Tafel.

»Ah« – machte Aalkrug, »Hummern – sieh da, sieh da . . . Als ich noch die hohe Ehre hatte, unsrer allergnädigsten Majestät persönlich dienen zu dürfen, war es mir oftmals vergönnt, hochdemselben Hummern servieren zu können. Hummern sind, wie Ihr ja wohl alle wissen werdet, die hohe Leibspeise unserer allergnädigsten Majestät, doch lieben Majestät, dieselben warm, ganz warm, möglichst so, wie sie aus dem Wasser kommen, zu genießen. Das Fleisch muß gewissermaßen noch heiß sein – dann strömt es auch jenes wundervolle, die Geruchsnerven in angenehmster Weise anregende Aroma aus, das dem kalten Hummer immer abgeht . . .«

»Sehr richtig, Herr Kammerdiener,« fiel Spirius ein und nickte dazu, daß die rote Nelke hinter seinem Ohre in bedenkliche Schwankungen geriet, – »es ist Thorheit, den Hummer kalt zu servieren. Warum ißt man dann nicht auch die Krebse kalt? Ist der Hummer etwas anderes als ein großer Krebs? . . .«

Und Herr Spirius verlor sich in eine längere kulinarische Erörterung, die er in einem gewissen salbungsvollen Tone vortrug, als ob er vom Katheder aus docierte, während die anderen mit dem Essen begannen. Fritz, der sich zum erstenmale in seinem Leben an einem Hummer delektieren durfte, schaute seinem Nachbar Hempel zunächst auf die äußerst thätigen Finger, um sich darüber klar zu werden, auf welche Weise man die roten Untiere zu vertilgen pflegte. Es war leicht zu begreifen – genau wie die Krebse – also frisch an die Arbeit!

Es schmeckte prächtig. Einige Zeit hindurch wurde kein Wort gesprochen – man hörte nur das Knacken der Schalen, das freundliche Klirren der Gabeln und ab und zu ein leises Schlürfen, wenn einer der Gäste an dem goldgelben Scharlachberger nippte – Geräusche, die jedem Gourmet wie Sphärenklang zum Ohre tönen. Ein wirklicher Gourmet war an dem kleinen Tische freilich nur Herr Spirius. Der verstand nicht allein mit Wissenschaft zu kochen, sondern auch mit Wissenschaft zu genießen. Er war in seiner Art ein gebildeter Mann, stammte aus guter Bürgerfamilie und hatte keine üble Erziehung genossen; sein Vater war ein wohlhabender Hotelier gewesen, aber der leichtsinnige Sohn hatte das elterliche Vermögen verpraßt und mußte dann, als nichts mehr übrig geblieben, zum Kochlöffel greifen, um durch seine Kunst nicht nur andere, sondern auch sich selbst zu erhalten.

»Süperb,« sagte er, als er mit der Gabelspitze das letzte Stückchen rosafarbenes Fleisch aus der Hummerscheere hervorgeholt hatte, und tupfte sich mit der Serviette auf den dicklippigen, genußsüchtigen Mund. »Ganz süperb – – auch der Scharlachberger, mein werter Herr Aalkrug! Alle Hochachtung vor diesem köstlichen Tröpfchen! Woher bezogen, wenn man fragen darf? . . .«

Über das glatte Diplomatengesicht des Kammerdieners glitt ein leichter Zug von Verlegenheit. Er war ein alter treuer Diener, aber wenn der Graf ihm einmal ausnahmsweise den Kellerschlüssel anvertraute – oft kam es ja nicht vor – hielt seine Gewissenhaftigkeit doch nicht immer Stand. Und Aalkrug hatte eine ganz besondere Passion für einen Schluck feinen Rheinwein! . . . Er räusperte sich und rückte sich an seiner weißen Binde.

»Ein Geschenk,« entgegnete er mit seiner sanften, öligen Stimme, indes er das Glas erhob, um das Aroma der Blume einzufangen, und dabei gleichzeitig seiner Frau einen geheimen Wink mit den Augen gab.

Frau Ursula erhob sich sofort, knisterte mit ihrem Kattunkleide aus dem Zimmer, hantierte wenige Minuten in der Küche umher und kehrte sodann mit einer neuen Schüssel in das Zimmer zurück.

»Puter,« sagte sie, mit strahlendem Gesicht und einem triumphierenden Blicke die Schüssel niedersetzend.

»Nicht doch – nicht doch,« – und Spirius schüttelte mißbilligend den dicken Vitelliuskopf –, »Kapaun à la Braese mit Champignons, aber kein Puter, liebe Frau Aalkrug . . . Hat er auch in der Warmröhre gestanden? – Ah ja, der Duft – dieser Duft, Kammerherr – was!? –«

Wenn der Küchenchef den alten Aalkrug ›Kammerherr‹ titulierte, war Spirius immer in rosenfarbener Stimmung. Auf seinem Gesicht lag eitel Wonne, seine Nasenflügel vibrierten leise und seine Augen liebäugelten mit dem appetitlich gebräunten Vogel, der vor ihm stand.

»Darf ich tranchieren?« fragte er und griff bereits nach dem Vorlegemesser. »Außerordentlich gelungen – nicht zu weich, nicht zu hart – grade recht! Geflügel darf nie zu weich gekocht sein, nie darf sich das Fleisch zerfasern – nicht ein Atom darf beim Tranchieren am Messer hängen bleiben! Das Tranchieren ist freilich auch eine sehr schwierige Sache, die ihre Kunst, ihre Übung erfordert! Hineinwüten in die Fleischstücke – ja, das kann jeder – aber nach der Regel verfahren, fein säuberlich Schnitt um Schnitt vom Knochen lösen und dem Ganzen dabei immer noch den Charakter des Ganzen zu wahren – das können eben nur erfahrene Hände. Habe da 'mal vor Jahren einen Baron Krey kennen gelernt, einen alten würdigen Herrn, der hatte das Tranchieren 'raus, als wäre er ein gelernter Koch – aber diese alten würdigen Herren, die sich aus reiner Liebe zur Sache mit wissenschaftlichem Eifer der Küchenkunst widmeten, sind ausgestorben. Einen Grafen Münster, einen Brillat-Savarin, einen Baron Vaerst giebt's heute nicht mehr . . . Was denn, mein lieber Herr Stallmeister?«

Hempel hatte sich zum zweitenmale auf seinem Stuhle in die Höhe gerichtet und flüsterte Spirius erneut eine Frage ins Ohr.

»I bewahre,« entgegnete Spirius leise, aber mit sichtlichem Unwillen. »Den Pigeon nachher – zum Käse schmeckt ein Glas guten Rotweins vortrefflich – jetzt rollt mir erst 'mal den Sekt heran, damit wir auf den Würdigsten unter uns anstoßen können! – 's ist doch kein Schaumwein? – Pommery greno – Kammerherr, Sie sind eine Seele von Mensch!« . . .

Hempel löste den Korken und füllte das perlende Gold in die Spitzgläser. Aalkrug schmunzelte und seine dicke kleine Frau nickte so lebhaft mit dem Kopfe, daß die violetten Haubenbänder hin und her schaukelten. Vom Antlitz des Küchenchefs leuchtete ein unendliches Wohlgefallen herab, und Fritz Fiedler machte große Augen, als er bemerkte, daß sich über dem Wein in den Kelchen eine flockige Schaumdecke bildete. So etwas hatte er im Leben noch nicht gesehen! –

Spirius als der Alterspräsident an der kleinen Tafelrunde schlug an sein Glas, erhob sich und rühmte in wohlgesetzter Rede all' die Vorzüge, deren sich das Geburtstagskind erfreute. Frau Aalkrug traten dabei die Thränen in die Augen, und als Spirius nun gar seinen Toast mit einem donnernden Hoch auf den Kammerdiener schloß, da kannte die Rührung der dicken kleinen Frau keine Grenzen mehr – die Thränen tröpfelten ihr über die Wangen, sie mußte nach dem Taschentuch suchen.

Die Gläser wurden geleert, und Hempel schenkte von neuem ein.

»Schmeckt's, Fritz?« fragte er.

»Ob's schmeckt!« gab der große Junge zurück. »Alle Wetter, das kribbelt ordentlich in der Nase . . . alle Wetter, ist das ein Zeug! Herrjeses, wenn ich da an den Johannisbeerwein von unserm Pastor denke . . .«

»Sie erwähnten vorhin eines alten Baron Krey, mein lieber Spirius,« fiel Aalkrug ein. »Was war das für ein Krey, wenn ich fragen darf? Als ich noch die Ehre hatte, Sr. Majestät unserm allergnädigsten Herrn persönlich dienen zu dürfen, hatten wir bei Hofe einen Kammerherrn von Krey – irre ich nicht einen Oheim unserer Gräfin, die ja auch eine geborene Baronesse Krey ist – einen prächtigen alten Herrn, der in Mecklenburg begütert war und infolge seines urkomischen, sehr derben Wesens in den Ruf eines Originals kam . . .«

»Das dürfte derselbe sein, den auch ich kennen gelernt habe,« bemerkte der eifrigst mit dem Kapaunflügel beschäftigte Küchenchef. »Apropos – war unsere Gräfin, bevor sie sich verheiratete, nicht einmal kurze Zeit hindurch mit auch einem Baron von Krey, einem Vetter von ihr, verlobt . . .? Mir ist so, als hätte man mir bei irgend einer Gelegenheit davon erzählt . . .«

»Das hat allerdings seine Richtigkeit,« gab Aalkrug zu und lächelte dabei diplomatisch, wie er es immer that, wenn er den inneren Drang verspürte, eine kleine Klatschgeschichte zum besten zu geben. »Ja – unsre gnädige Gräfin war bereits so gut wie verlobt, ehe sie ihren jetzigen Gatten kennen lernte – und alle Welt glaubte damals, sie würde recht unglücklich werden und sich vielleicht für Lebenszeit hinter hohen Klostermauern begraben, als das Verhältnis zwischen ihr und dem Baron von Krey auf ziemlich rauhe Weise gelöst wurde. Ah – das war eine traurige Zeit – – ich kenne diese Unglücksgeschichte genau und sozusagen aus erster Quelle, da derzeitig mein Stiefbruder – der Franzel, Mutter,« wandte sich der Sprecher erläuternd an seine Frau – »Privatsekretär bei dem alten Baron Krey in Monsthal war. Eine böse Geschichte – ja, ja« . . . und der Kammerdiener schüttelte wehmütig den grauen Kopf und schwieg dann einige Zeit, um die Neugier seiner Zuhörer noch mehr zu reizen . . .

Klatsch über die eigene Herrschaft! Das war ein so interessantes Thema, daß Hempel Messer und Gabel zur Seite legte, Frau Aalkrug die Hände im Schoße faltete, und selbst Spirius in der Verwüstungsarbeit auf seinem Teller innehielt und fragend aufschaute. Der glatte äußere Schliff, den die drei sich in beständigem katzenbuckelnden Verkehre mit der vornehmeren Welt angeeignet hatten und den sie auch im vertrauten Umgange untereinander nicht gern aufgaben, sondern eher noch übertreibend betonten, um sich vom niederen Bedientenpack vorteilhaft zu unterscheiden, kam bedenklich ins Wanken, sobald man die Herrschaft beklatschen konnte. Das gab immer einen besonderen Spaß. Da wurden hundert alte Geschichten aufgewärmt und hundert neue dazu erfunden – es kam durchaus nicht darauf an, ob das, was man erzählte, wahrhaftig war oder erlogen . . .

»Nun –?« fragte Hempel voll brennender Neugier.

»Los – los!« eiferte Spirius, »genieren Sie sich nicht – wir sind unter uns, bester Aalkrug, denn auch unser wackerer junger Freund, der Fiedler, wird Corpsgeist genug besitzen, unsre Tischunterhaltung nicht an die große Glocke zu hängen. Nicht wahr, mein lieber Fritz, wir sind verschwiegene Leute –?«

Fritz nickte. Er war zu sehr mit seinem Kapaun beschäftigt, als daß ihn das Gespräch der anderen besonders interessiert hätte.

Aalkrug strich sich mit der Hand über das glatte Gesicht und lächelte wieder.

»Es sind ja durchaus keine Geheimnisse, die ich euch erzählen will, meine verehrten Herren,« sagte er; »i Gott bewahre – wenn ich Geheimnisse zu hüten hätte, dann würde kein Wort über meine Lippen kommen! Die Geschichte von der unglücklichen ersten Liebe unsrer Gräfin ist seiner Zeit überall besprochen worden – ich glaube, sogar in den Zeitungen hat man darüber geschrieben – natürlich, ohne daß die Namen der Beteiligten dabei genannt wurden. Ich habe, wie ich euch schon sagte, alles auf das Genaueste von meinem Stiefbruder, dem Franz, erfahren, der dazumal die Korrespondenz für den alten Baron Krey auf Monsthal – Hans Christoph von Krey hieß er – geführt hat. Dieser alte Baron Hans Christoph von Krey gehörte der süddeutschen Linie des Geschlechts an und war ein richtiger Vetter des Vaters unsrer Frau Gräfin – wißt ihr. Ich glaube nicht, daß die Kreys jemals reiche Leute gewesen sind – der alte Baron besaß jedenfalls nichts, rein nichts. Monsthal, das er von seiner Mutter geerbt hatte, war freilich ein recht hübscher Besitz, aber was nützte ihm der, da jeder Stein und jedes Fleckchen Erde auf dem Gute mit Hypotheken überlastet war! Die Ernte war schon immer auf Jahre voraus verpfändet, und von den schönen Waldungen war auch nicht viel übrig geblieben im Laufe der Jahre – da hatte die Axt ganz gehörig gewütet, so daß Reh und Hase nicht mehr wußten, wo sie sich verstecken sollten. Der Baron muß ein toller Kumpan gewesen sein – sapperlot, was hat mir der Franz für Geschichten von seiner Verschwendung und seinen Pumpereien erzählt! Er unternahm oft große Reisen, um sich in fremden Hauptstädten Geld zu schaffen, weil ihm zu Hause kein Mensch mehr auch nur einen Kreuzer borgen wollte – und draußen in der Welt, wo man den Herrn Baron nicht kannte, fanden sich auch wirklich immer Dumme, denen sein nobles Auftreten imponierte und die an seine Geschäftstüchtigkeit glaubten. Die ganze Geschäftstüchtigkeit des Barons beschränkte sich aber auf sein Mundwerk; kein Mensch konnte so schön reden, wie Hans Christoph von Krey, wenn er seine großen Pläne und Absichten entwickelte. Er hatte *immer* Pläne; bald wollte er ganz weit hinten auf der Erde, in China oder sonst wo, Eisenbahnen bauen, bald eine Bank gründen, um dem Sultan von Konstantinopel Geld zu schaffen, weil der nie welches hat – gerade wie der Baron Krey –, bald eine Expedition ausrüsten, um ein paar gefangene Missionare oder wie man die Leute nennt aus dem Zululande hervorzuholen. Und bei all diesen Plänen, die natürlich niemals zur Ausführung kamen, fiel immer etwas – und manchmal auch eine ganze Menge – für den Herrn Baron ab, der dann nichts Eiligeres zu thun hatte, als den Verdienst möglichst schnell wieder anderweitig an den Mann zu bringen. Es brauchte aber nicht gerade immer ein *Mann* zu sein« . . .

Die letzte witzige Anspielung rief auf den Gesichtern von Hempel und Spirius ein Lächeln der Befriedigung hervor. Der alte Aalkrug konnte schon etwas erzählen, wenn er wollte; der wußte Bescheid im Klatsch der großen Welt und hätte einen pikanten Glossator für die genealogischen Taschenbücher abgegeben! . . . Man sah es ihm gar nicht an mit seinem ehrwürdigen Pastorenantlitz, auf dem so viel Duldung und Menschenliebe lag, mit der behäbigen Bonhomie, die sein ganzes Wesen ausströmte, was er alles an interessantem Klatschstoff aufgesammelt hatte und wie gern er davon seinen nach Neuigkeiten dürstenden Mitmenschen abgab! –

Er nahm sein Glas und trank es bedächtig aus.

»Holen Sie doch noch die zweite Flasche Pommery aus der Ecke hervor, lieber Herr Stallmeister,« sagte er zu Hempel, »es erzählt sich besser, wenn man dann und wann die Lippen anfeuchten kann ... Ja, meine Herren, dieser tolle Hans Christoph von Krey aus Monsthal war also der Vater des ersten Verlobten unsrer Gräfin. Art läßt, wie man so sagt, niemals von Art, und auch der junge Baron Leopold hatte so Manches von seinem Vater geerbt, für das er ihm nicht sonderlich dankbar zu sein brauchte. Baron Leopold war Offizier bei den Kaiserjägern – das ist eines der vornehmsten und ersten Regimenter der österreichischen Armee. Wie es ihm möglich geworden ist, sich immerhin ein Dutzend Jahre bei diesem Regimente zu halten, darüber haben die Leute sich späterhin noch öfters die Köpfe zerbrochen – kurzum, es war so: Herr Leopold von Krey galt sogar als in guten Verhältnissen lebend, bis die ganze Herrlichkeit eines schönen Tages zusammenbrach wie ein Kartenhäuschen. Baron Leopold und die Baronesse Katinka, unsre jetzige Gräfin, waren von Jugend auf gute Bekannte, und die Liebe der beiden reichte wohl schon bis in die Zeit zurück, da die Baronesse zum erstenmale die großen Winterbälle in der Wiener Hofburg besuchen durfte. Damals kam Leopold von Krey, so oft sein Dienst es ihm verstattete, aus Urlaub nach Schloß Trautburg – so hieß die Besitzung des Vaters unsrer Gräfin – und es war weiß Gott kein Wunder, daß man in allen Kreisen von der bevorstehenden Verlobung der beiden jungen Leute sprach. Die Besonneneren schüttelten freilich den Kopf, denn es war hier und dort kein Geheimnis mehr, daß die Kreys mittellos waren, wenn sie es auch verstanden, sich äußerlich als gut situiert zu geben – ja wohl, das haben sie immer verstanden! Sie waren Finanzgenies, wie man gemeinhin diejenigen zu nennen pflegt, die heute ein Loch aufreißen, um morgen ein altes Loch zu verstopfen . . . Sagten Sie etwas, mein guter Oberküchenmeister?«

Damit war Spirius gemeint.

»Nur eine kurze Unterbrechung,« warf er ein, »entschuldigen Sie die Störung, lieber Herr Aalkrug. Ich sehe, daß wir dem letzten Gange alle Ehre angethan haben – daß wir fertig sind. Wie wäre es, wenn wir, unbeschadet der Fortsetzung Ihrer interessanten Geschichte, in unserm kleinen Souper fortführen? – Ich habe mir erlaubt, nach eigener Methode eine Eisreisbombe zu bereiten, und ich fürchte –«

Spirius brauchte nicht auszusprechen. Madame Aalkrug hatte sich schon erhoben und räumte die Teller ab, während ihr Gatte nach einer kleinen Pause fortfuhr:

»So standen die Verhältnisse, als ein Ereignis eintrat, das die ganze Sachlage mit einem Schlage veränderte. Baronesse Katinka hatte eine Zofe, die eine halbe Italienerin war – sie stammte aus irgend einem Winkel von Welschtirol – und die – – warten Sie einen Augenblick, ich habe ein vortreffliches Namensgedächtnis – richtig! – die Carmella mit Vornamen hieß. Sie wissen, daß die Gräfin sich noch jetzt zeitweilig mit Malen beschäftigt – als junges Mädchen aber trieb sie diese Kunst mit besonderer Vorliebe; Carmella hatte ihr zu öfterem als Modell gedient, und dieser jungen, sehr schönen Person war es gelungen, sich der Baronesse so unentbehrlich zu machen, daß sie schließlich ständig in ihren Diensten blieb . . .«

Hempel räusperte sich.

»Ich ahne bereits den Zusammenhang,« schaltete er mit verschmitztem Lächeln ein, »variatio delectat sagt ja wohl der Lateiner, und so mag der Baron Krey auch gedacht haben, als er« –

»Erlauben Sie, werter Herr Stallmeister,« fiel Aalkrug dem Sprecher ins Wort, »es ist gut, wenn man nicht immer ausspricht, was man denkt. Ich berichte nur Thatsachen – und eine Thatsache ist es allerdings, daß die Baronesse Katinka eines Tages im Kämmerchen ihrer Zofe zufällig einen an diese gerichteten Brief vorfand, dessen Handschrift derjenigen des Freiherrn Leopold von Krey wie ein Ei dem andern ähnlich sah« . . .

»Oh – oh,« machte Spirius, während er von neuem nach seiner Erfindung, der Eisreisbombe mit glasierten Früchten, langte. »Welche Unvorsichtigkeit! welche Thorheit!«

»Es war beides – Sie haben ganz recht,« nickte der Kammerdiener, »es hatte auch böse Folgen. Zwei Tage später reiste Baronesse Katinka mit blassem Gesicht und rot geweinten Augen in Begleitung ihres finster dreinblickenden Herrn Vaters ins Bad – vier Wochen später verlobte sie sich in Innsbruck oder Interlaken, Gott weiß, wo es war, mit dem Grafen Wendelin Kölpin, – und sechs Wochen danach befand sich Leopold von Krey auf der Reise nach Amerika. Das war das Ende.«

»Aber kein Ende mit Schrecken,« bemerkte der Küchenchef, »denn Baronesse Katinka ist in ihrer Ehe mit dem Grafen Kölpin ja recht glücklich geworden« . . .

Der alte Kammerdiener löffelte einige Zeit stillschweigend in seinem Eise herum und entgegnete dann sanften Tones:

»O ja – was man so nennt! Ich wüßte es nicht anders.« –

Fritz hatte nur von Zeit zu Zeit auf die Unterhaltung gelauscht. Was gingen ihn alle diese Geschichten an! Der

Sinn für pikanten Klatsch hatte sich noch nicht recht ausgebildet in seinem Hirn – die Freuden der Tafel gingen ihm über das Geschwätz des alten Aalkrug. Er saß still auf seinem Platze und antwortete nur auf direkt an ihn gerichtete Fragen. Der Kopf war ihm bereits ein wenig warm geworden, seine Wangen brannten; der ungewohnte Wein war nicht ohne Einfluß aus ihn geblieben.

Auch die Stimmung der übrigen Mitglieder der Tafelrunde war inzwischen animierter geworden. Der zweiten Flasche Pommery greno war die dritte und letzte gefolgt, die in dem mit Eisstücken gefüllten Kücheneimer in der Zimmerecke stand. Damit war aber der improvisierte Keller Aalkrugs noch nicht erschöpft. Er hatte auch für einen feinen Rotwein gesorgt, der den Käse anfeuchten helfen sollte – genau so, wie man es bei den Diners im Vorderhause zu halten pflegte. Woher dieser vortreffliche Pigeon de Longueville stammte, verriet er nicht – aber an dem eigentümlichen Zwinkern der Augen und der schmunzelnden Mundbewegung des Küchenchefs konnte man merken, daß auch Herrn Spirius die Etikette nicht fremd war. Im Keller des Grafen, gleich links auf dem zweiten Regal, fanden sich ganze Batterien dieser ausgezeichneten Marke aufgestapelt.

Aalkrug reichte Cigarren herum. »Meine Frau erlaubt's,« sagte er mit vornehmer Handbewegung – die gute Frau war bereits eingenickt, nur ihre Haubenbänder bewegten sich zeitweilig noch geisterhaft. Man achtete nicht darauf. Die Unterhaltung war lebhafter geworden. Das vornehme Air, das die drei Bediensteten sich bis dahin zu geben versucht hatten, verschwand allmählich, je mehr dem Wein zugesprochen wurde. Man ließ sich gehen. Spirius rollte sich an Stelle des unbequemen Holzstuhls einen weicheren Sessel heran und streckte die Beine über einen zweiten Stuhl. Hempel saß rittlings auf dem seinen, trommelte mit den Stiefelabsätzen die Melodie des Fatinitzamarsches auf dem Fußboden und blies den Rauch seiner Cigarre ungeniert der sanft schlummernden Lady Aalkrug unter die Nase. Der Kammerdiener hatte es längst aufgegeben, mit seinen persönlichen Beziehungen zu Sr. Majestät zu prahlen und erzählte allerhand zweideutige Anekdoten, die mit schallendem Gelächter aufgenommen wurden und Spirius und Hempel zu ähnlichen Geschichtchen reizten.

Fritz war müde geworden. Er hörte nur noch mit halbem Ohre zu. Er hatte die Ellenbogen auf den Tisch gelegt, den Kopf auf beide Hände gestützt und starrte in das Lampenlicht hinein. Die Lampe tanzte vor seinen Augen und der Tisch auch, mit allem, was darauf stand. Fritz lachte hell auf. Es schien ihm plötzlich, als hätten die Haubenbänder der Frau Aalkrug Leben gewonnen und züngelten als violette Schlangen auf ihrem Schoße herum, und als hätte der Kopf der würdigen Matrone sich in einen riesenhaften Kaktus verwandelt. Das war ja merkwürdig! Auch der dicke Spirius sah ganz anders aus als sonst – hatte er Eselsohren bekommen oder waren es nur die Zipfel der vorgebundenen Serviette, die sich senkrecht von seinem dicken Schädel abhoben? – Und Hempel? I, wer hatte denn dem alten Hempel plötzlich einen Hals wie ein Schwan auf die schmalen Schultern gesetzt, und warum sahen denn seine krummen Teckelbeine auf einmal wie ein paar eingeknickte Schwefelhölzer aus? Und was fiel denn dem Kammerdiener Aalkrug ein, daß er plötzlich auf dem Kopfe stand und die Beine hoch in die Luft streckte wie ein Cirkusclown? . . .

»A–a–alkru–u–ug!«

Wer rief da? – Hatte nicht jemand gerufen? –

Fritz schnellte in die Höhe. Er hatte fest geschlafen und absonderlich geträumt. Er rieb sich die Augen und blickte umher. Da schlief ja der alte Aalkrug gleichfalls – hatte er nicht vorhin auf dem Kopfe gestanden? Und wo war denn der Schwanenhals Hempels und der Eselskopf des Küchenchefs geblieben? – Hempel und Spirius schlummerten auch, und letzterer schnarchte sogar ganz vernehmlich. War das die Möglichkeit! Fritz lächelte. Die schlafende Gesellschaft gewährte einen höchst komischen Anblick. Konnte es denn schon so spät sein? – Fritz schaute auf den gleichförmig tickenden Regulator an der Wand – der Zeiger wies auf wenige Minuten vor zwei Uhr . . .

»A–a–alkru–u–ug!«

Jetzt hörte Fritz es ganz deutlich, und auch den alten Kammerdiener schien das wiederholte Rufen seines Namens aus dem Weinschlafe zu erwecken. Er richtete sich mühselig im Sessel empor – die Glieder waren ihm steif geworden – blinkte ein paar Mal mit den Augen, schüttelte den grauen Kopf und schaute sich dann verwundert um.

»A–a–alkru–u–ug!« rief es zum drittenmale vom Hofe herauf, und ein gedämpftes Fluchen tönte hinterher.

Der Kammerdiener war, während auch die übrigen Schläfer sich zu regen begannen, mit einem Satz an dem niedrigen, von weißen Tüllgardinen verhängten Fenster und riß es auf.

»Was giebt's? Wer ist da? . . . Was soll ich?« –

»Ich sah Licht bei Ihnen und glaubte Sie noch wach,« schallte von unten herauf, noch immer halb gedämpft, die Stimme Vegesacks, des Oberkutschers, »– wir sind eben erst nach Hause gekommen – es ist uns etwas Eigentümliches passiert, das ich Ihnen gern erzählen möchte . . . Kann ich heraufkommen? ist die Thür noch offen?« –

»Kommen Sie meinetwegen!« brummte der Alte und schlug das Fenster wieder zu. »Ist so etwas erhört! Brüllt da der Vegesack mitten in der Nacht, als ob Feuer sei oder der Graf im Sterben liege – und wie Gott den Schaden besieht, will er mir nur etwas erzählen! Um zwei Uhr nachts eine Geschichte erzählen! Vegesack ist nicht recht klug« . . .

Aalkrug wirtschaftete ärgerlich im Zimmer umher. Hempel und Spirius gähnten und schimpften abwechselnd – sie waren in schlechtester Stimmung. Frau Aalkrug hatte sich leise erhoben; sie schämte sich, daß sie am Tische eingenickt war und schlich sich aus der Stube. Die Lampe war ausgebrannt und fast am Erlöschen. Der Kammerdiener zündete ein in einem Messingleuchter steckendes Licht an und stellte es auf den, mit den schalen Überresten der Mahlzeit bedeckten Tisch.

An der Zimmerthür klopfte es leise, und Vegesack trat, ohne ein Herein abzuwarten, in das wüst ausschauende Gemach. Der Oberkutscher war in voller Livree, mit Fangschnüren um die Schulter und in hohen Stulpenstiefeln. Er lächelte mokant, als er den gedeckten Tisch und die ermüdeten, abgespannten Gesichter der Tafelrunde erblickte.

»Ich habe die Ehre,« näselte er, »und wünsche gesegnete Mahlzeit. Etwas spät geworden, wie mir scheint – äh« . . .

Keiner der Anwesenden war so recht in der Laune, das alberne Gefasel des Kutschers anzuhören – der dicke Spirius, dem der hastig genossene Wein Kopfschmerzen verursacht hatte, fuhr Vegesack sogar ziemlich ingrimmig an.

»Was wollen Sie denn noch so spät?!«

»Eine Rede halten – äh,« höhnte Hempel und schob einen Stuhl heran. »Äh – wollen Sie nicht Platz nehmen, Herr von Vegesack? Darf ich Ihnen ein Glas Wein anbieten? Es ist leider keiner mehr da – kein Tropfen mehr – äh – jammerschade . . .«

»Adieu,« sagte Vegesack und schritt wieder zur Thür, doch Aalkrug hielt ihn zurück.

»Seien Sie nicht so empfindlich, Mensch,« meinte er, »und erzählen Sie, was los ist.«

Vegesack kehrte um und ließ sich nieder.

»Ich bin nicht empfindlich,« entgegnete er gereizt, »habe aber keine Lust, einen dummen Jungen aus mir machen zu lassen – versteht Ihr! Wenn Ihr hören wollt, was passiert ist, so verhaltet Euch still und verkneift Euch die Neckerei! Ich verbitte mir das . . . Die Gräfin ist ohnmächtig geworden.«

Die vier Zuhörer horchten auf.

»Ohnmächtig geworden?« wiederholte Aalkrug fragend. »Wo denn und weshalb –?«

»Wir waren im Cirkus,« erzählte Vegesack, »– letzte Vorstellung in der Saison – das ganze Regiment war da: Horn, die Besekows, die Ürtzens, Prinz Fahringen – alle Logen waren mit Dragoneroffizieren und ihren Damen gefüllt. Nachher ging's zu Dressel – fast drei Stunden habe ich mit dem Wagen vor der Thür halten müssen – da sollen die Gäule gesund bleiben! Mir kann's recht sein! Wie ich auf dem Bock sitze, fällt mir auf, daß ein langer Mensch in hellem Überzieher vor dem Eingange zum Restaurant immer auf und ab patrouilliert – immer auf und ab . . . I, denke ich, worauf wartet denn der? – Ich gucke dem Menschen eine Weile zu und winke ihn dann ganz freundlich zu mir heran und frage ihn, ob er vielleicht einen der Herren Offiziere im Lokal sprechen wolle. Da dreht sich der Kerl blitzschnell zu mir herum, starrt mir mit großen funkelnden Augen ins Gesicht und schnauzt mich an: Was schert's *dich*, Esel?! . . . *Den* Ton kenne ich, meine lieben Herren; so spricht kein Gleichgestellter zu unsereinem, und ich hab' auch den Teufel gethan und darauf geantwortet. Ich habe mucksstille auf meinem Bocke gesessen und immer nur zur Seite geschielt, ob der lange Herr noch nicht bald verschwinden würde. Ja wohl – der dachte nicht dran! Der blieb, bis unsre Gesellschaft das Lokal verließ – und da stand er auf einmal neben Heinrich am Wagenschlage, gab Heinrich einen Schupps, daß er zur Seite flog, streckte unsrer Gräfin die Hand entgegen und fragte ganz kaltblütig: ›Darf ich Ihnen vielleicht behilflich sein, gnädigste

Gräfin? . . .‹ Ich denke, mich rührt der Schlag, als ich unsre Gräfin plötzlich aufschreien höre – – und im nächsten Moment fällt sie schon ohnmächtig in die Arme des Grafen . . . Im Nu springen ein paar andre Herren der Gesellschaft hinzu – und wie ich mich umsehe, ist der lange Kerl verschwunden, als habe ihn die Erde verschlungen. Die Gräfin wird in den Wagen geschoben und der Graf klettert geisterbleich hinterher und winkt nur immer mit der Hand, als die andern ihn mit Fragen bestürmen. So ging's nach Hause, und als wir hier ankamen, hatte die Gräfin sich wieder soweit erholt, daß sie ohne Hilfe aus dem Wagen steigen konnte . . . Na« – und Vegesack schaute sich, seines Sieges über die verschlafene Gesellschaft bewußt, mit stolzem Lächeln um, »– was sagt Ihr *nun?!*«

Die vier sagten zunächst gar nichts. Am gespanntesten hatte der alte Aalkrug der kleinen Historie Vegesacks gelauscht. In seinem Gesicht wetterte es eigentümlich. Er hatte die Augenbrauen hoch empor gezogen und starrte unverwandt in eine dunkle Ecke des Zimmers, als erwarte er von dort her die Lösung des Rätsels, mit dem die Geschichte des Oberkutschers abschloß – und dabei bewegten sich seine breiten Lippen wie in leisem Selbstgespräche. Plötzlich wandte er sich mit rascher Bewegung zu Vegesack.

»Wie sah er aus?« fragte er – halb flüsternd und in einem Tone, als ob ihm die einzelnen Silben schwer von der Zunge kämen.

»Wer? Der lange Herr? . . . O – der sah nicht übel aus – er hatte etwas in seinem ganzen – wie sagt man – in seinem ganzen Sichgeben, das auf vornehme Abstammung schließen ließ. Er war auch fein gekleidet, sehr fein, und hatte gelbe Glacéhandschuh an und einen hellen Paletot, wie ich Euch schon sagte, und – warten Sie mal – und karrierte Beinkleider« . . .

»Das ist ja Nebensache!« eiferte Aalkrug ungeduldig und mit fiebernder Neugier. »Wie er im Gesicht aussah, will ich wissen – im Gesicht!«

Vegesack dachte nach.

»Er trug einen Vollbart,« erzählte er weiter, »– dunkelblond und lang, wohl bis über die halbe Brust reichend, und hatte dunkelblaue, sehr scharfe Augen – und was mir bei diesen Augen besonders auffiel, war, daß sie ein förmliches Feuer ausstrahlten, so hell glänzten sie! Ich habe das genau beobachten können, als der Herr mich so mordsmäßig grob anschrie – ich kann sagen, es waren ein paar niederträchtige Augen« . . .

»Stimmt,« fiel Aalkrug ein, »– stimmt alles! Aber noch eins, Vegesack: hatte der Herr nicht auf der rechten Backe zwischen Auge und Ohr eine Narbe – einen Schmiß, wie die Studenten es nennen –?«

»Weiß Gott,« nickte Vegesack erstaunt, »den hatte er! Er hatte auf der rechten Backe einen Schmiß – einen ganz gehörigen Schmiß! . . .«

Der alte Kammerdiener war blaß geworden. Er stützte sich mit den Händen auf den Tisch und winkte mit dem Kopfe die übrigen zu sich heran.

»Denkt nur daran, was ich Euch vorhin erzählt habe,« flüsterte er, während seine Augen groß und geheimnisvoll wurden. »Spricht man vom Wolf, so ist er nicht weit, wenn man den Teufel beschwört, dann kommt er . . . Wißt Ihr, wer der lange Herr gewesen ist, bei dessen Anblick unsre Gräfin ohnmächtig wurde?« –

Keine Antwort erfolgte, und nun schlug der alte Aalkrug mit der flachen Hand auf den Tisch, daß Teller und Gläser klirrten, und seine Flüsterstimme wurde lauter:

»Hans Leopold von Krey war's – *der war's!*« . . .

Achtes Kapitel

Die Dienerschaft im Kölpinschen Hause hatte seit einigen Tagen schöne Zeit. Graf Wendelin hatte sich einen einwöchentlichen Urlaub erbeten und war mit seiner Gattin, doch ohne jede weitere Begleitung, nach Deesenhoff gereist, um dort die Pfingstzeit zu verleben.

In diesen freien Tagen war es, als um die Dämmerungsstunde ein lang aufgeschossener junger Mann in schwarzem Rocke und zu kurzen Beinkleidern beim Portier des Kölpinschen Hauses nach Herrn Fritz Fiedler fragte.

Der Portier wies den Fremden nach den Ställen, und hier fand dieser auch den Gesuchten vor, der gerade damit beschäftigt war, dem Zappelphilipp für die Nachttoilette die buschige Mähne fein säuberlich zu flechten. Der Fremde blieb zuerst einige Minuten in der Stallthür stehen, rückte an seiner Brille und schaute kurzsichtig und blöde umher, ehe er den in Hemdärmeln herumhantierenden Fritz entdeckte und mit zaghaften Schritten, einen Stalleimer umwerfend und mit einer Futterkiste karambolierend, auf ihn zueilte.

»Guten Tag, lieber Fritz,« sagte er dann, in scheuer Ehrfurcht drei Schritt hinter dem unruhigen Zappelphilipp stehen bleibend. »Wie geht es dir? – kennst du mich wieder?«

Fritz schaute den Ankömmling erstaunten Auges an. Wer war denn das? Die Stimme klang ihm bekannt, und auch das blasse hagere Gesicht weckte allerhand alte Erinnerungen in ihm – Erinnerungen an die Heimat, an Klein-Busedow, an das Pfarrhaus und die dunkeläugige Fanny . . .

»Herrjeses – Otto – ist es denn möglich! Bist du es wirklich?«

Fritz warf die Striegel hin, wischte sich die Hände an den blanken Lederhosen ab und fiel Otto um den Hals. Dann ging das Fragen an und nahm fürerst kein Ende. Fritz setzte sich auf den Standbalken und der Pastorssohn mußte auf einem umgestülpten Tränkeimer, über den Nickel einen Woilach warf, Platz nehmen. Otto erzählte, daß er vor kurzem sein Abiturium bestanden habe und sich nun auf das Referendarsexamen vorbereite. Er wohne in der Melchiorstraße – Fritz möge ihn doch einmal besuchen; vormittags müsse er auf die Universität in die Kollegien und nachmittags arbeite er für sich, aber des Abends sei er immer frei. In Klein-Busedow sei alles beim alten geblieben, nur den Lennert habe der Schlag gerührt – während des Bälgetretens in der Kirche – und Matzenthiens Carle diene jetzt bei den Vierundfünfzigern sein Jahr ab. Er sei derselbe ruppige Bengel geblieben, der er früher war . . .

Fritz fragte nach dem Pastor und der Pastorin und nach Gustel, Line und Bärbchen. »Alles gesund,« meinte Otto. »Und Fanny?« fuhr Fritz etwas stockend fort, während er das Gesicht interessiert über ein Strohbund neigte, um die plötzliche Röte zu verbergen, die ihm in die Wangen geschossen war.

Otto wurde sichtlich verlegen und schob seine Brille einigemal hin und her. »Die ist nicht mehr da,« entgegnete er dann.

Fritz erschrak. »Was denn? – Nicht mehr da? – Ja, wo ist sie denn sonst?«

»Ach, das ist eine dumme Geschichte, Fritz,« meinte Otto, »davon sprech' ich nicht gern . . . Weißt du, die Fanny war doch immer ein so romantisches Frauenzimmer und hatte allerhand Grillen im Kopfe, und da ist sie eines Tages auf die verrückte Idee gekommen, sie wollte in die Fremde gehen und irgendwo eine Stelle als Gesellschafterin oder Erzieherin oder Stütze der Hausfrau annehmen, damit sie in Klein-Busedow nicht zu versauern brauche. Na – das hat dann natürlich sehr heftige Scenen gegeben, denn Vater versteht in solchen Sachen keinen Spaß, aber vier Wochen später hat Fanny hinter dem Rücken der Eltern thatsächlich ein derartiges Engagement angenommen und energisch erklärt, sie bestehe auf ihrem Willen. Sie hatte ein Inserat aufgegeben, die nötige Korrespondenz selbständig geführt und sich gebunden, ohne daß einer von uns etwas davon wußte. Was sollten die Alten machen? – Der Thatsache gegenüber half alles Räsonnieren nichts – und da hat denn die Fanny ihre Siebensachen zusammengepackt und ist abgedampft.«

»Wohin?« fragte Fritz, der mit größter Aufmerksamkeit zugehört hatte.

»Ah – nach Wien – es ist so 'ne Sache – sie lebt da in der Familie eines Schauspielers – Lipinsky oder wie er heißt, zur Erziehung seiner beiden Kinder . . . Das hat den Vater natürlich noch mehr geärgert, daß die Fanny in ein Schauspielerhaus gekommen ist. Der Lipinsky ist ja ein Künstler von großem Rufe, und Vater denkt in derlei Sachen sonst wirklich nicht prüde – fürchtet aber mit Recht, daß die schrullenhafte Vorliebe Fannys für Bühnenromantik und dergleichen sich in diesen neuen Verhältnissen noch mehr steigern wird, und ihm schwebt dann immer gleich das Schicksal unsrer unglücklichen Großmutter vor . . . Nun lassen wir das! Bist du heute abend frei? – ich würde gern einmal ein bißchen bummeln mit dir! . . .«

Fritz war einverstanden – um so mehr, da er noch manches weitere aus Klein-Busedow und vor allem über Fanny zu hören hoffte. Otto begleitete ihn zunächst in seine kleine Kammer über den Pferdeställen, wo Fritz sich umkleidete, während sein Gefährte sich die Wanddekoration mit Neu-Ruppiner Bilderbogen betrachtete. Das waren dieselben Bilderbogen, mit denen Fritz schon sein Stübchen im Pfarrhause von Klein-Busedow geschmückt hatte: die Einnahme von Konstantinopel und der Sturm auf Düppel, Columbus mit den Indianern, Garibaldi im Rubens-Barett und endlich die Tiere der Arche Noah mit ihren poetischen Erläuterungen.

»Die Ameise hat nimmer Ruh',

Der Affe sieht behaglich zu«

rezitierte Otto laut. »Du, weißt du, das rührt mich ordentlich, daß du diese heimatlichen Erinnerungen so sorgsam bewahrt hast,« fuhr er fort. »Wenn man nicht den kahlen Hof vor dem Fenster hätte, könnte man sich hier drei Jahre zurückträumen und meinen, man säße friedfertig in Klein-Busedow . . . Bist du fertig? – Ich möchte vorschlagen, zunächst einmal irgendwo zu Abend zu essen – ich habe barbarischen Hunger – dann können wir immer noch etwas mehr in die Tiefe steigen . . .«

Die beiden Freunde machten sich auf den Weg in die innere Stadt. Fritz war ehrlich erfreut, wieder einmal ein paar Stunden mit dem alten Spielkameraden verplaudern zu können. Der junge Jurist hatte äußerlich wenig Bestechendes an sich; das blasse Gesicht zeugte von durcharbeiteten Nächten und die magere, dürftige Figur sah merkwürdig unerwachsen aus, ein Eindruck, den die nichts weniger als elegante, schlecht sitzende Kleidung noch mehr erhöhte. Aber Ottos frisches und herzhaftes Wesen und seine studentische Keckheit, die in fast humoristischem Gegensatze zu seiner nüchternen Äußerlichkeit stand, gefiel Fritz.

Nachdem die beiden in einem der riesenhaften Bierpaläste der Friedrichsstadt zu Abend gegessen und Otto in aller Schnelligkeit drei mächtige Humpen Bier hatte verschwinden lassen, besuchte man auf des letzteren Vorschlag ein in der Nähe gelegenes Café chantant, das den lieblichen Namen »Zu den Palmen des Orients« führte. Otto schien hier bekannt zu sein. Er nickte der an der Kasse sitzenden, stark geschminkten Billeteuse freundlich zu und begrüßte

verschiedene der aufwartenden Kellnerinnen in vertraulich-
er Weise.

»Du kommst hier wohl öfters her?« fragte Fritz, in der ersten Stuhlreihe vor dem niedrigen Podium Platz nehmend,
auf dem ein halbes Dutzend junger Mädchen in kurzen und
tief ausgeschnittenen Kleidern zur Schau saß.

»O ja – dann und wann,« entgegnete Otto. »Was soll man
des Abends machen! Verwandte habe ich nicht in Berlin –
da bummelt man denn so etwas im Sumpfe der Großstadt
herum . . . Eine würdige Vorbereitung für das Referendar-
examen ist das ja gerade nicht – aber man muß doch die
Sünde kennen lernen, wenn man vom Richtertische aus gegen sie eifern soll . . . Emmy, noch zwei Schoppen Patzen-
hofer!«

Und Otto lachte lustig auf, kam Fritz einen Halben vor
und ließ fast den ganzen Inhalt seines Glases in die durstige
Kehle gleiten.

»Alle Achtung – du kannst's!« meinte Fritz, »du scheinst
das Trinken studiert zu haben! Da komm ich ja gar nicht
mit.«

»Man lernt das so,« gab Otto zurück; »während der ersten acht Tage jedes Monats bin ich immer ganz besonders
durstig. So lange reicht gewöhnlich Vaters Zuschuß – im
letzten Drittel des Monats trink ich zu Hause Thee. Heute
haben wir den fünften – da geht's noch. Prosit!« –

In diesem Augenblick begann eine der Sängerinnen auf
dem Podium, ein hübsches Mädchen in zerdrücktem und
zusammengeflicktem Schäferinnenkostüm und in schmutzigen Trikots, mit gänzlich ungeschulter und noch dazu halb
heiserer Stimme ein dänisches Lied zur Klavierbegleitung
vorzutragen, dessen Refrain Otto mitsummte. Inzwischen
hatte sich das Lokal ziemlich gefüllt. Studenten und Com-

mis schienen am meisten vertreten zu sein, ältere Herren
sah man nur wenig, weibliche Besucher gar nicht.

Eine durch Portieren verhängte, aber nicht geschlossene
Thüre führte aus dem großen Hauptraum in ein paar
kleinere Kabinetts, in denen man für teures Geld unglaublich schlechten Wein erhalten und sich nebenbei noch an
den faden Späßen der Kellnerinnen intimer ergötzen konnte. Aus diesen Zimmern trat während des Gesanges der
kleinen Dänin ein älterer, mit großer Eleganz gekleideter
Herr, der sich dicht neben der Thüre aufstellte, dem durch
allerhand Grimassen und eckige Gesten begleiteten
Gegröhle des Frauenzimmerchens mit wohlgefälligem
Schmunzeln und Kopfnicken lauschte und nach Beendigung desselben einen ziemlich kraftvollen Applaus erschal-
len ließ.

»Brava, brava, ma petite Djella!« rief er dem Mädchen
zu, »fang auf!« –

Und er löste das kleine Veilchenbouquet, das er im
Knopfloch seines dunkelbraunen Überrocks trug und warf
es quer durch den Saal auf die Bühne.

Die Sängerin bückte sich, hob das Sträußchen auf, führte
es mit schnippischer Bewegung an die Stumpfnase und
knixte dann.

»Danke schön, Herr Graf,« rief sie mit fremd klingendem
Accent zurück, »– Bonbons wären mir lieber gewesen . . .«

»Was ist denn das für ein Graf?« wandte sich Fritz an
seinen Nebenmann, »– kennst du den Herrn an der Thür?«

»Den da drüben –?« Otto nickte lächelnd. »Versteht sich
– du, das ist eine interessante Persönlichkeit! Das ist wirklich ein Graf – ein Graf de Montevero, der letzte Ab-
kömmling eines ehemals unermeßlich reichen Geschlechts,
das in Frankreich mächtig begütert gewesen sein soll – so
sagt er wenigstens selbst – und dem einst ausgedehnte

Weinbergsbesitzungen bei Rheims zu eigen waren. Hast du nie etwas von der Champagnermarke ›Duc de Montevero‹ gehört? – Die Monteveros gehörten zu den ersten Schaumweinfabrikanten Frankreichs, und die Marke ›Duc de Montevero‹ wird noch heute in Feinschmeckerkreisen ebenso geschätzt wie der Cliquot und Roederer. Aber die Firma ist längst in andere Hände übergegangen, und der letzte Montevero würde wahrscheinlich vom Betteln leben können, wenn er nicht auf den guten Gedanken gekommen wäre, sich dem Champagnerhause, das seinen Namen führt, als Agent anzubieten. So treibt sich denn der Graf Hektor de Montevero überall in den Kneipen umher, um seinen ›Duc de Montevero‹ loszuschlagen . . . – sic transit gloria mundi oder ›das kommt davon‹, wie wir deutsch sagen würden! . . .«

Der Graf war inzwischen näher getreten. Er mußte in der That eine sehr bekannte Persönlichkeit sein, denn er grüßte bald freundschaftlich, bald durch gnädiges Winken mit der in perlgrauem Glanzleder steckenden Rechten nach allen Seiten hin, flüsterte einer schwarzäugigen Kellnerin ein lockeres Scherzwort ins Ohr und fragte den bleichsüchtigen Klavierspieler nach seinem Befinden. Otto reichte er zwei Fingerspitzen zum Gruße, »gut bekommen, der gestrige Abend?« warf er im Vorüberschreiten hin und ließ sich dann dicht vor dem Podium auf einem Rohrstuhle nieder, um sofort mit einer der Chansonnetten ein lebhaftes Gespräch zu beginnen.

Die beiden Freunde blieben eine kleine Stunde in der Singspielhalle und schickten sich dann an, das Lokal zu verlassen. Otto drängte zum Aufbruch, obwohl Fritz sich gern noch länger dem naiven Vergnügen, die fragwürdigen Leistungen der Sängerinnen zu bewundern, hingegeben hätte.

»Wir woll'n ja noch weiter, Kind,« meinte der erfahrenere Otto, ^ich sehe schon, du kennst noch gar nichts von der Großstadt – ich werde dir ein Mentor sein, mein Sohn. Bist du schon einmal in der ›Springenden Münze‹ gewesen? – Nicht? Nun dieses famose Haus mußt du unter allen Umständen kennen lernen – da wirst du dich amüsieren! Teufel, da wirst du dich amüsieren!«

Und Otto trank aus und gab dem ehemaligen Spielgefährten einen herzhaften Schlag auf die Schulter, so daß es laut schallte und die dicke Tirolerin, die soeben im schönsten Jodeln war, einen mißbilligenden Blick auf die beiden warf.

Nicht ohne heimliches Staunen musterte Fritz, als man die schmale ausgetretene Treppe hinabstieg, die hagere Gestalt seines Begleiters. Was war aus dem Pastorjungen geworden, seit er ihn zum letztenmale in Klein-Busedow gesehen hatte! – Fleißig mußte der Otto gewesen sein, sonst hätte er nicht so schnell sein Abiturientenexamen bestanden, und fleißig war er sicher auch noch, wenn man seinen Worten glauben konnte – aber diese Vorliebe für das abendliche Bummeln, für den Aufenthalt in allerhand lustigen Kneipen, für den Genuß des braunen Gerstensafts – all' das hätte Fritz dem einst ziemlich scheuen und zurückhaltenden Knaben nie zugetraut! Es war merkwürdig, wie die Residenz den verändert hatte . . . Wenn der Pastor wüßte, auf welchen Wegen sein Sprößling wandelte! Das könnte hübsche Strafpredigten geben – Fritz kannte sie und er hatte sie zu schätzen gewußt! –

Otto bog in eine der weniger belebten Nebenzeilen der Friedrichstraße ein. Eine weithin leuchtende rote Laterne zeigte den beiden jungen Leuten den Weg. Sie stiegen einige steinerne Stufen hinauf und traten dann in das im Parterregeschoß liegende Lokal ein.

Ein dichter Tabaksrauch schlug ihnen entgegen, aus dem wüstes Stimmengewirr und das Klirren von Tellern und

112

Gläsern tönte. Erst allmählich vermochte sich Fritz in dem auf und nieder wogenden Rauchnebel zu orientieren.

Die »Springende Münze« – der seltsame Name war einem Theaterstück entlehnt, das vor einigen Jahren Aufsehen erregt und eine starke Anzahl Wiederholungen erlebt hatte – bestand aus zwei großen, durch eine stets weit offen stehende Thür miteinander verbundenen Zimmern. Im ersten Gemache befand sich in einer mit einer verschossenen Portiere dekorierten Nische der Schenktisch, hinter welchem ein hübsches Mädchen in der durch das bekannte Kaulbachsche Gemälde populär gewordenen bayrischen Schützenliesltracht die Biergläser spülte und aus dem mächtigen Fasse im Hintergrunde wieder von neuem füllte. Die Ausstattung der Zimmer war im übrigen eine ziemlich primitive. Staubgraue, morsche Gardinen hingen vor den Fenstern, hinter welchen die Jalousien herabgelassen waren, und einige schlechte Öldruckbilder des Kaisers und der Kaiserin, Bismarcks und Moltkes an den vom Tabaksqualm verdunkelten Wänden.

Die Gesellschaft, die an den zahlreichen, über beide Räume verstreuten Tischen beim Biere saß, war für einen schärferen Beobachter interessant genug. Es fehlte nicht an jenen stereotypen Erscheinungen, die man in allen Lokalen der Residenz, in welchen »zarte Hände« die Bedienung übernommen haben, vorzufinden pflegt – an Studenten, jungen Kaufleuten, Leutnants in Civil, älteren Lebemännern und auch fragwürdigen Existenzen aller Art – dazwischen aber sah man allerhand andere auffällige Gestalten beiderlei Geschlechts, die ihrem Äußeren und ihrem ganzen Sichgeben nach zweifellos nur dem fahrenden Völkchen der Künstler angehören konnten. Künstler allerdings nur in bescheidenerem Sinne des Worts. Man konnte ohne weiteres merken, daß all' diese Leutchen keine bedeutenden Mimen waren, sondern eine niedrigere Stellung in der Welt der Bretter und des Scheins einnahmen, daß sie zur weitver-

breiteten Gilde der sogenannten Spezialitätenkünstler gehörten, der Akrobaten und Schlangenmenschen, Kostüm-
Soubretten und Parterregymnastiker.

So war es in der That. Während Fritz und Otto sich an
einen leeren Tisch in der Nähe des Ofens setzten, weihte
der letztere den Freund in die merkwürdigen Geheimnisse
der »Springenden Münze« ein. Der Wirt des Lokals – ein
kleiner, geckenhaft gekleideter Mann mit einer Brillant-
nadel im bunt karrierten Schlipse und zahlreichen Ringen
an den nie ganz sauberen Fingern – war seinem eigent-
lichen Berufe nach Theateragent, d. h. er vermittelte die Engagements der Künstler an die Spezialitätentheater und
Singspielhallen gegen eine bestimmte Provision. Der Mann
war früher selbst einmal Komödiant gewesen und hatte
dann die Besitzerin der »Springenden Münze« geheiratet,
eine dicke Witwe, die in ihren verschwommenen Zügen
noch immer die Spuren ehemaliger Schönheit trug. Die
beiden machten ausgezeichnete Geschäfte, denn die Klienten des Theateragenten waren zugleich die besten Gäste der
»Springenden Münze« und zogen zahlreiche Besucher mit
sich.

Es ging bereits auf Mitternacht, und das Lokal war, wie
immer nach Schluß der Theater, bis auf den letzten Platz
gefüllt. Die Unterhaltung war eine überaus ungenierte und
wurde in so lebhaft erregtem Tone geführt, daß man
glauben konnte, alle Welt zanke sich mit einander. An
einem Tische dicht neben dem, an welchem Fritz und Otto
Platz genommen hatten, renommierten zwei berühmte »Excentric-Clowns« von ihren letzten Erfolgen in Petersburg
und Odessa. Neben ihnen saß ein junges Mädchen von zarter Erscheinung, mit durchsichtig blassem Teint und prachtvollen blauen Augen, die an der Seite eines gigantisch
ausschauenden Menschen von wahrhaft herkulischem
Körperbau lächelnd den Radamontaden der beiden anderen
zuhörte. Es war dies der diesjährige »star« des Reichshal-

114

lentheaters, Miß Anne Hopskin, die wunderbare Schlangendame, die jeden Abend, in flimmerndes Trikot gekleidet, ihren schlanken Körper auf die unglaublichste Weise zu verrenken verstand und die Professor Virchow für ein »Unikum« erklärt hatte. Ihr kolossaler Nachbar war der bayrische Herkules August Sterzinger, der durch die einfache Anspannung seiner Muskeln eiserne Ketten zersprengte und mit Kanonenkugeln wie mit Gummibällen spielte. Der Kolossalmensch liebte die kleine Schlangendame und wurde immer nur mit dieser zusammen engagiert. Es war rührend anzusehen, mit welcher Zartheit und Fürsorge der Herkules das niedliche Dämchen behandelte; er hatte den ganzen Abend seinen mächtigen rechten Arm über die Lehne des Stuhls gelegt, auf dem Miß Hopskin saß, als wolle er sie vor jeder Berührung von außen schützen, und flüsterte ihr verliebte Dinge ins Ohr. Die Schlangendame trank Limonade gazeuse und aß ein Stück Kuchen, und der Heraklide bestellte sich ein Glas Pschorrbräu nach dem andern und speiste dazu wie ein junger Löwe.

Der allwissende Otto erzählte dem eifrig lauschenden Gefährten noch weitere amüsante Einzelheiten aus der Gesellschaft der »Springenden Münze«. Da drüben – der lange Herr mit dem kurzgeschorenen Kopfe, der soeben einen Knickebein in die Kehle gleiten ließ, war Mister Tom Price, der Schatten-Silhouettist aus dem Wintergarten. Der hatte in Oxford studiert und war Mediziner von Beruf; da er aber keine Praxis fand und seine ärztlichen Kenntnisse ihn kein geeignetes Mittel gegen das Verhungern finden ließen, so bildete er eine dilettantische Spielerei, mit der er oft in Freundeskreisen und in Gesellschaften geglänzt hatte, kunstgerecht aus und wurde Schatten-Silhouettist. Neben ihm saß ein junges Pärchen, zwei Grotesktänzer, Signor Adolo Pirazzi und Signora Monti, ein paar Italiener aus Spandau – sehr gesuchte Spezialitäten, weil sie gleichzeitig Verwandlungskünstler waren und über einen großen Apparat an originellen Kostümen verfügten. Dicht am Büffet hatte der berühmte Tierstimmen-Imitator Henry de Marmotel Platz genommen, ein Herr mit einem Napoleonskopfe, auch ein großer Künstler, der u. a. das allmähliche Näherkommen einer blökenden Schafherde mit bewundernswerter Naturtreue nachahmen konnte. Seinem Genre verwandt war Herr Theo van Brossen vom American-Theater, der erste »Ventriloquist« der Welt, ein Bauchredner, um den alle Direktoren sich rissen und der bereits vor dem Kaiser von Rußland und vor dem Schah von Persien seine Kunst ausgeübt hatte. Der würdige Mann mit dem ernsten, wie aus Stein gehauenen Imperatorengesicht, der in diesem Augenblick am Büffet mit tiefer, klingender Gutturalstimme einen Bittern verlangte, hatte durch seine mimischen Talente schon Hunderttausende ergötzt und erheitert, und eines nicht minder bedeutenden Rufs als er erfreute sich der soeben eintretende Malabarist und Kugelläufer Fred Deeken-Carobatti, dessen Berühmtheit in Form eines roten Bändchens schon aus dem ersten Knopfloch seines gelb und schwarz getigerten Jacketts hervorleuchtete. Blasiert und müde lehnte an der Verbindungsthür der beiden Räume ein schlitzäugiger junger Japaner – Assi Mura-Kiwa, der Draht-Equilibrist aus dem Cirkus Renz, ein ungern gesehener Gast in der »Springenden Münze«, weil er nur Selterswasser genoß und nie ein Trinkgeld gab. Da ging es in der Ecke am Fenster opulenter und lustiger zu. Fröken Rida Anderssen, die dänische Liedersängerin der Walhalla, feierte dort drüben mit zwei Freundinnen bei schäumendem Champagner ihre Verlobung mit Wilhelm Gackerle, dem Wiener Tanzkomiker des gleichen Kunstinstituts, der schon dreimal verheiratet und wieder geschieden worden war, ein Blaubart, der allen Frauen das Herz brach, die es sich brechen ließen . . .

Es war eine Gesellschaft, wie man sie nicht oft zusammen fand. Die meisten kannten sich untereinander und sprachen von Tisch zu Tisch hinüber mit schallendem Organ und in allen möglichen Idiomen und Dialekten. In unverfälschtes Weaner und echtes Berliner Deutsch klangen abgerissene englische Phrasen hinein, italienische Ausdrücke, dann und wann einmal eine schnarrende Redewendung im Boulevardfranzösisch, ein krasses Fluchwort im Slang der Amerikaner – ungarisch, russisch und schließlich selbst japanisch, nachdem Assi Mura-Kiwa in Nisa-Naki, dem Jongleur und Fächerspieler des Konkordiatheaters, einen Landsmann gefunden hatte, mit dem er zusammen Selterwasser trinken konnte. Beim Turmbau zu Babel mußte es ähnlich hergegangen sein – der Sprachenwirrwarr war nervenerregend.

Mit zunehmender Nachtstunde verdickte sich die mit Tabaksqualm unerträglich gefüllte Luft immer atembeklemmender, und der Spektakel nahm zu, je mehr die Ungeniertheit wuchs. Das neuverlobte Paar in der Fensterecke hatte sich einen tüchtigen Rausch angetrunken. Fröken Rida Anderssen hatte die Füße auf einen zweiten Stuhl gelegt und zeigte dabei unbekümmert den weißen Saum ihrer Strümpfe. Herr Gackerle trällerte ein Wiener Couplet vor sich hin – einer der Excentric-Clowns balancierte eine gefüllte Rheinweinflasche auf der Nasenspitze, und der Tierstimmen-Imitator begann seine Paradenummer, die näherkommende Schafherde, abzublöken. Plötzlich erklangen helle Mandolinentöne durch das Zimmer, dem ein donnerndes »Bitte um fünf Minuten Rrruhe, meine Herrschaften« folgte. Fred Deeken-Carobatti, der Kugelläufer, hatte sich auf einen Stuhl geschwungen und fuchtelte mit den Armen, immer von neuem Ruhe erbittend, in der Luft umher. »Rrruhe!« rief es von allen Seiten – »Rrruhe, zum Donnerwetter!« brüllte der bayrische Herkules. Das Gespräch verstummte, und Fred Deeken-Carobatti nahm das Wort.

»Drei engagementslose Mandolinenspieler bitten, ein Chanson vortragen zu dürfen!« schrie der Kugelläufer in die Gesellschaft hinein. »Bravo! Bravo!« schallte es zurück – und dann erklangen aufs neue die Mandolinen. Anfänglich lauschte man mit ziemlicher Aufmerksamkeit, aber die Stille währte nicht lange. Man wiegte sich in den Hüften und begleitete durch rhythmische Bewegungen den Takt der Musik, dann begannen vereinzelte Hände die Melodie auf dem Tische nachzutrommeln, mit Messern und Gabeln wurde accompagniert, eine dröhnende Stimme fiel ein, und schließlich sang die ganze Gesellschaft »addio, mia bella Napoli« . . .

Der Wirt sprang wie ein Rasender zwischen den Tischen umher. »Ruhe, meine Herrschaften – ich werde gekündigt! . . . Silenzio – io prego, signori! . . . Donnerwetter, die Polizei! . . . – Be quiet – goddam! – Man macht mir die Bude zu – hört doch endlich 'mal auf! . . . Silence, messieurs, ou – mon dieu, ich werfe die ganze Bande hinaus! . . .«

Kein Mensch achtete auf den eifernden Wirt – man lachte höchstens über die Sorge um seine Existenz und über seine Kapriolen – bis schließlich die Musik von selbst schloß und der eine der Mandolinenspieler mit einem Teller umherging, um seinen Lohn einzukassieren. Alle Hände griffen in die Taschen; da man erst im Anbeginn des Monats stand, so wurde ziemlich reichlich gegeben – die Mildthätigkeit ist eine der besten Seiten des Künstlervölkchens.

Die Ruhe war allmählich wieder hergestellt, und der kleine Wirt schlenkerte mit den ihm eigenen possierlichen Bewegungen wieder zu seiner dicken, am Schenktische postierten Ehehälfte zurück, ließ sich einen Schnaps eingießen und nahm dann neben Herrn Wilhelm Gackerle Platz, den er zu einem Wechsel seines Engagements zu überreden suchte.

Inzwischen hatten sich verschiedene neue Gäste eingefunden, unter ihnen auch jener famose Graf Hektor von Montevero, der Agent für die Champagnerfirma »Duc de Montevero« in Rheims, den Fritz Fiedler bereits im Café

chantant »Zu den Palmen des Orients« kennen gelernt hatte.
Er kam in Begleitung eines Herrn und einer Dame und ließ
sich mit diesen an dem soeben frei gewordenen Tische dicht neben demjenigen, an welchem Fritz und Otto saßen,
nieder.

»Was sind denn das wieder für Leute?« flüsterte Fritz
seinem Begleiter zu, einen neugierigen Blick auf das
Pärchen am Nebentische werfend.

»Weiß nicht,« – Otto zuckte mit den Achseln – »wohl
auch Künstler oder dergleichen – der alte Graf hat immer
Bekanntschaften in diesen Kreisen! . . . Wetter, ist das ein
schönes Weib!« –

Und Otto schielte über sein Bierglas verstohlen nach
rechts hinüber. Er hatte Recht. Es war ein auffallend
schönes Weib, das da drüben neben dem weißköpfigen
Champagnerreisenden mit dem gräflichen Namen und dem
andern Herrn saß. Der zurückgeschlagene Schleier zeigte
ein edel geschnittenes Antlitz, das in seinen kräftigen und
ausdrucksvollen Linien eben so sehr an die stolzen Schönheiten der romanischen Rasse erinnerte, wie der dunkle
Schmelz der Augen und der bräunliche Teint. Das
nachtschwarze Haar war in leichten Löckchen ziemlich tief
in die Stirn gekämmt und vereinigte sich auf dem Hinterkopfe zu einem schweren, schlichten Knoten. Die Oberlippe des reizend geformten, schwellenden und kirschroten
Mundes bedeckte ein leichter dunkler Flaum, und wenn das
junge Weib lächelte, so sah man zwei Reihen blitzender
Zähne. Die Gestalt war groß und voll; eine blaue Seiden-
blouse umspannte die herrliche Büste, und faltenlos fiel der
gleichfarbige Tuchrock über die kräftig gewölbten Hüften
bis zu den kleinen, mit niedrigen Lederschuhen bekleideten
Füßen herab.

Rechts von der jungen Dame, die man wohl zweifellos
für eine ausübende Künstlerin halten konnte, saß Graf Mon-

tevero, links der Herr, der mit diesem zugleich das Lokal betreten hatte. Es war dies ein hochgewachsener Mann in hellgrauem, elegant gearbeitetem, aber hie und da bereits etwas verschossenem und fadenscheinig gewordenen Sommeranzug. Sein Gesicht zeigte nicht unsympathische, jedenfalls sehr vornehme Züge, seine Augen waren von merkwürdig hellem Blau und leuchteten auffallend glänzend. Ein mächtiger dunkelblonder Vollbart fiel weit über die Brust herab; er schien sich einer sorgsamen Pflege seitens seines Besitzers zu erfreuen, und auch die weißen, schmalen Hände des Herrn mit den glänzend polierten, spitz zugeschnittenen Fingernägeln zeugten von aristokratischer Pflegung.

Graf Hektor hatte eine Flasche seines »Duc de Montevero« bestellt. Der Kellner brachte einen ungeputzten, blind gewordenen Champagnerkühler mit schmutzigem Wasser, in dem vereinzelte kleine Eisstücke schwammen, und stellte die dickbauchige Flasche in dieses hinein. Dann schenkte der alte Weingraf den warmen, stark schäumenden Mousseux in die Gläser. Das junge Weib leerte ihre Schale mit einem Zuge und schnalzte dabei mit der Zunge, während ihr Nachbar nur nippte und dann widerwillig das Glas bei Seite schob.

»Nun?« fragte Graf Hektor, seinen Kelch gegen das Licht haltend, so daß sich dieses in dem goldgelben Schaumwein brach. »Schmeckt's nicht, Baron Krey? – Die Marke ist echt – der Wirt bezieht sie direkt von meinem Hause« . . .

»Warmes Zeug,« meinte der Angeredete; »Sekt muß kalt sein – ich kann mir nicht helfen!«

»I nun natürlich muß er das,« – und der Graf nippte gleichfalls an seinem Glase und rief dann entrüstet den Kellner herbei, um ihm eine längere Vorlesung über die Ungebühr zu halten, alten Stammgästen warmen Champagner vorzusetzen. »Ein Dutzend Flacons Montevero müssen immer auf Eis liegen – merken Sie sich das, junger Mann, und vermelden Sie es auch Ihrer gestrengen Herrin! Das ist ja eine unglaubliche Wirtschaft! Wer soll denn dies labbrige Zeug trinken? Da sind denn natürlich keine Geschäfte zu machen« . . .

Ein donnerndes Getöse, ein Lärm, der den Spektakel von vorhin noch bei weitem übertraf, unterbrach das Räsonnement des alten Herrn. Es war ein seltsamer und tragikomischer, obwohl in diesem merkwürdigen Lokale durchaus nicht ungewöhnlicher Vorfall, der sich abzuspielen begann.

Von zwei jungen Burschen, denen man schon äußerlich das Ellenrittertum ansehen konnte, begleitet – war ein kleines, etwas wunderlich ausschauendes Männchen in das Restaurant getreten. Fritz kannte den Kleinen, und er mußte lächeln, als er ihn sah; das war ja der Vertreter von Landré und Bonnheimer, der würdige Herr Mausebrei, der theatralisch gebildete Freund des alten Hempel und die Zielscheibe aller Bosheiten, die von Nickel und Basedow und den übrigen Bediensteten des Kölpinschen Stalles ausgeheckt wurden! –

Herr Mausebrei grüßte würdevoll mit der Rechten nach allen Seiten, als er das Lokal betrat, und suchte dann forschend nach einem leeren Platze, während seine jugendlichen und, wie es schien, etwas angeheiterten Begleiter sofort allerhand Unfug anzustiften begannen. Pfeifend, johlend und mit brutalen Schlagworten um sich werfend, die in den Regionen der Tingeltangel gerade Mode waren, drängten sie sich zwischen den Stuhlreihen hindurch und belästigten die schimpfenden Gäste auf jede mögliche Art. Als aber einer der beiden Burschen sich erlaubte, im Vorüberschreiten der kleinen blonden Schlangendame mit einem rüden Scherze unter das Kinn zu fassen, da erhob sich plötzlich Herr August Sterzinger, der bayrische Herkules, und gab dem Unverschämten eine so gewichtige Ohrfeige, daß er im Taumeln der Chansonettesängerin Rida

Anderssen in den Schoß flog. Fröken Anderssen, die sich damit beschäftigte, ihren Rausch auszuschlafen, kreischte wild auf – ihr Amoroso, Herr Wilhelm Gackerle, begann in allen Tonarten zu schimpfen – Miß Anne Hopskin schimpfte in gebrochenen Lauten mit – von den entfernteren Tischen eilten die Gäste herbei, und nun bildeten sich im Nu zwei debattierende Gruppen, die unter lebhafter Gestikulation für und gegen den Gezüchtigten Partei ergriffen.

Es war ein toller Spektakel. Vergebens bemühte sich der arme Wirt, hochrot im Gesicht und mit fliegenden Rockschößen, von neuem Ruhe zu stiften – er sauste wie ein Gummiball hin und her. Der geohrfeigte Bursche war ziemlich unsanft durch Herrn Gackerles biedere Rechte von dem weichen Schoße der Fröken Anderssen entfernt worden und drückte sich zähneknirschend mit geballten Fäusten und mit geiferndem Munde an die Wand. Leider mischte sich schließlich auch noch Herr Mausebrei in die unerquickliche Zänkerei. Empört über die Züchtigung eines Angestellten der Weltfirma Landré und Bonnheimer, pflanzte er sich couragiert dicht vor dem Herkules auf, hielt ihm, sich auf den Zehen reckend, die geballte Hand unter die Nase und fauchte grimmig los:

»O Sie Labander – Sie unverschämter Patron – Sie glauben wohl, Sie können sich alles erlauben, weil Sie so dumm sind, wie Sie groß sind, Sie dicker Fresser Sie« . . .

Weiter kam aber Herr Mausebrei nicht, denn der Herkules faßte ihn plötzlich mit der einen Hand an den Kragen und mit der andern unter die Kniekehlen, hob ihn mit mächtigem Schwunge hoch in die Luft und schritt dann gemächlich zum nächsten Fenster, wo er, den armen Schneider noch immer in der Schwebe haltend, gemütlichen Tones fragte:

122

»Wo willst du hinaus, Jammermensch? Auf die Straße oder auf den Hof? Durchs *Fenster* aber geht's . . .«

Der Schneider schrie, tobte und zappelte erbärmlich, doch Sterzinger ließ ihn nicht locker, obwohl ihm der Wirt in steigender Aufregung schon zum drittenmale befohlen hatte, auf der Stelle das Lokal zu verlassen. Kein Mensch wollte dem armen Herrn Mausebrei zu Hilfe kommen – die meisten lachten und amüsierten sich königlich über sein hilfloses Gebahren.

Nur Fritz war erbittert über die gemütliche Brutalität des Kolossalmenschen.

»Welche Roheit!« meinte er, zu Otto gewendet. »Dieser riesige Kerl kann dem armen Mausebrei alle Knochen zerbrechen! Er bekommt's fertig und wirft ihn zum Fenster hinaus« – –

Und Fritz sprang voller Erregung empor.

»Um Himmels Willen, Fritz – mach' keine Thorheiten! Bleib' hier,« mahnte der vorsichtigere Otto, aber unser junger Freund hatte sich bereits kräftigen Armes Raum geschafft und stand nun mit zornflammenden Augen vor Sterzinger.

»Loslassen – oder . . .?« sagte er laut und fest, und ein leises Zittern flog dabei durch seinen Körper.

Der Herkules stieß ein dröhnendes Lachen aus.

»Was willst *du* denn, Krabbe?« rief er belustigt. Aber er hatte kaum ausgesprochen, so fühlte er auch schon auf der Dickmuskel seines rechten Oberarms einen so gewaltigen Faustschlag, daß er ein Stöhnen des Schmerzes nicht unterdrücken konnte und den unglücklichen Schneider freigeben mußte. Mausebrei stürzte zur Erde, ohne sich Schaden zu thun, und im selben Augenblick sprang Fritz über ihn fort und saß Sterzinger an der Kehle. Mit beiden Armen umspannte er wie mit Eisenklammern den Herkules, so daß dieser sich schäumend und prustend der unwiderstehlichen Kraft des jungen Enakssohnes beugen mußte.

»Los« . . . keuchte Sterzinger, blaurot im Gesicht, und mit den schon erlahmenden Fäusten Fritz in die Seiten greifend, »los – ich ersticke« . . .

»Erst mach' deine Verbeugung vor dem Publikum,« lachte Fritz, der immer enger den Hals seines Opfers umspannte und ihn immer tiefer mit dem Oberkörper zu Boden zog. Der Herkules keuchte – der Atem verging ihm, und nun erst gab Fritz ihn frei und sprang einige Schritte zurück.

Hoch aufgerichtet, die Ellenbogen fest in die Seiten gestemmt und die Hände zur Abwehr geballt, stand er da. Er erwartete, daß Sterzinger sich in rasender Wut auf ihn stürzen würde – ein Lächeln glitt um seinen Mund – Furcht kannte er nicht.

»Komm' nur heran, du Goliath!« . . .

Aber der Goliath kam nicht. Sterzinger pustete gewaltig, als er sich wieder aufrichtete, und schüttelte sich wie ein ins Wasser gefallener Hund. Dann lachte er mächtig auf und streckte Fritz seine Hand entgegen.

»So ein Bengel,« meinte er treuherzig. »Der weiß einen zu fassen! 's ist mir zum erstenmale im Leben passiert, daß mich ein andrer untergekriegt hat! Ein Kunststück war es ja nicht, denn wenn einem die Puste vergeht, ist's mit der Kraft vorbei! Aber das schadet nichts – es steckt doch was in dir, mein Junge! Wo arbeitest du denn?«

»Ich bin nicht gewohnt, mit Du angeredet zu werden,« gab Fritz trotzig zurück.

Der andre wurde einen Augenblick stutzig und lachte dann abermals.

»Ist recht, mein Junge,« sagte er und erfaßte Fritzens Hand, »bin ganz damit einverstanden! Bist groß genug geworden, sollst auch mit Sie angeredet werden! . . . Na – also? Wo sind Sie engagiert, wenn die Frage erlaubt ist –«

Das klang schon anders. Der Ärger Fritzens war im Nu verraucht. In dem breiten, roten, bierlustigen Gesicht des Herkules lag ein so ehrlicher und gutmütiger Ausdruck, daß Fritz sich thöricht vorgekommen wäre, wenn er noch länger hätte den Trotzigen spielen wollen.

»Ich bin kein Künstler,« entgegnete er, die Hand des Riesen kräftig schüttelnd, »sondern Bereiter« . . .

»Ah – der Tausend!« Sterzinger schüttelte den Kopf. »Bereiter! Schade drum. Wo denn? Bei Renz?«

»Beim Grafen Kölpin-Deesenhoff.«

»Also privatim – schade, sehr schade! Rennerke, komm' doch 'mal her! Komm' 'mal 'nen Augenblick her, alte Seele!«

Der kleine Wirt, der glücklich war, daß auch dieser Zwiespalt wieder ausgeglichen worden und der sich inzwischen mit der ganzen Kunst seiner Beredsamkeit bemüht hatte, den vor Wut und Aufregung förmlich schäumenden Herrn Mausebrei zu beruhigen, drängte sich, rasch herbeispringend, durch den Kreis der Gäste.

»Was soll ich?«

»Sollst dir einmal diesen jungen Herkules ansehen, dir seine Adresse notieren und sollst versuchen, ihn für uns zu gewinnen,« antwortete Sterzinger mit prononciertem Wohlwollen im Tone. »Der könnte ein tüchtiger Akrobat werden, wenn er in richtige Hände käme. Da steckt Kraft drin und mehr noch als Kraft – Courage! Sollte zu mir in die Lehre kommen – ich würde es billig machen und fürchte nicht 'mal seine Konkurrenz! Überlegen Sie sich's, Kleiner . . .«

Herr Rennerke hatte Fritz bereits bei der Rockklappe gepackt und ihn in eine Fensternische gezogen.

»Der Dicke hat recht,« meinte er, während er ein schmutziges Notizbuch aus der Tasche zog, einen Bleistift hervornahm und ihn mit den Lippen befeuchtete. »Lassen Sie doch Ihren Dienst schießen, junger Mann – was verdienen Sie denn dabei! Eine Lumperei – ich kenne das. Widmen Sie sich der Bühne – Sie haben das Zeug dazu! Es fehlt an tüchtigen Spezialitäten – ich muß es wissen, ich arbeite an die fünfzehn Jahre in der Branche. Wenn Sie heute mit mir abschließen und sich bei Sterzinger in die Lehre geben, garantiere ich Ihnen, daß Sie in sechs Monaten auftreten können. Sterzinger wird ja sehen, was aus Ihnen zu machen ist. Parterreakrobat oder Herkules – eins von beiden wird es wohl werden . . . Haben Sie denn etwas Vermögen? – Viel wird's nicht sein, ich kann mir's schon denken. Aber ich helfe Ihnen gern und will auch die Lehrzeit bei Sterzinger bezahlen, wenn Sie sich verpflichten, alle Ihre späteren Engagements durch meine Hand gehen zu lassen. Schwarz auf weiß natürlich – das wird sich schon finden . . . Na, da giebt's doch kein langes Besinnen! Ich sage Ihnen ja, Spezialitäten Ihres Fachs werden immer gesucht und gut bezahlt! Dreihundert bis tausend Mark pro Monat, junger Mann, und noch mehr, wenn Sie erst Kasse machen! . . . Überlegen wollen Sie sich's? Na, das ist natürlich – dagegen läßt sich nichts sagen. Aber Ihre Adresse – wie war's gleich? – – So, und nun auf Wiedersehen, und auf ein baldiges! Dreihundert bis tausend Mark monatlich – vergessen Sie das nicht! . . .«

Fritz war ganz wirr im Kopfe. Er schaute mit blödem Auge in das von dichtem, grauen Qualm erfüllte Zimmer, in dem sich die ferner Sitzenden nur in undeutlichen Umrissen erkennen ließen. Er wußte kaum, was er zu den Vorschlägen des Agenten geantwortet hatte – das Überraschende der Situation hatte ihn förmlich benommen.

Erst als Otto mit Hut und Mantel zu ihm trat, kam er zu sich. Otto sah verärgert aus und schien schlechter Laune zu sein.

»Komm,« sagte er, »es geht auf zwei, und ich habe keine Lust, in dieser Bude zu nächtigen . . . Warum hast du dich denn eigentlich unnötigerweise in den Skandal eingemischt? Das paßt mir nicht – laß' das künftighin! Ansehen, aber nicht anfassen!« . . .

Er stülpte Fritz den Hut auf den Kopf, hing ihm den Mantel über und schob ihn vorwärts. Wo er vorüberkam, empfing ihn ein Halloh und wurde ihm zugetrunken. Mausebrei hatte sich augenscheinlich mit dem Herkules ausgesöhnt, denn er saß an dessen Tische, dicht an der Seite der Schlangenmaid, hielt pathetische Reden und schwang dazu den Bierkrug. Sterzinger rief Fritz ein dröhnendes Abschiedswort nach, und die kleine blonde Miß Hopskin nickte ihm freundlich zu.

Die beiden waren schon auf der Straße, als ein kurzes »Pst – Sie!« hinter ihnen herschallte. Sie wandten sich um und sahen den alten Montevero mit seinen Begleitern soeben das Haus, in dem sich die »Springende Münze« befand, verlassen.

»Einen Moment,« rief der Champagnergraf und winkte Fritzen, »einen Moment, lieber Freund!«

Die drei waren in den Lichtschein der nächsten Laterne getreten, der voll auf das schöne Gesicht des Weibes fiel, dessen junonische Erscheinung den jungen Leuten schon im Lokal aufgefallen war. Die schwarzen Augen des Mädchens leuchteten, und hinter den sich üppig wölbenden Lippen blitzten die Zähne.

Fritz trat näher.

»Meinten Sie *mich?*« fragte er.

»Ja wohl – Sie, mein Freund,« nahm der Herr mit dem blonden Vollbart das Wort und schaute Fritz prüfend in die Erwartung ausdrückenden Züge. »Ich interessier' mich für Sie und möchte Sie näher kennen lernen. Besuchen Sie mich einmal. Sie sind beim Grafen Kölpin bedienstet, wie ich höre –?«

Fritz nickte.

»Warten Sie – ich will Ihnen meine Adresse geben,« fuhr der andre fort, eine Visitenkarte aus seinem Cigarrenetui nehmend. »Acco, amico – aber kommen Sie bald! Es handelt sich um Wichtiges – Sie können mir eine große Gefälligkeit erweisen und dabei ein hübsches Stück Geld verdienen« . . .

Er hielt die kleine, thongelbe Visitenkarte noch einen Augenblick wie zögernd zwischen den schmalen weißen Fingern und reichte sie sodann Fritz.

»Kann ich Sie erwarten?« fragte er.

»Kommen Sie nur,« fügte seine Begleiterin an und wandte Fritz voll das lichtüberzogene Antlitz zu; »Sie finden uns jeden Nachmittag bis gegen Sieben zu Hause!«

Fritz sah nur dieses wunderschöne Gesicht mit seinen leuchtenden schwarzen Augen und dem blühenden Lippenpaar. »Ja – ich werde kommen,« entgegnete er stockend.

»Charmant! Ich verlasse mich d'rauf!« rief der andre – dann wandten sich die drei und schritten plaudernd die Straße hinab.

Otto, der sich bis dahin in den Schatten der Häuser zurückgezogen, lugte neugierig über Fritzens Schulter hinüber, um beim Laternenscheine den auf der Visitenkarte stehenden Namen zu entziffern.

»»Leopold Freiherr von Krey‹,« las er, »– alle Wetter, das ist eine vornehme Bekanntschaft, Fritze! Wie kommt denn der mit dem alten Champagneronkel zusammen?! – Du, aber die Wohnungsadresse, die er unter den Namen geschrieben hat, klingt nicht sonderlich aristokratisch! Dresdener Straße 117, Hof III – da pflegen sonst keine Barone zu wohnen! Sei lieber ein bißchen vorsichtig mit diesem würdigen Wappenträger, lieber Fritz – mir scheint, als ob so etwas wie höherer Bauernfang dahinter stecken könnte!« ...

Fritz antwortete nicht. Er grübelte darüber nach, wo und von wem ihm der Name Krey schon genannt worden war.

Neuntes Kapitel

Drei Tage später kehrte Graf Kölpin mit seiner Gemahlin nach Berlin zurück, und das Leben nahm für Fritz wieder seinen gewohnten arbeitsreichen Gang an.

Wegen des Besuchs bei dem Baron von Krey hatte er sich vorsichtshalber bei Hempel befragt. Der nahm die Karte, besah sie von allen Seiten, schlug dann plötzlich mit der flachen Hand auf seine Lende und eilte, ohne ein Wort zu entgegnen, auf den alten Aalkrug zu, der gerade in gewohnter würdiger Haltung, die Hände auf den Rücken gefaltet, quer über den Hof nach seiner Wohnung schritt. Die beiden sprachen lange und eindringlich miteinander, schüttelten die Köpfe, nickten und gestikulierten und winkten schließlich Fritz herbei, der mit offenem Munde dem seltsamen Gebahren von weitem zuschaute.

»Wo hast du diesen Herrn Leopold Freiherr von Krey kennen gelernt, lieber Fiedler?« fragte Aalkrug.

Fritz erstattete mit kurzen Worten Bericht, und jedesmal, wenn er den Namen des Barons nannte, zuckte der alte

Kammerdiener zusammen und warf einen scheuen Blick nach den Fenstern des Herrschaftshauses empor.

»Nun sage einmal, mein braver Fiedler,« fuhr Aalkrug fort, »entsinnst du dich denn gar nicht mehr dessen, was wir an jenem Geburtstagsabend bei mir über diesen Herrn Leopold von Krey gesprochen haben –?«

Fritz schüttelte den Kopf. Er entsann sich dessen in der That nicht mehr – er wußte nur, daß der Name genannt worden war, nichts weiter. Die Sache hatte ihn nicht interessiert.

Aalkrug gab ihm die Karte des Barons zurück.

»Geh' zu ihm,« sagte er, »es kann nichts schaden – es dürfte sogar gut sein! Geh' ruhig zu ihm und höre, was er von dir verlangt. Versprich ihm aber nichts – verstehst du, Fiedler? – sondern nicke nur, sage Ja oder sage, du würdest es dir überlegen, und dann komm' zu *mir* und erzähle mir, was der Mann gewollt hat. Vor diesem Baron Leopold von Krey muß man sich nämlich hüten.«

Fritz war einverstanden. Erst jetzt begann er der Sache Interesse abzugewinnen – er war neugierig geworden.

Am nächsten Sonntage machte er sich auf den Weg nach der Dresdenerstraße. Das Haus Nr. 117 war ein schon ziemlich altes zweistöckiges Gebäude, dagegen war das, den Vorderbau um zwei Stockwerke überragende Hinterhaus neu aufgeführt worden. Das Ganze gewährte einen merkwürdigen Eindruck. Beide Häuser wurden augenscheinlich von sogenannten kleinen Leuten bewohnt – im Hintergebäude hatten sich auch einige Künstler und Künstlerinnen aus dem benachbarten Americantheater einquartiert.

Fritz fand sich schnell zurecht. Im dritten Stockwerk des Querhauses las er an einer einflügeligen Thür und auf einer arg beschmutzten Visitenkarte den in lateinischen Lettern aufgedruckten Namen »Mr. Leopold Krey«. Über das amerikanische »Mister« wußte sich Fritz keine Rechenschaft zu geben – aber der fehlende Adelspartikel machte ihn stutzig. Er zögerte einen Augenblick, ob er die Klingel ziehen sollte, zumal da plötzlich hinter der Thüre merkwürdige Geräusche hörbar wurden – Stampfen und Hämmern, dröhnendes Aufschlagen und dazwischen ein wütendes Hundegekläff.

»Wo wollen Sie denn hin?« hörte Fritz hinter sich fragen. Ein junges und hübsches, aber sehr blasses und aus tief umschatteten Augen blickendes Mädchen in verwachsenem hellen Kattunkleide war, einen Blecheimer in der Hand, die Treppe hinaufgestiegen und neugierig hinter ihm stehen geblieben.

»Zu Herrn Baron von Krey,« antwortete Fritz, »der wohnt doch hier?«

»Ja ja,« nickte das Mädchen, »der wohnt hier!« Und einen Augenblick auf die sich immer mehr verstärkenden Tiergeräusche in der Kreyschen Wohnung lauschend, fügte sie lächelnd hinzu: »Er dressiert wieder 'mal! Klingeln Sie nur! . . .«

Fritz zog die Glocke, die hell und schrill antwortete. Fast unmittelbar darauf wurde geöffnet.

»Ah – Sie! Das ist hübsch von Ihnen! Please, my little giant! . . .« Herr von Krey reichte Fritz die Hand und zog ihn hinein. Der Baron war in Hemdärmeln und hatte eine Hetzpeitsche in der Rechten; die Beinkleider, die er trug, waren zerrissen und schäbig, und die Morgenschuhe an den Füßen niedergetreten und abgebraucht. Auf dem Kopfe saß ihm eine braunrote arabische Tschaschia, und sein Vollbart steckte in einem Art Sacke aus schmutzig gewordener Leinwand, der mittels einer Schnur in Schleifen um die Ohren befestigt war.

Mehr als ein halbes Dutzend kleinerer und größerer meist sehr schöner Hunde sprang und wedelte im Zimmer umher und umkläffelte und umschnüffelte Fritz bei seinem Eintritt. Eine widrige Stallatmosphäre herrschte in diesem Gemache, dessen Ameublement lediglich aus einem Kleiderspinde und einer Reihe, dicht an den Wänden stehenden Rohrstühlen bestand. Auf dem Spinde sah man eine halbgeleerte Berliner Weiße, und neben dieser, zusammengekugelt und mit großen grünen Augen herablugend, eine mächtige, wunderschöne Angorakatze.

»Ruhe, ihr Köter!« schrie Herr von Krey, als die Hunde den fremden Gast immer leidenschaftlicher umkläfften; »– à la place, Mignon, Bubi, Ratterle, Isa, Damian, Wasser, John, Türk, à la place! Ich werde euch Beine machen!«

Und die Hetzpeitsche pfiff durch die Luft. Im Augenblick war das Gebell verstummt; die Köter kniffen die Schwänze ein, und eine Sekunde später saß ein Hund neben dem andern, wie die Orgelpfeifen nach der Größe geordnet, auf der Stuhlreihe an den Wänden.

»Alle Wetter – nun haben wir aber keinen Platz,« lachte Krey. Dann pochte er mit der Faust an die Thür zum Nebengemach. »Reich' mir einmal ein paar Stühle hindurch, Carmella!« rief er mit Stentorstimme.

Die Thür wurde halbweit geöffnet, und im Rahmen derselben erschien ein junges Weib. Fritz zuckte zusammen, und im Augenblick schoß ihm alles Blut in das Antlitz. Das war die Schöne, die er an der Seite Kreys und des Champagnergrafen in der »Springenden Münze« gesehen hatte! Wie ein Schleier wehte es über die weit aufgerissenen Augen Fritzens. Ihm war, als trete ihm da plötzlich ein völlig nackendes Weib blühenden Leibes entgegen . . . Nur eine kurze Sekunde währte die Erscheinung – die geöffnete Thür schloß sich sofort wieder . . .

»Nun?!« schrie der Baron; »wo bleiben denn die Stühle?«

»Einen Augenblick!« tönte aus der Nebenstube die weibliche Stimme zurück; »ich habe geübt und stecke vom Kopf bis zu den Zehen im Tricot!« –

Aber schon innerhalb der nächsten Minute trat Carmella ein. Sie hatte einen langen, feuerroten Theatermantel übergeworfen, der ihre ganze Gestalt verhüllte, und trug in einer Hand einen Rohrstuhl, in der andern einen hölzernen Schemel.

»Eccolo,« sagte sie, stellte die Stühle nieder und streckte dann Fritz die nicht kleine, aber schön geformte, fleischige und nervige Rechte entgegen. »Entschuldigen Sie die Wirtschaft,« fügte sie lächelnd hinzu, »– so ist's bei uns Theaterleuten!«

»Aber es wird anders werden!« bemerkte Krey mit Bitterkeit. »Setzen Sie sich, Herr Fiedler. Rauchen Sie? – Ja. Bitte sehr! Sie können die Cigarre beruhigt nehmen – mein Geschmack hat auch in den Zeiten der Not nicht gelitten!« . . .

Fritz ließ sich nieder, zündete die Cigarre an und paffte mächtige Rauchwolken vor sich hin. Er versuchte seine Verlegenheit zu verbergen und benahm sich dabei immer linkischer. Carmella beschäftigte sich indessen mit den Hunden, die sich bei ihrer Annäherung vor Freude krümmten, mit den Schwänzen wedelten und kurze, heulende Töne ausstießen; einer war eifersüchtig auf den andern.

Fritz schielte durch die Wolken seiner Cigarre zu der schönen Person hinüber. Wenn sie einen der Köter streichelte, konnte man ihren vollen, bloßen, kräftigen Arm sehen, dessen Muskeln sich mächtig spannten, wenn sie ihn nur beugte. Der dünnstoffige Mantel war nicht geeignet, ihre Gestalt unerkennbar zu lassen; eng schmiegte er sich im Faltenwurfe an ihre Formen an, und wenn sie einen Schritt that, schlug er um ihre Füße zurück. Fritz sah das alles – mit starrem Auge, in dem fremde Lichter zu zucken begannen . . .

»Also!« – Baron Krey rückte dicht an Fritz heran und knippste mit seinen Fingernägeln. »Es handelt sich um folgendes, mein lieber Herr Fiedler! Ich bin vor Jahren einmal mit Ihrer jetzigen Herrin, der Gräfin Kölpin, bekannt – sehr genau bekannt gewesen. Verhältnisse äußerer Art haben uns getrennt – sie heiratete ihren jetzigen Gatten, und ich ging ins Ausland. Wir haben uns lange nicht gesehen – aber mir liegt daran, die alte Bekanntschaft wieder einmal aufzufrischen. Das hat seine Schwierigkeiten – ich verkenne das nicht. Graf Kölpin haßt mich und will nichts von mir wissen. Den Teufel auch – ich gebe ihm seinen Haß ehrlich zurück! Ich habe mich schon verschiedene Male mit der Gräfin schriftlich zu verständigen versucht, doch der Graf wacht mit scharfem Auge über ihrer Korrespondenz und fängt regelmäßig meine Briefe auf. Auf schriftlichem Wege geht's also nicht. Bleibt der persönliche übrig. Ich muß sie sprechen – komme es, wie es wolle! In der ›Springenden Münze‹ hörte ich nun, Sie seien bei den Kölpins bedienstet, und da schoß mir ein guter Gedanke durch den Kopf. Sie müssen mir eine Rücksprache mit der Gräfin möglich machen – ich werde mich revanchieren, verlassen Sie sich darauf.« . . .

Herr von Krey brach ab und schaute Fritz forschend an.

»Nun? – Dünkt Ihnen die Sache nicht?«

Fritz wiegte den Kopf hin und her. »Es wird schwierig sein,« meinte er.

»Schwierig?! Du lieber Himmel – ich bin einmal auf blankem Pferde durch einen brennenden Prairiestreifen geritten – das war noch schwieriger! Wie mir da die Flammen ins Gesicht schlugen und die entsetzliche Glut mich zu dörren drohte, wie ich nach Atem rang und jeden Augenblick glaubte, mein armer Gaul würde unter mir zusammenbrechen und mich ins Feuermeer werfen – lieber Freund, da habe ich erkennen gelernt, daß es keine Schwierigkeit giebt, die nicht zu überwinden wäre! Nein – kommen Sie mir damit nicht! Die Sache ist einfach genug. Sie teilen mir einen geeigneten Zeitpunkt mit, an dem der Graf nicht zu Hause ist. Ein solcher findet sich leicht. Der Graf hat Dienst, geht auf die Jagd oder zum Liebesmahl und läßt seine Frau oft genug allein. Das ist unschwer, vorher zu erfahren, wenn man die Ohren ein wenig offen hält – man kann das auskundschaften. Unter irgend einem Vorwande wird auch der Portier auf wenige Minuten zu entfernen sein – Sie öffnen mir dann die Entreethür, und die Sache ist abgemacht. Zurechtfinden werde ich mich schon – ich kenne das Haus« . . .

Herr von Krey ließ wieder den Blick fragend auf Fritz ruhen, aber der Ausdruck in dessen Gesicht schien ihm nicht zu gefallen. Und erregteren Tones fuhr er fort:

»Ich sagte Ihnen schon, daß ich Ihre Gefälligkeit nicht umsonst beanspruche. Ich zahle Ihnen hundert Mark für den kleinen Dienst – fünfzig, sobald ich die erste Nachricht von Ihnen erhalte und den Rest, wenn ich mit der Gräfin gesprochen habe! Herrgott, was giebt es denn da noch lange zu zögern! Oder« – der Baron lachte belustigt auf – »oder fürchten Sie vielleicht, ich würde ein Verbrechen begehen? Mich an der Gräfin vergreifen? Ihre Brillanten stehlen? Was?! – Sehe ich aus wie ein Verbrecher?« . . . Er riß sich den Linnenbeutel, den er zum Schutze seines prachtvollen Vollbarts um diesen gebunden hatte, vom Gesicht und sprang auf. »Mein lieber Freund, wenn Sie wüßten, durch welche Schule von Versuchungen ich im Leben gewandert bin, ohne zu unterliegen, dann würden Sie mir mit weniger Mißtrauen entgegen kommen! Ich gebe zu, mein Verlangen hat einen etwas abenteuerlichen Anstrich, aber wie soll ich's machen, der Gräfin habhaft zu werden?! Soll ich ihr auf offener Straße auflauern? – Unsinn, mein Freund – es geht nicht anders, und nun lassen Sie Ihre Bedenken! Carmella, sprich auch du einmal ein Wort zu meinen Gunsten!«

Die Angeredete wandte sich langsam um und zog den roten Mantel, dessen Widerschein auf ihrem Antlitz leuchtete, fester um die Schulteru. Ihre dunklen Augen hafteten minutenlang auf dem Gesicht Fritzens.

»Ich verstehe zu wenig von der ganzen Angelegenheit,« entgegnete sie dann abwehrend, »um mich in sie einmischen zu können. Laß mich mit diesen Sachen in Ruhe!«

Sie strich dem weißflockigen Pudel, neben dem sie stand, schmeichelnd mit der Rechten über den Kopf und schritt zur Thür.

»Ich werde mich umkleiden,« sagte sie dabei – dann kehrte sie noch einmal zurück, bot Fritz die Hand und nickte ihm freundlich zu: »auf Wiedersehen!« –

Fritz sprang auf, machte eine täppische Verbeugung und preßte die Hand Carmellas fest in seiner Rechten. Die Cigarre war ihm aus dem Munde gefallen und glimmte, eine feine Rauchsäule emporsendend, auf der Erde weiter.

Herr von Krey lächelte seltsam. Er hob die Cigarre auf, öffnete das Fenster und warf sie hinaus. Dann bot er Fritz eine neue an.

»Ein närrisches Frauenzimmerchen, diese hübsche Carmella,« sagte er. »Sie hat ihre Launen und ist schwer zu behandeln . . . Ich kenne sie schon seit Jahren, habe sie aber erst hier wieder gefunden. – Vom Ersten ab tritt sie im Reichshallentheater als Athletin auf – da müssen Sie einmal hingehen. Das Mädchen hat Riesenkräfte.« . . .

Der Baron stieß Satz für Satz abgebrochen hervor und schritt dabei unruhig im Zimmer auf und nieder, nur dann und wann einmal bei einem seiner Hunde stehen bleibend. Er schien mit einem Entschlusse zu kämpfen. Plötzlich zog er ein kleines Portefeuille aus der inneren Tasche seiner halb offenstehenden Weste und entnahm ihm einen Fünfzigmarkschein.

»Der letzte der Mohikaner,« meinte er. »Da – nehmen Sie! er möge das Angeld sein. Aber nun Wort gehalten, Fiedler!«

Fritz zog die Hand zurück.

»Ich kann nicht so ohne weiteres zusagen, Herr Baron,« entgegnete er, »lassen Sie mich die Sache überlegen.« . . .

Krey stampfte mit dem Fuße auf – die Hunde wurden unruhig und begannen zu kläffen.

»Überlegen – überlegen! Da sagen Sie nur gleich Nein und basta! Liegt denn das Geld auf der Straße, daß Sie einen so leichten Verdienst von der Hand weisen wollen? Oder haben Sie Furcht, mein Bester? – Beruhigen Sie sich – ich gebe Ihnen mein Wort, daß nicht der Schatten eines Unrechts auf Sie fallen soll! Kein Mensch wird je erfahren, wer mir die Thür geöffnet hat! Kein Mensch, mein Junge! Und nun nehmen Sie!«

Fritz steckte die Hände in die Taschen seines Jacketts.

»Behalten Sie Ihre fünfzig Mark, Herr Baron,« erwiderte er. »Wir wollen weiter darüber reden, wenn ich Ihnen zugesagt habe. Vor der Hand kann ich das nicht. Ich muß Bedenkzeit haben.«

»Bedenkzeit – gut. Auch das!« – Krey ließ die Hetzpeitsche durch die Luft pfeifen. »Und wie lange?«

»Einige Tage.«

»Schön. Heut haben wir Sonntag. Sagen wir also bis Mittwoch. Ist Ihnen das recht?«

»Gewiß.«

»Wollen Sie zu mir kommen oder mir schriftlich Nachricht geben!«

»Eins von beiden, Herr Baron. Ich weiß nicht, ob ich werde abkommen können. Am Mittwoch findet eine große Gesellschaft bei uns statt, da giebt es viel zu thun« ...

Krey horchte auf.

»Gesellschaft – am Mittwoch,« sagte er, mehr zu sich selbst, als an Fritz gewendet. »Bon, Hand drauf, daß ich Nachricht erhalte!«

Fritz schlug ein. Er war sich vollkommen klar darüber, daß er dem Baron abschreiben würde.

Man verabschiedete sich. Fritz atmete auf, als die Thüre hinter ihm ins Schloß fiel. Drinnen begann das Hundegebell von neuem, und dazwischen erklang die Stimme Kreys:

»Bubi, Ratterle, Mignon – allons! Ronde à droite! Damian, Türk, Isa – au milieu! Wasser au centre! Position - ahé!« ... und wieder hörte man das surrende Pfeifen der Peitsche. –

Fritz schlug langsam den Heimweg ein. Er hatte noch den halben freien Nachmittag vor sich, aber die Luft fehlte ihm, zwecklos umherzubummeln. Die merkwürdige Wirtschaft dort oben nahm seinen Gedankengang in Anspruch. Was war dieser Baron von Krey und was trieb er? – Hundedressur! Fritz lachte leise auf. Das war eine rechte Beschäftigung für einen Edelmann! ... Und dann stieg wieder das Bild des wundervollen Weibes in fleischfarbenen Tricots und in langem, wallendem Mantel vor ihm auf. Wie schön war sie mit ihren herrlichen Augen und ihren Purpurlippen und dem vollendeten Ebenmaß der Glieder! Sie war eine Athletin, hatte der Baron gesagt, und wollte im Reichshallentheater Vorstellungen geben. Das mußte er sehen – gleich am ersten Abend wollte er hingehen! – War sie die Geliebte des Barons? Es mußte wohl so sein ... Und Fritz seufzte auf.

Als er im Kölpinschen Hause eintraf, fand er einen Teil der Dienerschaft im Hofe versammelt. Nickel und Basedow hielten den Zappelphilipp am Zügel; Graf Kölpin und Hempel standen daneben.

»Da kommt ja der Schlingel!« rief der Graf Fritz entgegen. »Was ist denn mit dem Zappelphilipp passiert, du Range?! Seit wann lahmt der Gaul?«

Fritz riß, heftig erschreckend, den Hut vom Kopfe. Der Zappelphilipp lahmte – wie war das möglich! Er war seit gestern mittag nicht aus seinem Box herausgekommen, war gepflegt worden wie immer und sollte lahmen? –

»Antraben!« befahl der Graf.

Nickel und Basedow gaben die Zügel locker und schnalzten mit der Zunge. Der Zappelphilipp trabte einige Schritt vorwärts – in der That, er lahmte rechts hinten nicht unbedeutend!

»Halt!« rief Graf Kölpin und warf Fritz einen strengen Blick zu. »Nun? – Willst du mir vielleicht sagen, was du mit dem Gaul angestellt hast?« fuhr er fort.

»Nichts – nichts, Herr Graf,« stotterte Fritz, blaß im Gesicht. Er wußte sich diese plötzliche Lähme durchaus nicht zu erklären.

Graf Wendelin trat dicht an den Zappelphilipp heran und strich mit der rechten Hand vorsichtig über die Beinsehnen des Pferdes. Sie fühlten sich warm an, der Gaul zuckte auch bei der ersten Berührung zusammen.

»Hat er in den letzten Tagen einmal in der Kette gelegen?« inquirierte Kölpin weiter.

Fritz zuckte die Achseln. Er war so verblüfft, daß er nicht zu antworten wußte.

Der Graf stieß ärgerlich mit dem Säbel auf die hart gestampfte Erde.

»Eselei sondergleichen!« schimpfte er. »Du wachst die Nacht über im Box des Zappelphilipp – verstanden? Du rührst dich nicht aus dem Stalle! Bis zum Abend wird fleißig gekühlt und dann das kranke Bein mit Restitutions-fluid eingerieben!« . . .

Er faßte an die Mütze und schritt, den Säbel tief nachschleppend, sporenklirrend über den Hof.

Kaum war er fort, so begann man von allen Seiten, ein jeder nach seiner Art, den unangenehmen Vorfall zu besprechen. Nickel meinte, der Zappelphilipp hätte schon seit einigen Tagen den Kopf hängen lassen und habe »melangklötrig« ausgesehen, und Tom und Basedow kauderwelschten ähnliches ungereimtes Zeug zusammen. Mit einem derben Worte brachte der alte Hempel endlich die ganze Sippe zum Schweigen.

»Führt den Gaul in den Stall und haltet die Mäuler,« räsonnierte er. »Ihr versteht den Kuckuck von der Sache! Komm 'mal in meine Stube, Fritze!«

Fritz folgte dem mit krummen Knien Voranschreitenden in das bescheidene Kämmerchen, das der alte Jockey bewohnte.

»So – nun setz dich hin – drüben aufs Bette!« befahl Hempel, während er sich bückte, um in seiner Kommode herumzukramen, in der in chaotischer Unordnung alle möglichen und unmöglichen Dinge umherlagen. Dabei pustete und stöhnte der Kleine, als ob ihm jede Bewegung seines Rückgrats Schmerzen verursache.

»Sapristi,« ächzte er, sich endlich wieder aufrichtend, »man merkt, daß man alt wird! ... Sieh einmal hier diese Büchse, mein Junge! Weißt du, was da drin ist?«

Fritz beschaute die mit einem bunt bedruckten Papier überklebte und englisch etikettierte Büchse von allen Seiten.

»Fleischextrakt,« meinte er.

Hempel lachte hell auf.

»Hat sich was!« gab er zurück. »Das ist ein ointment oder zu gut Deutsch eine Salbe, die schon so manchem Gaule wieder auf die Sprünge geholfen hat! Das ist ein Universalmittel, my little boy. Unser Herr Graf versteht ja auch sein gut Teil von den Pferden, aber der alte Hempel kennt sich noch besser aus. Und nun merk einmal auf, Fritz Fiedler. Lasse man ruhig das Restitutionsfluid beiseite, kühle tüchtig und reibe den Zappelphilipp die Nacht über alle zwei Stunden mit diesem ointment gehörig ein. Auf meine Verantwortung hin! Fragt der Herr Graf, dann werde ich ihm schon Rede stehen. Nimm! Und jetzt erzähle mir gefälligst, ob du den Herrn Baron Leopold von Krey Hochwohlgeboren zu Hause getroffen hast oder nicht« ...

Fritz nahm dankbar die Salbenbüchse entgegen; auf Hempel und seinen »Pferdeverstand« konnte man sich schon verlassen! Dann berichtete er über seinen Besuch bei Krey und über die seltsamen Verhältnisse, in denen dieser Herr augenscheinlich leben mußte.

Hempel hörte mit großer Aufmerksamkeit zu, schob seinen schwarzen Cigarrenstummel aus einer Mundecke in die andere, schlug sich zuweilen auf die Lende oder stieß ein bedächtiges »Hm – hm« aus.

»Das ist ja eine schöne Geschichte,« meinte er, als Fritz geendet hatte, »so ein Halunke – so einer! I, da wird sich der Aalkrug amüsieren, wenn ich ihm das brühwarm erzähle! Nun sei aber auch vernünftig, Fritz, und setz dich gleich morgen hin und schreibe dem Baron, du hättest dir die Sache reiflich überlegt und bedauertest, auf seinen Vorschlag nicht eingehen zu können. Schlankweg nicht eingehen zu können! . . . Willst du 'nen Kümmel trinken? Nicht? Na, dann mache, daß du zu deinem Gaule kommst! Morgen früh muß der Zappelphilipp wieder auf seinen vier Beinen stehen« . . .

Fritz nahm die Büchse mit dem wunderthätigen ointment, bedankte sich nochmals und stieg die Treppe hinab.

Zehntes Kapitel

Die Universalsalbe des alten Hempel hatte in der That Wunder gewirkt. Als der Graf am nächsten Morgen, bevor er zur Schwadron ritt, in den Stall kam, fand er den Zappelphilipp bedeutend wohler vor als am Abend vorher. Die Sehne fühlte sich zwar noch immer nicht ganz klar an, aber der Gaul trat schon wieder ziemlich fest auf und hatte sein Morgenfutter mit gutem Appetit genommen.

Wendelin war zufrieden und verließ mit einem freundlichen Worte den Stall, um sich draußen auf sein neues »Schlachtroß«, den Matador, einen dunkelbraunen Hengst von Trakehner Extraktion, den er in einer Wette gewonnen hatte, zu schwingen.

Fritz war überfroh, daß der Zappelphilipp wieder gerade auf den Beinen stand, und umhalste in seiner Freude das Pferd einmal über das andere, was dem Oberkutscher Vegesack, der an seinen dicken Karossiees herumhantierte, zu allerhand spöttischen Bemerkungen Anlaß gab. Fritz und Vegesack standen sich schon seit geraumer Zeit auf gespanntem Fuße. Der erstere hatte dem hochnäsigen Fahrer, der es liebte, die jungen Leute im Stall auf jede mögliche Art zu tyrannisieren, einmal in energischer Weise die Wahrheit gesagt – und seit dieser Zeit erfreute sich Fritz eines tiefgehenden Hasses von seiten des Oberkutschers. Das war unserm jungen Freunde nun freilich herzlich gleichgiltig – gegen die kleinen Possen und Nichtsnutzigkeiten, die Vegesack bei jeder Gelegenheit gegen ihn ausspielte, wußte er sich schon zu wehren. Er hatte dabei die Freude, Tom, Nickel und Basedow immer auf seiner Seite zu sehen; im Grunde genommen mochte niemand von dem Hausgesinde des Grafen Kölpin den albernen Oberkutscher so recht leiden.

Eingedenk der Ermahnung Hempels setzte sich Fritz noch am Vormittage, sobald er von dem Bewegen der Pferde auf der Reitbahn zurückgekehrt, hin und schrieb seinen Absagebrief an den Baron von Krey. Es war ihm leichter ums Herz, als er den Brief couvertiert und in den Postkasten geschoben hatte.

Am Mittwoch Abend sollte bei Kölpins die letzte große Soiree in der sich ihrem Ende zuneigenden Saison stattfinden. Fast alle Bekannte des Hauses waren geladen worden – es war nicht unmöglich, daß man sich diesjährig auf längere Zeit trennen würde. Graf Wendelin wollte noch die Frühjahrsmeetings mitnehmen und beabsichtigte dann, sich auf ein Jahr à la suite des Regiments stellen zu lassen; er hoffte zuversichtlich, sein Wunsch würde Berücksichtigung finden – sein Kommandeur hatte ihm versprochen, sich in wärmster Weise für ihn beim Kriegsminister zu verwenden. Kölpin wollte sodann den Sommer mit seiner Frau in der Schweizer und Tiroler Alpenwelt verbringen und im Herbst nach England reisen, um dort die hervorragendsten Rennställe zu besichtigen. Dem Grafen war der praktische Frontdienst längst langweilig geworden; er ging mit dem Gedanken um, früher oder später ganz zu quittieren, um sich dann durch eine erhebliche Vergrößerung seines

Rennstalles mehr als bisher dem Sport widmen zu können. –

Bei allen größeren Festlichkeiten im Kölpinschen Hause wurden auch Fritz, Tom und Basedow – Nickel blieb im Stalle zurück – zur Bedienung herangezogen. Die drei mußten sich dann in große Livree werfen und sich in der Entree und im Vorzimmer postieren, um den geladenen Herrschaften beim Ab- und Anlegen der Mäntel und Überzieher behilflich zu sein. Für Fritz waren diese Tage stets eine unterhaltende Unterbrechung der Monotonie des Stalldienstes; das glänzende Leben, das bei solchen Gelegenheiten kaleidoskopisch an ihm vorüberflutete, interessierte und belustigte ihn.

Gegen acht Uhr des Abends strahlten die im Parterregeschoß des kleinen Palais gelegenen Gesellschaftsräume in glänzendem Lichte. Das Treppenhaus war durch die geschickte Hand des Gärtners in eine förmliche Orangerie verwandelt worden. Schwerer Blütenduft durchwellte hier die Luft, während die Salons nach Angabe des biederen Aalkrug nur ganz diskret parfümiert worden waren.

Aalkrug trat an diesen Festabenden gewichtiger und selbstbewußter auf denn je. Auf seinen und den stattlichen Schultern des Herrn Spirius, seines Freundes, der im Souterrain vor dem lodernden Herdfeuer das Scepter schwang, ruhte eine Last von Verantwortlichkeit. Und Aalkrug war sich dieser Verantwortlichkeit wohlbewußt. Er sah ungemein würdevoll aus in seinem schwarzen Frack mit den seidenen Aufschlägen und den mit Silberagraffen geschmückten Escarpins, mit der sorgsam gefalteten weißen Halsbinde und dem glänzenden, steif gestärkten Chemisette. Wie ein Imperator schritt er durch die hell strahlenden Räume, und bis in die verborgensten Ecken und Winkel drang sein Feldherrnblick. Sein größter Stolz war als ehemaliger Tafeldecker Sr. Majestät das Tischarrangement. Ein Lächeln glitt über sein frisches, altes Gesicht, als er heut in den Speisesaal trat und noch einmal das Werk seiner Hände überschaute. Nach guter alter Sitte war die Tafel in Hufeisenform erbaut worden. Von dem schimmernd weißen Gedeck hob das blitzende Silber der Aufsätze und des Services, das flimmernde Krystall der Gläser und der Karaffen und die berauschende Pracht der Blumenarrangements sich wirkungsvoll ab. Über den ganzen Tisch war eine Fülle einzelner Blüten verstreut worden – Rosenknospen in allen Farben, Fliedertrauben, dunkelglühende Nelken, Veilchen und Geranien.

Aalkrug schritt langsam um den Tisch, rückte hie und da noch einmal an einem Teller, einem nicht ganz in Harmonie mit dem übrigen Krystall stehenden Glase – warf einen flüchtigen Blick auf die kalligraphisch geschriebenen Tischkarten, die als kunstgewerbliche Mustervorlagen dienen konnten, schob dort und hier einen Stuhl zurecht und ging dann mit zufriedenem Kopfnicken in ein anstoßendes Kabinett, in dem unter Spirius' Augen die besseren Weinsorten aufgestellt worden waren. In einem mächtigen, bis zum Rande mit kleinen Eisstücken gefüllten Kübel lag Flasche an Flasche der Champagner – der Schaumwein vom deutschen Rheine, der die Austern hinabspülen helfen sollte, einträchtig neben dem welschen Moët, den Graf Kölpin vor allen andern Marken zu bevorzugen pflegte. In einem zweiten Kübel wurde der Rheinwein und der Mosel in Kühlung gehalten, und die blauen und violettfarbenen Staniolkapseln der Flaschen lugten neugierig zwischen den Eismassen hervor. Auf dem Tische daneben stand der feinere Rotwein, Kabinetsabzüge von erlesener Traube – ferner alter Portwein, der zur Suppe gereicht werden sollte, und Cap Constantia für das Dessert. Graf Wendelin hatte diesmal tief in seinen Keller gegriffen – so splendide war er bei ähnlichen Gelegenheiten nicht.

In diesem kleinen Kabinett versammelte Aalkrug vor Beginn der Soiree noch einmal die ganze Dienerschaft und hielt dieselbe durchdachte und weihevolle Ansprache, mit der er seine Leute bei derlei Festivitäten stets zu erfreuen pflegte. Heut aber betonte er die Einzelheiten noch schärfer als sonst und hob Schlagworte wie »kein Tropfen vorbei« – »immer links herum« – »beim Tellerwechsel muß das Schweigen des Todes herrschen« ganz besonders hervor. »Ich hoffe, Ihr werdet auch diesmal dem Hause Ehre machen,« schloß er seine Standrede, die er mit der ruhig würdevollen Gestikulation eines gewandten Schauspielers, der den Julius Cäsar darzustellen hat, begleitete.

Wenige Minuten später erschienen denn auch die ersten Gäste, und bald darauf stauete sich vor dem Kölpinschen Palais eine lange Wagenkette. Fritz, Tom und Basedow hatten alle Hände voll zu thun, die Damen nach dem Toilettezimmer zu geleiten und die Herren aus Mänteln und Paletots herauszuschälen. Das glänzte und strahlte, wenn die Hüllen fielen! Die schimmernden Uniformen der Gardekavallerie waren am zahlreichsten vertreten, doch auch an ordengeschmückten Frackklappen war kein Mangel. Basedow kannte die meisten und flüsterte Fritz allerhand boshafte Bemerkungen ins Ohr, auf die Fritz freilich nur mit halbem Ohre hörte. Er hatte mehr zu thun. Das schimmernde Leben ringsum nahm ihn völlig gefangen. Aus Mänteln und Überröcken, Capuchons und Sortis de bal schälten sich blendend kostümierte Gestalten – zierlich toupierte Frauenköpfe, mit Rubinen und Brillanten im Haar, weiße Schultern und volle Arme; in den silbernen Candillen der Epaulettes brach sich das Licht, und von den ordengepanzerten Brustseiten ging ein förmliches Flimmern aus . . . Im Portale rollte Wagen auf Wagen vor. In das fröhliche Geplauder und die Begrüßungsworte, die in der Entree und den Vorzimmern gewechselt wurden, mischte sich zeitweilig von draußen her das brüske Zuschlagen der Wagenthüren und das Stampfen und Wiehern der Pferde.

Im ersten Salon empfing der Hausherr mit seiner Gattin die geladenen Gäste. Durch einen Thürspalt hatte Fritz sich an der Erscheinung der Gräfin Katinka erfreuen können. Sie trug ein einfaches helles Seidenkleid mit herzförmigem Ausschnitt und um den etwas zu schlanken, doch schön geformten Hals ein dunkles Sammetband mit aufgehefteten Brillanten. Bei aller Einfachheit in ihrem Äußeren sah sie bezaubernd aus. Sie war nicht hübsch, aber sie besaß unendlich viel Liebreiz, und bei allem Liebreiz eine ausgesprochene Distinktion. Sie war eine vollendete Aristokratin.

Der Abend verlief ohne Störung. Aalkrug war zufrieden. Es war alles »wie am Schnürchen« gegangen. Das Souper machte Herrn Spirius alle Ehre. Er war auch glücklich genug; der Baron Enkevort, vortragender Rat im Ministerium des Innern, ein großer Gourmet, der auch selbst ein Kochbuch geschrieben, hatte zu ihm geschickt und sich von ihm das Rezept eines vortrefflichen Real-Turtle-Ragouts erbeten. Spirius war stolz auf diese Auszeichnung – so etwas war lange nicht da gewesen.

Eine Stunde nach Mitternacht verabschiedeten sich die letzten Gäste. Fritz half ihnen in die Paletots und empfing dafür sein Trinkgeld. In seiner Tasche klirrte und klingelte es – der Abend hatte ihm einen Monatslohn eingebracht. Er war aber auch todmüde. Das Stehen im überheizten Vorzimmer strengte mehr an, als ein fünfstündiger Ritt auf dem Zappelphilipp. Er sehnte sich nach dem Bettzipfel.

Kurz nach ein Uhr erklang noch einmal die Hausglocke. Ein großer, blondbärtiger Herr stürzte eiligst durch die Entree in das Vorgemach. Er trug einen hellen Paletot und den Cylinderhut in der Hand.

»Ich habe noch etwas vergessen – ist der Herr Graf oder die Frau Gräfin noch zu sprechen?« herrschte er Basedow an.

Basedow riß die nach dem Salon führende Thüre auf.

»Die gnädigen Herrschaften sind in dem blauen Kabinett – geradeaus,« meldete er respektvoll und ließ den Herrn eintreten. Kaum aber hatte sich die Thür hinter diesem geschlossen, so schnitt ihm Basedow eine Grimasse nach und lachte dann leise auf.

»Donnerwetter!« meinte er, »das fliegt ja wie eine Bombe ins Haus! Als ob man nichts weiter zu thun hätte, als die Thüre auf- und zuzumachen! So ein Pack ... Wer war denn der Mensch? Sah wie der Graf Falkenhayn aus – war's aber nicht, der ist nicht so groß! Kennst du ihn, Fritz?«

Fritz antwortete nicht. Er war wie erstarrt vor Schreck, denn er hatte in dem hastig Eintretenden den Freiherrn Leopold von Krey wieder erkannt. –

Leopold Krey schritt fest und hoch erhobenen Kopfes durch den großen Salon, in dem bereits die Lichter ausgelöscht wurden – geradeaus, wie Basedow ihm gesagt hatte. Die mit dem Aufräumen beschäftigten Diener wichen ehrerbietig zurück – keiner kannte ihn, aber keiner hielt ihn auf.

Krey trat in das kleine Kabinett, in das sich Wendelin mit seiner Frau noch auf eine Plauderminute vor dem Schlafengehen zurückgezogen hatten. Der Graf saß, eine Cigarette rauchend, in einem Fauteuil am Mitteltische, Katinka am verhängten Fenster. Beide erkannten Krey, der mit ruhiger Hand hinter sich die Thür schloß, im ersten Augenblicke nicht. Als er sich aber dem Lichte zuwandte, sprang Gräfin Katinka jäh auf und starrte ihn totenblaß, doch unfähig ein Wort über die Lippen zu bringen, an. Auch Wendelin hatte sich erhoben und auch er war bleich geworden; instinktiv griff seine Hand nach dem zierlichen Tuladolch, der unter anderm Nippes auf dem Tische lag.

Krey sah es und verbeugte sich mit herbem Lächeln.

»Lassen Sie liegen, Graf Kölpin,« sagte er, »Sie brauchen mich nicht zu fürchten. Nachdem ich zwei Dutzend Mal vergeblich versucht habe, Sie oder meine verehrte Cousine, die Gräfin Katinka, zu sprechen, blieb mir nichts andres übrig, als mich durch List bei Ihnen einzuschleichen. Es steht Ihnen frei, Ihre Lakaien zusammenzurufen und mich vor die Thür werfen zu lassen. Das würde aber einen gewaltigen Eclat geben, und ich weiß, wie sehr Sie einen solchen scheuen. Also hören Sie mich bitte ruhig an, – ich werde mich bemühen, kurz zu sein . . .«

Wendelin schaute scheu, halb ängstlich, halb fragend, zu Katinka hinüber. Die Unselbständigkeit seines Wesens ließ ihn zu keinem eigenen Entschlusse kommen.

Katinka war hinter ihren Stuhl getreten. Die schlanken weißen Finger umspannten fest die Polsterung der Lehne. Die Gräfin war noch immer sehr blaß und sah in diesem Augenblick älter aus als sonst, aber sie zitterte nicht mehr. Ein drohender Ernst lag auf ihrer Stirn.

»Überlaß mir die Verhandlung mit diesem Manne, Wendelin,« sagte sie ruhigen Tones. »Sein« – sie zögerte einen Moment –, »sein Besuch gilt mehr mir als dir, und ich werde ihm Rede stehen. Es ist gut, daß es einmal zu völliger Klarheit kommt zwischen uns . . . Wie viel verlangst Du, Leopold?«

Ehe Krey eine Antwort geben konnte, war Wendelin hastig zur Thür gesprungen, hatte sie aufgerissen und der im großen Salon beschäftigten Dienerschaft zugerufen:

»Geht hinaus! Ich werde klingeln, wenn Ihr wiederkommen dürft!«

Krey riß sich den Paletot auf. Er atmete schwer – die Luft erschien ihm plötzlich drückend heiß. Die tiefe Verachtung, die in der Frage Katinkas lag, traf auf den Rest von Ehre, der in ihm lebte. Es war eine Zeit gewesen, da er dies junge Weib wirklich geliebt hatte. Verlorene Jahre lagen zwischen damals und heute – aber als er sie mit zuckender Lippe die Beleidigung aussprechen hörte, dachte er daran zurück, daß dieselben Lippen einst seinen Mund geküßt hatten.

Er schwieg. Er war in der festen Absicht hierhergekommen, unter Berufung auf alte Zeiten eine Summe Geldes zu fordern, die ihn für die nächsten Jahre aller Sorgen um die Existenz entheben sollte. Katinka hatte ihn recht beurteilt – und gerade deshalb wär' er am liebsten stracks umgekehrt und hätte wortlos das Haus verlassen. Er kämpfte schwer mit sich selbst – man merkte es an den fest geschlossenen Lippen, den finster gesenkten Brauen und am Blick des Auges. Aber der Kampf währte nicht lange. Aufschauend sah er den Grafen lächeln – ein häßliches, hohnvolles Lächeln. Dann klemmte sich Wendelin das Monocle ins Auge und sagte langsam mit seiner leicht näselnden, einförmig klingenden Stimme:

»Du wirst deine Frage wiederholen müssen, liebe Katinka! Der Herr Baron scheint sie nicht verstanden zu haben – und der Herr Baron hätte doch gerade auf diese Frage vorbereitet sein müssen« . . .

Wie eine Erlösung von dem auf ihm lastenden Banndruck schien Krey den Hohn Wendelins zu empfinden. Er warf seinen Hut neben sich auf den Teppich nieder, reckte sich höher empor und stieß einen tiefen Atemzug aus.

»Ich danke Ihnen, Graf Kölpin,« sagte er; »das Wiedersehen mit der, die mir in besseren Tagen einst nahe gestanden, hat mich weich stimmen können. Sie haben rasch genug diese – thörichte Regung verscheucht. Ich danke Ihnen dafür, Herr Graf – es ist besser, wir bleiben bei der Sache!«

Mit brüsker Bewegung wandte er Wendelin den Rücken und sich der Gräfin zu.

»Dein Gatte hat Recht gehabt, Katinka,« fuhr er rascher fort, »– ich hätte vorbereitet sein müssen auf deine Frage. Ich brauche Geld – es ist wahr, und nur deshalb kam ich hierher. Es soll das letzte Mal gewesen sein, daß ich deine Hilfe in Anspruch nehme« . . .

Katinka vermied es, den vor ihr Stehenden anzusehen; sie hatte den Blick fest auf die in den Teppich gewebten großblumigen Bouquets geheftet.

»Wie viel brauchst du?« fragte sie leise.

»Nicht viel für euch – viel für mich,« gab Krey zurück. »Ich will mir einen Beruf suchen, eine Stellung gründen, will in die Gesellschaft zurücktreten. Ich bin des ruhelosen Abenteuerns müde und möchte wieder festen Fuß fassen. Ich werde auch Gelegenheit finden, euch eure Darlehen zurückzuerstatten« – Graf Wendelin lachte heiser auf – »ich will nichts geschenkt haben. Gebt mir zehntausend Mark und laßt mich gehen. Es soll das letzte Mal sein – ich wiederhole es.«

»Wirst du Wort halten?« fragte Katinka, und wie wieder erwachendes Mitleid klang es aus ihrer Frage hervor.

»Ich *werde* mein Wort halten,« antwortete Krey fest, und er meinte es ehrlich. »Ich habe toll und wüst gelebt, Katinka, seit damals – seit damals! aber zu einer Schlechtigkeit bin ich nicht herabgesunken. Also glaub' an mein Wort. Ein Schuft will ich sein, wenn ich mich noch ein einziges Mal vor euren Augen sehen lasse!« . . .

Graf Kölpin hatte während der Unterredung der beiden nervös mit dem Tuladolche gespielt und nur hin und wieder durch ein hastiges Kopfschütteln, ein kurzes höhnisches Auflachen seine Aufmerksamkeit zu erkennen gegeben. Als sich nun aber Katinka ihm zuwandte und in ihrer leisen, bestimmten Art sagte: »Das letzte Mal, Wendelin – gieb ihm das Geld!« – da fuhr er empört auf, warf das Dolchmesser auf den Tisch zurück und schrie schrill und mißtönig:

»Ich wäre verrückt, wenn ich's thäte – verrückt wär' ich! Das letzte Mal – ja wohl, ich kenne dieses letzte Mal, das sich immer und immer wiederholt! Zehntausend Mark – i Gott bewahre! Der Herr Baron scheint zu glauben, ich schüttele mir das Geld nur so aus den Rockärmeln! Zehntausend Mark sind ein Kapital, Herr von Krey – berücksichtigen Sie das!«

»Nicht für Sie, Herr Graf,« fiel Krey ruhig ein; »Sie sind ein so reicher Mann, daß zehntausend Mark keine Rolle in Ihrem Budget spielen können ...« Er schwieg einen Augenblick und fuhr dann mit einem raschen und scheuen Seitenblicke zu Katinka fort: »Ich weiß, ich stehe bereits in Ihrer Schuld, Herr Graf. Aber auch die Kölpins haben eine Schuld an die Familie abzutragen, der ich angehöre – keine materielle Schuld, doch eine moralische, die nicht minder stark ins Gewicht fällt: eine Schuld der Dankbarkeit! Sie entsinnen sich wohl, daß es in besseren Tagen meinem verstorbenen Vater einstmals vergönnt gewesen ist, mit Mißachtung des eigenen Lebens auf einer Eberjagd in Moesthal *Ihren* Herrn Vater, den Grafen Klaus, vom sicheren Tode zu erretten? Ich zweifle nicht daran, daß Graf Klaus Ihnen von jenem schreckensvollen Kampfe mit einer wütenden Bestie erzählt hat –«

»Ich weiß das – weiß das alles,« fiel Wendelin mit nervösem Mienenspiel ein, »weiß aber auch, daß mein Vater dem Ihren zu dessen Lebzeiten nicht nur mit schönen Worten, sondern mit offener Hand für seine ritterliche Hilfe gedankt hat!«

»Es mag sein« – und ein Klang tiefer Traurigkeit färbte die Stimme des Sprechenden – »denn auch mein Vater war nicht auf Rosen gebettet ... Ich würde jener Episode nicht Erwähnung gethan haben, Herr Graf, bei Gott nicht, zwänge mich nicht die Not dazu, an Ihr Herz zu rühren. Sie *müssen* mir helfen – nur noch dies eine Mal!«

»Müssen?« – Graf Wendelin richtete sich auf. »Ich lasse mir nichts befehlen, Baron Krey – Sie sind nicht ganz geschickt in der Wahl Ihres Ausdrucks.«

Krey biß sich auf die Lippen und sein Gesicht wurde fahl.

»In der Situation, in der ich mich befinde,« entgegnete er, »vergißt man zuweilen, die Worte abzuwägen. Indessen – ich bitte um Verzeihung . . . Lassen Sie uns zu Ende kommen, Herr Graf. Ich wiederhole Ihnen, daß ich gewillt bin, Ihnen das Geliehene früher oder später mit Zins und Zinseszins zurückzuzahlen« . . .

Wendelin lachte wieder auf.

»Zurückzahlen? Wovon denn?! – Wovon, wenn ich fragen darf? Sie sagen, daß Sie sich eine Position verschaffen, wieder festen Fuß in der Gesellschaft fassen wollen. Das ist sehr lobenswert von Ihnen und ich billige Ihren Entschluß durchaus, aber ich glaube nicht an seine Ausführung. Nein – ich glaube nicht daran! Dasselbe haben Sie mir mit gleichen Worten schon so und so oft gesagt und geschrieben! – Ich habe auch keine Gelder flüssig – es wird mir Schwierigkeiten machen, die zehntausend Mark zu beschaffen! Es geht nicht – basta!« –

Er zögerte einen Augenblick – dann griff er mit schneller Bewegung in seine Tasche und zog seine Börse hervor, die er klingend auf den Tisch fallen ließ.

»Da! – Wenn ich Ihnen mit ein paar hundert Mark dienen kann – gut, so nehmen Sie! Aber keinen Pfennig mehr! Ich bin außer stande dazu!« . . .

Er schielte zu Krey hinüber, der stumm an der Thür stand und mit finsterm Blicke vor sich hinstarrte. Er war in Verzweiflung. Gestern hatte ihm der Gerichtsvollzieher die letzten Notgroschen, die er aus Amerika mitgebracht, abgenommen – man drohte ihm, auf seine Hunde Beschlag zu legen. Er fühlte, daß von Kölpin nichts mehr zu hoffen war. Und unwillkürlich streckte er seine Hand aus – nach der Richtung hin, wo die Börse lag, durch deren grünseidene Maschen die Goldstücke flimmerten.

Kölpin sah es. In seinem Gesicht spiegelte sich Ekel und Verachtung wieder. Er nahm die Börse und reichte sie Krey – aber ehe dieser zugreifen konnte, ließ Wendelin sie mit einer zuckenden Bewegung der Hand auf den Teppich fallen.

Glührote Lohe schoß Krey in das Gesicht. Seine Augen funkelten und grimmige Wut sprach aus seinen Zügen. Er bückte sich und hob die Börse auf und schleuderte sie dann wuchtig dem zurücktaumelnden Grafen vor die Brust.

»Geiziger Schurke!« schrie er außer sich, »behalte dein Geld! Behalte es – aber denke an mich zurück! Wir werden uns wiederfinden!«

Und er riß die Thür auf und stürmte barhäuptig davon, ohne auf den leisen Schrei zu hören, der ihm nachklang.

Gräfin Katinka hatte ihn ausgestoßen. Mit Entsetzen war sie Zeugin des peinlichen Auftritts zwischen den beiden Männern gewesen. Ihre vornehme Natur widerte die Empfindungsroheit des Einen nicht minder an als die brutale Wut des Andern.

Wendelin machte seinem überschäumenden Zorn in stürmischen Worten Luft und ließ es auch an Spitzen und Anzüglichkeiten gegen seine Frau nicht fehlen. Sein schmales Gesicht mit den sich ziemlich stark ausprägenden Backenknochen war gelb geworden vor Wut, seine Stimme klang fauchend und zischend.

»Eine nette Verwandtschaft!« grollte er, während er im Zimmer auf- und niederschritt und zwischen den Fingern unruhig eine Cigarette zerbröckelte. »Dieser Lump – dieser Hochstapler! Hättest ihn längst in seinem wahren Werte erkennen müssen, Katinka – aber da gab's ja noch immer süße Worte für den Herrn Vetter, für diesen . . . Nun, es kann ja auch so nichts schaden – im Gegenteil! Oho – der kommt nicht wieder nach der Scene von heute, und seine Drohungen verlache ich!« Er lachte heiser auf und fügte noch einmal bekräftigend bei: »Ich *verlache* sie!«

Die Gräfin strich mit ihrem Taschentuch über die Stirn, auf der winzige, eiskalte Tropfen perlten.

»Gebe Gott, daß du nie anders denken mögest,« erwiderte sie leise. »Du kennst ihn nicht. Er wird sich rächen« . . . Und nach einer kurzen Pause fuhr sie fort: »War's nötig, daß du ihn so maßlos reiztest –!?«

»Natürlich – haha, nun bin ich am Ende gar der schuldige Teil! Ich konnt's erwarten! Dankbarkeit kennst du nicht, Katinka – hast du nie gekannt! Tausende hab' ich für diesen Menschen geopfert, weil er dein Vetter ist, weil er deinen Mädchennamen trägt, weil er einmal – – du weißt's allein! Aber es giebt Grenzen, liebe Katinka, die man um seiner Selbst willen einzuhalten verpflichtet ist! Wagt es Leopold Krey, seine Drohungen auszuführen – wagt er mich irgendwie zu belästigen, zu beschimpfen, dann hetze ich ihm erbarmungslos die Gerichte auf den Hals! Ohne Rücksicht, sage ich dir – ohne Rücksicht!«

»Auch ohne Rücksicht auf deine Frau und auf den Namen Krey,« schaltete Katinka mit Betonung ein.

»*Mein* Name deckt den deinen!« rief Wendelin erregt. »Kein Mensch wird sich unterstehen, deine Ehre anzutasten, weil auch du eine Krey bist! . . . Im übrigen, liebe Katinka, weißt du selber so gut wie ich, wie es von jeher um die Kreys gestanden hat. Ich für meinen Teil habe mich den Teufel darum gekümmert, sondern hab' dich geheiratet um deinetwillen! Nun aber bist du die Gräfin Kölpin, und das vergiß nicht! Wir haben nichts mehr mit deiner Verwandtschaft zu thun – und ich sage dir, ginge es an, daß du deinen Mädchennamen auslöschen könntest, es wäre mir mehr als lieb!« . . .

Die Gräfin zuckte empor, als ringelte sich eine Schlange um ihre Glieder, und ein böser Blick aus ihren Augen traf Wendelin.

»Schweige,« rief sie und durch ihre Stimme grollte ein tiefes Beben, »oder willst du mich lehren, dich zu – hassen?«

Sie raffte ihre Schleppe zusammen und schritt an ihm vorüber zum Zimmer hinaus.

Wendelin pfiff durch die Zähne.

»Ich bin zu weit gegangen,« murrte er in sich hinein, »aber der Grimm tobt mir durch alle Adern! Ich hätte ihre Empfindlichkeit schonen müssen – ah bah, sie wird ruhiger werden wie ich selbst!« . . .

Er bückte sich, um die auf der Erde liegende Börse aufzuheben. Aber er nahm sie nicht. Er richtete sich wieder auf und blieb einen Augenblick sinnend stehen. Es regte sich ein etwas in der Brust, seinem Gewissen – etwas wie Widerwillen vor sich selbst . . . Und plötzlich schleuderte er die grünseidene Börse mit der Spitze seines Lackstiefels weit von sich in eine Ecke des Zimmers.

Elftes Kapitel

Als Fritz Fiedler am nächsten Morgen in aller Frühe, noch müde und verschlafen, in den Stall trat, harrte seiner eine unliebsame Entdeckung. Der Zappelphilipp lag langausgestreckt in seinem Box und röchelte leise.

»Ich weiß nicht, was der Bestie wieder fehlt,« sagte Nickel, der während der Nacht Stallwache gehabt hatte; »das Abendfutter hatte er bis auf das letzte Körnchen und den letzten Halm genommen – aber von Mitternacht ab wurde er unruhig, warf sich und jappste. Und so ist es bis jetzt gegangen« . . .

In seiner Angst eilte Fritz schleunigst zu Hempel und bat ihn, den Zappelphilipp noch einmal zu untersuchen. Hempel ging denn auch mit gewohnter Sorgfalt zu Werke. Die Sehnenanschwellung war völlig gewichen, aber der Leib aufgetrieben. Nase und Nüster warm, das Auge glanzlos und trübe.

Hempel machte ein bedenkliches Gesicht.

»Das sitzt tiefer,« meinte er, »aber weiß der Geier – wo! Basedow – springen Sie 'mal zum Herrn Grafen herauf; der Herr Graf möchten die Güte haben, gleich in den Stall zu kommen – der Zappelphilipp habe sich von neuem gelegt« . . .

Wenige Minuten später erschien Wendelin – bleich, übernächtig, verärgert. Er war in schlechtester Laune und trat schimpfend und fluchend an den Box des kranken Tieres heran. Auch er untersuchte den Gaul genau; der Zappelphilipp ließ sich befühlen und betasten, ohne mit einer Muskel zu zucken, aber als der Graf mit der Hand vorsichtig über die rechte Bauchwand hinabstrich, vibrierte der ganze Körper des Pferdes.

Der Graf schüttelte den Kopf und erkundigte sich eingehend nach der letzten Fütterung. Nickel hatte sie ordnungsmäßig geschüttet – außer ihm war seit gestern Abend kein Mensch in den Stall gekommen.

Auf den Befehl Wendelins wurde nach dem, in der nahen Kaserne wohnenden Oberroßarzt des Regiments geschickt, der nach der ersten Untersuchung schwere Verdauungsstörungen bei dem erkrankten Tiere konstatierte; woher dieselben rührten, ließ sich vor der Hand nicht nachweisen, doch nahm der Arzt an, daß auf irgend eine Weise schädliche Ingredienzien in das Futter gekommen sein mußten. Nachdem Dr. Klinker unter Assistenz Hempels selbst die notwendigen mechanischen Hilfsmittel vorgenommen hatte, um den Magen des leidenden Tieres zu reinigen, verschrieb er eine Arznei und ordnete sodann eine Art Schwitzkur an, für die er genaue Anweisungen gab.

»Ich glaube nicht, daß die Sache viel auf sich hat,« bemerkte der Roßarzt zu Kölpin; »aber man darf so etwas nicht allzu leicht nehmen, weil die Folgen recht unangenehm werden können. Und es wäre doch schade um den Zappelphilipp! Er hat sich im letzten Jahre so hübsch herausgearbeitet! Seit er an Fett verloren, sieht man erst, wie stattlich er gebaut ist. Was hat der Kerl für Lenden und für eine Brust, und wie wölbt sich der Widerrist! – Wo haben Sie den Gaul eigentlich herbekommen, Herr Graf?«

Die Worte des Dr. Klinker beruhigten Kölpin einigermaßen, und plaudernd schritt er mit dem Oberroßarzt über den Hof zurück. –

Die erneute Erkrankung des armen Zappelphilipp bildete für die nächsten Stunden naturgemäß das hauptsächlichste Gesprächsthema im Stall und in den Dienerzimmern. Namentlich Hempel konnte sich über den merkwürdigen Vorfall um so weniger beruhigen, als ihm das Tier stets als kerngesund und von bester Natur bekannt gewesen war. Er suchte eingehend nach etwaig zurückgebliebenen Futterresten in Krippe und Raufe, aber dem Zappelphilipp mußte das gestrige Abendessen noch recht gut geschmeckt haben – er hatte nichts übrig gelassen.

Die Anweisungen des Arztes wurden genau befolgt, und bald lag das Pferd in dicke Woilachs gehüllt und mit Bandagen umschnürt in seinem Box. Nun trat auch für Fritz eine Stunde der Ruhe ein, die er dazu benutzte, sich mit Hempel und dem alten Aalkrug über die Geschehnisse des letztverflossenen Abends auszuplaudern.

Das stürmische Davoneilen des Barons von Krey und die lauten Erörterungen im blauen Kabinett hatten die Dienerschaft aufmerksam machen müssen. Das seltsame Ereignis sprach sich schnell herum und wurde lebhaft kommentiert. Auf den Rat Aalkrugs hütete sich Fritz indessen, irgend einem der übrigen Dienerschaft von seiner flüchtigen Bekanntschaft mit Herrn von Krey Mitteilung zu machen.

»Hab ich dir nicht gesagt, mein Junge, daß man sich diesen Herrn Baron zehn Schritt vom Leibe halten muß?« bemerkte der alte Kammerdiener mit weiser Miene. »Jede Berührung mit dem bringt Unglück – von den männlichen Kreys hat noch nie einer etwas Rechtes getaugt!« –

Eine ähnliche Bemerkung hatte auch Graf Wendelin am Abend dieses Tages nicht unterdrücken können. Er saß in seinem Arbeitszimmer und war mit Prüfung von Rechnungen beschäftigt, als es leise an die Thür klopfte, und Katinka, ein Zeitungsblatt in der Hand, das Gesicht sehr blaß und die Augen gerötet, in das Gemach trat.

»Ah – sieh da, Katinka!« – Der Graf knöpfte seinen gesteppten Hausrock zu, legte die Cigarre fort und erhob sich. Er hatte seine Frau am heutigen Tage noch nicht gesehen. Sie war auf ihrem Zimmer geblieben – einer heftigen Migräne wegen – und hatte sich dort auch die Mahlzeiten servieren lassen. Wendelin glaubte nicht an diese tückische Migräne; er war überzeugt, Katinka grolle ihm wegen des gestrigen Abends und es befriedigte ihn, daß sie nun selbst kam, ihn aufzusuchen.

Er schritt ihr entgegen, nahm ihre Hand und küßte sie. Er war in der Laune, liebenswürdig zu sein, aber das Lächeln auf seinem Gesicht verflog schnell, als er den tiefen Ernst in den starren und bleichen Zügen Katinkas sah.

»Was ist dir, Kind?« fragte er, ernstlich besorgt. »Du siehst so sonderbar aus . . . Bist du immer noch leidend?«

Sie reichte ihm das Zeitungsblatt und deutete mit dem Finger auf ein zwischen den Vermählungs- und Todesanzeigen stehendes Inserat.

»Lies!« sagte sie kurz und scharf. »Ich wußte, daß er sich rächen würde, aber ich hatte eine derartige – Infamie nicht erwartet!«

Wendelin nahm das Blatt, und alle Farbe wich aus seinem Gesicht, während er las.

»Freunden, Bekannten und Verwandten, vor allem meinem sehr lieben Vetter Wendelin Graf Kölpin-Deesenhoff, und meiner teuern Cousine Katinka Gräfin Kölpin, geborenen Freiin von Krey, beehre ich mich anzuzeigen, daß ich mich am heutigen Tage mit der Athletin und Parterreakrobatin Signora Carmella Nera in aller Form Rechtens verlobt habe. Die Hochzeit findet am Sonntag, den 23. Juni dieses Jahres, statt und sind zu derselben speziell die oben genannten lieben Verwandten gebührend geladen. Ebenmäßig gebe ich kund und zu wissen, daß ich mich vom 1. nächsten Monats ab in Karges Vaudevilletheater hierselbst allabendlich mit meinen neun kunstvoll dressierten Hunden verschiedener Rasse öffentlich produzieren werde und bitte das verehrte Publikum um geneigten Zuspruch.

Leopold Freiherr von Krey.«

Die Hand Wendelins, die das Zeitungsblatt hielt, sank schlaff herab, seine Augen stierten glasig ins Weite. Der infame Streich Leopold Kreys hatte ihn völlig seiner Fassung beraubt. Er war wie gebrochen.

Etwas wie Mitleid überkam Katinka. Ihr ganzes inneres Sein widersprach dem Wesen Wendelins; sie hatte aufgehört, ihn zu lieben, aber in diesem Augenblicke bedauerte sie ihn, bedauerte sie ihn mehr als sich selbst. Der Racheakt Leopolds traf nicht nur den Namen Krey, sondern auch den der Kölpin, und Katinka wußte, wie stolz Wendelin auf diesen alten. fleckenlosen Namen war.

Die Zeitung in der Hand des Grafen knitterte leise. Mit einem heiseren Aufschrei der Wut ballte er das Blatt zusammen, warf es zur Erde und trat es mit Füßen.

»Schurke! – Schurke!« stöhnte er, und dann traf sein umherirrender Blick das blasse Gesicht seiner Frau. Er lachte schrill auf. »Das sind *deine* Verwandten – *deine* Kreys!« schrie er in blinder Wut, »rührt man an einen von ihnen, so besudelt man sich! Pfui – pfui!« . . . .

Sie wandte sich stumm und ging. Das brachte Wendelin zur Besinnung zurück.

»Bleibe, Katinka – was soll die Komödie!« herrschte er sie an. »Kann man ruhig bleiben einer so ungeheuerlichen Infamie gegenüber?!«

Die Gräfin blieb an der Thür stehen.

»Tobe dich aus,« sagte sie kalt, »aber verschone *mich!*«

Wendelin schritt mit auf den Rücken gefalteten Händen im Zimmer auf und nieder.

»Du verstehst es perfekt, meine Heftigkeit immer von neuem zu reizen,« grollte er. »Aber nun laß uns vernünftig sprechen – die Sache ist ernst genug! Was ist zu thun, um weiteren Gemeinheiten Kreys vorzubeugen?« –

»Ich weiß es nicht. Hättest du ihm gestern noch einmal seinen Willen gethan, dann wäre er wahrscheinlich ins Ausland zurückgekehrt.«

»Geschehenes läßt sich nicht rückgängig machen! Wir müssen Mittel finden, seinem wahnsinnigen Rachedurst entgegenzuarbeiten.« ... Kölpin hob das zerknitterte Zeitungsblatt auf, entfaltete es und las das Inserat Kreys noch einmal Zeile für Zeile durch. »Carmella Nera?« – sagte er fragend; »mir ist's, als hätte ich schon einmal diesen Namen gehört« ...

»Ich habe dir von ihr gesprochen,« entgegnete Katinka, und in ihr Gesicht kehrte langsam eine feine Röte zurück – die Röte der Scham, daß sie dereinst mit einer Dienstmagd hatte rivalisieren müssen. »Carmella war meine Zofe in Monsthal ... *Der* Pfeil war auf *mich* gezielt.«

»Und er hat getroffen,« fügte der Graf bitter hinzu, »– Krey versteht sich auf sein Handwerk! – Ah bah – mag er heiraten, wen er will – uns kümmert's nicht! Aber unter seinem vollen Namen sich dem grinsenden Plebs als Hanswurst zu zeigen – das *muß* verhindert werden! Das *darf* er nicht!«

»Hindere ihn daran, wenn du es kannst – ich bezweifle es!«

»Das wollen wir sehen! Morgen früh fahre ich zum Polizeipräsidenten; ich kenn' ihn persönlich – er ist ein Freund Papas und wird mir Rat und Hilfe nicht verweigern! ... Und nun bitte ich dich, Katinka: reg dich nicht weiter auf! Geschehenes läßt sich nicht rückgängig machen – ich gebe dir deine Worte von vorhin zurück. Willst du schon gehen?«

»Ich bin müde, sehr müde« ...

»Katinka – ein Wort noch!« ... Wendelin stand in der Mitte des Zimmers und kaute an der Unterlippe. Seine Stirn lag in Falten und sein Blick huschte mit bittendem Ausdruck zu seiner Frau hinüber . . . »Ich war in den letzten Wochen sehr nervös, verstimmt und verärgert – es kam so vielerlei zusammen, – da mag ich zuweilen heftiger geworden sein, als es angebracht war – – kurz und gut, Katinka, ich möchte nicht, daß du mir zürnst!« . . . Es geht mir nahe, wenn du mich manchmal mit so – so finsterem Blicke ansiehst – wirklich, es geht mir nahe! Ich habe ja meine Fehler, ich weiß es, aber« . . .

Er brach plötzlich ab, eilte auf seine Frau zu und erfaßte ihre Hände.

»Du bist mir gut, Katinka, nicht wahr,« sagte er, »trotz aller meiner Fehler?« . . .

Wie ein Schluchzen stieg es in der Brust der jungen Frau empor. Sie gab ihm keine Antwort, aber unwillkürlich erwiderte sie den warmen Händedruck Wendelins. Und dann machte sie sich frei und schlüpfte hinaus – in ihr stilles Boudoir, wo sie sich weinend auf den Divan warf. Ihre schlanken Glieder flogen vor innerer Erregung und über die blassen Wangen tropften die Thränen.

*　*
*

Zu früher Stunde am folgenden Morgen fuhr Wendelin zum Polizeipräsidenten, der ihn sofort empfing und mit Aufmerksamkeit seiner Erzählung lauschte. Er versprach dem Grafen auch, sich für die Sache zu interessieren; es sei nicht unmöglich, daß man aus irgend welchen formalen Gründen das öffentliche Auftreten Leopold Kreys in Karges Vaudevilletheater verbieten könne – vielleicht lasse sich auch ein Ausweisungsbefehl gegen Krey und die Nera, die beide österreichische Staatsangehörige, erwirken. Aber all das hänge von den näheren Recherchen ab, die der Präsident umgehend einzuziehen versprach. Schließlich riet er Wendelin noch, sich vorläufig Urlaub zu nehmen und Berlin auf einige Zeit zu verlassen. In der Zwischenzeit wolle er sehen, was in der unglücklichen Sache zu thun sei.

Das leuchtete Wendelin ein. Er dankte dem alten Herrn und fuhr dann zu seinem Kommandeur, dem er die Angelegenheit gleichfalls wahrheitsgetreu schilderte. Der Oberst, ein sehr vornehmer Mann aus hohem Fürstengeschlecht, war offenbar auf das Peinlichste berührt durch die Erzählung Kölpins. Er teilte indessen die Ansicht Wendelins, daß dieser Berlin sofort verlassen müsse und bewilligte ihm einen vorläufigen Urlaub, der verlängert werden sollte, sobald der Kriegsminister dem längst gehegten Wunsche des Grafen, à la suite des Regiments gestellt zu werden, nachgekommen sein würde.

In grimmiger Laune fuhr Wendelin nach Hause zurück. Er trug sich mit der Absicht, ohne Zögern an die Reisevorbereitungen zu gehen; es wäre ihm am liebsten gewesen, wenn er noch am selben Tage hätte abreisen können.

Im Portale kam ihm Hempel mit ernstem und ängstlichem Gesicht entgegen.

»Wollen Sie zu *mir?*« fragte Wendelin, an der Treppe stehen bleibend.

»Sehr wohl, Herr Graf,« rapportierte Hempel, »ich habe leider eine Unglücksbotschaft zu melden. Der Zappelphilipp ist vor einer halben Stunde gestorben.«

Wendelin stieß eine Verwünschung aus.

»Gestorben?!« – rief er. »Habt ihr Dr. Klinker nicht mehr geholt? Es ist das erste Mal, daß in meinem Stalle ein Gaul gefallen ist! . . .«

Hempel berichtete, daß alle Anweisungen des Oberroßarztes sorgfältig ausgeführt worden seien. Der Zappelphilipp sei indessen von Stunde zu Stunde elender geworden. Um acht Uhr früh habe man noch einmal zu Dr. Klinker geschickt, der auch gekommen sei, das kranke Tier aber aufgegeben habe. Dr. Klinker habe gemeint, der Zappelphilipp sei an einer Darmverschlingung zu Grunde gegangen.

Kölpin schritt in steigender Aufregung nach dem Stalle, wo das ganze Personal um den Box des verendeten Pferdes versammelt war. Fritz standen die Thränen in den Augen; er war sich bewußt, seine Pflicht erfüllt zu haben – um so größer war sein Schmerz um den Verlust des ihm anvertrauten Tieres.

Graf Wendelin rief Fritz zu sich heran.

»Hast du alle Befehle des Oberroßarztes befolgt?« fragte Kölpin.

»Alle, Herr Graf.«

»Es scheint aber nicht! Dem Zappelphilipp hat nie etwas gefehlt – er war kerngesund – nur durch deine Nachlässigkeit kann er zu Grunde gegangen sein!«

»Herr Graf verzeihen – aber ich bin mir keiner Nachlässigkeit bewußt!«

»Widersprich nicht,« rief Kölpin heftig und mit drohender Stimme. »Ich weiß, was ich sage! Du bist ein Schlingel – hast du verstanden – ein Schlingel bist du!«

Fritz wurde glühend rot.

»Ich verbitte mir das, Herr Graf,« sagte er festen Tons.

Kölpin war starr. »Ah – ah – du verbittest dir das!?« wiederholte er höhnisch und faltete die Hände über dem Knauf seines Säbels. »Das ist ja eine ganz neue Tonart, die hier einzureißen scheint! Sieh einmal an, du verbittest dir, daß ich dich Schlingel titulire! Gut – so werde ich dich säuberlicher anfassen und werde dich »Herr« nennen. Also, mein lieber Herr, du wirst auf der Stelle deine Siebensachen zusammenpacken, wirst dir von Hempel deinen Lohn auszahlen lassen und dann schleunigst das Haus verlassen! Aber schleunigst, rate ich dir. So empfindsame Seelen, wie du bist, können wir hier nicht brauchen!«... Er wandte sich um. »Schicken Sie zu Dr. Klinker, Hempel, und lassen Sie ihn bitten, am Nachmittage die Sektion des Zappelphilipp vorzunehmen«...

Und ohne einen Blick auf das tote Tier zu werfen, verließ der Graf klirrenden Schrittes den Stall.

Fritz sprach kein Wort. Stumm schritt er zur Thür; er wollte auf seine Kammer gehen, sich umkleiden und auf der Stelle das Haus verlassen. Wohin er sich wenden sollte, wußte er noch nicht; es drängte ihn nur, möglichst schnell von hier fortzukommen – Bitterkeit und Trotz füllten sein Herz.

Hempel schritt ihm nach.

»Ein Wort, Fritz,« rief er. »Du warst unvorsichtig, my dear boy« – und der alte Jockey schüttelte bekümmert den Kopf – »mein Himmel, ist denn die Bezeichnung ›Schlingel‹ eine so furchtbare Beleidigung? Habe doch oft gehört, daß ihr euch im Stalle ganz andere Redensarten an den Kopf geworfen habt! So böse hat's doch der Graf auch nicht gemeint!... Weißt du, Fritz, da giebt es ein englisches Wort, das heißt self-discipline oder zu deutsch Selbstzucht. Lerne ein wenig mehr Selbstzucht, lerne dich selbst beherrschen und zu geeigneter Stunde das Maul halten, dann wirst du glatter durchs Leben kommen. Was nützt dir denn nun dein trotziges Widersprechen? Du verlierst eine gute Stelle und kannst lange suchen, ehe du eine ähnliche findest. Und was soll ich alter Kerl hier ohne dich machen? Ich habe dich lieb gewonnen – wahrhaftig, als ob ich dein Vater wäre – und nun rückst du mir aus! Das ist nicht hübsch von dir, boy, und es kränkt mich«...

Fritz biß sich fest auf die Unterlippe, aber er erwiderte nichts. Still ging er an der Seite Hempels über den Hof. Es mochte ja richtig sein – vielleicht wäre es besser gewesen, er hätte den Mund gehalten, hätte das Schimpfwort des Grafen ruhig heruntergeschluckt; aber der Ärger über die Ungerechtigkeit seines Herrn war ihm wie Siedehitze zu Kopf gestiegen – er hatte nicht schweigen können! –

»Bevor du gehst, will ich dich noch einmal sprechen, Fritz,« sagte Hempel, stehen bleibend. »Ich muß wissen, was du vor hast. Ich bleibe im Stall – da findest du mich« . . .

Fritz nickte und stieg die schmale Holztreppe in seine über den Ställen gelegene Kammer hinauf. Hier begann er sich auszukleiden und an Stelle der bunten Livree das ihm gehörige Civil anzulegen. Dann zog er die unter dem Tische stehende Holzkiste mit den Eisenscharnieren hervor, die ihm die Frau Pastorin beim Abschiede aus Klein-Busedow als Koffer mit auf den Weg gegeben hatte.

Als er den ungefügen Deckel zurückschlug, fiel sein erster Blick auf die verstaubte Bibel aus dem Vaterhause. Sie hatte während der ganzen Zeit, die er in Diensten Kölpins verlebt, in der Holzkiste gelegen. Ein Gefühl der Rührung überkam Fritz beim Anblick des alten Folianten, der ihm die Heimat zurückrief. Vorsichtig nahm er das Buch an sich und fegte mit dem Taschentuche die Staubschicht, die den schweinsledernen Einband bedeckte, herunter. Um eine der Ecken hatte sogar eine kleine Spinne ihr Netzgefüge geschlungen. Fritz legte die Bibel auf den Tisch und schlug sie auf. Zum erstenmale betrachtete er mit einem gewissen Interesse die schön kolorierten Anfangsbuchstaben und die dicken schwerfälligen Typen. Er versuchte einige Zeilen zu lesen, aber er vermochte sie nicht zu entziffern. Das mußte lateinisch sein oder sonst irgend ein Kauderwelsch! Seine Mutter hatte zwischen die Blätter der Bibel gewöhnlich die Briefe gelegt, die sie aufheben wollte – da war zum Beispiel noch einer vom Onkel Ede, dem Lokomotivführer, der später bei einer Kesselexplosion ums Leben gekommen war! Er datierte aus den sechziger Jahren – das war lange her . . . Fritz klappte das alte Buch wieder zusammen, hüllte es aber sorglich in Zeitungspapier, ehe er es von neuem in die Holzkiste legte.

Dann machte er sich daran, mit vorsichtiger Hand die Oblaten zu lösen, mit denen er die Neuruppiner Bilderbogen an die Wände geklebt hatte. Die bunten Dinger sollten nun zum drittenmale ihren Platz ändern – und unwillkürlich seufzte Fritz beschwerten Herzens auf: er hatte noch nicht daran gedacht, wo er in der kommenden Nacht schlafen würde. Er zählte seine kleine Barschaft; viel hatte er nicht erspart, aber immerhin genug, um in den nächsten zwei, drei Monaten sorgenlos leben zu können, und dann blieb ihm auch noch das Sparkassenbuch, das Pastor Hartwig für ihn aus dem Erlös der Versteigerung der elterlichen Hinterlassenschaft gekauft hatte.

Fritz überlegte hin und her, was er nunmehr anfangen solle und kam schließlich auf den Gedanken, mit Sack und Pack zu seinem alten Spielkameraden Otto in der Melchiorstraße zu fahren; ein paar Tage würde er ihn sicher mit Freuden aufnehmen und dann konnte man gemeinsam das Fernere beraten. Otto war ein anschläger Kopf – vielleicht konnte er ihm helfen.

Die letzten Habseligkeiten waren schnell zusammengepackt, dann ging Fritz zu Hempel, um von diesem Abschied zu nehmen. Der alte Jockey war sehr bewegt und versuchte seine Rührung dadurch zu verbergen, daß er den kurzen schwarzen Cigarrenstummel, den er wie gewöhnlich in der Mundecke trug, wohl ein Dutzend Mal hintereinander anzündete. Auch er hielt es für das Beste, daß Fritz sich in den ersten Tagen bei seinem Freunde einzuquartieren versuche; er versprach auch, sich sofort in Fritzens Interesse umzuthun und ihm Nachricht zu geben, sobald er von einer sich für ihn eignenden Stellung etwas hören werde.

Zu Ehren Basedows, des langen Nickel und »Mister« Toms muß es gesagt sein, daß alle drei bei der Verabschiedung Fritzens von ihnen sich ihrer gewöhnlichen dummen Redensarten völlig enthielten. Es that ihnen zweifellos leid, einen guten, allzeit necklustigen und ihnen gegenüber nie empfindlichen Kameraden in dem Scheidenden verlieren zu müssen. Selbstverständlich vergaß Fritz nicht, sich auch dem alten Aalkrug und seiner Gattin in aller Höflichkeit zu empfehlen; er traf Spirius, den Küchenchef, zu einer Frühstücksstunde bei ihnen, und alle Drei entließen ihn mit guten Wünschen und der ebenso gut gemeinten Einladung, sich dann und wann wieder einmal zu zeigen, damit man doch gegenseitig wisse, wie es dem Einen oder Andern in der Welt ergehe.

Einen Augenblick hatte Fritz überlegt, ob er auch Vegesack, dem Oberkutscher, die Hand zum Abschiede reichen sollte. Da aber siegte wieder der Trotz in ihm. Er wußte, daß er dem albernen Schleicher immer ein Dorn im Auge gewesen war und hatte das Empfinden, als müsse Vegesack sich freuen, ihn aus seiner Umgebung los zu werden – wozu noch das Komödienspiel des Abschieds! –

Nickel hatte in liebenswürdiger Bereitwilligkeit eine Droschke herbeigeholt, und Tom mühte sich unter Verschleuderung einer Unmasse englischer Kraftflüche damit ab, die Holzkiste Fritzens vor das Portal zu schaffen; Aalkrug, Spirius, Hempel, Basedow, die Zofe der Gräfin, einige Küchennymphen und selbst die alte Henneken, eine taube achtzigjährige Person, die schon den Deesenhoffener Grafen auf ihren Knieen geschaukelt und nun im Kölpinschen Hause das Gnadenbrot erhielt, hatten sich zusammengefunden, Fritz das Geleite zu geben. Gerade als dieser in die Droschke stieg, bog Wendelin, auf seiner »Meermaid« aus der Kaserne kommend, um die nächste Straßenecke. Ein ärgerliches Zucken flog über sein Gesicht, als er den ganzen Troß seines Hauses um Fritz versammelt sah; er sagte indessen kein Wort, faßte nur an die Mütze und grüßte mit gnädigem Kopfnicken seine respektsvoll Platz machenden Leute.

So fuhr denn Fritz in die innere Stadt hinein und damit neuen Schicksalen und veränderten Verhältnissen entgegen. Er machte sich wenig Gedanken darüber, was aus ihm werden solle; daß er sich auch weiterhin in der Welt zurechtfinden werde, war ihm zweifellos – mit einem offenen Kopfe und zwei starken Fäusten kann man, so meinte er, nicht untergehen.

In irgend einer kleinen Winkelstraße, über deren holpriges Pflaster der Wagen stuckerte, hörte er vom Trottoir aus seinen Namen rufen. Der kleine Herr Mausebrei, wie immer mit einem mächtigen Packet unter dem Arme und einem sichtbaren Metermaß in der oberen Rocktasche, winkte ihm lebhaft zu und ruhte nicht eher, bis Fritz halten ließ und Mausebrei ihn sprechen konnte.

»Glückliche Fügung!« krähte der kleine Mann, »habe in den letzten Tagen dreimal den Anlauf genommen, Euch zu besuchen, Sohn der Giganten, aber immer wieder kam mir des Lebens Unverstand störend dazwischen! Elendes Dasein ohne den Glanz der Poesie und des holdesten Scheins! Wo geht die Reise hin?« –

Fritz erzählte mit kurzen Worten sein Geschick, aber Mausebrei schien der Tragik der Ereignisse keine Empfindung entgegenbringen zu wollen.

»Superbus, superbe, sagt der Lateiner,« hob er von neuem an und nickte wohlgefällig mit dem kleinen, spitzen Kopfe, »das kommt mir gerade recht! War eine gute Idee von Ihnen, junger Römer, die Fesseln zu brechen und dem Herrendienst salve zu sagen! Einst wird kommen der Tag, sag' ich Ihnen, da man froh sein dürfte, sie noch an der Kette zu haben, und mit Stolz werden Sie dann dem blutsaugerischen Geschmeiß, so sich vom Marke der Edlen

170

nährt, den Rücken wenden und triumphierend erwidern: quid non! Denn Sie werden steigen und siegen und« –

»Lieber Herr Mausebrei, die Droschke kostet Geld« –

»Geld – pfui, Geld! Schnöder Mammon, für den man das Heiligste kaufen kann, du hast die Welt determiniert! – Also hören Sie zu, Riesenjüngling, und lassen Sie jeglichen Einwurf! Man will Sie sprechen. Meister Sterzinger, der bayrische Herkules, der jetzt mein lieber Freund geworden ist, nachdem ich mit den Waffen des Geistes seinen brutalen Mate–ri–alistmus besiegt, hat Sie zu einer Audienz befohlen. In wichtiger Sache, junger Freund! Ellenweit werden sich vor Ihnen die Thore der Zukunft öffnen! Versäumen Sie nicht, ihm Ihre Aufwartung zu machen! Am besten ist's, Sie erwarten ihn einmal des Abends nach der Vorstellung im Reichshallen-Theater. *Das* ist ein Mann! Wir haben ihn verkannt an jenem trubulösen Abend in der ›Springenden Münze‹, aber schon Besseren ist das Los des Verkanntwerdens zugefallen! Zum Beispiel Kleon dem Gerber, einem alten Römer, den ein Scherbengericht in die Wüste trieb. Und auch Brutus war ein ehrenwerter Mann« – –

Mausebrei sprang eiligst zurück – die Droschke zog an.

»Schönsten Dank!« rief Fritz zurück, »ich werde der Einladung folgen! Auf Wiedersehen!«

Mausebrei reckte den rechten Arm zum alten Tektosagengruße empor, verlor dabei sein Paket und murmelte, während er sich bückte, es wieder aufzuheben:

»Neige dein Haupt, stolzer Sigambrer!« . . .

Otto Hartwig war soeben aus dem Kolleg zurückgekehrt, als Fritz in sein bescheidenes Stübchen trat. Der Student erklärte sich mit Freuden bereit, ihn bis auf weiteres bei sich aufzunehmen.

»Unentgeltlich«, fügte er hinzu, »mein ganzes fürstliches Heim steht dir unentgeltlich zur Verfügung! Nur den Kaffee des Morgens mußt du meiner Philöse bezahlen – da schützt dich kein Gott vor! Zwanzig Pfennig inklusive Brötchen, fünfundzwanzig mit Butter, aber die ist immer ranzig. Dort auf dem Sofa kannst du nachts über die edlen Glieder strecken, – ich werde der Philöse ein Liebesgedicht machen, dann giebt sie uns vielleicht noch ein Kopfkissen extra. Sie ist sehr empfänglich für lyrische Ergüsse – auch ihr Töchterchen Martha, obwohl selbige erst fünfzehn zählt. Du, aber heute müssen wir uns zu deinem Empfange einen Frühschoppen leisten – das geht gar nicht anders! Leg' nicht erst den Mantel ab – der ist ja noch neu und würde wenigstens zehn Mark auf dem Leihamt ergeben – – so, nun komm' – es leben die Rechtsgelehrten und die Schiffahrt und der Handel!« –

Zwölftes Kapitel

Fritz stand vor einer Anschlagssäule und studierte aufmerksam das mächtige brandrote Plakat des Reichshallen-Theaters. »Zum erstenmale in Berlin,« war da in Riesenlettern zu lesen. »Erstes Auftreten der außerordentlichen Athletin und Parterre-Akrobatin Signora Carmella Nera, genannt »la gigantessa italiana« in ihren staunenerregenden Kraftproduktionen – gemeinsam mit August Sterzinger, dem unübertrefflichen bayrischen Herkules« . . . Die schöne Carmella trat zum erstenmale auf – das bestärkte Fritz in seinem Entschlusse, schon heute das Reichshallen-Theater zu besuchen, um nach der Vorstellung die gewünschte Rücksprache mit Sterzinger zu nehmen.

Otto bedauerte, Fritz nicht begleiten zu können; es ging nicht an – er hatte zu viel zu arbeiten und wollte nachholen,

was er am gestrigen Tage, an dem der Frühschoppen bis zum Abend verlängert worden war, versäumt hatte.

Fritz machte sich zeitig auf den Weg, um einen guten Platz zu erhalten. Dichte Menschenmassen umlagerten die Theaterkasse, sodaß Fritz es vorzog, sich von einem der auf der Straße postierten Billethändler mit einem geringen Aufschlage einen Platz zum zweiten Rang zu erkaufen.

Da saß er nun und ließ seinen Blick durch den luxuriös ausgestatteten, von blendenden elektrischen Lichtströmen taghell erleuchteten Zuschauerraume schweifen. Das Haus war ausverkauft. Die Verlobungsanzeige des Baron von Krey war von den Blättern, die von Tagesklatsch lebten und in Verarbeitung desselben eine Spezialität suchten, in den redaktionellen Teil hinübergenommen und auf allerhand Weise glossirt worden. Auch eine weitere Notiz von gewissen Schwierigkeiten, mittels derer das Auftreten der italienischen »gigantessa« von Seiten der Polizei hätte gehindert werden sollen – die Notiz war wohl geflissentlich etwas dunkel gehalten worden – hatte das Publikum neugierig gemacht; man war allgemein gespannt auf die »lombardische Riesin« (Erfindung des »Berliner Lokalboten«), die mit der »Schönheit der Brunhild auch deren Körperstärke vereinigt« (Erfindung des »Berliner Morgen-Blattes«).

Die erste Abteilung des Programms brachte nur bekannte Piecen. Miß Anne Hopskin, die berühmte Schlangendame, vollführte, den zierlichen Körper in ein Trikot aus Silberschuppen genäht, die unglaublichsten Verrenkungen, und Henry de Marmotel, der Tierstimmen-Imitator mit dem Napoleonskopfe, fand in seiner großen Glanznummer, der näher kommenden Schafherde, gewohnten Beifall. Fred Deeken-Carobatti, der Malabrist, jonglierte auf wunderbare Weise – ein paar englische Clowns brachten durch ihre Harlekinaden die Lachmuskeln des verehrten Publici in Bewegung – kurz, man unterhielt sich vortrefflich: die Stimmung war da, um den folgenden Haupt-Piecen des Abends volles Interesse entgegenbringen zu können.

Nach einer viertelstündigen Pause teilte sich, während die Musik mit rauschenden Klängen einsetzte, der Vorhang von neuem. Die Bühne zeigte die gewohnte Dekoration, eine ideale Landschaft; im Vordergrunde der Scene stand ein, mit einem goldgestickten Tuche bedeckter Tisch, auf dem Eisenbarren, Eisenkugeln und eiserne Ketten lagen.

Der bayrische Herkules trat mit Carmella Nera gemeinsam aus der rechten Coulisse. Ein Dröhnen des Beifalls rauschte bei dem Erscheinen der beiden durch das Haus. Sterzinger war in ein fleischfarbenes, mit Flittern benähtes Trikot gekleidet – er sah plump und ungefüge in seiner Kostümlosigkeit aus. Anders Carmella. Ein weißer Mantel, eine Art Burnus, umhüllte ihre ganze Gestalt, als sie auf die Scene trat. Hier erst schlug sie den Mantel zurück und warf ihn einem der im Hintergrunde postierten Diener zu. Ein Laut der Verwunderung ging durch das Publikum. Sie war göttlich schön – die lebend gewordene Venus Anadyomene. Das dunkle Haar war zu einem schlichten Knoten auf dem Hinterkopfe vereinigt und frei von der Stirn zurückgestrichen. Bei dem hellen Glanze der elektrischen Leuchter konnten auch die ferner Sitzenden jede Linie ihres wundervollen Profils deutlich erkennen. Ein raffiniertes Kostüm hob die geschmeidige Pracht ihrer Glieder noch mehr hervor. Das knappe, mit altgoldenen Stickereien verbrämte Mieder aus violettem Sammet ließ Hals und Arme frei – und die kräftig geschwungenen, edel gehaltenen Konturen von Arm und Büste, ihre zarte Tönung mußten jedes Auge entzücken. Violettfarbene Seidentrikots schlossen sich prall den Formen der Beine an, und hohe schwarze Lederstiefel bekleideten die außerordentlich kleinen Füße.

Alle Operngläser wurden in Bewegung gesetzt, um dies Fleisch gewordene Wunder betrachten zu können. Der Herkules hatte bereits mit seinen ersten Produktionen begonnen, als das Publikum aus dem Rausche seiner Bewunderung erwachte, in den die seltene Schönheit dieser »gigantessa« es versenkt zu haben schien. Von neuem dröhnte ein nicht enden wollender Beifall durch alle Räume des Hauses. Sterzinger verneigte sich – er glaubte anfänglich, der Applaus gelte ihm und seinem Spiel mit den Eisenkugeln. Aber als der Beifall sich fortsetzte, ohne daß er zu einer neuen Produktion gekommen wäre, wurde er unruhig und ein ärgerliches Zucken flog über sein breites Gesicht. Er trat zurück und machte Carmella Platz, die bis dahin regungslos, wie zu Stein geworden, im Hintergrunde gestanden hatte. Nun trat sie hervor und erfaßte mit jeder Hand eine der Eisenkugeln an ihren Griffen, ließ sie zuerst auf den Boden fallen, um das Publikum davon zu überzeugen, daß es keine hohlen Attrappen seien, und begann dann in ähnlicher, nur vereinfachterer Weise mit ihnen zu jonglieren, wie ihr Partner vorher. Aber was Sterzinger mit einer gewissen brutalen Plumpheit ausgeführt hatte, vollendete sie mit kühner Grazie. Jede ihrer Bewegungen wohnte eine ruhige Schönheit inne, jede ihrer Posen war plastisch. Wenn sie die Arme in Kreuzesform ausstreckte und eine der Kugeln von der rechten Hand in die linke quer über den weißen Nacken roulieren ließ, dann zuckte keine Fiber an ihr, nur die Muskeln spannten sich mächtig an – sie glich in diesem Augenblicke dem Urbild vereinigter Schönheit und Kraft.

Die Produktionen wechselten. In kurzen Zwischenräumen folgte auf jede Kraftleistung Sterzingers eine ähnliche von Seiten Carmellas. Das junge Weib war gewaltig stark. Während der dicke Riese bei seinem mächtigen Körperumfang sehr bald schwerer zu atmen begann, spürte man ihr keinerlei Ermüdung an. Nur ihr Gesicht färbte sich zuweilen bei einer besonders anstrengenden Produktion, um eine leichte Schattierung dunkler, und über das Stirnhaar perlten vereinzelte glänzende Tropfen. Dann und wann, wenn der Beifall der Menge zu tobendem Jauchzen anschwoll, glitt ein Lächeln um ihren Mund – aber es war merkwürdig, ihr Gesicht war nicht für das Lächeln geschaffen. Es entstellte sie nicht, denn ihre Lippen waren kirschrot und von üppigem Schwunge und ihre Zähne blitzend, aber ihr Lächeln hatte etwas Materielles, das jeden feinfühligen Anbeter der Frauenschöne verletzen mußte. In das Bronzeantliz dieser dunkelhaarigen Brunhild gehörte kein Zug fröhlichen Lebens hinein – es schien von der schöpferischen Hand nur für die plastische Wiedergabe starren Ernstes und vielleicht auch herben Leids gemeißelt zu sein.

Der Applaus des Publikums – es war mehr ein fortgesetztes Jubeln, Jauchzen und Tollen – schien kein Ende finden zu wollen, als die Gardine sich endlich geschlossen hatte. Immer und immer wieder mußte sich Carmella an der Seite ihres Partners vor der Rampe zeigen. Sie hatte dabei den weißen Burnus, in dem sie aufgetreten war, wieder um die Schultern genommen, – als aber von der Höhe der Galerien aus frechem Munde der Ruf: »Mantel herab!« laut wurde, erschien sie nicht mehr vor der Gardine. Die Musik mußte mit einem klingenden Marsche einfallen, um den rasenden, doch bald zu allerhand Ungezogenheiten ausartenden Enthusiasmus des Publikums niederzukämpfen.

Vielleicht war der große, stämmig gewachsene junge Mensch, der in der ersten Reihe des zweiten Rangs mit fest auf das Sammetpolster der Balustrade gestützten Armen saß, der einzige im ganzen Zuschauerraume, der nicht in den Applaus der übrigen einstimmte. Seine Hände rührten sich nicht zu beifallsfrohem Klatschen – er war wie versteint, nur seine Augen lebten. Er stand völlig im Banne der Schönheit dieses starken Weibes, das jeden seiner Sinne gefangen nahm.

Die Vorstellung schritt fort. Fritz merkte es kaum. Mechanisch drehte er den Theaterzettel in seinen großen Händen hin und her, und immer von neuem haftete sein Blick auf den Worten Carmella Nera, la gigantessa italiana . . . Eine

176

englische Pantomime mit Ohrfeigen und ähnlichen Knalleffekten schloß das Programm ab. Die das Theater verlassende Menge riß Fritz mit sich. Jetzt erst erinnerte er sich, daß Sterzinger ihn sprechen wollte. Er fragte den nächsten Billetabnehmer, wo der Herkules nach der Vorstellung zu finden sei und wurde in das an den Bühnenraum stoßende sogenannte Konversationszimmer gewiesen, ein kleines Gemach, in dem die Künstler sich während der Zwischenpausen zu versammeln pflegten.

Nur ein Herr war gegenwärtig hier anwesend. Er saß rittlings auf einem Stuhle, rauchte eine Cigarette und plauderte dabei mit zwei Balleteusen, die bereits Zeit gefunden hatten, ihr luftiges Kostüm mit der Straßentoilette zu vertauschen. Als Fritz den Herrn gesehen, zuckte er unwillkürlich zusammen – er hatte den Baron von Krey erkannt.

»Ah – sieh' da,« sagte Krey, während er seine Cigarette zu Boden fallen ließ und sie mit der Spitze seines Stiefels zertrat, »l'ami Fritz – mein ungetreuer Held aus der ›Springenden Münze‹! Zum Teufel, was führt Sie denn in dieses Coulissensanctuarium, Bester?«

Fritz trat bescheiden näher.

»Ich möchte gern Herrn Sterzinger sprechen,« sagte er; »Herr Sterzinger wünschte eine Unterredung mit mir«...

»Der Herkules – so, so! Wird nicht sonderlich erbaut sein durch die Schönheitskonkurrenz, die ihm heut' abend erwachsen ist! Sei's d'rum!... Sterzinger ist noch in seiner Garderobe, mein Freund; er pflegt direkt nach Hause, das heißt in das Bierhaus zu gehen – es dürfte sich also empfehlen, ihn in seiner Coulissenhütte aufzusuchen, wenn Sie ihn sprechen wollen. Gerade aus und dann rechts!.. Apropos, was macht denn Ihr Dienstherr, der Graf Kölpin hochlöbliche Gnaden?« –

»Ich bin nicht mehr in seinen Dienste, Herr Baron,« gab Fritz zurück.

Krey schaute überrascht auf. »Ei der Tausend, das ist mir ja interessant!« rief er aus. »Hat's Krach gegeben? Was?!«

Fritz brachte ein zögerndes »Ja« heraus; die ungenierte Art Kreys ärgerte ihn.

»Bravo!« rief der Baron, »dachte mir's, daß es so kommen würde! Und es ist gut so, Freund Fritz!« . . .

Fritz hörte nicht mehr das helle Lachen Kreys. Er war der Richtung gefolgt, die dieser ihm angegeben und auf einen ziemlich schmalen, von Öllampen erleuchteten Gang getreten. Allerhand Gestalten, Männer und Frauen in eleganter Toilette, in Arbeitsröcken, zum Teil ganz oder halb in Theaterkostümen, zum Teil nur notdürftig bekleidet, huschten an ihm vorüber. Einen dieser Leute hielt Fritz an – er wußte sich nicht anders zu helfen.

»Entschuldigen Sie – wo ist die Garderobe des Herrn August Sterzinger?« . . .

»Rechts – zweite Thür,« wurde ihm zur Antwort, und Fritz klopfte an.

Die dröhnende Bierstimme des Herkules rief »Herein«. Sterzinger saß in einem engen Verschlage vor einem Spiegelscherben und kämmte sich das Haar. Er war bis auf den Rock fertig angekleidet. Neben ihm auf einem niedrigen Schemel saß Miß Anne Hopskin, die Schlangenmaid, in Hut und Regenmantel, mit einem halb geleerten Weißbierglase im Schoße.

»Wer ist da?« brüllte Sterzinger. »Hat man auch nach der Arbeit keine Ruhe mehr?!« . . . Er drehte mühsam den auf fettgepolstertem Halse sitzenden Kopf zurück. »Wer sind Sie? was wollen Sie?« fuhr er Fritz an.

»Von Ihnen will ich gar nichts,« entgegnete dieser scharf, »aber man sagte mir, daß Sie mich zu sprechen wünschten! Mein Name ist Fritz Fiedler.«

»Das junge Mann aus die Springende Münze,« erläuterte die Schlangenmaid in ihrem holprigen Deutsch.

»Ah so!« . . . Ein letzter Bürstenstrich – dann erhob sich der Herkules wuchtig und drückte Fritz die Hand. »Entschuldigen Sie, es war nicht so böse gemeint. Ich habe mich heute schmählich geärgert . . . Zur Sache! Rennerke hat Sie nicht vergessen und ich auch nicht. Sind Sie immer noch Bereiter beim Grafen Dingsda?«

»Nein, ich habe meine Stellung verloren und bin frei.«

»Frei,« – der Herkules nickte –»das ist gut, das ist sehr gut! Wissen Sie, was ich Ihnen neulich sagte? Sie müssen Athlet werden, sagte ich Ihnen, denn Sie sind dazu geboren. Rennerke sucht nun eine frische Kraft – Sie entsinnen sich doch Rennerkes, des Agenten für Spezialitätenbühnen und Besitzers der ›Springenden Münze‹ – was? . . . Nun ja, der will Sie also einfangen. Ich aber auch, und das ist die Hauptsache. Ich fange an, alt zu werden und immer dicker dazu. Die Knochen parieren nicht mehr so recht, und das Fleisch macht faul. Ich brauche einen Partner, mit dem ich zusammen arbeiten und mit dem ich mich in den Produktionen teilen kann. Heut abend hab ich's mit der Nera versucht – aber nie wieder! Man jubelt dem Frauenzimmer zu, weil sie eine hübsche Person ist« –

»Das geht sich noch serr an,« fiel die Schlangenmaid ein und rümpfte nichtachtend das Näschen.

»– und weil man ihre Faxen für echt hält,« fuhr Sterzinger unbeirrt fort. »Mich aber vergißt man. Das Publikum ist undankbar – hol es der Geier!« . . . Er nahm die Weiße vom Schoß seiner kleinen Liebsten und leerte das Glas geräuschvoll. »Das geht nicht so weiter,« fuhr er fort.

»Ich teile mich gern mit jedermann in den Beifall des Publikums, aber ich will Gerechtigkeit haben. Entscheiden Sie
sich kurz, junger Mann, und werden Sie mein Compagnon!
Ich bilde Sie unentgeltlich aus, wenn Sie sich verpflichten,
drei Jahre mit mir zusammen arbeiten zu wollen. Wie
gesagt – ich brauche eine junge Kraft als Beihilfe, und wir
werden viel Geld miteinander verdienen. Rennerke vermit-
telt uns die Engagements« . . .

Fritz antwortete nicht. Er sah die plumpe Gestalt
Sterzingers vor sich, und neben ihm wuchs in lockender
Schöne das Sirenenbild der Gigantessa empor . . . Ihr nah
sein zu können, schien ihm ein beglückender Gedanke, eine
Seligkeit. –

»Haben Sie noch 'was vor heute abend?« fuhr der
Herkules fort. »Nicht? Desto besser! Dann kommen Sie mit
in die ›Springende Münze‹. Abgemacht sela. Rennerke wird
Ihnen die Sache schon plausibel machen. Meinen Rock,
Anne! Puh – das ist warm! Meinen Hut, Anne – da drüben
liegt er! So nun kann's losgehen! Halt, meinen Stock! Wo
ist denn mein Stock, Anne?!«

Anne kramte den Stock aus einem Bündel alter Tricots
hervor. Dann schritt man zu dreien den Garderobengang
zurück, eine Treppe hinauf, eine Treppe hinab, und ins
Freie.

Ein warmer Regen rieselte vom Himmel hinab. Fritz
hatte keinen Schirm bei sich – es that ihm auch wohl, daß
ihm die laue Feuchtigkeit in das Gesicht schlug. Ihm war,
als siedete das Blut in ihm – ein eiskaltes Bad wäre ihm in
diesem Augenblick eine Wonne gewesen. Den kleinen
Filzhut weit von der Stirn geschoben, schritt er stumm an
der Seite des Herkules daher, der seine Schlangenmaid am
Arme, unaufhörlich mit dieser wisperte und flüsterte.

Die »Springende Münze« war, wie gewöhnlich zu dieser
Zeit, bis auf den letzten Platz gefüllt, indessen wurde für

Sterzinger und seine Genossen sofort ein neuer Tisch in die Nähe des Büffets geschoben.

»Setz' dich, Anne,« sagte Sterzinger und klappte vor seiner kleinen Geliebten die Speisekarte auf. »Bestelle dir Abendbrot, während wir mit Rennerke verhandeln. Erst das Geschäft, dann das Vergnügen . . . Wo steckt denn der Rennerke?!« –

Er trat in diesem Augenblicke hinter dem Büffet hervor und begrüßte die neuen Ankömmlinge mit einem gnädigen Winken seiner von Ringen strotzenden, ungewaschenen Rechten.

Sterzinger sprach leise einige Worte mit ihm. Der Agent nickte. »Wird gemacht,« sagte er, »ich hab' es ja gleich gesagt, daß aus dem Bengel etwas werden kann! Mußt ihn aber höllisch in die Mache nehmen, Dicker, damit er uns nicht blamiert!« . . .

Dann ließ er sich von seinem Schützenliesl einen Bittern geben, wischte sich den Mund mit der Hand ab und winkte Fritz, ihm in sein Privatbureau zu folgen.

Es war dies eine kleine, mit vielen Polstern und Teppichen ausgestattete Stube, die äußerst wohnlich hätte sein können, wenn sich nicht überall eine schreckliche Unsauberkeit bemerkbar gemacht hätte. Statt der Bilder bedeckten riesenhafte, bunt kolorierte Plakate, wie die moderne Reklame sie für die Anschlagsäulen erfunden hat, die Wände. Dazwischen hingen hie und da uneingerahmte Photographien, die mit Reisnägeln befestigt waren, und die Chansonettesängerinnen, Balleteusen, Akrobaten und dergleichen Künstlervolk mehr in allerhand gewagten Attitüden darstellten.

Rennerke zündete noch eine Gasflamme an und setzte sich an seinen Schreibtisch.

»Nehmen Sie Platz, Herr Fiedler,« sagte er. »Also kurz und gut: Sie wollen sich zum Athleten ausbilden lassen und meine Vermittlung in Anspruch nehmen. Ich sagte Ihnen schon einmal, daß ich damit einverstanden bin. Ich werde Ihnen vorteilhafte Engagements verschaffen, verlange aber pünktliche Zahlung der Provision. Zehn Prozent – das ist so Sitte bei uns. Sterzinger verlangt nichts für seine Lehrstunden als die bindende Verpflichtung, drei Jahre gemeinsam mit ihm aufzutreten. Produktionen nach Übereinkommen – das versteht sich von selbst. Sterzinger hat nun mich als seinen Vertreter beauftragt, mit Ihnen abzuschließen; ich werde die Kontrakte ausfertigen und bitte dann um Ihre Unterschrift. Sie sind doch einverstanden?«

Fritz rückte auf seinem Stuhle hin und her. Er war sich durchaus noch nicht klar darüber, was er thun sollte.

»Auf wie viel Verdienst würde ich wohl anfänglich rechnen können?« fragte er stockend.

Der Agent legte die Feder hin und schaute Fritz musternd von oben bis unten an, als wolle er die Muskulatur und die Sehnenstraffheit des neuen Herkules prüfen.

»Wenn Sie anstellig sind und sich der Lehrmethode Sterzingers fügen,« erwiderte er dann, »so garantiere ich Ihnen schon als erste Monatsgage drei- bis vierhundert Mark. Ich garantiere sie Ihnen – und wenn ich Ihnen das sage, ist es so gut wie abgemacht.«

Drei- bis vierhundert Mark monatlich – das war ungefähr so viel, wie Fritz bei dem Grafen Kölpin in einem Jahre verdient hatte! Sterzinger hatte ihm ähnliche Summen genannt – wie war es nur möglich, daß man so unmenschlich viel Geld für ein paar lustige Kraftkunststücke erhalten sollte! – Rennerke log doch nicht? Fritz wurde stutzig. Er war kein großer Menschenkenner, aber vertrauenerweckend sah der Agent nicht aus . . .

»Ist das auch wahr?« wagte Fritz zu fragen.

Statt jeder Antwort zog Rennerke ein Schubfach auf, nahm einen Haufen Papiere heraus und entfaltete einen zum Teil bedruckten, zum Teil mit Zahlen und Schriftzügen bedeckten Bogen.

»Schauen Sie einmal her, junger Mann,« sagte er; »das ist der Kontrakt Sterzingers mit den Reichshallen. Sterzinger erhält für jedes Auftreten fünfzig Mark, das wären fünfzehnhundert Mark pro Monat, der Monat zu dreißig Tagen gerechnet – da steht's schwarz auf weiß. Und das ist gar nicht einmal viel! Glauben Sie mir nun, daß ich Ihnen drei- bis vierhundert Mark ohne weiteres garantieren kann?«

Fritz blickte in das Schriftstück – in der That, der Agent hatte nicht gelogen. Und einen so verlockenden Vorschlag sollte er von der Hand weisen – er, der arme Teufel, der Kantorsjunge, dem das Leben so bitterlich mitgespielt hatte? – Was war denn das weiter, dies Fangballspiel mit den eisernen Kugeln, das Sprengen der Ketten, das Krummschlagen einer Eisenbarre auf dem entblößten Oberarm?! Fritz entsann sich, daß er in lustiger Laune schon ähnliche Kunststücke fertig bekommen hatte – oho, auf seine Muskeln und auf die Kraft seiner Glieder konnte er sich verlassen – das ängstigte ihn nicht! –

Der Agent las ihm die Kontrakte vor. Da war zunächst sein Abkommen mit Sterzinger: drei Jahre gemeinschaftliches Engagement, gegen freie Lehrzeit – Gagenberechnnug »apart«, wie Rennerke sich ausgedrückt hatte, doch verpflichtete sich jeder der Kontrahenten während der Zeit des Abkommens kein Engagement allein anzunehmen – bei einer Strafzahlung von zehntausend Mark. (Auch die Höhe dieser Summe imponierte Fritz gewaltig.) Dann kam der Kontrakt mit Rennerke, laut dem Fritz sich keiner anderen

Agentur bedienen durfte u. s. w., u. s. w. – ebenfalls gegen Zahlung einer erheblichen Konventionalstrafe.

»Bitte,« sagte der Agent und hielt Fritz die Feder hin – und Fritz unterschrieb.

Rennerke packte seine Papiere wieder ein und behielt nur das auf Sterzinger bezügliche Schriftstück, das dieser noch nicht unterfertigt hatte, draußen. Dann schob er Fritz eine Kiste verdächtig aussehender Cigarren zu.

»Rauchen Sie? Sie ist allerdings nicht leicht . . . Apropos noch eins: wünschen Sie Vorschuß? Sie werden den Sommer über leben müssen« –

»Ich habe noch genug für einige Monate,« fiel Fritz dankend ein.

Tant mieux! Im September beginnen die Spezialitätentheater ihre neue Saison – nur bis dahin brauchen Sie sich durchzuknabbern – im übrigen, ich stehe Ihnen jederzeit zur Verfügung! Ich vertraue nun einmal auf Ihren Stern!« . . . Er schraubte die Gasflamme tiefer. »So! Und nun wollen wir unsern Pakt mit einer Flasche Montevero besiegeln; da macht wieder – haha – da macht wieder unser alter Comte sein Geschäftchen dabei! Eine Hand wäscht die andre!« . . .

Sie verließen das Bureau des Agenten und kehrten in die Gasträume zurück, wo Sterzinger und Miß Hopskin sich bereits an einer Abendmahlzeit gütlich thaten. Fritz fand unter den sonst noch anwesenden Gästen eine ganze Anzahl bekannter Gesichter wieder; durch den dichten Cigarrenqualm glaubte er im Nebenzimmer auch Leopold Kreys Gesicht und seinen großen blonden Vollbart schimmern zu sehen, aber er lugte vergebens nach jenem schönen Weibe aus, dessen Bild heute abend sein ganzes Sein erfüllt hatte.

Rennerke ließ sich mit Fritz am Tische Sterzingers nieder und befahl einem der Kellner, eine Flasche Sekt zu bringen.

Man stieß auf gute Verbindung, glänzende Geschäfte und treue Kameradschaft an; Sterzinger war sehr aufgeräumt, und die kleine Schlangendame, der nach dem dritten Glase das ungewohnte Getränk zu Kopf stieg, bekam bald knallrote Bäckchen und begann ungeniert englische Gassenhauer zu trällern, über die sich der Herkules, obwohl er kein Wort davon verstand, vor Lachen ausschütten wollte.

Da Rennerke die erste Flasche gegeben hatte, wollte sich Sterzinger auch nicht lumpen lassen und bestellte die zweite. Eine dritte und vierte folgten. Die Tischgesellschaft erweiterte sich. Gegen Mitternacht fand sich, lustig wie stets und den schneeweißen Schnurrbart zu gefährlichen Spitzen in die Höhe gedreht, der alte Champagnergraf ein – glücklich darüber, daß man »seiner« Marke die Ehre gab. Auch Mausebrei, einer der getreuesten Stammgäste der ›Springenden Münze‹, tauchte aus einem Winkel des Nebenzimmers auf und beteiligte sich an dem Gelage; der kleine Schneider und ehemalige Darsteller schleichender Intriguanten schien den Tort, den ihm der Herkules vor einigen Wochen angethan, gänzlich verwunden zu haben, – er fraternisierte auf das Intimste mit seinem einstigen Gegner, und als es ein Uhr schlug, da war sogar die Stunde gekommen, wo er selig in Sterzingers Armen lag und mit ihm den Bruderkuß tauschte . . .

Auch Fritz hatte viel und schnell getrunken, aber er wollte sich heute nicht wohl fühlen inmitten dieser schreienden, singenden und tobenden Gesellschaft. Er wußte selbst nicht, weshalb. Sein Empfindungsvermögen war nicht fein genug organisiert, um ein ästhetisches Unbehagen in diesem Kreise halb oder ganz trunkener Gesellen und Dirnen zu fühlen; es war etwas andres, das ihn bedrückte und ihm die Stimmung benahm. Er war still und in sich gekehrt und verließ bald nach Mitternacht die »Springende Münze«, ohne den vielseitigen Aufforderungen zum Bleiben Gehör zu schenken. –

Otto war noch wach, als Fritz nach Hause kam. Der Student lag im Bette und qualmte aus einer mächtig langen Pfeife, deren Porzellankopf auf den Fußboden stieß. Vor sich hatte er ein juridisches Lehrbuch, in dem er beim Scheine der auf dem Nachttische stehenden Lampe eifrig studiert zu haben schien.

»Salve, mein Sohn,« sagte er beim Eintritt Fritzens, »bewundere mich und neige dein Haupt in tiefem Respekt vor meiner sittlichen Größe! Während du dich in welteiteln Zerstreuungen ergingst, habe ich mich mit den Pandekten beschäftigt. Wenn du eine Ahnung hättest, was das ist, würdest du mich mit andern Augen anschauen, als jetzt. Du scheinst mir betrunken zu sein, mein Sohn. Darf ich fragen, wo du dich herumgetrieben hast?«

Fritz öffnete zunächst das Fenster, um dem Tabaksqualm Ausgang zu schaffen und setzte sich dann am Bettende nieder.

»Ich bin durchaus nüchtern, mein lieber Otto,« antwortete er, »obwohl ich ganz tüchtig gekneipt habe. Weißt du, woher ich komme? – Aus der ›Springenden Münze‹« . . .

»Pfui Geier,« sagte Otto und lachte, »du – *das* Lokal hab' ich nachgerade satt bekommen!«

»Ich liebe es auch nicht, aber ich mußte Sterzinger, den Herkules aus den Reichshallen, dorthin begleiten. Er hat mir eine neue Stellung verschafft« . . . Und Fritz erzählte von den Geschehnissen des Abends und holte als Beleg für die Wahrheit seines Berichts die Kontrakte zwischen ihm, Sterzinger und Rennerke hervor.

Otto richtete sich im Bette vor. Er fand anfänglich gar keine Worte vor maßlosem Staunen. Fritz Fiedler, ein angehender Athlet, ein Konkurrent des bayrischen Herkules, ein Jahrmarktsgaukler – mußte einem da nicht der Verstand stille stehen? Die Stellung eines Reitknechts war ja auch

186

nicht gerade eine hervorragende gesellschaftliche Position –
aber Akrobat, Clown, Feuerfresser (Otto machte in dem
neuen Berufe Fritzens keinerlei Unterscheidungen) – das
war *zu* toll! –

»Du bist ein großes Kamel, mein lieber Fritz – Ich kann
mir nicht helfen, ich muß dir einmal die Wahrheit sagen,«
begann er in seiner rücksichtslosen Offenheit. »So eine
Dummheit hätte ich dir weiß Gott nicht zugetraut! Du bist
doch ein ganz geweckter Kopf, der vernünftig zu denken
gewohnt ist und sich nicht gleich von einem paar Hundert-
markscheinen blenden läßt! Begreifst du denn nicht, daß du
mit dieser Athletenstellung tief unter das Niveau eines mit-
telmäßigen Bildungsgrades hinabsteigst, daß du damit auch
gleichzeitig jede Verbindung mit der anständigen bürgerlichen Gesellschaft lösest? Ich bitte dich, was sind denn das
für Menschen, die dich Kollege nennen können, die zur Er-
heiterung des grinsenden Publikums Abend für Abend ihre
Gesichter schneiden, Kugeln fangen und Purzelbaum
schießen? Allerhand verkommene Subjekte beiderlei
Geschlechts – nichts weiter! – Du hast mich zur Genüge
kennen gelernt, Fritz, und weißt recht gut, daß ich weder
ein scheinheiliger Heuchler, noch ein prüde denkender Phil-
ister bin. Ich würde kein Wort gesagt haben, wenn du zu
mir gekommen wärst und mir erklärt hättest: ich will
Schauspieler werden – ich spüre, ich habe das Talent dazu:
ich muß zwar von unten anfangen, aber ich glaube, mich
auf meine Begabung verlassen zu können – es wird schon
gehen, wenn ich auch zuerst nichts weiter zu thun habe, als
Stühle und Tische hinauszutragen und dann und wann einmal zu melden ›Die Pferde sind gesattelt‹ oder ›der Herr
Graf bittet, seine Aufwartung machen zu dürfen‹ . . . Aber
als Athlet – in Tricot und in goldbetreßten Badehöschen vor
dem Publikum herumzustolzieren – nein, Fritz, das ist keine
Thätigkeit, mit der du dir die Achtung der Nebenmenschen
erringen kannst! Es mag komisch klingen, daß gerade ich
dir eine solche Strafpredigt halte – du brauchst sie ja auch

nicht zu beachten, wenn du nicht magst – ich will dir aber wenigstens meine Meinung gesagt haben! Und damit basta!« . . .

Fritz war anfänglich dunkelrot und dann sehr blaß geworden. Der Gedanke, es könne etwas Entwürdigendes in der öffentlichen Schaustellung körperlicher Kraft und Gewandtheit liegen, wie Otto dies meinte, war ihm noch nicht gekommen. Er begriff das auch nicht. Waren denn die hunderttausend Akrobaten und Athleten, die es gab, wirklich nur ›verkommene Subjekte‹? Gehörte nicht auch zum Bändigen, zur Dressur und zum Zügeln unerzogener Pferde eine erhebliche Dosis körperlicher Gewandtheit, und hatte nicht Graf Kölpin mit seinen Standesgenossen so und so oft, auf zahlreichen Rennplätzen und vor aller Welt, sich in seiner Reitkunst bewundern lassen? –

Mit unsicherer Stimme, gedrückt und verlegen, versuchte Fritz sich zu verteidigen. Aber Otto wollte von seinen Entgegnungen nichts wissen.

»Du bist noch unsäglich naiv in deinen Anschauungen, lieber Fritz,« erwiderte er. »Zwischen einem aristokratischen Sport und einer Schaustellung um des Verdienstes willen ist ein gewaltiger Unterschied. Außerdem merke dir einmal das alte gute Sprichwort: Wenn zwei dasselbe thun, so ist es noch immer nicht das Gleiche! Wenn der Graf Ypsilon in einer Wohlthätigkeitsmatinee durch Reifen springt und eine Feder auf seiner adligen Nase balanciert, so ist er deshalb noch lange kein Clown – du aber bist es, wenn du dich mit derlei Kunststücken um des Erwerbes willen auf der Bühne produzierst! Ist dir das nicht klar? . . . Nun kriech' in die Federn, mein Junge, und lösche die Lampe aus! Wir wollen morgen noch einmal über die Sache sprechen – vielleicht läßt sich dein Kontrakt mit Herrn Sterzinger rückgängig machen. Es wäre das beste« . . .

Schweigend entkleidete sich Fritz und suchte sein Lager auf. Aber der Schlaf wollte ihm nicht kommen. Die gut gemeinten Worte Ottos schlugen immer und immer wieder an sein Ohr; die erste Ahnung von der zermalmenden Macht der Gesellschaft, der Sitte und Konvention dämmerte in ihm auf. Der arme Kantorsjunge hatte noch viel zu lernen! –

Dreizehntes Kapitel

Als Otto sich am nächsten Morgen um acht Uhr erhob, um sich für das Kolleg fertig zu machen, schlief Fritz noch. Er wachte auch nicht auf, als es an die Thür klopfte, und Fräulein Martha Lehmann, das frühreife, fünfzehnjährige Töchterchen der Studentenwirtin, mit dem Kaffee erschien, – Fritz war erst mit dem dämmernden Morgen zur Ruhe gekommen.

»Pscht, Fräulein Martha,« – und Otto legte den Zeigefinger über die Lippen, als das Mädchen mit freundlichem Gruße in das Zimmer trat, »– leise, wenn ich bitten darf, – mein wackerer Genosse schläft noch, und da er sehr spät nach Hause gekommen ist, möchte ich ihm noch eine Stunde der Ruhe gönnen. *Ihren* Anblick vor Augen ist freilich das schönste Erwachen, holdselige Martha, – bitte bleiben Sie einen Augenblick in dieser Pose stehen – sie erinnerte frappant an Liotards belle chocoladière und ich möchte gern noch eine Portion Poesie in meine durstige Seele aufnehmen, ehe ich mich wieder in die Prosa des Lebens hineinstürze« . . .

Die Kleine schürzte den frischen Mund zu anmutigem Schmollen und setzte das Kaffeegeschirr vorsichtig auf den Tisch nieder, während sie den hübschen blonden Kopf ostentativ von der Seite abwandte, wo das Lager Fritzens stand.

»Sie sind ein unnützer Mensch, Herr Hartwig,« erwiderte sie, »Sie taugen wirklich gar nichts! Wie können Sie mich denn überhaupt eintreten lassen, wenn der Herr Fiedler noch schlafen liegt!? Schickt es sich für ein junges Mädchen, einen Mann im Bette zu sehen? Schämen Sie sich, – aus Ihnen wird einmal ein netter Richter werden!«

Otto lachte lustig auf.

»Das hoffe ich, Marthchen,« antwortete er, »und wenn Ihnen einmal etwas gestohlen werden sollte, sei es ein Kuß oder ein rosa Band, so kommen Sie nur zu mir! . . . Warum wenden Sie nur das Köpfchen immer zur Seite – Sie werden sich die Halsmuskeln lädieren, liebes Kind, und der Anblick meines schlummernden Freundes thut Ihnen wirklich keinen Schaden! Ist eine derartige Prüderie nicht barer Unsinn, Marthchen – sagen Sie einmal selbst? Von meinem Freunde Fritz sieht man gegenwärtig nichts als seinen dicken Strohkopf, – er hat sich die Decken bis an den Hals heran in die Höhe gezogen! Und als *Sie* neulich zum Tanzkränzchen gingen, geliebtes Fräulein, und sich uns in Ihrem hübschen neuen Kleide präsentierten – wissen Sie, dem rot punktierten mit der Schärpe – da sah man mehr als nur Ihr niedliches Köpfchen, denn das Kleid mit den roten Punkten ist am Halse herzförmig ausgeschnitten. Das genierte Schönmarthchen indessen gar nicht – i Gott bewahre, das ist ja Mode! Aber einen jungen Mann schlafen zu sehen – das schickt sich nicht für ein Mädchen! Nicht wahr, kleines Fräulein, das ist *sehr* indecent?«

Martha war an der Thür stehen geblieben und wandte sich nun halb gegen den behaglich seinen Kaffee schlürfenden Sprecher um.

»Ich möchte wohl wissen, ob Sie solchen Unsinn auch einmal von der Richterbank herab sprechen werden, wenn

Sie erst Staatsanwalt sind oder was sonst,« bemerkte sie spitz und rümpfte das Stumpfnäschen.

»I nun natürlich werde ich das,« gab Otto lustig zurück. »Da werde ich bei gegebener Gelegenheit ganz gehörig gegen die Begriffsverwirrung unsrer Zeit wettern, die eine künstliche Empfindsamkeit hervorruft und das natürliche Empfinden untergräbt! Sehen Sie, mein kleines Marthchen, es ist nämlich ein großer Unterschied zwischen der echten Sittsamkeit und der sogenannten Prüderie. Wenn ich Ihnen zum Beispiel einen Kuß gebe, – kommen Sie bitte einmal her, ich werde Ihnen die Angelegenheit praktisch erläutern, – wenn ich Ihnen also – –«

Da Martha nicht näher kam, so trat Otto an die Kleine heran und faßte sie an das runde, mit einem herzhaften Krübchen geschmückte Kinn. Aber Marthchen schien für die praktische Gelehrsamkeit des angehenden Rechtsmannes kein rechtes Verständnis zu empfinden, denn sie gab ihm einen so schallenden Klapps auf die unvorsichtige Hand, daß Fritz plötzlich mit einem dumpf grunzenden Laut in die Höhe fuhr und sich schlaftrunken umschaute. Marthchen schrie auf, als aus dem Gewirr der Betten dem dicken Blondkopf ein stattliches, nur oberflächlich bekleidetes Schulterpaar folgte, und verschwand eiligst hinter der Thür – Otto aber lachte hell auf und warf Fritz seinen Plaid über den Scheitel.

»Kusch dich, Fridolin!« rief er, »schone die Tugend und die Reinheit zweier Mädchenaugen! ... Nun kannst du dich wieder herauskrabbeln, denn die Tugend ist vor deinem Anblick geflohen!« –

Fritz wickelte sich mühsam aus dem Plaid und wischte sich den Schlaf aus den Augen.

»Was ist die Uhr?« fragte er.

»Neun, du herkulischer Schlafbold,« antwortete Otto. »Ich muß ins Kolleg – finde ich dich zwischen ein und zwei Uhr in der Akademischen Bierhalle?«

Fritz nickte, noch in halber Betäubung, und Otto stülpte seinen Schlapphut auf den Kopf, griff nach seinen Büchern und Heften und stürmte geräuschvoll fort. Fritz hörte, wie er draußen auf dem Flur mit irgend jemand verhandelte, dann klopfte es, und der Briefträger trat ein.

»Herr Fritz Fiedler?«

»Der bin ich.«

»Einen Eingeschriebenen« – und der Postmann legte Fritz einen voluminösen Brief nebst der Empfangsbescheinigung vor. Fritz unterschrieb, kramte dann seine Taschen nach einer letzten Cigarre durch, die er dem Stephansboten reichte und erbrach das Schreiben.

Es kam aus Klein-Busedow – vom Pastor Hartwig, wie Fritz schon an der Adresse erkannt hatte. Der Pastor schickte das erbetene Sparkassenbuch, das er bis dahin in Verwahrung gehabt hatte, und fügte noch einige wohlmeinende Zeilen an.

»Daß du den Dienst des Grafen Kölpin verlassen hast, halte ich für kein Unglück,« schrieb Hartwig in großen, eckigen, steif ausschauenden Buchstaben. »Nun sei aber auch vernünftig und stecke dir künftighin deine Ziele etwas höher, mein lieber Fritz. Es ist nicht nötig, daß du im Chausseestaube durch das Leben kriechst; du hast zwar nicht sonderlich viel gelernt, aber von dem Schliff und der Erziehung, die ich dir während deines Aufenthalts bei uns zu geben mich bemüht habe, wird hoffentlich noch etwas übrig geblieben sein, auch schreibst du eine hübsche Hand und bist von Natur aus gar nicht so dumm, wie man nach deinem positiven Wissen glauben sollte. Es wäre also schon besser, du bemühtest dich einmal um eine kaufmännische

Stellung oder dergleichen, versuchtest in einem Comptoir unterzukommen und dich auf ein wenig feinere Art durch das Leben zu schlagen als bisher. Ich achte und schätze jede ehrliche Arbeit, das weißt du, aber man soll es sich nur nicht gar zu leicht und zu bequem machen. Das führt zu nichts. Bau nicht allein auf deine Körperkraft, sondern strenge auch den Kopf ein bißchen an. Im übrigen verschleudere dein Geld nicht; sei sparsam – die paar hundert Mark, die du in der Sparkasse liegen hast, sind dein Ein und Alles, und das vergiß nicht.

Nun kannst du auch noch dem Otto mitteilen, daß sich gestern seine Schwester Line mit dem Predigtamtskandidaten Werner Stube in Hohen-Augst verlobt hat. Stube soll im Oktober die Pfarre in Belzig erhalten, und dann wird auch gleich Hochzeit sein. Grüße den Otto und er möchte öfters schreiben; der Junge kümmert sich gar zu wenig um uns. Sonst ist alles gesund. Meine Frau, die Gustl, Toni, Line und Bärbchen lassen dir viel Schönes sagen, und ich wünsche dir viel Glück und Gottes Segen auf deine ferneren Wege.

Dein wohlmeinender alter Freund

Hartwig.«

Fritz faltete den Brief zusammen und steckte ihn samt dem Sparkassenbuche zu sich. Dann kleidete er sich fertig an und machte sich auf den Weg nach dem Reichshallentheater, um dort die Privatadresse Sterzingers zu erfragen. Die gütigen Zeilen des Pastors hatten ihn in seiner Absicht, die Kontrakte mit dem bayrischen Herkules und mit Rennerke rückgängig zu machen, bestärkt. Fritz war andern Sinnes geworden. Etwas wie Eitelkeit wurde in ihm rege. War er auch nur ein armer Kantorsjunge, so hatte er doch »Erziehung« genossen – Erziehung in einem Pastorshause, und mit der vertrug es sich nicht, im Stalle die Pferde zu putzen oder als Jahrmarktsgaukler das Publikum zu belustigen! Nein – das sollte anders werden, ganz anders! Und wenn die hohen Gagen, die Rennerke ihm versprochen hatte, auch noch so verlockend waren – besser eine weniger gut bezahlte Stellung, aber in einem anständigen bürgerlichen Berufe! Fritz hatte sich plötzlich entschlossen, seiner »Erziehung Ehre machen zu wollen«, – er sprach diese vielsagenden Worte laut vor sich hin, als er sich vor dem Spiegel die Haare ordnete und den üppig keimenden blonden Schnurrbart glatt strich.

Im Bureau der Reichshallen sagte man ihm die Adresse Sterzingers – er wohnte ziemlich weit, draußen in der Rosenthaler Vorstadt, so daß Fritz sich genötigt sah, einen Omnibus zu besteigen. Glücklicherweise fand er den Herkules in seinem bescheidenen Quartiere vor. Er lag in äußerst mangelhafter Toilette der Länge nach auf dem Sofa und las in einem Kolportageroman. Eine weit offen stehende Seitenthür führte in die benachbarte Küche. Dort konnte man Miß Anne Hopskin hochgeschürzt und mit nackten Armen vor einem mit Wasser und Seifenschaum bis zum Rande gefüllten Bottich emsig hantieren sehen; die kleine Schlangendame wusch die Tricots ihres geliebten Polyphem und trällerte dabei mit frischer Stimme: »O my Charlie, when you go from me, schreib mich ein love-letter, so'n große love-letter!« . . .

Sterzinger bot Fritz einen dröhnenden Willkommsgruß, richtete sich dann stöhnend auf und machte seinem Besuche neben sich auf dem Sofa Platz. Er hatte indessen kaum gehört, um was es sich bei der unerwarteten Visite seines neuen Kollegen handelte, als er wie ein Rasender emporsprang und seine kolossale Faust wuchtig auf die Tischplatte fallen ließ.

»Rückgängig machen – unsere Kontrakte?!« brüllte er, »halten Sie mich für einen Narren, junger Mensch?! Heute so, morgen so – das fehlte mir gerade! Nichts da – es bleibt bei der Abmachung! Was ist Ihnen denn über Nacht in die

Nase geregnet, Fiedler, daß Sie auf einmal abschnappen wollen?«

Fritz blieb ruhig, drängte aber energisch auf Lösung der Kontraktverhältnisse. Er hätte es sich anders überlegt, – er fürchte, seine Kräfte reichten nicht aus, er wolle lieber einen weniger anstrengenden Beruf ergreifen... Sterzinger schnaubte und wütete gewaltig und verschwur sich bei allen Teufeln, nie und nimmer auf seine Abmachungen Verzicht zu leisten. Das gute Recht sei auf seiner Seite; wolle Fritz zurücktreten, was seiner Meinung nach eine grenzenlose Eselei sei, so möge er gefälligst die kontraktlich ausbedungene Konventionalstrafe zahlen: zehntausend Mark an ihn, den Sterzinger, und zwölftausend an Rennerke...

Nun wurde Fritz kleinlaut. An diese Strafgelder hatte er nicht gedacht. Du lieber Himmel, wo sollte er auch eine so ungeheure Summe herbekommen! Er wurde verlegen und begann, wie immer, wenn er nichts Rechtes zu antworten wußte, zu stottern. Schließlich mischte sich auch noch Miß Hopskin, die der Unterredung von der Küche aus gelauscht hatte, in das Gespräch ein. Sie stellte sich dicht vor Fritz auf und bemühte sich, ihm in unverständlichstem Deutsch die Notwendigkeit auseinander zu setzen, daß er sein schriftlich gegebenes Versprechen halten müsse, denn »ein Mann, die seine Wort brickt, ist keine Mann, eine solche Mann ist ein rag!« Und dabei fuchtelte die kleine Person im Eifer ihrer Strafpredigt mit ihren hübschen, weißen, nach grüner Seife duftenden Armen so dicht unter den Augen Fritzens umher, daß dieser schließlich in eine Fensternische retirierte.

Mißmutig griff er nach Hut und Stock.

»Also es bleibt beim Alten?« rief ihm Sterzinger nach. Fritz antwortete nicht; er warf dröhnend die Thür ins Schloß und stieg die Treppe hinab. Er hatte sich fangen lassen – ein Rückzug war schwer. Freilich, – und er lächelte, – wenn man zweiundzwanzigtausend Mark Strafgelder zahlen soll, muß man sie erst besitzen! Er aber hatte nichts, so gut wie nichts, und wo nichts ist, hat auch der Kaiser sein Recht verloren! Die Logik gefiel Fritz – er pfiff vor sich hin und seine Stirn wurde heller.

Auf dem letzten Treppenabsatz kam ihm eine jugendliche Frauengestalt entgegen. Sie schaute auf, als sie die Schritte Fritzens hörte und nickte ihm freundlich zu.

»Buon' giorno, Signore – was haben *Sie* hier zu thun?«

Fritz hielt den Hut in der Hand und nahm errötend die Rechte Carmellas.

»Ich komme von Sterzinger,« sagte er, und mit Entzücken hing sein Blick auf ihren rosigen Zügen, »von Herrn Sterzinger, dem Herkules« . . .

Sie schaute befremdet auf.

»Von Sterzinger? – Ja, da wollt' ich ja auch hin! Was haben Sie denn mit diesem Ungetüm zu schaffen?«

Fritz erzählte, und Carmella hörte ihm mit staunender Aufmerksamkeit zu. Sie lehnte sich gegen das Treppengeländer, und ihr Auge prüfte mit sichtlicher Neugier seine ganze Gestalt; es war ihr überraschend, in dem hübschen, blondköpfigen Jüngling einen angehenden Genossen von der Zunft begrüßen zu können. Sie freute sich dessen, und in ihrem musternden Blick gab sich diese Freude kund; der junge Hüne konnte schon ein tüchtiger Herkules werden! Das war doch etwas ganz Andres als der dicke, ungeschickte Sterzinger mit seiner brutalen Körperkraft! Das war straffe Muskulatur und daneben auch edle Geschmeidigkeit – oh, mit *dem* mußte es sich weit besser arbeiten lassen als mit dem ungeschlachten Bayern, der noch dazu so eifersüchtig auf die eignen Produktionen war, daß er die Trics seines Partners auf jede mögliche Art und Weise abzukürzen versuchte! –

196

»Wissen Sie 'was,« sagte Carmella mit leiser, zischender Stimme und trat, sich vorsichtig umschauend, so dicht an Fritz heran, daß dieser ihren warmen Atem spürte, »– lassen Sie sich nur ruhig von Sterzinger in die Lehre nehmen – das versteht er, ich weiß es! Die Gebrüder Donatelli hat er auch ausgebildet – die haben ihm freilich ein gehöriges Honorar zahlen müssen! .. Unter uns gesagt, der Sterzinger wird's nicht mehr lange machen – der bleibt höchstens noch ein Jahr auf der Bühne, – er ist ja heut' schon so dick, daß er kaum noch atmen kann! Wenn er die Ketten sprengt, wird er dunkelblau im Gesicht! Ich bitt' Sie! Mit dem werden Sie nicht lange zusammen zu arbeiten brauchen – fragen Sie 'mal die Agenten: kein ordentlicher Direktor beißt mehr auf den an! – Na – und wenn Sie Sterzinger los sind, dann üben *wir* zwei uns ein paar gemeinschaftliche Trics ein, und dann sollen Sie 'mal sehen, wie wir das Publikum nehmen werden! Meinen Sie nicht?!«

Sie schlug ihm mit leisem, melodischem Auflachen auf die Schulter und hüpfte die Treppe hinauf. Von oben grüßte sie noch einmal handwinkend herab: »Addio, amico – und auf baldiges Wiedersehn!« ...

Fritz trat auf die Straße, setzte sich in den nächsten Omnibus und fuhr nach der Wohnung Ottos zurück, wo er in Eile seine Sachen zusammenpackte. Sein Entschluß hatte sich zum zweitenmale geändert, aber diesmal wollte er fest bleiben. Er bemühte sich, an die Einwürfe Ottos und an das, was die eigne Vernunft ihm noch vor einer halben Stunde gesagt, nicht mehr zu denken. Es war ja alles Unsinn! Wer kümmerte sich denn darum, ob er Herkules oder Bereiter, Straßenfeger oder Commis war! Kein Mensch! Er hatte weder Verwandte noch Bekannte, die ein innigeres Interesse an ihm nahmen! Pastors – nun ja – und Otto und vielleicht der alte Hempel – aber die konnten ihm auch nicht weiter forthelfen im Leben! Und auf das Geld verdienen kam es doch an – ganz allein! Fünfhundert Mark im Monat

– alle Wetter! und was würde er wohl erhalten, wenn es ihm wirklich gelänge, dem Wunsche des Pastors entsprechend irgendwo in einem kaufmännischen Geschäfte unterzukommen? . . . Es war ja Unsinn! –

»Unsinn! – Unsinn!« wiederholte sich Fritz, während er seine Kleidungsstücke in die hölzerne Kiste warf. »Ein verhungerter Commis ist auch nichts wert! Ah bah – mögen sie reden, so viel sie wollen – ich weiß, was ich thue!« . . . Er bückte sich, um das Schloß in die Eisenkrammen einzudrücken. Das Blut stieg ihm dabei zu Kopfe und plötzlich war es ihm, als stände Carmella in ihren violetten Tricots leibhaftig vor ihm.

Er fuhr sich über die Stirn und lächelte. Das Herz klopfte ihm stärker. Er drückte die rechte Hand auf die Herzgegend und fühlte dabei in seiner Brusttasche den Brief des Pastors knittern. Das ärgerte ihn. Er nahm ihn heraus, zerriß ihn in kleine Stücke und stopfte diese in den Ofen.

»So,« sagte er tief aufatmend. Dann suchte er sich Papier und Feder und schrieb einige Zeilen an Otto:

»Es bleibt beim Alten, lieber Otto; ich habe hin und her überlegt – es ist am besten so. Schönsten Dank für deine Bewirtung; den Kaffee habe ich bezahlt. Sobald ich eine Wohnung habe, zeige ich sie dir an. Viele Grüße dein Fritz.«

Er klingelte. Martha trat ein; sie war erstaunt, daß der Freund ihres »möblierten Herrn« so unvermutet fort wollte. Fritz schützte eine eilige Nachricht vor, die ihn abberufe und bat um seine Rechnung.

Endlich war auch das glatt gemacht. Fritz atmete auf, als er in einer Droschke saß und zum zweitenmale am heutigen Tage nach der Rosenthaler Vorstadt fuhr. Dort wollte er sich, um in der Nähe Sterzingers, seines künftigen Lehrmeisters, zu sein, ein Zimmer mieten. Zettel hingen überall aus den Fenstern hinaus. Vor dem ersten besten Hause in jener Gegend ließ Fritz halten. Er hatte Glück; er fand ein bescheidenes Stübchen zu billigem Preise und schloß auf der Stelle mit der Vermieterin ab. Dann wurde mit Hilfe des Droschkenkutschers der Holzkoffer heraufgeholt und ausgepackt. Die alte Bibel aus dem Heimathause fand diesmal einen besseren Platz als in dem Stallkämmerchen im Kölpinschen Palais; sie wurde auf die Kommode, dicht unter den Spiegel, in dem zwei Pfauenfedern steckten, gelegt. Dafür blieben die Neu-Ruppiner Bilderbogen in der Kiste zurück; Fritz genierte sich, sie in dem hübsch tapezierten Zimmer an die Wände zu nageln. Die Wände waren geschmückt genug. Über dem Sofa hing eine Lithographie: zwei schlafende Knaben, vor deren Bette ein gräulich aussehender Kerl mit einem zu einer Schlinge geschürzten Stricke in der Hand Wache hielt. Darunter stand: »Die Kinder Eduards, Prämienzugabe zu der historisch-romantischen Geschichte aus Englands Vergangenheit: Der Kampf um eine Krone oder durch Blut zum Sieg von Kurt von Eisenschwert. Vorrätig in dreißig Heften à zwanzig Pfennige. Verlag von Werner Kleine in Berlin.« Rechts und links von diesem Bilde waren zwei kleine Konsolen angebracht, auf denen Thonfiguren standen, zwei verhüllte Gestalten von sonderbarer Erscheinung; auf dem niedrigen Postament waren erläuternde Unterschriften eingegossen: »Der Tag« und »die Nacht«. Gehäkelte Deckchen lagen auf dem Sofa und der Kommode, und das Bett sah sauber aus. Über dem Bette selbst hing unter Glas und Rahmen ein Konfirmationsschein, daneben ein Trauzeugnis, und über diesen beiden, gleichfalls eingerahmt, ein welker Myrtenkranz.

Fritz fand dies alles außerordentlich hübsch. Das Zimmer gefiel ihm.

Vierzehntes Kapitel

Noch am selben Abend hatte Fritz den bayrischen Herkules im Theater aufgesucht und sein endgültiges Einverständnis mit der bereits schriftlich aufgesetzten Abmachung erklärt. Sterzinger war sehr erfreut und lud seinen neuen Schüler zu einem solennen Souper in der ›Springenden Münze‹ ein, aber Fritz empfand seit der letzten wüsten Orgie daselbst einen so ausgeprägten Widerwillen gegen dieses Lokal, daß er dankend ablehnte. Drei Wochen später wurden, da die Saison bereits stark dem Sommer entgegenging und eine frühe Hitze den Theaterbesuch wesentlich beeinträchtigte, die Reichshallen geschlossen. Sterzinger hatte für die Sommermonate kein Engagement angenommen, oder vielmehr Rennerke hatte kein geeignetes für ihn gefunden, – und da der dicke Herkules vorläufig in Berlin zu bleiben beschloß, so konnte die Lehrzeit für Fritz ohne weiteres beginnen.

Er hatte sich das Athleten-Handwerk leichter gedacht, als es war. Die rohe Kraft allein genügte doch noch nicht, eine fortgesetzte, unablässige Übung erwies sich als unbedingt notwendig, und diese Übungen strengten Fritz trotz seiner erstaunlichen Körperstärke und seiner Widerstandsfähigkeit in der ersten Zeit mächtig an. Eine Art »Turnfieber« bemächtigte sich seiner; Muskeln und Gelenke schmerzten ihm so gewaltig, daß er Nächte hindurch gar nicht zur Ruhe kam und die Befürchtung in ihm aufstieg, er könne sich durch Unvorsichtigkeit vielleicht einen heftigen Rheumatismus geholt haben. Sterzinger beruhigte ihn indessen. Er nannte die Gliederschmerzen, an denen sein Schüler laborierte, den »Athletenkoller« und meinte, in acht Tagen werde Fritz den unangenehmen Gast schon los geworden sein. Und er hatte Recht; der »Athletenkoller« verlor sich schnell, und nach Ablauf der ersten Woche fühlte sich Fritz wohler als zuvor.

Sterzinger bewährte sich als ein tüchtiger, nach einem praktischen System vorgehender Lehrer. Die Übungen, die in seiner Wohnung abgehalten wurden, begannen mit verhältnismäßig leichten Anfängen – mit Hantelgymnastik und dem Jonglieren kleiner eiserner Bälle. Erst später wurden die Aufgaben schwieriger; die Hanteln fielen fort, und an ihre Stelle traten starke Eisenstäbe, an die Stelle der Bälle aber Kanonenkugeln. Zwischendurch mußte Fritz, um sich den Körper geschmeidig zu erhalten und neben der erhöhten Kraftentfaltung der Muskulatur sich auch eine größere Gewandtheit anzueignen, eine Reihe von Streck-, Klimm- und Schwungübungen am schwebenden Reck vornehmen, das in Sterzingers Quartier in der Thüröffnung zwischen dem Wohnzimmer und der Küche angebracht war. Zur Variierung der gebräuchlichsten Athleten-Trics war eine derartige rein turnerische Gewandtheit unbedingt nötig; bei vielen Produktionen war das Reck gar nicht zu entbehren – es pflegte auch nie auf der Scene zu fehlen, wenn ein Herkules auftrat. Bei allen diesen Übungen war Fritz nur mit leinenen Turnschuhen und weiten Drillichhosen bekleidet, der Oberkörper blieb völlig entblößt, um den Muskeln unbehinderte Freiheit zu geben.

Fritz war ein aufmerksamer und gelehriger Schüler. Nachdem er den »Athletenkoller« glücklich überwunden, fielen ihm, Dank seiner phänomenalen Körperkraft, auch die komplizierteren Kunststücke nicht allzu schwer. Sterzinger war selbst auf das höchste erstaunt, als Fritz ihm eines Tages einen »Schlager« aus dem früheren Programme des bayrischen Herkules mit spielender Leichtigkeit vorführte: Klimmzüge und Armstützaufzug am Reck bei Belastung der Füße durch fünfzig Pfund hängender Eisengewichte. Es war eine gewaltige Leistung, die Fritz mit lächelnder Miene, muskelstrotzend und ohne zu zucken, mit fast eleganter Sicherheit vor den Augen seines Meisters ausführte. »Bravo!« rief der dicke Sterzinger und klatschte in die Hände, – aber ein mißgünstiger Zug spielte dabei um seinen breiten, fleischigen Mund; die Eifersucht begann sich in ihm zu regen. Der Schüler übertraf bereits seinen Lehrer! –

Bei Otto hatte sich Fritz nicht wieder sehen lassen, ihm auch trotz seines Versprechens seine Adresse nicht mitgeteilt. Es genierte ihn, sich der Möglichkeit neuer Strafpredigten von seiten des alten Spielkameraden auszusetzen. Dagegen suchte er Hempel eines freien Tages auf. Der alte Jockey war mit Tom und Nickel und einem Zimmermädchen allein im Kölpinschen Hause zurückgeblieben. Das kleine Palais war wie ausgestorben. Der Graf und die Gräfin befanden sich schon seit zwei Monaten auf Reisen, und das ganze Dienstpersonal mit Ausnahme der Erwähnten war nach Deesenhof geschickt worden. Hempel schimpfte über die Langeweile, die er in der ihm aufgezwungenen Unthätigkeit empfand, und sprach davon, noch auf seine alten Tage den Dienst wechseln zu wollen. Nur die Möglichkeit, daß Graf Kölpin seinen Vorsatz, den Abschied zu nehmen, um sich völlig seinen sportlichen Interessen zu widmen, zur That werden lassen könne, halte ihn – so erzählte Hempel seinem jungen Freunde – vorläufig noch davon zurück. Wenn der Graf sich wirklich einen Rennstall einrichten wolle, dann bleibe er unter allen Umständen – aber nur dann! Im übrigen thue der Graf am besten, wenn er diesen Vorsatz ausführe; er sei beim Regimente nicht mehr sonderlich beliebt und riskiere eine Versetzung in die Provinz, wenn er nicht freiwillig »linksum kehrt« mache. Wachtmeister Stille habe ihm, Hempel, darüber nicht mißzuverstehende Andeutungen gemacht – und Stille kenne die Verhältnisse »aus dem ff« . . .

Von besonderem Interesse waren für Fritz die Aufklärungen, die Hempel ihm über den plötzlichen Tod des Zappelphilipp geben konnte. Die Sektion des Kadavers hatte Vergiftung ergeben. Der Zappelphilipp war an Rattengift zu Grunde gegangen – wie aber war um alles in der

Welt willen Rattengift in die Krippe des Pferdes gekommen? – Hempel war, wie er erzählte, sofort auf die Idee gekommen, es müsse eine Niederträchtigkeit, ein Verbrechen vorliegen, und zwar richtete sich sein erster Verdacht auf den Intriganten unter den Stallern, auf Vegesack. Im Vertrauen hatte Hempel dem Grafen von seinem Verdachte Mitteilung gemacht; die Kammer des Oberkutschers wurde durchsucht, und in der That fand sich im Bettstroh verborgen, noch eine stattliche Portion Rattengift vor. Selbstverständlich bestritt Vegesack das ihm zur Last gelegte Verbrechen mit aller Energie; seit einiger Zeit hätten sich in seiner Kammer Mäuse gezeigt, und nur um dieses Viehzeugs willen hätte er sich das Gift angeschafft – er wäre ein ehrlicher Mann – der Fiedler würde wohl besser um die Sache Bescheid wissen und was der Redensarten noch mehr gewesen waren. Aber Graf Kölpin hatte kurzen Prozeß gemacht; einen Tag nach dem Abschiede Fritzens mußte auch Vegesack sein Bündel schnüren – aber *dem* hatte kein Mensch ein herzliches Lebewohl und ein Auf Wiedersehen nachgerufen. Hempel meinte, der ehemalige Oberkutscher hätte dem Zappelphilipp aus keinem anderen Grunde das Gift unter das Futter geschüttet, als um Fritz, den er nie hatte leiden können, einen bösen Streich zu spielen, – und das mochte schon wahr sein.

Es war nur natürlich, daß Hempel sich in aller Freundschaft erkundigte, ob Fritz schon eine neue Stellung gefunden hätte und wo. Fritz antwortete ausweichend: er habe allerdings eine Stellung in Aussicht, aber noch nicht sicher, und deshalb wolle er noch nicht darüber sprechen. Später werde er es Hempel schon erzählen. Und Hempel gab sich damit zufrieden, rief Tom und Nickel herbei und spendierte allen dreien ein paar Weiße mit Kümmel, die Tom aus dem nächsten Budikerkeller holen mußte. Und dann wurde im Stallgange auf einer Futterkiste ein »Vier Männer-Skat« gespielt, bei dem Hempel verlor und Nickel unverschämt gewann. Darüber ärgerte sich der alte Hempel und behauptete, Nickel hätte »gemogelt«; als dieser aber entrüstet widerstritt und einige anzügliche Redensarten wie »alleine Mogler« und »Teckelbeine« fallen ließ, da holte Hempel aus und gab Nickel eine Maulschelle, daß es knallte, und die Pferde scheu in den Ketten klirrten. Nickel heulte und schimpfte gewaltig, und Fritz hielt den Zeitpunkt für gekommen, sich in aller Eile zu empfehlen.

Um die Mitte Juni sprach Herr von Krey eines Nachmittags bei Fritz vor. Er sah sehr elegant aus, trug einen hellen Sommeranzug nach der neuesten Mode, einen grauen Cylinderhut und einen Bambusstock mit silbernem Knopfe.

»Servus,« sagte er eintretend und streckte Fritz die in perlgrauem Glacé steckende Rechte entgegen. »Wollte mich wieder einmal nach Ihnen umschauen, geliebter Heraklide, – Carmella hat mir Wunderdinge von Ihnen erzählt! Sollen ja mit starkem Arme die Erde aus ihren Angeln zu heben vermögen und mit Kanonenkugeln spielen können, als wären es Federbälle! .. Habe übrigens auch noch ein Anliegen, cher Fiedler, und hoffe, Sie werden nicht abweisend sein! Sind ja beide so zu sagen Kollegen – haha – obwohl mir die hochwohllöbliche Polizei mit einem Ausweisungsbefehle gedroht hat, wenn ich es wagen sollte, meine dressierten Vierfüßler einem geschätzten p. t. Publico vorzuführen! Wir leben auch im gepriesenen Preußenland noch ein klein wenig unter der Knute – trotz der liberalen Majorität im Parlamente und der Kapitale des Freisinns! Na – also! Am Sonnabend beabsichtige ich, mich nach Gesetz und Recht mit der ehrliebenden und tugendsamen Jungfrau Carmella Nera standesamtlich kopulieren zu lassen. Zu dieser feierlichen Handlung bedarf ich indessen zweier Zeugen; einen habe ich bereits im großen Berlin gefunden: das ist der Wirt der ›Springenden Münze‹, der brave Herr Rennerke, der sich mir unter der Bedingung freundschaftlichst zur Verfügung stellt, daß meine zukünftige Gattin vom Tage der Heirat ab bis zum gleichen Datum über fünf Jahre sich bei jeglichem Engagement nur *seiner* Vermittelung bediene. Ein praktischer Geschäftsmann, dieser Herr Rennerke – er weiß die Gelegenheit bei der Stirnlocke zu fassen, um mich klassisch auszudrücken! Nunmehro fehlt aber noch der zweite, und da kam meine vielgeliebte und zuweilen mit einem klugen Einfall begnadete Carmella auf die Idee, Sie, mein teurer Gigant, um die Gefälligkeit der Zeugenschaft zu bitten. Kosten erwachsen Ihnen daraus nicht, wohl aber die Verpflichtung, nach abgeschlossener Kopulation an einem kopiösen Déjeuner dinatoir, so uns in einem Hinterzimmer von Ewest serviert werden wird, teilzunehmen. Und nun nicken Sie gütigst mit dem gewichtigen Kopfe und sagen Sie: all right! . .«

Krey schlug spielend mit seinem Bambusticket auf die Polster des Sofas. Er lachte, als Fritz nicht sofort mit der Antwort bereit war, und er das erstaunte Gesicht des vor ihm Sitzenden sah.

»Die Sache scheint Ihnen noch nicht so recht plausibel zu sein, edler Sieur,« meinte er. »Oder verwundert Sie mein Entschluß, mich for ever mit Rosenketten zu binden? Ja, mein Lieber, das hat so seine eigenen Gründe, von denen Sie doch nichts verstehen würden, wenn ich sie Ihnen auch erläutern wollte! Denken Sie einmal an meinen Nachtbesuch bei Ihrem früheren Dienstherrn zurück; wenn Sie eine gewisse Gewandtheit im Kombinieren besitzen, werden Sie ja wohl den Verbindungsfaden zwischen dem gräflichen Hause Kölpin und meiner Ehe mit einer Athletin finden . . . Nun aber Ja und Amen, werter Freund – sonst muß ich mich weiß Gott nach einem andern Zeugen umthun, so langweilig das auch für mich wäre!« –

Fritz sagte zu und war am festgesetzten Tage, mit seinem besten schwarzen Anzuge bekleidet, in der Wohnung Kreys, wo ihn dieser mit Carmella und dem Agenten Rennerke bereits erwartete. Fritz fand, daß Carmella noch nie so schön gewesen sei als heute. Sie trug ein bronzefarbenes

Seidenkleid mit mattgoldenen Stickereien und eine Rose im dunkeln Haar. Ihr Gesicht war blasser als sonst, und der ernste Zug um den Mund prägte sich noch charakteristischer aus. Sie hatte das Profil einer Niobe, diese schöne Athletin.

Herr Rennerke war im Frack und trug erstaunlicher Weise ein reines Chemisette zur Schau, in dem dicke Brillantknöpfe blitzten. Die kolossalen Füße steckten in Lackschuhen, die ihrem Besitzer sehr unbequem sein mußten, denn Herr Rennerke ging wie auf Eiern.

Eine Droschke brachte die vier nach dem Standesamts-Bureau des Bezirks, wo die notwendigen Formalitäten in der gewohnten trockenen Weise erledigt wurden. Interessant war es für Fritz, bei dieser Gelegenheit zu erfahren, daß die künftige Freifrau von Krey eine geborne Niedermaier war; ihre Mutter war zwar eine Italienerin, ihr Vater dagegen ein Tiroler gewesen – Carmella Nera nannte sie sich nur für die Bühne.

Als der Standesbeamte Carmella die Feder zur Unterzeichnung der Heiratsurkunde reichte, wurde Leopold Krey unruhig, – eine fahle Blässe bedeckte aber sein Gesicht, als er selbst mit raschem Zuge seinen Namen unter das Dokument setzte, den stolz klingenden Namen der Reichsfreiherrn von Krey, den er in diesem Augenblicke an eine Dirne und Gauklerin verschenkte. Ihm war, als zucke plötzlich ein fremdes und doch wohlbekanntes Gefühl in seinem Herzen auf, und allerhand Bilder der Erinnerung aus glücklichen Kindertagen huschten, Nachtfalter des Gewissens, blitzschnell an ihm vorüber.

Er warf die Feder auf den Tisch zurück und richtete sich straff, ein bitteres Lächeln auf den Lippen, empor. Der Standesbeamte verlas noch einmal die Urkunde – dann war die Ceremonie beendet. Fritz und Rennerke gratulierten dem jungen Paare, und ohne mit der Wimper zu zucken, nahm Krey die Glückwünsche der beiden entgegen; auch in Carmellas, einer tragischen Maske gleichendem Bronzegesicht spiegelte sich nichts von einer tieferen Empfindung wieder, – nur ein Zug flüchtigen Staunens glitt über ihr Antlitz, als Krey ihre Hand nahm und sie an seine Lippen zog.

Man fuhr zu Ewest, wo der alte Montevero die Hochzeiter bereits erwartete. Der Champagnergraf war erst vor einer halben Stunde von einer kleinen Geschäftsreise zurückgekehrt, – Krey hätte ihn sonst gern an Stelle Rennerkes als Zeugen genommen. Graf Hektor hatte zwar auch seit langem mit jeder Tradition aus besserer Zeit gebrochen, aber seine Persönlichkeit war doch immerhin eine sympathischere als die jenes schmutzigen Agenten... Der alte Mann war in tadelloser Balltoilette und sah mit seinem vornehmen Legitimistenkopfe ungemein stattlich aus. Zur Feier des Tages trug er sogar – seine letzte wache Erinnerung aus Zeiten höheren Flugs – das rote Band der Ehrenlegion im Knopfloch.

Das Frühstück war gut und schmeckte allen vortrefflich, – bis auf Leopold Krey, der anfänglich still und einsilbig war und erst späterhin geräuschvoll lustig wurde. Fritz sah mit Verwunderung, daß Krey dann und wann stieren Auges auf seinen Teller starrte, zuweilen auch mit flackerndem Blicke jeden einzelnen der Anwesenden voll seltsamen Ausdrucks musterte, und daß seine schlanken weißen Hände, wenn sie nach dem Glase griffen oder das Brot zerbröckelten, nervös zitterten. Und es war wahr: Krey fühlte sich in dieser Stunde unsäglich elend; was er nie geglaubt und nie für möglich gehalten hätte – das Gewissen regte sich in ihm! Es pochte, schlug und hämmerte an seiner Seele und rief eine qualvolle Gedankenflut wach – die gleichen Erinnerungen, die ihn schon vorhin beim Unterzeichnen des Ehekontrakts mit dräuender Gewalt überkommen hatten... Riß ein Schleier vor seinem Auge entzwei? – Im Fluge weniger Minuten drängte sich vor seinem Blicke seine ganze Vergangenheit zusammen, und in endloser Kette fügte sich Bild an Bild – traumhaft geschwind, aber greifbar deutlich – aus der Zeit seligen Jugendglücks bis heute. Da tauchte aus dem Waldesgrün der Tiroler Berge das alte Herrenhaus am Monsthal gar stattlich mit seinen ragenden Zinnen empor – und er sah sich als Knabe an seines Vaters Seite vom Turme herab über das grüne Innthal schauen, das sich weithin erstreckte bis zu der Felsenengung der Brixener Klause, und hörte die Stimme des alten, im raschen Abenteurerleben früh zum Greise gewordenen Herrn: »Blick auf, Leopold, – bis zum Hange der Greifensteins südwärts und drüben fast bis nach Innsbruck hinauf war einst das Gebiet der Herren von Krey. Im fünfzehnten Jahrhundert, so berichtet die Chronik, gehörten die Kreys zu den reichsten Adelsgeschlechtern Tirols. Heute ist nur noch die Scholle, auf der wir stehen, und Monsthals alte Burg unser eigen. Ich habe es nicht verstanden, Haus zu halten, und nun, da ich alt geworden, rächt sich das Leben an mir. Sei weiser als dein Vater und besser als er und bringe Namen und Wappen wieder zu Ehren . . .« Das hatte sich fest dem Gedächtnisse Leopolds eingeprägt, aber er war nicht weiser und besser geworden als sein Vater. Er hatte den Leichtsinn der Ahnen als Erbe übernommen, doch nicht ihren stolzen Sinn und die Ritterlichkeit des Geblüts . . . Schnell vergingen die Jahre im Kadetteninstitut zu Wien und beim Regimente. Und dann kam die Zeit, wo er bei seinem Oheim in Trautburg Katinka kennen lernte – und lieben. Ja – lieben! Denn klarer als je wußte er es heute: er hatte sie geliebt, und er wäre ein *anderer* geworden an der Seite dieses herrlichen Weibes! Sein ungestümes Blut und ein paar nachtschwarze Augen aber trieben ihn weiter auf abenteuerlichen Pfaden – hinüber nach den Großstädten Amerikas und nach den Prairien des Westens, den Indianergebieten von Kansas und den Goldfeldern von Pikes Peak . . . Nirgends war das Glück ihm hold und nirgends half es ihm Fuß fassen. Ärmer, als er ausgewandert, kehrte er eines Tages in die alte Welt zurück.

In einer Vorstadt Hamburgs fand er die nachtschwarzen Augen wieder, deren sündiges Leuchten vor Jahren in Trautburg sein Blut in Wallung gebracht hatten – jene Augen, die der Grund seiner Trennung von Katinka gewesen waren. Obdachlos streifte er eines Abends durch das Jahrmarktsgewühl von St. Pauli, als er auf einer jener Bretterbuden, in denen falsche Indianer, Feuerfresser und Schlangenbändiger das Volk entzücken, seinen Vornamen rufen hörte. Er wandte sich um und sah auf der Schauestrade der Bude Carmella stehen, in Trikot gekleidet und mit Flittern behängt, die schwarzen Haare weit über den Rücken wehend, die nervigen Hände auf eine Eisenstange gestützt . . . Von diesem Augenblicke an begann in dem Abenteurerromane Leopold Kreys abermals ein neues Kapitel – und dieses seltsame Hochzeitsdiner im Hinterzimmer von Ewest war der Schluß desselben noch nicht . . .

Glanzlos und müde ließ Krey den Blick über seine Gäste schweifen, und ein widriges Gefühl kam über ihn. Ihm gerade gegenüber saß der alte Champagner-Graf – auch einer, den das Leben aus geregelten Bahnen hinausgeschleudert hatte, aber einer, der im Kampf mit dem Dasein stumpf geworden war und das Entwürdigende längst nicht mehr spürte, das in der Verbindung seines Namens mit einem schachernden Hausierertum lag. In diesem vornehm ausschauenden Alten lebte nichts mehr von Standesgefühl und edelmännischer Gesinnung; das hatte die bittere Not in ihm erstickt, und als wieder bessere Tage gekommen waren, hatte es nicht mehr aufwachen wollen. Tagaus, tagein lief er von Kneipe zu Kneipe und war glücklich, wenn er in wüster Gesellschaft einen Korb »seiner« Marke an den Mann bringen konnte. Man sagte, er hätte dies Kneipenleben und Handeln und Schachern gar nicht mehr nötig, denn er habe sich ein kleines Vermögen erspart oder habe es geerbt, von dem er immerhin leben könne – aber das Umherirren aus einem Lokal in das andre, das Tändeln und Scherzen mit zweifelhafter Weiblichkeit, der Verkehr mit niedrigem Bohème, das war dem Alten fast schon zur zweiten Natur geworden – er konnte nicht anders. Er war stumpf geworden und spürte seine Würdelosigkeit nicht mehr.

Ein bitteres Lächeln zuckte um die Lippen Leopold Kreys. War dieser alte Mann nicht eigentlich beneidenswert? Er fühlte gar nicht, welch tragikomische Rolle er im Großstadtleben spielte, und das war ein Glück für ihn. Krey aber – o, an dem fraß und nagte sein Schicksal! Der war noch nicht stumpf geworden im Elend, der spürte noch, was als Schande galt im Codex der Gesellschaft! Aber hatte er selbst nicht also gewollt, – war er nicht freiwillig hinabgestiegen bis an die Grenzen des Proletariats – um eines Racheakts willen?! ›Ja,‹ rief er sich zu, und in seinem thörichten Grimme fühlte er nicht einmal das Lächerliche dieses Eingeständnisses, – ›ich hätte ein Besserer werden können, wenn man mit Liebe und Duldung sich meiner angenommen, wenn man mich nicht wie einen lästigen Bettelbruder vor die Thür gestoßen hätte! Nun mögen sie erfahren, wie es thut, wenn mit dem meinen auch *ihr* Wappenschild rostig wird und auch auf die Ehre *ihres* Namens Flecken fallen! Der rechtmäßige Ehemann einer Gauklerin, eines verlorenen Geschöpfes, und selbst eine Art Gaukler, den das Publikum auszischen oder dem es zujubeln kann, wie es in Stimmung ist, – Ihr lieben Verwandten, gefällt euch das?!‹ . . . Und Krey lachte heiser auf und stürzte ein Glas Madeira in die Kehle. »Prost, Rennerke, prost – und auf gute Geschäfte!« –

Der Agent war so eifrig mit der Vertilgung eines Bergs von Rehbraten beschäftigt, – wenn es nichts kostete, pflegte er eine gewaltige Klinge zu schlagen, – daß er förmlich zusammenschrak. »Prost,« kam er endlich nach und wischte sich mit der rechten Hand die nassen Lippen ab, als er das Glas wieder auf den Tisch stellte. Leopold nickte. Eine nette Gesellschaft, in deren Kreise er lustige Hochzeit feierte, – so war es recht, so mußte es kommen! Schade, daß Graf Kölpin nicht zuschauen konnte, oder noch besser Katinka! Das Blut stieg ihm ins Antlitz, als er ihrer gedachte; er merkte es, aber er trotzte dieser Wallung von Scham. Sein Blick flog zu Carmella hinüber. Gleichgültig und mit ihrem gewohnten tiefernsten Ausdruck im Gesicht saß sie neben ihm und speiste mit gesundem Appetit. Carmella hatte in ihrer verliebten Selbstlosigkeit Krey vieles geopfert, er hätte ihr in gewisser Beziehung sogar dankbar sein müssen, – und doch gab es Augenblicke für ihn, wo er eine förmliche Wut gegen sie empfand, weil er vermeinte, sie trüge Schuld daran, daß er so tief, so tief gesunken ... Es war ihm nicht möglich, ihr in solchen Augenblicken in das Gesicht zu schauen, ohne daß es heiß und rasend in ihm aufkochte. Und er kannte diesen Jähzorn und hatte ihn oft genug bereut! –

Da war noch der letzte der kleinen Tafelrunde – Fritz Fiedler, der angehende Herkules! Krey hatte ihn bisher wenig beachtet, – aber als er gelegentlich zufällig einen heiß bewundernden Blick des blonden Riesen zu Carmella hinüber auffing, – da wuchs sein Interesse. War der Junge verliebt? Immerhin, und Krey lächelte – er war nicht eifersüchtig. Seine schwarze Venus hatte schon so manches Männerherz bethört; freilich, man sagte ihr nach, sie sei spröder, als das lockende Flimmern in ihren schönen Augen glauben ließ, – aber Krey war cynisch genug, auch dieses on dit zu belächeln ... »Prost, Monsieur Fiedler!« – und Leopold hob sein Glas. Fritz gefiel ihm, – das Offene, Freie und Sympathische in seinem Gesicht und seinem Wesen sagte ihm zu. Und wie gut und gewandt wußte sich dieser ehemalige Headgroom zu benehmen, – wie er manierlich zu speisen verstand und wie nett und gewählt er sich ausdrückte, wenn er einmal in die Unterhaltung hineingezogen wurde! ›Schade um den Burschen,‹ sagte sich Krey; ›^ein einziges Coulissenjahr – ein Dutzend Monate im Morast der Specialitätentheater, und es ist vorbei mit ihm! Man sollte sich seiner anzunehmen versuchen‹ – – und wieder glitt ein bitteres Lächeln um seinen Mund, – ›ah bah, man hat genug mit sich selbst zu thun!‹ . . .

Die Kellner schoben bronzierte Weinkühler mit Veuve Clicquot an den Tisch heran – das Ersparte Carmellas ging zu gutem Teile bei diesem Hochzeitsmahle drauf. Der Champagnergraf griff eilends in den ihm zunächst stehenden Kühler hinein und suchte den Flaschenpfropfen zwischen den Eisstückchen hervor, dessen Brandstempel er aufmerksam prüfte.

»Kein Duc de Montevero,« meinte er enttäuscht, »c' n'est pas joli, baron – aber ich verzeihe Ihnen, weil heute ein Festtag ist! Ich trinke sogar mit, – schenken Sie ein, Rennerke, – mehr noch: ich werde eine Rede halten« . . .

Er schlug an das Glas, band sich die Serviette ab, stand auf und begann in geziertem Tone einen langen, an allerhand Bildern und allegorischen Vergleichen überreichen Speech, den er bei jeder Gelegenheit zum besten gab und der schließlich ganz unvermittelt mit einem Hoch auf das »junge Paar« abschloß. Carmella, die sich höchlichst geschmeichelt fühlte, dankte dem Grafen und ließ sich von ihm beide Hände küssen, Krey dagegen sah, als Montevero mit ihm anstieß, so finster aus, daß Rennerke ihm, stutzig werdend, zurief:

»Fehlt Ihnen 'was, Herr von Krey?! Hoch das Leben, die Liebe und die guten Geschäfte!«

Und Krey ließ seinen Kelch so wuchtig an den des Agenten anklingen, daß das leichte Krystall zersplitterte und klirrend zu Boden fiel.

Von nun an trank er hastig Glas auf Glas leer, – er suchte Betäubung für seine zitternden, überreizten Nerven. Als die Kellner Kaffee und Cigarren in das Zimmer brachten, hob Krey die Tafel auf. Man ließ sich an kleinen Tischchen in bequemeren Fauteuils oder auf dem Divan nieder, der die Längsseite des Gemachs einnahm. Montevero, Rennerke und Carmella vertieften sich in ein Gespräch über allerhand Coulissentratsch, – Krey aber warf sich in einen Sessel in der Fensternische, ließ sich noch eine neue Flasche Clicquot bringen und rief dann Fritz zu sich heran.

»Kommen Sie her, Kind,« sagte er; »rollen Sie sich das Taburett neben mich – so – und dann erzählen Sie mir einmal etwas aus Ihrem Leben! Wo stammen Sie her?« –

Fritz erzählte. Leopold hörte stillschweigend zu und warf erst einige Fragen dazwischen, als Fritz von seinem Aufenthalt im Kölpinschen Hause zu sprechen begann. Das interessierte ihn besonders. Er nickte dann und wann, und das glasig gewordene Auge blitzte noch zuweilen auf. Endlich schwieg er ganz. Sein sorgsam frisierter Kopf war auf die rechte Schulter gesunken, die Arme fielen schlaff herunter – er war eingeschlafen.

Fünfzehntes Kapitel

Der Sommer ging zu Ende, – es war September geworden. Vor einigen Tagen hatte Fritz in der Wohnung Sterzingers vor Rennerke eine Probe seines Könnens abgelegt und Rennerke war mehr als zufrieden gewesen. Zum Ärger des bayrischen Herkules hatte sich der Agent zu der enthusiastischen Äußerung: »Der Fiedler wird der star der Saison!« hinreißen lassen, und das hatte Sterzinger sehr übel vermerkt. »*Wenn* er es wird, so ist das *mein* Werk, denn Fiedler ist *meine* Schule,« gab er zurück, worauf Rennerke, die Empfindlichkeit des Kolossalmenschen kennend, schleunigst einlenkte und mit ernstem Gesicht hinzufügte: »Die Welt wird es Ihnen danken.«

Thatsache war, daß die Lehrzeit Fritzens als beendet anzusehen war. Was noch fehlte, – nach der Ansicht Rennerkes fehlte allerdings *nichts* – mußte die beständige Übung bringen. Nun handelte es sich nur noch um ein Engagement. Rennerke hatte bereits ein solches in Aussicht. Die Direktion Brett-Habelschwerdt in Kopenhagen suchte für den ersten Oktober Athleten, Akrobaten und Gymnastiker. Rennerke zweifelte nicht, daß die »Gebrüder Sterzinger« (Fritz sollte als ein Bruder des bayrischen Herkules in die Kunstwelt eingeführt werden) bei Brett-Habelschwerdt sofort gute Unterkunft finden würden; noch am Nachmittage wollte er nach Kopenhagen telegraphieren und auf dem Drahtwege die nötigen Abmachungen treffen.

In der That war die Angelegenheit, Dank der Geschicklichkeit Rennerkes, in Bälde geordnet. Brett-Habelschwerdt boten den Gebrüdern Sterzinger zwölfhundert Mark pro Monat, aber unter der Bedingung, daß die beiden am ersten Auftritts-Abend gefielen. Wenn das Gegenteil stattfinden sollte, gelte der Kontrakt für sofort gelöst. Man kenne *August* Sterzinger wohl, doch noch nicht den jüngeren Bruder, und das Tivoli-Publikum in Kopenhagen habe seine Mucken. Was die »berühmte Schlangendame«, Miß Anne Hopskin, betreffe (die natürlich mit engagiert werden sollte, – Sterzinger stellte das, wie gewöhnlich, als Bedingung), so wollte man erst einmal sehen, ob der ihr vorangehende Ruf ein gerechtfertigter sei. Im vorigen Jahre sei ein »Reptilien-Mensch«, den Professor Teitelescu in Bukarest für das achte Weltwunder erklärt und den die Direktion Brett-Habelschwerdt daher auf Treu und Glauben für eine ganze Saison engagiert habe, glänzend durchgefallen. Auf anthropologische Autoritäten könne man nichts geben, – in der »Kunst« sei das Publikum Richter.

Selbstverständlich zweifelte Rennerke keinen Augenblick an dem Erfolg seiner Klienten. Er war seiner Sache so sicher, daß er Fritz sogar einen erheblichen Vorschuß bewilligte, damit dieser sich »eignes Material für die Arbeit« und die nötigen Kostüme beschaffen könne. »Aber nicht sparen bei den Kostümen, Fiedler – nicht sparen,« ermahnte er Fritz, als er ihm die Summe aushändigte; »ein schönes Kostüm ist ein halb gewonnener Abend! Seidene Trikots, – keine wollenen! Um Himmels willen keine wollenen Trikots, die an Kyritz und Pasewalk erinnern! Gehen Sie zu Grohe und Compagnie – die werden Sie *würdig* ausstatten!« –

Grohe und Compagnie thaten ihr möglichstes. Binnen acht Tagen war Fritz im Besitze zweier glänzender Kostüme. Er wurde dunkelrot, als er zum erstenmal mit einem derselben bekleidet, vor den kleinen Spiegel in seiner Wohnung trat. Ein heißes, unwillkürliches Gefühl von Scham, sich so vor Tausenden von Menschen zeigen zu sollen, trieb ihm das Blut in das Gesicht. Fleischfarbenes Seidentrikot bedeckte Oberkörper und Beine, ein Schurz aus flammend rotem Atlas, mit Gold besetzt, die Hüften; die Schnürstiefel mit niedrigen Absätzen bestanden aus imitiertem Juchten. Das war alles. Fritz wußte, daß die modernen Gladiatoren nie anders aufzutreten pflegten und daß das Publikum an dieser Kostümlosigkeit durchaus keinen Anstoß nahm – und dennoch schämte er sich. Ihm fiel plötzlich ein, was ihm Otto einstmals über das Zurschaustellen des eigenen Körpers gesagt hatte, – und mißmutig streifte er den bunten Tand wieder vom Leibe.

Es war nur wenige Tage vor der Abreise der »Gebrüder Sterzinger« nach Kopenhagen, als ein unerwartetes Geschehnis das Engagement am Tivoli-Variété-Theater in Frage stellte. Als Fritz eines Abends ziemlich spät nach Hause kam, fand er auf seinem Tische einen durch Dienstmannshand beförderten Brief folgenden Inhalts:

»Geehrte Herr Fritz! Ich bitten Ihnen instant, kommen Sie gleich bei mich, aber gleich. August ist ser krank und ich ser unglöcklich, weil ich nicht wissen, was machen. Kommen Sie gleich, I you please

Anne Hopskin.«

Fritz sah nach der Uhr. Es ging auf eins; der Brief der Miß Hopskin war aber so dringend gehalten, daß er auf die späte Stunde keine Rücksicht nehmen konnte. Er machte sich ungesäumt auf den Weg, ließ sich vom Nachtwächter das Haus, in dem Sterzinger wohnte, aufschließen und klingelte an dessen Thür.

Er mußte geraume Zeit warten, ehe Miß Anne ihm öffnete. Sie trug ein Licht in der Hand und sah geisterbleich aus.

»Ich bin es, Fräulein,« sagte Fritz, als er sah, daß die Kleine ihn mit großem angsterfüllten Augen wie einen Fremden anstierte.

Anne stieß einen leisen Schrei aus und zerrte Fritz an der Hand in den Küchenraum hinein.

»*Sie* sind es,« ächzte sie, »o Gott sei Dank, daß Sie da sein, – o Gott, wie bin ich unglöcklich, – o meine arme August, meine arme, arme August! Denke Sie, zu Mittag fallt er auf einmal um und können nicht mehr aufstehen, so daß ich Frau Petersen von nebenbei zum Hilfe rufe müssen, und der Doktor sagt, es sei eine Schlagfluß und serr ernst! O meine arme liebe August!«

Die Kleine jammerte laut weiter und fiel in ihrer Aufregung Fritz um den Hals und preßte ihr thränenfeuchtes Gesichtchen an seine Wangen.

Inzwischen hatte sich mit leisem Knarren die Thür zum Nebenzimmer geöffnet, und ein breites rotes Frauenantlitz lugte zur Küche hinein.

216

»Pscht, Freileinchen – Sie müssen leise sind! Det jeht so nich – nu will er schlafen, und sonst wacht er am Ende uff« . . .

»Pst!« wiederholte Anne erschrocken und wisperte dann Fritzen ins Ohr: »Das sein Frau Petersen von nebenbei, – eine guter Frau, – sie sein gleich gekommen, wie ich ihr gebeten habe!«

Fritz begrüßte die Frau, eine auf gleichem Flur mit Sterzinger wohnende Wäscherin, und fragte nach dem Verlauf des Unglücksfalls. Die Petersen zuckte mit den Achseln. Das werde wohl zu Ende gehen, meinte sie, mit ihrem seligen Manne sei es ähnlich gewesen. Der sei auch so stark gewesen wie der Herr Sterzinger, und eines Tages sei er, gerade wie dieser, ohne äußere Veranlassung vom Schlage getroffen umgefallen. Die ganze rechte Seite sei gelähmt gewesen, er habe gar nicht mehr sprechen können, und ein paar Stunden später sei Herzschlag hinzugetreten . . .

Fritz trat mit leisem Schritte in das Krankenzimmer. Da lag der arme Herkules lang ausgestreckt in seinem Bette und atmete laut, unregelmäßig und unter pfeifenden Geräuschen, als ruhe mehr als eine Centnerlast, wie er sie oft getragen, auf der riesigen Brust. Er schlief nicht, sondern starrte Fritz mit weit aufgerissenen Augen an, aber ausdruckslos und leer, als kenne er ihn nicht wieder. Das Gesicht sah schrecklich aus, – auf den feisten Wangen lagen dunkelbraune Töne, mit gelben Flecken vermischt, und die Lippen waren bläulich gefärbt.

»Wann war der Arzt hier?« fragte Fritz flüsternd die Petersen.

»So um Uhre neune,« erwiderte die Frau; »ick hatte ihn selbst geholt, weil ick ihn kenne, – und er wollte ooch wiederkommen, aber er hat woll anderschwo zu thun jehabt, denn er hat sich nich wieder blicken lassen. Er hat viel Kundschaft, und ooch feine Leute drunter« . . .

»Lassen Sie sich vom Fräulein die Schlüssel geben und gehen sie sofort noch einmal zum Arzt,« fiel Fritz der Sprechenden ernst ins Wort. »Er soll auf der Stelle kommen, seine Anwesenheit sei unbedingt notwendig. Unbedingt, – sagen Sie ihm das nur« . . .

Die Frau nickte und verließ das Gemach. Fritz setzte sich neben das Bett Sterzingers, während sich die kleine Engländerin leise schluchzend an der Thür niederkauerte und nur zeitweise mit den rotgeweinten Augen furchtsam zu dem Sterbenden hinüber schaute.

Sterzinger lag in der Auflösung, – Fritz zweifelte nicht daran. Er kannte diesen leeren, glasigen Blick, dieses qualvolle, nach Luft ringende Atmen. Er hatte die bangen Stunden nie vergessen können, die er am Todesbette seiner Eltern verlebt . . . Vorsichtig griff er nach der linken Hand Sterzingers. Sie war eiskalt und starr, wie die Hand eines Toten. Ein Schauer überlief Fritz.

Eine Viertelstunde mochte verflossen sein, als der arme Koloß sich plötzlich zu regen begann. In sein Auge trat ein rührender Ausdruck des Bittens und Flehens, und seine Lippen bewegten sich leise.

Fritz glaubte Sterzinger zu verstehen, – er winkte Miß Anne heran.

Von Angst und Grauen geschüttelt und weiß im Gesicht erhob sich das Mädchen, trat an das Bett und sank hier auf die Knie. Der Blick des Sterbenden ruhte voll unendlicher Liebe auf dem an allen Gliedern fliegenden Geschöpf – und seine Lippen bewegten sich unaufhörlich, ohne daß ein Laut hörbar wurde. Anne vermochte nicht, in das Gesicht des Leidenden zu schauen, der Anblick dünkte ihr grauenvoll, – sie preßte das Antlitz in die Bettkissen und weinte laut.

Als Frau Petersen mit dem ob der nächtlichen Störung sich höchst unwirsch zeigenden Arzt zurückkehrte, begann der Todeskampf. Er währte stundenlang, – Sterzingers robuste Natur sträubte sich mächtig gegen die geheimnisvollen Gewalten, die ihn umschwebten. Er stöhnte, ächzte, wimmerte und sein Gesicht verzerrte sich; die halb geöffneten Lippen zeigten die blau gefärbte, geschwollene Zunge ... Miß Anne war längst aus dem Sterbezimmer geflohen; sie kauerte in der Küche hinter dem Herde und sah mit ihrem gelösten Haar, dem kalkigen Gesicht und den brennenden Augen wie eine Wahnsinnige aus.

Als der dämmernde Morgen seine ersten grauen Schatten in das Stübchen warf, fand Sterzinger endlich Erlösung.

* *
*

Drei Tage später begrub man ihn. Er hatte wenig hinterlassen, aber genug, ihm ein würdiges Begängnis zu bereiten. Fritz hatte alle nötigen Anordnungen zu der Beerdigung getroffen, die an einem wundervollen Herbstnachmittage auf dem Rosenthaler Kirchhofe stattfand. Von den Kollegen Sterzingers waren dabei nur wenige anwesend, – die ganze Trauergemeinde zählte kaum ein Dutzend Köpfe. Anne Hopskin war unter der Obhut der Frau Petersen im der Wohnung zurückgeblieben; sie geberdete sich in ihrer wilden Verzweiflung wie rasend, so daß es Fritz für besser hielt, sie vom Kirchhofe fern zu halten.

Ein wehes Gefühl beschlich Fritz, als er zum letzten Gruße drei Hände Erde in das offene Grab Sterzingers warf. Der Tote hatte ihm nie nahe gestanden, war ihm auch nie sonderlich sympathisch gewesen und doch konnte sich Fritz eines tiefen Mitgefühls nicht erwehren.

»Armer Teufel,« sagte leise der neben ihm stehende Mann, ein alter Komiker mit grauen, verwitterten Gesichtszügen, – und Fritz nickte. Es war ein bemitleidenswerter armer Teufel gewesen, den man da eingesargt hatte. –

Noch am selben Tage ging Fritz zu Rennerke, um sich seiner Zukunft halber zu vergewissern. Der Agent hatte in seinem Namen bereits eine neue Abmachung mit der Direktion Brett-Habelschwerdt getroffen. Fritz sollte vorläufig allein debütieren; gefiel er, so war er für drei Monate engagiert; Gehalt vierhundert Mark pro Monat.

Fritz war mit allem einverstanden. Auch das paßte ihm, daß er schon am nächsten Morgen nach Stettin abdampfen sollte, um am Abend zu Schiff nach Kopenhagen weiter zu reisen, – Berlin behagte ihm nicht mehr, er sehnte sich hinaus in die Welt. Es wäre ihm schrecklich gewesen, wenn er in Berlin hätte zum erstenmale auftreten müssen; mehr als sonst hatte er gerade in letzter Zeit an das denken müssen, was ihm Otto über die bürgerliche Stellung der sogenannten Specialitätenkünstler gesagt und was ihm der Pastor Hartwig über die Wahl eines anständigen und ehrenwerten Berufs geschrieben hatte. Tausend Bedenken gegen die ihm winkende Coulissen-Zukunft waren in ihm rege geworden und ließen sich nicht beschwichtigen, ob er sich auch noch so energisch bemühte, sie zu zerstreuen. Schon der erste Blick, den er in die Lebenskreise des vagierenden Gauklervölkchens geworfen, hatte ihn stutzig gemacht. War denn das ein beneidenswertes Dasein, das der bayrische Herkules, den man gestern zu Grabe getragen, geführt hatte? – Nein, das war es nicht! Trotz der Tausende, die er verdient, hatte Sterzinger zwischen räucherigen Kneipen und einer verkommenen Häuslichkeit doch immer nur ein elendes Dasein gefristet – war er ein »armer Teufel« geblieben . . .

Jedes Mal, wenn Fritz sich mit ernsthafteren Gedanken über die Ausgestaltung seiner Zukunft trug, wurde er unruhig und ärgerlich. ›Was soll das?‹ sagte er sich, ›zurück kann ich nicht mehr und will es auch nicht! Nein – ich will es nicht! Geld verdienen – *das* ist die Hauptsache! Gefalle ich dem Publikum mit meinem Hokuspokus, dann kann ich in wenigen Jahren ein hübsches Sümmchen gespart haben und immer noch eine andre Carriere einschlagen! Ich bin ja noch jung! Und wer weiß denn, daß ich mich öffentlich als Athlet und Herkules habe bewundern lassen? Unter meinem eignen Namen trete ich nicht auf, und ein Engagement in Berlin werde ich nach Möglichkeit zu vermeiden wissen! Draußen aber im fremden Lande kennt mich kein Mensch! Also fort mit den dummen Gedanken!‹ – –

* *
*

Es war dunkel geworden. Fritz hatte seine Sachen und das schwere eiserne Handwerkzeug, das er sich für seine Produktionen neu angeschafft, zusammengepackt und war reisefertig; am nächsten Morgen um sieben Uhr ging sein Zug ab. Er saß am offenen Fenster und schaute träumend auf die Straße hinaus. Die Gaslaternen waren soeben angesteckt worden, – ein unruhig flutendes Leben wogte die Trottoirs auf und ab. Trotz der späten Stunde herrschte noch ein reger Wagenverkehr auf dem Macadam; die Luft erdröhnte von dem Rasseln und Rollen der Gefährte und dem Stampfen der eilenden Gäule.

Fritz hatte inmitten dieses, bis zu dem dritten Stockwerke hinaufdringenden Straßenlärms ein leises, schüchternes Klopfen, das sich an der Thür vernehmen ließ, überhört. – Es wiederholte sich – und dann wurde die Thür von außen geöffnet und eine Frauengestalt schlüpfte ins Zimmer.

Jetzt erst wandte Fritz sich um. Ein paar große, hellblaue Augen, in denen ein weltfremder, angstvoller, fast irrer Ausdruck lag, starrten ihm aus kalkweißem Gesicht entgegen . . .

»Miß Hopskin!? – Mein Gott, wie kommen *Sie* hierher? Was wollen Sie? – Mich sprechen?!« –

Das arme Geschöpf stieß einen schluchzenden Laut aus, fiel vor Fritz nieder und umspannte seine Knie.

»O meine liebe Herr Fiedler, o meine einzige gute Freund,« ächzte sie unter Thränenströmen, »lassen Sie mir hier, – ich kann nicht mehr in die alte Wohnung bleiben, – ich bin ganz tot vor Angst, – ich muß ihn immer wieder sehen mit seine gebrochene Augen, und er winkt mir und ich höre, wie er stöhnt! O Gott, wie bin ich unglöcklich! Ich wollen *auch* sterben!«

Und sie warf sich der Länge nach auf die Erde nieder und bohrte ihr Gesicht in die Handflächen ein; ihr ganzer Körper bebte wie von Krämpfen erschüttert.

Fritz hob sie vorsichtig auf, führte sie zum Sofa und sprach beruhigend und tröstend auf sie ein. Er legte seinen Arm um ihre Schulter und streichelte ihr mitleidig die blassen Wangen, – die arme kleine Person dauerte ihn tief.

Anne wurde allmählich stiller. Immer noch flossen zwar die Thränen, aber die nervösen Zuckungen hatten aufgehört; sie hatte einen Zipfel ihres Taschentuchs zwischen die Zähne genommen und zerrte daran. Von Zeit zu Zeit seufzte sie leise.

Fritz versuchte ihr in schonender Weise klar zu machen, daß sie vorläufig nach Hause zurückkehren müsse. Morgen schon könne sie ja das Quartier wechseln. Er habe auch mit Rennerke ihrer Person halber gesprochen, der wolle sich ihrer annehmen und ihr bald ein anderweitiges vorteilhaftes Engagement verschaffen. Sie solle nicht den Mut verlieren und sich nicht im Schmerze vergessen, solle tapfer sein und Vertrauen zu sich selbst haben . . .

Anne schaute ihn wieder großen Auges an, und wieder prägte sich Angst und nervöses Furchtgefühl in ihren Zügen aus. Sie begann von neuem zu zittern.

»Ich kann nicht zurück, – ich *will* nicht zurück!« schrie sie auf. »Lassen Sie mir hier, gute Herr Fiedler« – und sie faltete wie zum Beten die Hände, – »ich will ganz artig sein, will mir ruhig auf die Sofa legen und zu schlafen versuchen, – will Ihnen gar nicht stören – aber bitte, bitte, lassen Sie mir hier, denn wenn ich nach Hause komme, dann steht er wieder vor mich und sieht mir an . . . O geliebte Freund, seien Sie erbarmig und lassen Sie mir hier!« . . .

Sie glitt vom Sofa und fiel ihm abermals zu Füßen. Von Natur aus sehr zart veranlagt und zur Hysterie neigend, hatte die Nervenaufregung der letzten Tage eine förmliche psychische Irritation in ihr hervorgerufen. Sie befand sich in halbem Wahne. Ihre Augen glühten und ihre Zähne schlugen aufeinander . . . Plötzlich sprang sie jach empor und warf sich mit wilder Wucht auf Fritz. Sie bedeckte sein Gesicht mit glühenden Küssen und preßte ihn in inniger Umschlingung an ihre Brust. In ihr totblasses Gesicht trat dabei eine fliegende Röte, und mit fieberhafter Hast stieß sie in zehnfacher Wiederholung, bald leise flüsternd, bald schreiend, die Worte hervor: »Lassen Sie mir hier! Ich liebe Sie, – o wie ich Sie liebe! . . . Ich will Ihnen gut sein, ich will Ihnen lieben, aber lassen Sie mir hier, sonst sterbe ich!« . . .

Fritz machte sich mit Anstrengung frei von ihr. Er sah ein, daß es nicht möglich sei, sie in diesem Zustande auf die Straße zu lassen. Auch sein Herz schlug stärker, – er fühlte, daß er erregt wurde; das Blut pochte in seinen Pulsen.

Er hob das leichte Geschöpfchen auf und trug sie auf sein Bett, legte sie hier nieder und bedeckte sie mit seinem Mantel.

»Sie sollen hier bleiben,« sagte er sanft. »Aber nun seien Sie vernünftig und ruhig, – ich verlange das! Versuchen Sie zu schlafen, – ich wache bei Ihnen, Sie brauchen sich nicht zu fürchten« . . .

Anne erwiderte kein Wort. Ihr Auge schaute ihn dankend an.

»Ich bin ruhig,« flüsterte sie.

Fritz setzte sich wieder in die Sofaecke. Er hörte, daß ihr Atmen ruhiger und gleichmäßiger wurde. Ihre Lider schlossen sich, – sie schlief ein.

Es war finster im Zimmer. Fritz legte sein heißes Gesicht in die Hände und stemmte den Ellenbogen auf den Tisch. So starrte er vor sich hin. Er fand keine Ruhe, – es wäre ihm unmöglich gewesen, zu schlafen. Von Zeit zu Zeit irrte sein Blick nach der Seite, wo das Bett stand und wo Anne atmete. – –

Es ging auf fünf, und draußen dämmerte es, als Fritz sich leise erhob. Er wusch sich Gesicht und Hände, legte seine Sachen zusammen und trat dann vor das Bette, um Anne zu wecken. Sie hatte die ganze Nacht hindurch fest und ruhig geschlafen. Ihr hübsches, schmales Gesicht, das einen ausgesprochen englischen Typus zeigte, war von lichter Röte übergossen, – ihre Lippen waren geöffnet und ließen die weißen, spitzen Zähne sehen. Unter dem übergeworfenen Mantel zeichneten sich ihre fein geformten schlanken Glieder in deutlichen Umrissen ab.

Fritz hatte sich bei Lebzeiten Sterzingers wenig um die Kleine gekümmert. Jetzt fiel ihm zum erstenmale auf, daß sie merkwürdig hübsch war. In der spröden Herbheit ihrer Formen lag etwas Jungfräuliches.

Wohl fünf Minuten lang stand Fritz unbeweglich vor ihr. Ein durstiges Verlangen kam über ihn. Er beugte sich zu ihr herab und küßte sie auf den Mund. Er erwartete und hoffte, daß sie im Erwachen ihre Arme um seinen Hals schlingen würde, – und dann hätte er sie an sich gerissen, wie sie gestern abend ihn ...

Aber sie erwachte nicht. Ein glückliches Lächeln huschte über ihr Gesicht, und ihre Lippen bewegten sich leise, während sie weiter schlummerte.

Fritz schritt zum Fenster, öffnete es und sog gierig die feuchte Morgenluft ein, – legte sich weit hinaus und atmete stark. Es war, als habe sich ihm über Nacht in inneren Kämpfen eine neue Seelenwelt erschlossen. In seinem heißen sinnlichen Verlangen fühlte er sich zum erstenmale als Mann – als Mann auch in der Stärke seines Entsagens und der Kraft seines Willens.

Als er sich wieder umwandte, hatte sich Anne im Bett aufgerichtet und schaute sich verwunderten Auges um. Das Klirren des Fensters hatte sie erweckt.

Fritz begrüßte sie mit freundlichen Worten. Sie habe trefflich geschlafen und sei nun wieder gänzlich gesundet. Sie solle nur in den Spiegel schauen, – wie ihr Gesicht glänze und wie wohl sie aussehe! – Aber es sei Zeit, aufzustehen. Er müsse fort, der Zug warte nicht auf ihn. Er wolle sie in der Droschke bis vor ihre Wohnung bringen, – und nun sei ja heller Tag, und sie brauche sich nicht mehr zu fürchten. Sie solle nur bald zu Rennerke gehen und sich mit diesem besprechen, dann werde schon wieder alles in die alte Ordnung kommen ...

Anne erhob sich stillschweigend. Ihr Gesicht war wie erstarrt. Sie trat vor den Spiegel, strich mit mechanischer Bewegung ihr Haar glatt und setzte sich dann auf einen Stuhl, die Hände im Schoße faltend.

»Ich will nur eine Droschke holen,« sagte Fritz, »und bin in fünf Minuten zurück. Bleiben Sie ruhig hier und erwarten Sie mich« ...

Er schloß die Thür auf und trat auf die Schwelle. In demselben Augenblick hörte er hinter sich ein Geräusch – hastende Schritte und das Rascheln von Frauengewändern. Als er sich bestürzt zurück wandte, sah er mit Entsetzen, daß sich Anne auf den Sims des offenen Fensters geschwungen hatte. Mit einem Aufschrei sprang er ihr entgegen, – aber es war zu spät. Seine Hände griffen in die Luft. Lautlos hatte sich das arme Mädchen in die Tiefe gestürzt. –

Als Fritz, von Grauen geschüttelt und beflügelten Fußes, die Treppen hinabgeeilt war, hatte sich unten auf dem Trottoir bereits ein Menschenring um die Unselige gebildet. Ihr blonder Kopf war völlig zerschmettert; das Blut rieselte langsam über das graue Gestein, – es war ein furchtbarer Anblick.

In wenigen Minuten waren Polizeibeamte zu Stelle. Fritz mußte ihnen auf die nächste Wache folgen, wo ein ausführliches Protokoll über die Angelegenheit aufgenommen wurde. Als er nach Hause zurückkehrte, war der Leichnam Annes bereits fortgeschafft, das Trottoir gewaschen und gereinigt worden; über die Stätte des Unglücks wälzte das Großstadtleben wieder rastlos seine Wogen.

Die Wirtsleute Fritzens, die ihren stillen und bescheidenen Mieter stets gern gehabt hatten, waren vernünftig denkende Leute. Fritz erzählte ihnen der Wahrheit gemäß den Hergang des tragischen Geschehnisses; er glaubte, ein Anfall von Geistesverwirrung sei das Motiv der schrecklichen That gewesen, – sie lasse sich nicht anders erklären. Die Wirtsleute wußten, daß Fritz in der Frühe abfahren wollte; da es noch Zeit war, so rieten sie ihm, sich ohne Zögern auf den Weg zu machen, weil er sonst auf langwierige polizeiliche Vernehmungen, möglicherweise sogar auf Untersuchungshaft zu rechnen habe. Sie versprachen ihm, in seiner Abwesenheit für ihn einzutreten und seine Sache zu führen, – er solle nur auf alle Fälle seine genaue Adresse hinterlassen.

Fritz sah die Notwendigkeit schleunigen Handelns ein. Was konnte er der Toten noch nützen? – Und thränenden Auges, tiefes Weh im Herzen, fuhr er davon. Der Zug stand bereits in der Abfahrtshalle, als er auf dem Bahnhofe eintraf. Wenige Minuten später saß er in der Ecke eines Coupés und starrte in die vorüberfliegende Landschaft hinein. Und überall schien aus den herbstlich gefärbten Feldern und aus dem Waldesdunkel, schien zwischen Baum und Strauch und Wiese ihm das blasse, rührend aussehende Gesicht der kleinen Schlangenmaid entgegenzunicken.

Im Grübeln und Träumen aber drängte sich Fritz unwillkürlich die Frage auf: ›Wär es nicht besser gewesen, ich hätte sie, da sie schlafend vor mir lag, inbrünstig an mich gezogen und hätte sie als meine Geliebte mit mir in die Welt genommen, so wie es Sterzinger gethan? Hätt' ich sie dann nicht wenigstens vom Tode errettet? War es richtig, daß ich mich selbst bezwang?‹ – –

Der Kantorsjunge hatte in den letzten vierundzwanzig Stunden mehr gelernt, als bisher in seinem ganzen Leben. Er war aber auch über Nacht zum Sophisten geworden.

Sechzehntes Kapitel

Der Vormittag war längst angebrochen, und durch das Stübchen, das Fritz in einem kleinen Gasthofe in der Gothersgade Kopenhagens bewohnte, flutete heller Sonnenschein, aber er wollte den Schläfer nicht wecken.

Es war sehr spät geworden am gestrigen Abend. Die bunten Bilder, die der Traumgott dem Schlummernden vorgaukelte, mußten glücklicher Art sein, denn Fritz lächelte im Schlafe. Er hörte noch den jubelnden Beifall der Menge und sah sich immer von neuem vor die sich öffnende Gardine treten. Sein erstes Debut war glänzend verlaufen. Er hatte sich mit den gewöhnlichen Produktionen der Athletenkunst begnügt, aber die sichere und spielleichte Art, in welcher er dieselben ausführte, seine hübsche Erscheinung und sein gewinnendes Sichgeben hatten das Publikum förmlich begeistert. Der junge Herkules wurde gefeiert, als ob er ein großer Schauspieler oder ein weltberühmter Sänger wäre.

Noch am selben Abend wurde die Rückgangsformel in seinem Kontrakt gelöscht und er auf drei Monate für das Variété-Theater in Tivoli fest engagiert. Die Direktion Brett-Habelschwerdt – sie bestand aus dem einstigen Komiker Peder Brett, der die ehemalige Wiener Kostüm-Soubrette Nanni Habelschwerdt ehelich heimgeführt hatte – schätzte sich glücklich im Besitze der neuen Anziehungskraft. Nach der Vorstellung begrüßte Fritz (der sich auf den Wunsch von Brett-Habelschwerdt auf dem Theaterzettel als der berühmte märkische Herkules Sterzinger junior bezeichnen mußte) im Restaurationssaale des Variété-Theaters seine übrigen Kollegen. Er fand manchen Bekannten darunter – so den Malabaristen Fred Deeken-Corobatti vom Berliner Reichshallen-Theater, den Tanz-Humoristen Herrn Wilhelm Gackerle samt seiner Herzliebsten, dem blonden Fröken Rida Anderssen, die ihm inzwischen in aller Form Rechtens angetraut worden war, ferner den japanischen Fächerspieler Nisa-Naki und den berühmten Tierstimmen-Imitator mit dem Napoleonskopfe, der die näherkommende Schafherde so überaus naturgetreu nachzublöken vermochte. Die tote Saison in Berlin hatte das ganze Künstlervölkchen in der Fremde von neuem zusammengeweht. Brett-Habelschwerdt galt als zahlungstüchtige Direktion, und Kopenhagen war ein Ort, wo man die edle Zunft der »Spezialitäten« zu schätzen wußte.

Ohne einen gewaltigen Begrüßungstrunk ging es selbstverständlich nicht ab. Fritz mußte, nachdem die Gesellschaft an einem langen Tische Platz genommen hatte, eine Lage »Öl« nach der andern zur Feier seines Erfolges zum besten geben und mußte sich schließlich auch noch zur Zahlung einer Partie leichten Weines verstehen, als die anwesenden Damen gemeinschaftlich erklärten, sie seien an Bier nicht gewöhnt. Es ging lustig zu und fast so geräuschvoll wie in der ›Springenden Münze‹ in Berlin, und es wehte vom Meere herüber bereits ein recht frischer Morgenwind, als Fritz endlich seine Wohnung in der Gothersgade aufsuchen konnte. –

Die ersten Wochen in Kopenhagen vergingen schnell genug für Fritz. Er benutzte seine freien Stunden dazu, die Stadt und ihre entzückende Umgebung kennen zu lernen, wobei ihn das Wetter der selten schönen Herbsttage in besonderem Maße begünstigte. Mit seinen Kollegen am Variété-Theater verkehrte er ziemlich wenig, nur mit einem derselben wurde er im Laufe der Zeit intimer befreundet. Es war dies ein neu engagiertes Mitglied, der Schatten-Silhouettist Mister Tom Price, dessen flüchtige Bekanntschaft er bereits im verflossenen Jahre in der ›Springenden Münze‹ gemacht hatte. Dieser Mister Price hatte seltsame Lebensschicksale hinter sich. Er stammte aus einer sehr guten und angesehenen englischen Gelehrten-Familie und hatte selbst auf der Oxforder Universität Medizin studiert. Der plötzliche Tod seines Vaters hinderte ihn indessen an der Fortsetzung seiner Studien; ein langwieriger Prozeß, den der alte Herr in seinen letzten Lebensjahren geführt und dessen unerwarteter Verlust wohl auch sein Ende beschleunigt, hatte das ganze Vermögen der Familie verschlungen. Da Tom von seiten seiner gleichfalls armen Verwandten auf keine Unterstützung rechnen konnte, so faßte er einen in seiner Art ebenso kühnen wie originellen Entschluß. Er bildete eine vielfach geübte dilettantische Spielerei, mittels Finger und Hände durch Lichteffekte mächtig vergrößerte Schattenfiguren auf eine weiße Wandfläche zu zaubern, kunstgerecht aus und ließ sich als »Schatten-Silhouettist Tom Price« (der Name war ein angenommener) bei verschiedenen Spezialitäten-Theatern auf dem Kontinent engagieren. Die unterhaltenden Scherze Toms, die damals noch den Reiz der Neuheit für sich hatten, – Nachahmer fanden sich natürlich bald, – wurden vom Publikum stets beifällig aufgenommen, und so fehlte es Tom nicht an guten Engagements. Seine ganze Gage benutzte er aber zur Anschaffung medizinischer Lehrbücher, um sich selbständig fortbilden zu können, denn er betrachtete seine seltsame »Künstlerlaufbahn« nur als ein Interimistikum und hoffte binnen zwei Jahren so weit zu sein, sein letztes Staatsexamen ablegen und sich als praktischer Arzt in seiner englischen Heimat, wo man von seiner gegenwärtigen Stellung natürlich keine Ahnung hatte, niederlassen zu können. Obwohl der Bekanntenkreis Toms ein ziemlich beschränkter war, ließ er doch, um jedem unangenehmen Wiedererkennen vorzubeugen, die äußerste Vorsicht walten, trat nur in sehr geschickt gewählten Masken auf und zeigte sich tagsüber so wenig wie möglich auf den Straßen.

Tom Price war vierundzwanzig Jahr alt und seinem Äußeren nach ein echter Engländer: hoch gewachsen, stiernackig und von blühender Gesundheit. Er war ein prächtiger Charakter, ein Mensch von vielseitigem Wissen und ein goldenes Herz. Das offene, liebenswürdige und natürliche Wesen Fritzens hatte ihm gefallen, – ein Zufall hatte beide in nähere Berührung gebracht, man hatte anfänglich gemeinschaftlich miteinander zu Mittag gespeist und sich gegenseitig besucht, war dann vertrauter miteinander und schließlich innig befreundet geworden, – zum besten von Fritz, auf den der lebenserfahrene Tom Price einen entscheidend günstigen Einfluß ausüben sollte.

An einem der letzten Oktobertage, einem jener taufrischen, sonnigen, nervenbelebenden Herbstmorgen, wie man sie in den nordischen Reichen häufiger findet als bei uns, hatte Tom seinen neuen Freund zu einem Frühspaziergange abgeholt. Die beiden schlenderten die sogenannten Smedelinien hinab, den vielverzweigten Promenadenweg, der nach den See-Badeanstalten führt und von dem aus man den herrlichsten Blick über die Rhede von Kopenhagen und den von Schiffen bedeckten Sund genießen kann, und plauderten sich die Herzen aus. Schon ein paar Tage vorher hatte Tom seinem jung gewonnenen Freunde von seinen eignen krausen Lebensschicksalen erzählt, – heute war Fritz an der Reihe.

Arm im Arm wandelten die beiden die Promenade hinab. Tom lauschte mit wachsendem Interesse den Schilderungen Fritzens aus seinen Kinderjahren im stillen Kantorshause von Klein-Busedow, seines Aufenthalts in der Pfarrei des Pastors Hartwig und bei dem Grafen Kölpin und der buntscheckigen Verhältnisse, die ihn schließlich auf die Bühne der Direktion Brett-Habelschwerdt geführt hatten. Hin und wieder huschte ein heiteres Lächeln über das gewöhnlich sehr ernste Gesicht Toms, zeitweilig schüttelte er aber auch wie in leichtem Ärger mißbilligend den blonden Kopf und ließ vereinzelte Ausrufe – »foolish, by Jove!« oder »incredible!« oder »o - o, my boy!« hören. Als Fritz geendet hatte, zog Tom ihn auf eine einsam stehende Gartenbank zwischen den Bosketts und ließ sich dort neben ihm nieder.

»Wissen Sie, mein guter Junge,« sagte er nach kurzer Pause in seinem fast ganz accentfreien Deutsch und in dem metallisch klingenden Tonfall, der ihm eigen war, »wissen Sie, daß es eigentlich recht schade um Sie ist?! – Ja ja, – schauen Sie mich nur verwundert an, ich wiederhole es, es ist schade um Sie, – schade, daß Sie auf abwärts führende Bahnen gekommen sind, statt auf emporsteigende! Soll das so bleiben? – Nein, mein lieber Fritz, so bleibt es nicht, – ich müßte nicht Ihr Freund, und zwar ein guter, ehrlicher und aufrichtiger Freund geworden sein, wenn ich Sie in den Dunstkreisen, in denen auch ich gegenwärtig zu leben gezwungen bin, lassen – ich will ganz offen sprechen, – *verkommen* lassen wollte! Jawohl, – verkommen! Vielleicht nicht physisch, aber sittlich, – und sicher auch nicht plötzlich, aber nach und nach, – ohne daß Sie es selbst spüren und dennoch unaufhaltsam! Sie sind ein braver und lieber Kerl, mein Junge, aber kein Charakter. So lange der gute Genius in Ihnen die Oberhand behält, werden Sie gegen die Gefahren gewappnet sein, die in dem beständigen Verkehre mit allerhand Gesindel liegen, mit einem zusammen-gelaufenen Pack von verlotterten Burschen und schamlosen Dirnen, mit der ganzen Crapüle dieses Coulissen-Proletari-ats! Aber allgemach wird die Gewohnheit Sie abstumpfen, – Sie werden sich gleich den andern aus dem Schwarm der heißhungrigen Weiber ein Liebchen nehmen, und aus dem Netz einer wilden Ehe ist ein gar schwierig Entkommen! Da giebt es tausend Spinnefäden, die Sie enger und enger umziehen; zur Macht der Gewohnheit gesellt sich die Trägheit und zur Trägheit allmählich der Geschmack an einem vie de Bohème, denn jeder Schimmer künstlerischer Genialität fehlt, weil eine Afterkunst niemals Genies erzeu-gen kann! Nein, mein Junge, wir gehören beide nicht in diese Kreise, – ich nicht, weil Erziehung und Bildungsgang mich andre Wege gewiesen haben, Sie nicht um Ihres guten Herzens, Ihres geraden Sinns und Ihrer unvergifteten Seele willen! Sie sollen nicht untergehen in Schmutz und Elend wie so viele von jenen! Sie sind jung wie ich und haben gleich mir noch das Leben vor sich, – und so sollen Sie denn, gerade wie ich, Ihre fragwürdige Künstlerschaft auch nur als ein vorübergehendes Stadium, – gewissermaßen als Mittel zum Zweck betrachten! ... Noch wenige Worte, – lassen Sie mich ausreden, Freund, dann sollen Sie mir ant-worten, – kurzweg, mit einem Ja oder Nein! Ich will Ihnen ohne weiteres mit positiven Vorschlägen kommen, wie sie mir in der letzten Nacht bei der Lampe und bei meinen Büchern eingefallen sind! – Ihr Wissen beschränkt sich, wie Sie mir selbst erzählt und wie ich längst gemerkt habe, auf elementare Grundzüge, – es ist kaum Halbbildung. Da muß zunächst nachgeholfen werden. Ich führe stets ein ziemlich reichhaltiges Bücherlager mit mir, das ich Ihnen zur Verfügung stelle; außerdem müssen Sie Privatunterricht nehmen, um sich im Französischen zu vervollständigen und Ihre historischen Kenntnisse zu erweitern. Englische Konversation werde ich mit Ihnen treiben, und auf unsern Spaziergängen werden wir uns in aller Gemütlichkeit über tausend Dinge, die ein Mensch von Bildung wissen muß, gelegentlich ausplaudern. Glauben Sie nicht, daß Ihnen bei wirklich gutem Willen das Lernen schwer werden wird; es wird Ihnen Freude machen. Erschrecken Sie auch nicht vor der Größe der Ihnen gestellten Aufgabe! Da Ihre Kunstfertigkeit keine allzu langwierigen Proben voraussetzt und Ihr Sklavendienst Sie nur an eine Abendstunde fesselt, so bleibt Ihnen genügend freie Zeit übrig. Sie sind zudem kein schwer begreifendes Kind mehr, sind ein offener Kopf! Lust und Liebe, – das ist alles, was Sie meinem Plane entgegenzubringen haben, – nichts weiter! Und nun, mein Junge: Ja oder Nein?« –

Eine eigentümliche innere Bewegung hatte sich bei den herzlichen Worten Toms Fritzens bemächtigt. So hatte noch niemand zu ihm gesprochen, – auch die, die es am besten mit ihm gemeint, auch Pastor Hartwig und Otto und der alte Hempel nicht! *Das* kam aus wärmstem Freundesherzen! – Fritz fühlte, daß er weich wurde; er preßte die Zähne zusammen, als er sein »Ja« hervorstammelte, – und halb unwissentlich dessen, was er that, haschte er nach der Hand Toms und küßte sie.

Tom zog mit rascher Bewegung die Rechte zurück und lachte auf.

»Närrischer Junge,« meinte er, »schämen Sie sich! – Aber Ihr ›Ja‹ habe ich, und nun sollen Sie mir nicht mehr los kommen! Wollen 'mal sehen, ob Sie übers Jahr noch Lust spüren, weiter mit eisernen Kugeln zu spielen, oder ob Ihnen ein schlicht bürgerlicher Beruf außerhalb des vagierenden Zigeunertums besser zusagt! Wollens 'mal abwarten, – ich bin neugierig darauf!« – – –

Von dieser Morgenstunde ab begann für Fritz ein völlig neues Dasein. Der Herkules des Variété-Theaters, der Abend für Abend durch seine phänomenalen Kraftproduktionen den biederen Spießbürger Kopenhagens in Entzücken versetzte, wurde zum eifrig studierenden Stubenhocker. Welchen pikanten Stoff zu einer amüsanten kleinen Geschichte hätte diese merkwürdige Thatsache den Klatschblättern der dänischen Hauptstadt nicht liefern können! Ein Athlet, der in seinen Mußestunden französisch lernte und Litteratur trieb! Der »starke Mann«, der beim Lampenschimmer in Trikot vor die Rampe trat und eiserne Ketten sprengte, studierte Geschichte! Das war einmal etwas neues und hätte, geschmackvoll zugestutzt und phantastisch ausgeschmückt, den guten Kopenhagenern als Morgenlektüre schon gefallen! Aber Fritz hütete sich, von seinem Lerneifer irgend jemand etwas zu verraten; es war ein Geheimnis für ihn und für Freund Tom.

Fritz hatte sich eine regelmäßige Tageseinteilung entworfen, die er streng innehielt. Er stand um fünf Uhr auf und nahm dann sofort, um sich die Elastizität und Muskelkraft zu erhalten, deren er zu seinen abendlichen Produktionen bedurfte, eine Reihe von Übungen mit seinem eisernen Handwerkszeug vor. Dann begann seine geistige Thätigkeit nach schematischem Stundenplane. Tom hatte ihm kurz gefaßte, praktische Lehrbücher verschafft und stellte ihm zur Ergänzung seine eigene Bücherei zur Verfügung, die Fritzen zugleich zur Vervollkommnung im Englischen diente. Auf den gemeinschaftlichen, sich oft ziemlich weit in die Umgebung Kopenhagens ausdehnenden Spaziergängen, die stets eine doppelte, körperliche wie geistige Erfrischung für die Freunde waren, wurde das Pensum des Tages resumiert, glossiert und erläutert. Der Abend gehörte der Bühne; unmittelbar nach Absolvierung ihrer Piècen gingen die beiden in ihre gemeinschaftliche Wohnung, wo sie ein frugales Mahl einnahmen und dann ihr Lager aufsuchten.

An Lust und Liebe fehlte es Fritz nicht, – er holte mit wahrhaftem Feuereifer nach, was er in seiner Schulzeit versäumt hatte. Sein heller Kopf und seine rasche Auffassungsgabe erleichterten ihm diese zweite Lernzeit ebenso sehr, wie das praktische Lehrsystem und das philologische Talent Toms, dessen kluge Ratschläge ihn vor einer unrichtigen Ausnützung seines Büchermaterials schützten. »Sie sollen ja um Gottes und aller Heiligen Willen kein gelehrtes Huhn werden, mein guter Junge,« sagte er eines Tages zu Fritz, als dieser sich in überflüssige geschichtliche Details aus römischer Epoche vertiefen wollte; »Sie sollen nur Ihre Schulweisheit wieder auffrischen, sollen sie auszubauen und zu ergänzen versuchen, damit Sie es doch so ungefähr auf den Bildungsstandpunkt eines anständigen Menschen des neunzehnten Jahrhunderts bringen, und damit es Ihnen späterhin nicht allzu schwer fällt, einen ehrenwerteren – oder sagen wir lieber geachteteren Beruf ergreifen zu können, als den gegenwärtigen. Ob Sie dann Buchhalter werden wollen oder Generalkonsul, ob Sie sich auf ein Spezialstudium zu werfen oder bei einem Apotheker in die Lehre zu gehen wünschen oder was weiß ich, – das ist eine Sache für sich! Mit einem *leeren* Schädel aber kommt kein Mensch auf löbliche Art durch die Welt – da ist man heutzutage eben nur als Herkules oder allenfalls als Schattensilhouettist zu gebrauchen!« –

Die Zeit verging rasch. Den sonnigen Herbsttagen folgten stürmische Nächte, in denen der Orkan das Meer durchwühlte und die Wellen pfeifend in die Lüfte warf. Mit dem stillheiteren Glanz sommerlicher Nachfeier war es vorüber. Der Winter zog mit Schneegeflocke, mit seinen glitzernden Eiskrystallen und seinem kalten Sonnenblicke ins Land.

Weihnachten kam heran. Die beiden Freunde feierten den heiligen Abend in stiller Beschaulichkeit in ihrem Stübchen; Fritz hatte für einen kleinen Christbaum Sorge getragen und Tom einen mächtigen Punsch gebraut, wie er unter den Kommilitonen in Oxford gebräuchlich gewesen war. Die beiden hatten sich gegenseitig mit einigen harmlosen Kleinigkeiten beschenkt; Fritz, der sich bei seiner geistigen Arbeit das Tabakrauchen angewöhnt, erhielt eine lange Weichselholzpfeife mit unpoliertem Meerschaumkopf, ein prächtiges Ding, das sofort in Brand gesetzt wurde, – und Tom, der wie ein Chinese den Thee liebte und bequem ein halb' Dutzend Tassen trinken konnte, bekam eine neue, blinkende Theemaschine an Stelle seiner alten und abgenutzten aufgebaut. Beide Gegenstände erregten kindliche Freude bei den Beschenkten.

Draußen fiel der Schnee sacht und in dicken Flocken vom Himmel herab und schichtete sich vor dem Fenster fast bis zu halber Scheibenhöhe auf. Fritz hatte die herabgebrannten Lichter des Christbaums ausgelöscht; die grün beschirmte Lampe, die auf der Kommode stand, verbreitete eine trauliche Helle im Zimmerchen, und aus der Punschterrine stiegen langsam lichte und duftende Wölkchen zur Decke auf.

Die beiden Freunde saßen auf ledernen Lehnstühlen am Tische und tranken, rauchten und plauderten. Eine Vorstellung fand heute nicht statt, – der Abend gehörte ihnen. Man sprach von der nächsten Zukunft; die Kontrakte beider waren von der Direktion Brett-Habelschwerdt bis zum ersten März verlängert worden, dann sollte Tom nach Paris, wo ihm an der Arène d'hiver ein gutes Engagement angetragen worden war. Fritz, der den Freund nicht verlassen wollte, hatte Rennerke geschrieben, ihn gleichfalls in Paris unterzubringen. Aus der Antwort des Agenten ging jedoch hervor, daß es schwierig sei, einem deutschen Künstler an einer dortigen Spezialitätenbühne Engagement zu verschaffen; Fritz thäte besser, nach Berlin zurückzukehren, – Reichshallen, Concordia, Wintergarten und American-Theater »gampelten« nach ihm, sein Renommee sei fabelhaft gestiegen, er habe den alten Sterzinger selig im Umsehn überflügelt. Für Berlin dankte Fritz indessen; es gab dort zu viele Bekannte, die von seiner herkulischen Kunstfertigkeit nichts zu wissen brauchten. Er schrieb daher an Rennerke zurück, Reichshallen, Concordia, Wintergarten und American-Theater sollten ruhig weiter »gampeln«, er käme *nicht*; er wollte nach Paris, sei aber im übrigen gern bereit, dort unter einem weniger intensiv deutsch klingenden Namen wie ›Sterzinger junior‹ aufzutreten, sich eventuell auch mit einer bescheideneren Gage zufrieden zu geben. Die Antwort Rennerkes auf diesen letzten Brief stand noch aus, – Fritz hoffte indessen zuversichtlich, daß der Agent seine Wünsche berücksichtigen würde. Ihm lag unendlich viel daran, mit Tom zusammenbleiben zu können, und auch Paris lockte ihn.

Das Thema der Unterhaltung wechselte schnell, als der eintretende Briefträger Fritz ein großes Schreiben in Amtsformat mit dem Dienstsiegel des Königlichen Polizei-Präsidiums zu Berlin überbrachte. Es handelte sich um die Anzeige, daß die Untersuchungssache bezüglich des Selbstmordes der unverehelichten Annie Hopskin, geboren am 4. Juli 1860 zu Horsham, Sussex, England, als jüngste Tochter des dort noch lebenden Schuhmachermeisters Charles Hopskin und seiner Ehefrau, geborenen Soundso – der Polizeistil war furchtbar – als nunmehr beendet anzusehen sei. Fritz war in dieser tragischen Angelegenheit mehrfach durch das Konsulat protokollarisch vernommen worden, und er hatte es nur den für ihn günstigen Aussagen seiner Berliner Wirtsleute zu verdanken, daß ihm größere Unannehmlichkeiten erspart werden konnten. So war er denn froh, daß auch diese trübselige Geschichte ihren Abschluß gefunden hatte. Unwillkürlich lenkte aber, in Anknüpfung an jenes traurige Geschehnis, dessen Eindrücke Fritz noch immer nicht völlig hatte verwinden können, die Unterhaltung in ernstere Bahnen ein, und bei dieser Gelegenheit erzählte Tom dem lauschenden Freunde zum erstenmal, daß er daheim im grünen England ein blauäugiges sweet-heart besitze, das seiner in Treue harre, bis er das Liebchen als wohlbestallter Herr Doktor zum Traualtare führen könne. Eine alte Kinderliebe sei es, die mit den Jahren heißer und glühender geworden – eine Liebe, die sein ganzes Herz fülle und die ihn rein erhalte in seinem Vagabundenleben. Und als Tom dies sagte – halb zögernd und stockend, als scheue er sich, sein süßes Geheimnis preiszugeben, zog er, während helle Röte seine Wangen bedeckte, aus seinem Notizbüchelchen eine Photographie hervor, die er Fritz reichte: das Bild eines hübschen jungen Mädchens mit wallendem Haar und großen, offenen, treuherzigen Augen.

Fritz hob sein Glas und stieß mit dem Freunde auf die baldige Verwirklichung seiner Pläne und Hoffnungen und auf sein Liebesglück an. Und dann fragte Tom plötzlich, nachdem er sein Glas bis auf die Nagelprobe geleert hatte:

»Sagen Sie 'mal, little boy, haben *Sie* denn schon einmal so recht aus Herzensgrunde geliebt –?«

Fritz wurde ein wenig verlegen. »Ach ja,« meinte er und dann sagte er wieder »ach nein« – und schließlich erzählte er dem lächelnden Tom mit etwas stockender Stimme, daß auch er so eine Art Kinderliebe im Herzen trage, – immer noch, obwohl Jahre zwischen damals und heute lägen, – denn die kleine Fanny aus dem heimatlichen Pastorshause habe er nie so recht vergessen können, – er denke gar oft an ihr liebes Gesichtchen und an ihre Schwärmeraugen und die immer fleißigen weißen Hände zurück . . .

Darüber freute sich Tom und nahm sein Glas und stieß nun seinerseits mit Fritz auf das Andenken Fannys an, – und gerade in diesem Augenblick ließ sich wie ein dumpfes Echo ein Klopfen an der Thüre vernehmen, – zuerst zaghaft, dann noch einmal stärker und kräftiger.

Tom sah nach der Uhr. »Neun – und jetzt noch Besuch?« meinte er. »Sollte ein vereinsamter Kollege auf den unglücklichen Gedanken gekommen sein, uns Gesellschaft leisten zu wollen? – Well, – man muß sich in alles schicken! Herein!«

Eine tief verschleierte, mit Schneekrystallen überschüttete Dame trat zögernd ein und blieb stutzend an der Thüre stehen.

»O pardon,« sagte sie mit weicher Altstimme, »ich fürchte zu stören ... ich wollte Herrn Fiedler – oder wollte vielmehr Herrn Sterzinger junior sprechen« ...

Im ersten Augenblicke hatte Fritz die Eintretende nicht erkannt. Nun er aber ihre Stimme hörte und unter dem weißen Schleier zwei nachtschwarze Sterne blitzen sah, – da brach mit Macht die Erinnerung über ihn herein.

»Carmella!« rief er aufspringend, – »ja, bei Gott, Sie sind es leibhaftig, – und ich habe doch erst vor wenigen Wochen in irgend einem Artistenblatte gelesen, daß Sie bei Ronacher in Wien engagiert seien und dort mit Beifall überschüttet würden!« ...

»Das *war*,« erwiderte Carmella und schlug den Schleier zurück, »– aber es ist vorbei. Ich bin leidend und darf nicht mehr auftreten.«

Jetzt erst bemerkte Fritz die Veränderung in der Figur Carmellas und den schmerzlichen Zug in ihrem ernsten, dunklen Gesicht. Eilfertig bot er ihr seinen Sessel an und stellte sie sodann Tom vor.

»Carmella Nera, – Sie werden den Namen kennen, lieber Tom, – seit einigen Monaten Baronin von« –

»Lassen Sie, – lassen Sie,« wehrte Carmella, ihn unterbrechend, ab. »Ich bin nicht eitel genug, um nicht zu fühlen, daß dieser Name zu meiner gesellschaftlichen Stellung nicht paßt, und daß« –

Sie schwieg plötzlich und warf einen scheuen Seitenblick auf Tom, der sich, den Blick verstehend, sofort erhob und nach seinem Mantel griff.

»Ich geh' ein wenig in die Luft, mein Junge,« sagte er und schlug den Havellock um die Schultern; »in einem kleinen Stündchen bin ich zurück. Verzeihen Sie, Madame« – und er verneigte sich vor Carmella.

»Aber sapristi, so bleiben Sie doch!« warf Fritz unmutig ein. »Wir haben doch keine Geheimnisse vor einander! Tom ist mein bester Freund, Carmella.« –

Ohne ein Weiteres abzuwarten, stand Carmella auf, trat auf Tom zu und reichte ihm die Hand.

»Ich bitte Sie, zu bleiben,« sagte sie; »es würde mich kränken, wollten Sie meinetwegen in das Unwetter hinaus. Es ist ein schauerlicher Schneesturm, mich fröstelt noch! Geben Sie mir ein Glas Grog, Fritz, oder was Sie da haben« . . .

Fritz füllte ein Glas, und Tom hing den Mantel wieder an die Thür. Das Rätselauge Carmellas hatte auch für ihn etwas Lockendes. Das war ein seltsames Gesicht mit seinen schönen starren Zügen, der müden Linie um den Mund und der schwellenden Sinnlichkeit auf den Lippen! Halb Sphinx, halb Bacchantin! –

»Wollen Sie nicht ablegen, Carmella?« fragte Fritz, »– Ihr Mantel ist naß vom Schnee, – ich fürchte, Sie werden sich erkälten« . . .

»O nein,« und sie lächelte, »ich bin abgehärtet. Es ist ja auch gleich. Ich habe nicht viel Zeit, mein Mann erwartet mich. Aber es drängte mich, Ihnen guten Abend zu sagen, da ich wußte, daß Sie hier waren. Auf dem Theaterbüreau nannte man mir Ihre Adresse« . . .

»Bleiben Sie vorläufig in Kopenhagen?«

Sie zog die üppigen Schultern hoch. »Vorläufig gewiß, – aber Gott weiß, wie lange. Da ich nicht auftreten konnte, mußte Krey sich nach einem Verdienst umthun. Ein Wiener Agent vermittelte ihm ein Engagement am Storn Ravnsborg, dem kleinen Theater in der Nord-Vorstadt, – er will sich da mit seinen Hunden zeigen. Am ersten Januar beginnen die Vorstellungen« . . . Sie machte eine kurze Pause, knöpfte langsam ihren Handschuh auf und starrte dabei in das grüne Lampenlicht. »Ah ja,« und sie riß den Handschuh von ihrer Rechten, »– es ist ein schandbares Leben! Ich will mich nicht versündigen, aber es wär' besser gewesen, der Himmel hätte mir die Aussichten auf Familienzuwachs erspart! Dreiviertel Jahr Nichtsthun – wie soll das werden! Und Krey *kann* sich nicht einschränken, – es ist ein Elend! . . . Denken Sie noch manchmal an meinen Hochzeitstag zurück, Herr Fritz? Was war ich glücklich damals« – und leise setzte sie hinzu: »Aber das Glück wird ja wiederkommen!« . . .

Wirklich – sie sah nicht glücklich aus, die arme Person! Ihr Mann behandelte sie wahrscheinlich schlecht. Fritz hielt ihn für eine brutale und selbstsüchtige Natur, – er hatte ihn nie leiden können. War es von Krey nicht Wahnsinn gewesen, Carmella überhaupt zu heiraten? Man hatte alles Mögliche über diese tolle Eheschließung gemunkelt, – sie hätte einen Erpressungsversuch einleiten sollen, hatten die einen gesagt, sie sei so eine Art Racheakt gewesen, die andern . . . Carmella war einem Schurkenstreiche zum Opfer gefallen, – Fritz glaubte, daran nicht mehr zweifeln zu können, und er nahm sich vor, sich in aller Stille nach den

Verhältnissen der jungen Frau zu erkundigen. Er dachte daran, wie berauschend schön sie ausgesehen, als er sie zum erstenmale bei ihrem Auftreten in Berlin hatte bewundern können; wie war sein Herz damals in lohe Flammen aufgegangen, als ihre herrliche Gestalt in den Lichtkreis der elektrischen Lampen trat, und wie hatte das Publikum getobt, gerast, gebrüllt! . . . Und heute? Das Elend sprach aus ihren dunklen Augen und nistete sich in kleinen Fältchen zwischen den Mundwinkeln ein, – es war bejammernswert.

»Kommen Sie einmal zu uns?« – Carmella war aufgestanden und hüllte sich wieder fester in ihren Mantel. In ihrem Blicke lag inniges Bitten. »Wir wohnen in der Ravnsborggade, in dem kleinen Hôtel dicht neben dem Theater . . . – Vergessen Sie es nicht!«

»Ich komme bestimmt,« entgegnete Fritz, ihre Hand drückend, und geleitete sie zur Thür. Sie grüßte noch einmal zurück – zu Tom herüber, der sich höflich erhoben hatte, und trat auf den Flur.

»Wollen Sie sie nicht begleiten?« fragte Tom, als sich die Thür schon geschlossen hatte. »Es ist ein weiter Weg und ein Hundewetter« . . .

Fritz schlug sich vor die Stirn und sprang Carmella nach. Sie war noch auf der Treppe.

»Einen Augenblick, Carmella!« rief Fritz. »Ich begleite Sie!«

Sie wartete, bis er vor ihr stand und schüttelte dann den Kopf.

»Nein, Fritz,« gab sie zurück, »lassen Sie es. Ich finde den Weg allein. Mein Mann könnte böse werden . . . Aber Sie kommen doch? – Vormittags zwischen elf und zwölf, – da ist er bei seinen Hunden. Ich erwarte Sie, – ich möchte mich so gern einmal aussprechen! – Und nun gehen Sie zurück; es ist kalt auf dem Flur, und Sie sind leicht gekleidet. – A rivederla domani!« –

Tom fragte nach dem Lebensgeschick Carmellas, und Fritz erzählte ihm, was er davon wußte. »Sie ist ein bedauernswertes Geschöpf,« meinte er, »und hätte ein besseres Los verdient« . . .

Tom schwieg eine kleine Weile, während er sein Glas von neuem mit der dampfenden Flüssigkeit füllte, und entgegnete sodann leichthin:

»Mag sein, – ich kenne sie nicht. Ich bringe dem Unglück in jeder Gestalt mein Mitgefühl entgegen, – das ist Menschenpflicht. Ob sie aber ihr Los wirklich nicht verdient hat, – können Sie das so genau beurteilen? – Sie häufen alle Schuld auf diesen Herrn von Krey, und das muß ja in der That eine üble Persönlichkeit sein, – aber hätte in Carmella nur noch ein Rest von Sittlichkeitsgefühl und Charakter gewohnt, so hätte sie die Spottkomödie von Heirat gar nicht zugeben dürfen! Oder ist sie so bodenlos thöricht, daß sie auch nur einen Augenblick glauben konnte, Herr von Krey hätte sie aus irgend einem anderen Grunde als aus schnödester Selbstsucht geehelicht, wo er sie doch schon *ohne* den praktischen Segen des Standesamts sein eigen nennen konnte?!« –

Fritz umging die direkte Antwort.

»Sie hat ihn geliebt,« rief er, »und in ihrer Liebe den Teufel danach gefragt, weshalb er sie heiraten wollte! Es war sein Wunsch, und sie sagte Ja! Sie hat wahrscheinlich zu allem Ja gesagt und in alles eingewilligt, so lange sie ihn geliebt hat!«

Tom lachte auf. »An jeder Dummheit soll die Liebe schuld sein, – so ist's immer gewesen,« meinte er. »Und was nennt man nicht alles Liebe! Eine Liebe ohne Sinnlichkeit gibt's nicht, wohl aber eine Sinnlichkeit ohne Liebe.

Und nun schauen Sie einmal recht tief in die Augen der schönen Carmella, – wenn Sie ein klein wenig Blick für das Leben in der Pupille haben, dann werden Sie mir zugestehen müssen, daß aus *diesen* Augen nichts spricht als schrankenlose, heiße und durstige Genußsucht! So ist's oder so scheint's mir, – aber ich würde mich freuen, wenn ich mich täuschte! Nur eins noch, Fritz: *hüten* Sie sich vor den Augen Carmellas!«

»Lassen wir das Thema,« gab Fritz zurück und seine Stirn zog sich in Falten. »Ich bedarf einer solchen Warnung wahrlich nicht, – mir scheint, Sie haben übersehen, in welch' leidendem Zustande sich die Unglückliche befindet« . . .

Tom nippte an seinem Glase; er antwortete nicht gleich, trommelte mit den Fingern einen Marsch auf dem Tisch und wiegte den Kopf sinnend hin und her. Dann richtete er sich plötzlich auf und streckte Fritz die Hand über den Tisch hinüber.

»Ich habe Sie nicht verletzen wollen, mein Junge,« sagte er herzlich. »Sie sind ein guter und lieber Bursche und mir ans Herz gewachsen! Hätte nicht gedacht, daß ich noch einmal einen Freund finden würde auf meinen Querzügen durch die Welt! Hand her, Fritz! So – und nun an die Gläser! Wir müssen Brüderschaft trinken – ich und du!« –

Siebzehntes Kapitel

»Hôtel Svend« hieß das kleine Gasthaus, in dem Krey und Carmella wohnten. Fritz hatte sich gleich am folgenden Tage dorthin auf den Weg gemacht. Ein schmutziger Hausknecht wies ihn über den Hof nach dem Quergebäude, in dem er drei knarrende Holztreppen hinaufsteigen mußte, ehe er die Zimmernummer Vierzig fand. Carmella öffnete ihm selbst, sie hatte ihn augenscheinlich bereits erwartet. Sie war in einen abgetragenen Schlafrock gehüllt und sah blaß aus; die Augen lagen tief in den Höhlen, das Gesicht war gepudert, eine Nachhilfe, die sie sonst zu verschmähen pflegte.

Sie preßte beide Hände Fritzens in den ihren und führte ihn zum Sofa. Dann ließ sie sich ihm gegenüber auf einem Stuhle nieder und erzählte von ihrem Jammer.

Krey war seit ihrer Verheiratung wie umgewandelt. Er, der sie vordem mit Schonung und Liebe behandelt, wenn er sich im Jähzorn auch wohl einmal vergessen hatte, war jetzt nur noch roh, hartherzig, oft gewaltthätig. Sein Kalkül war ein falsches gewesen. Er hatte geglaubt, die Kölpins würden seiner Heirat wegen erst in grimme Wut geraten und dann alles daran setzen, die schmähliche Mißverbindung wieder zu lösen, – aber die Kölpins ließen nichts von sich hören, sie kümmerten sich gar nicht um ihn . . . Krey war außer sich. Er zerfiel immer mehr mit sich selbst, beschränkte sich auf den Verkehr mit dem Bühnenproletariat, in dessen Kreise er hineingezogen wurde, und begann zu trinken. Er fühlte sehr wohl, daß er tiefer und tiefer sank, aber in seiner verzweiflungsvollen moralischen Mutlosigkeit dachte er nicht an ein tapferes Widerstreben. Der Wahnsinn herostratischer Selbstvernichtung kam über ihn; mit wildem Jauchzen warf er alles über Bord, was noch aus besseren Zeiten in ihm lebte . . .

»Ich habe viel zu ertragen von seiner Roheit,« sagte Carmella, und ihre starken dunklen Augenbrauen zogen sich zu dichter Linie zusammen und ihr düster glimmender Blick nahm einen unheimlichen Ausdruck an. »Es ist fast an die zehn Jahre her, daß wir uns kennen, und ich habe immer geglaubt, daß er mich lieb hätte, wie ich ihn, aber nun hab' ich an meinem Glauben verzweifelt. Und was hab' ich ihm nicht zum Opfer gebracht im Leben, – du lieber Gott, mein

ein und alles, – mein alles! – Sie wissen, ich bin eine Bauerntochter aus Welsch-Tyrol und soll dermaleinst, wie ich so sechzehn, siebzehn Jahr' war, sehr schön gewesen sein. Da logierte einmal das damalige Fräulein von Krey, die jetzige Gräfin Kölpin, bei der Sie gedient haben, Fritz, als Sommergast mit ihrem Vater bei uns im Dorfe. Und der gefiel ich; sie malte und zeichnete mich in meinem Sonntagsstaate und in den bunten Kostümen, die sie mir gab, und nahm mich mit nach Monsthal, ihrer väterlichen Besitzung an der bayrischen Grenze. Da wurde ich Kammerjungfer bei ihr, und ich hätt' es recht gut haben können, wär' mir Leopold nicht in den Weg getreten, und hätt' sich nicht der Satan in mein Herz geschlichen und mir tausend dumme Gedanken aufgeredet, so daß ich vor toller Liebe glaubte den Verstand verlieren zu sollen! Krey hatte sich damals schon mit seiner Cousine versprochen, – und ich war wütend eifersüchtig auf sie, und in meiner Eifersucht ließ ich einmal ein Briefchen, das mir der Leopold geschickt und in dem er mir schrieb, ich sollt' mich zu dem und dem Tage frei machen und ihn in seiner Garnison besuchen, – die lag nur drei Stunden mit der Bahn von Monsthal –, ließ ich den Brief also offen liegen, so daß die Gnädige ihn finden und die Handschrift erkennen und ihn lesen mußte. Ich that's aus Eifersucht, die mir am Herzen fraß, und ohne Überlegung, was wohl d'raus werden würde, – ich wollte, die Gnädige sollte erfahren, daß der Leopold nicht *sie* liebte, – nicht sie, sondern *mich!* Erst, wie die Verlobung auseinander ging und Leopold mir bittere Vorwürfe machte meiner Unachtsamkeit halber, kam ich zur Besinnung zurück. Nun half's nichts mehr, und weil ich mich vor Leopolds Jähzorn fürchtete, log ich, es sei wirklich nur ein Versehen gewesen, nichts anderes, daß der Brief so offen in meiner Kammer liegen geblieben sei. Dann jagte man mich zum Hause hinaus, und auch daheim im Dorfe wollte man nichts mehr von mir wissen, – aber all' das war mir gleich; im Herzen war ich doch seelensfroh, daß es so gekommen, daß Leopold nichts mehr mit der Gnädigen zu schaffen hatte und daß er wieder frei war, denn ich dummes Ding dachte, nun hätt' ich allein ein Anrecht auf ihn ... Später einmal, als ich in einer Jammerstunde zur Beichte ging, hat mir der geistliche Herr vorgehalten, wie sündhaft ich mich benommen hätt'! Das aber hab' ich selbst gewußt; ich wußte, daß ich sündhaft handelte, und ich hätt's doch zum zweitenmal gerad' so gemacht!« –

Als Carmella dies sagte, färbte eine Purpurglut ihre Wangen und ein eigner Glanz trat in ihr Auge. Sie stieß einen tiefen Atemzug aus, der fast wie ein Schluchzen klang, und dann wiederholte sie noch einmal:

»Gerad' so hätt' ich's gemacht, – und wenn sie mich ins Gefängnis geworfen und mir den Kopf abgehackt hätten! Ich wußte ja auch, daß ich Vater und Mutter verlieren würde um meiner Schande willen, – was galt's mir! Ich hab' ihn so rasend geliebt, wie keinen Menschen auf der Welt, – mir war alles gleich, wenn ich bei ihm war! ... Dann ging er fort, – nach Amerika. Er hatte mir kein Wort davon gesagt, – er war eines Tages verschwunden, – er mußte wohl fliehen, um sich vor seinen Gläubigern zu retten! Da kam eine wilde Verzweiflung über mich, – und in einer Abendstunde lief ich davon, lief meilenweit ins Gebirge hinein, ohne Zweck und Ziel, – in halber Verrücktheit, nur immer seinen Namen kreischend, bis ich zusammenbrach und mir die Sinne vergingen. Ein Waldhüter fand mich und schaffte mich in die nächste Stadt; da lag ich wochenlang krank im Siechenhause, – ein Gehirnfieber war bei mir ausgebrochen und ich stand am Rande des Grabes. Aber ich gesundete wieder und wurde stärker und kräftiger als zuvor; die Gemeinde entließ mich, – ich sollte mir Arbeit suchen. Ich ging nach Innsbruck, wo ich mich als Magd verdingte und dann in eine Wirtschaft als Kellnerin. Da übernachteten einmal umherziehende Schausteller, – Leute, die eine kleine Menagerie mit sich führten und auf Jahrmärkten ihre Kunst-

stücke zeigten. Die überredeten mich, mit ihnen zu gehen, –
ich könne bei ihnen mehr Geld verdienen und besser leben
wie als Kellnerin. Das hörte sich gut an, und da ich mich
um keinen Menschen zu kümmern hatte, so sagte ich Ja und
zog heimlich mit. Nun ging's durch ein mächtig Stück Welt,
– durch ganz Bayern, kreuz und quer durch Preußen und bis
oben ans Meer. Ich trat zuerst als Tyrolerin auf, weil ich
noch eine alte Tracht bei mir hatte, und sang Jodellieder,
und dann wurde ich Akrobatin und Athletin. Es war ein
ganz lustiges Leben so bunt herum im Lande; – es behagte
mir gerade, und ich vergaß allmählich Kummer und
Schmerz. Man kam wenig zu sich selbst bei dem ewigen
Wechsel, aber das war gut so . . . Und dann, – in Hamburg,
in St. Pauli, wo wir über ein Vierteljahr festsaßen – sah ich
Leopold wieder. Ich stand vor meiner Bude, und er ging
vorüber. Er sah kläglich aus, war ärmlich gekleidet und heruntergekommen. Er hatte nichts geschafft in Amerika und
wollte es von neuem in Europa versuchen. Ich erkannte ihn
sofort wieder und rief ihn an. Und von nun ab trennten wir
uns nicht mehr. Er blieb bei uns, und als ein paar Tage nach
seinem Eintreffen der Italiener, der unsere dressierten
Hunde vorführte, an einer Blutvergiftung starb, trat er an
dessen Stelle. Später schaffte er sich eine eigne kleine
Meute an, mit der er sich unter dem Namen Kreströhm allein produzierte; wir trennten uns von unsrer alten Gesellschaft und nahmen an besseren Theatern Stellung an, –
zuerst in Lübeck, ich erinnere mich dessen noch genau –
dann auch in größeren Städten. Aber es wollte uns nicht gut
ergehen, – Krey verstand nicht zu wirtschaften und ich
damals ebensowenig. Und dennoch war ich zufrieden und
glücklich; ich hatte ihn wieder, – weiter wollte ich nichts.
Daß er nicht glücklich war, merkte und spürte ich wohl und
ich dachte manchmal, es gehe ihm wohl im Kopfe herum,
daß er seine schöne Stellung in der feinen Gesellschaft verloren habe und sich nun so elend durchs Leben schlagen
müsse. Aber er war doch immer noch gut und lieb zu mir, –

ach, und ich entbehrte so gern seinetwegen und versagte mir manches, um ihm eine Freude nach seiner Art zu bereiten! Am schlimmsten wurde es, als ich ein Engagement bei den Reichshallen in Berlin fand. Er trug sich mit allerhand Plänen, wieder zu Gelde zu kommen, versuchte, mit dem Grafen Kölpin, der ihn schon nach Amerika hin und wohl auch noch später vielfach unterstützt hatte, eine neue Verbindung anzuknüpfen und – – aber Sie wissen ja selbst, wie das ausging und wie sich alles fügte, waren ja auch bei unserer Hochzeit zugegen und« . . .

Sie brach plötzlich ab und lauschte. Wuchtige Schritte ließen sich auf der Treppe hören und das helle Gekläff eines Hundes.

Carmella stand auf, die Hand am Herzen; sie war blaß geworden.

»Das ist er,« sagte sie leise. »Wenn er nur nicht böse ist, daß ich Ihren Besuch empfangen habe« . . .

Die Thür wurde aufgerissen und Krey trat ein, von zwei Pudeln gefolgt, die lärmend im Zimmer umherjagten. Krey trug eine graue Lodenjoppe und Kniestiefel; sein Gesicht war gedunsen, der prächtige Vollbart verwildert, das Auge, dessen eigenartig leuchtender Blick in früheren Tagen von so besonderer Schönheit gewesen, erschien verglast und verschwommen. In seiner ganzen Erscheinung prägte sich eine krasse Brutalität aus; auch der Gang hatte an Elastizität, sein Sichgeben und Wesen an Eleganz verloren. Er war in drei Monaten ein völlig anderer geworden, eine Ruine seines früheren Ich.

Er stutzte, als er den ihm Entgegentretenden sah, dann lachte er rauh auf und streckte Fritz die Rechte hin.

»L'ami Fritz – sieh' da! Hatte schon gehört, daß Sie in diesem Nordpolneste Gold und Lorbeern einheimsen, – gratuliere! Gilt Ihr Besuch mir oder meiner – aha! – meiner

Frau? Nehmen wir an: allen beiden! Ruhig Köter! Behalten
Sie Platz, Kollege Fritz! Wein, Carmella! Klingle dem
Lümmel von Kellner! Den Teufel, in den ersten drei Tagen
wird man uns doch wohl nicht den Kredit versagen! Morgen bekomme ich Vorschuß! Reich 'mal die Cigarretten
vom Spieltisch, Eheweib! Du, das ist eine Spitzbubenbande,
das ganze Gesindel vom Ravnsborg-Theater, – zudem auch
ein scheußliches Lokal! Ein Tingel-Tangel, nichts weiter!
Die Bühne ist so groß wie die Stube, – weiß gar nicht, wo
ich mit meinen Kötern hin soll! Gieb 'mal die Streichhölzer
her, Carmella! . . . Ein tolles Leben, ami Fritz, und ich Esel
könnte heute an der Stelle Ihres früheren Dienstherrn sein, –
na ja, das könnt' ich! Wenn man das denkt!« . . .

Und er schlug mit der Faust auf den Tisch und räsonnierte weiter, bis ein Kellner in fettiger Jacke und Mor-
genschuhen und mit unverschämter Miene eine Flasche
dickflüssigen roten Weins und mehrere Gläser vor Krey
niedersetzte. Das Getränk war kaum zu genießen, – –
trotzdem goß Krey Glas für Glas hinunter – derselbe Krey,
der ehemals keinen Tropfen Leoville trinken zu können
glaubte, wenn er nicht nach allen Regeln der Gourmandise
temperiert war und der mit geschlossenen Augen nach der
üppigsten Libation und dem ersten Schluck Cliquot von
Heidsieck zu unterscheiden vermochte. Ah ja, die Zeiten
waren andere geworden! –

Fritzen hielt es nicht lange. Das Wesen Kreys stieß ihn
ab. Was war aus dem geworden! Wie es in seinem Gesicht
nervös zuckte und wie es in den stahlblauen Augen seltsam
irrlichterte! Wie er Wort um Wort hastig und abgebrochen
hervorstieß und plötzlich mitten im Satze schwieg, um mit
der Hand auf den Tisch zu schlagen und dann unmotiviert
auf Gott und die Welt zu schimpfen! Der Mann machte ein-
en unheimlichen Eindruck.

Carmella saß still neben ihm am Tische. Sie sprach kein
Wort, unterbrach ihn nicht ein einzigmal; sie hielt den Blick

gesenkt, als fürchte sie sich, ihn anzusehen, und nur wenn er mit einem kurzen Worte irgend etwas verlangte, Feuer, eine neue Cigarre, den Aschbecher, – sprang sie hastig empor und suchte nach dem Gewünschten. Sie hatte etwas sklavenhaft Geducktes, Scheues und Demütiges in seiner Gegenwart.

»Kommen Sie 'mal 'raus nach dem Storn Ravnsborg, ami Fritz,« sagte Krey bei der Verabschiedung; »müssen doch 'mal sehen, wie ich meine Köter zusammengeschwänzt habe! Sacra – ich sage Ihnen, das Teufelszeug pariert nach dem Blicke! Wird Ihnen Spaß machen, – verstehen ja auch so etwas von Sport und Dressur! Und im übrigen: hätte noch mancherlei mit Ihnen zu beplaudern, das Sie interessieren dürfte! Sachen von Wichtigkeit! Grüß' Sie, m'ami, und auf Wiedersehen!« –

Fritz war froh, daß er in den nächsten Wochen keine Gelegenheit fand, mit Krey von neuem zusammen zu treffen; der Mann war ihm in hohem Grade unsympathisch geworden. Durch die Zeitungen erfuhr er, daß »Kapitain Kreströhm,« – unter diesem, schon früher von ihm benutzten Namen trat Krey in Storn Ravnsborg auf – mit seiner prächtig dressierten Meute dem Publikum sehr gefalle. Es war also anzunehmen, daß er im Engagement verblieb, und das freute Fritz um Carmellas willen.

Sie sprach öfters einmal in der Wohnung der beiden Freunde vor, doch immer nur für wenige Minuten und in einer gewissen ängstlichen Hast. Krey blieb sich in seinem Benehmen ihr gegenüber, wie sie erzählte, nach wie vor gleich, er war viel außer dem Hause und verkehrte in allerhand anrüchigen Kneipen mit den Mitgliedern des Ravnsborg-Theaters, besonders mit einem gewissen Friebe-Tachinger, einem Komiker, der sich ehemals einer großen schauspielerischen Berühmtheit in Virtuosenrollen erfreut hatte, dann nach und nach, als das Publikum seiner Mätzchenmachereien müde wurde und ihn fallen ließ, sank und schließlich in Tingel-Tangeln und Spezialitäten-Theatern unterging. Da Krey die Rechnungen im Hôtel indessen pünktlich bezahlte und Carmella wenigstens nach dieser Richtung hin keine Unannehmlichkeiten zu erdulden hatte, so schwieg sie zu dem Lotterleben ihres Mannes. Sie kam den ganzen Tag über nicht aus ihrer kleinen, dumpfen Stube im Hofgebäude des Gasthauses, schlief lange, lag träumend auf dem Sofa und las alte Leihbibliotheken-Romane. An die Zukunft dachte sie nicht.

Eines Abends, – es war schon in den ersten Apriltagen, und der nahende Frühling kündete sich bereits in brausenden Sturmfluten an, – stürzte sie mit fieberhaft geröteltem Antlitz und in sichtbarer Erregung in das Gemach der Freunde, um Fritz zu erzählen, daß sie einer Entdeckung auf die Spur gekommen sei, die sie um den Rest ihres Lebensglücks bringe. Ihr Zimmermädchen im Hôtel habe ihr erzählt, daß Krey jeden Abend nach dem Theater mit einer verschleierten Dame die Straße hinabgehe und dann in einer der Nebengassen verschwinde, – und sie selbst habe sich in aller Heimlichkeit davon überzeugt, daß es sich in der That so verhalte, wie das Mädchen gesagt. Fritz und Tom versuchten die in ihrer nagenden Eifersucht sich völlig verzweifelnd Geberdende zu trösten und zu beruhigen, und Fritz versprach ihr, eingehende Erkundigungen einzuziehen, um festzustellen, ob nicht doch ein Mißverständnis vorwalte, – ›wie ich glaube,‹ fügte er hinzu, aber in Wahrheit glaubte er nicht an ein solches.

Er hielt sein Versprechen, besuchte an einem der nächsten Abende das Ravnsborg-Theater und blieb nach beendeter Vorstellung im Schatten der Häuser in der Nähe des Ausgangs, um Krey beim Verlassen des Bühnenhauses zu beobachten. Die Vorführung Kreys war, wie immer, mit tosendem Applaus belohnt worden, und in der That zeigte seine Meute eine bewundernswerte Dressur; sie gehorchte auf jedes Wort, jeden Peitschenschlag, jeden Blick ihres

Herrn. Das Theater entleerte sich nach und nach. Fritz hatte sich in den dunklen Portikus eines Nachbarhauses gestellt, und von hier aus bemerkte er, daß auf der entgegengesetzten Seite von der Straße, dicht an der Häuserflucht, eine elegant gekleidete und tief verschleierte Dame, die er schon während der Vorstellung in einer Loge bemerkt zu haben glaubte, auf- und niederschritt. Endlich erschien Krey, begrüßte die Dame, reichte ihr den Arm und ging mit ihr die Ravnsborggade hinab. In diesem Augenblick trat Fritz aus seinem Versteck hervor mitten auf den Macadam in das helle Licht der Gaslaternen und begrüßte Krey, indem er den Hut vor ihm zog und ihn gleichzeitig scharf fixierte. Krey stutzte in augenscheinlicher Verlegenheit und erwiderte dann den Gruß in herablassender Weise.

Wenige Tage später erhielt Fritz ein Billet von Carmellas Hand, das die Bitte um sofortigen Besuch in einer überaus wichtigen Angelegenheit enthielt. Er eilte nach dem Hôtel Svend und fand dort Carmella in Thränen gebadet und in wildester Aufregung vor. Krey war in der vergangenen Nacht nicht nach Hause zurückgekehrt, – dafür hatte aber am Morgen ein Dienstmann einen Brief bei Carmella abgegeben, der tausend Kronen in Banknoten enthielt und folgenden Wortlaut hatte:

»Ich bin gezwungen, dich für längere Zeit zu verlassen. Forsche nicht nach mir, es würde nutzlos sein. Einliegend tausend Kronen; von Zeit zu Zeit werde ich dir weitere Summen in ähnlicher Höhe zugehen lassen, so daß du der Sorgen überhoben bist. Hinterlege beim Wechsel des Aufenthalts jedesmal deine neue Adresse bei den Bankiers Freesen & Reinert in Kopenhagen und bei Cilliers frères in Paris, Rue de Rôme 183. Ich hoffe auf Wiedersehn! Leopold.«

Auf der anderen Seite des mit Bleistift geschriebenen Zettels standen noch einige weitere Worte:

»Ich lasse dir meine Meute zurück, ich brauche sie nicht mehr. Verkaufe die Bestien, wenn du willst, aber laß' dir einen annehmbaren Preis zahlen, – sie sind ihn werth. L.« –

Carmella zweifelte keinen Augenblick daran, daß Krey mit der geheimnisvollen Verschleierten geflüchtet war, und sie drang mit hastigen Worten und flehenden Bitten in Fritz, den Namen dieses Weibes auszukundschaften. Fritz versprach es, so schwierig ihm die Erfüllung seines Versprechens auch schien. Er bat Carmella, in Ruhe das Weitere abzuwarten und sich nicht nutzlosen Aufregungen hinzugeben, die ihrem gegenwärtigen körperlichen Befinden leicht gefährlich werden könnten.

Im Ravnsborg-Theater, wo Fritz seine Erkundigungen über die verschleierte Dame zunächst begann, hatte das plötzliche Verschwinden Kreys einen Sturm der Entrüstung hervorgerufen. Der Direktor drohte, den Flüchtling wegen Kontraktbruchs verfolgen zu lassen und wollte sich für den Verlust der im Falle einer Vertragsverletzung angesetzten Strafsumme durch den Verkauf der Meute entschädigt halten, was Fritz indessen zu Gunsten Carmellas zu verhindern wußte. Unter dem Personal des Theaters waren die Beziehungen Kreys zu jener Dame allgemein bekannt, d. h. es kursierten über dieselben allerhand Klatschgeschichten, die zum Teil so abenteuerlicher Natur waren, daß Fritz ihnen von vornherein keinen Glauben zu schenken geneigt war; die einen wollten wissen, die Verschleierte sei eine steinreiche russische Fürstin (als Russin mußte sie selbstverständlich auch eine Fürstin sein), die anderen hielten sie für eine flüchtige Nihilistin, noch andere für die bekannte »Dame mit dem Totenkopf« (weil sie ihr Gesicht stets verhüllt trug) und was des Unsinns mehr war. Der einzige, der über die Angelegenheit vielleicht hätte Aufklärung geben können, war der Komiker Friebe-Tachinger, der seit vorgestern auf unerklärliche Weise zu Gelde gekommen war, mit einer Anzahl hundert Kronennoten renommierte und geheimnisvoll lächelte, wenn man ihn fragte, woher er, der ewig Abgebrannte, plötzlich so sündhaft viel Mammon erhalten habe; es mochte nicht unrichtig sein, die Banknoten des alten Komikers mit dem Verschwinden Kreys und seiner Verschleierten in Verbindung zu bringen, – aber Friebe-Tachinger schwieg, er lächelte nur immer . . .

Man hörte von Krey nichts mehr, er blieb verschollen. Carmella erkrankte infolge der sie überstürmenden Aufregungen schwer. Sie war wochenlang bettlägerig und hatte das Lager noch nicht verlassen dürfen, als ihr Fritz, der sich ihrer in dieser Zeit warmherzig angenommen, den letzten Besuch vor seinem Abschiede von Kopenhagen machte. Carmella schluchzte herzbrechend, als ihr Fritz zum Gruße die Hand reichte und barg das fahle Gesicht, in dem nur noch die schwarzen lodernden Augen zu leben schienen, in die Kopfkissen. Mehr als sonst kostete es Fritz Mühe, das verlassene Weib zu beruhigen, und mehr als sonst fühlte er gerade in dieser Stunde sein Herz überquellen vor innigem Mitleid. *Nichts* anderes als Mitleid war es, das ihn bewegte, und in diesem Mitgefühl schien die heiße Leidenschaft, die ihn einst für Carmella erfüllte, völlig aufgegangen zu sein.

Achtzehntes Kapitel

In der Arène d'hiver, dem großen Pariser Spezialitäten-Theater, dem einzigen, welches – im Gegensatze zu seinem Namen – das ganze Jahr hindurch geöffnet blieb, herrschte kurz vor Beginn der Vorstellung ein lebhaft bewegtes Treiben. Hinter der geschlossenen Gardine tummelte sich auf dem Podium, das bereits die Dekoration für die erste Abteilung des Programms zeigte, ein ganzer Schwarm von Balleteusen in luftigen Phantasiekostümen. Mit einem von Meister Gredelue in Scene gesetzten Divertissement »Die Feier der Vesta« sollte der Abend eröffnet werden. Die Vestalinnen der Arène d'hiver, deren Tracht indessen mehr an die »Schöne Helena« als an die klassische Epoche Roms erinnerte, drängten sich vorläufig noch um das Loch im Vorhang, um nach den Freunden und Bekannten in dem sich immer mehr füllenden Zuschauerraum auszuspähen. Auf einem unbequemen Praktikabel, das giftgrün angestrichen war und eine Rasenbank darstellen sollte, hatte sich ein hübsches junges Mädchen in überaus groteskem und frechen Kostüm niedergelassen: Grille d'Enes, die gefeierte »Kankantänzerin«, die in dem Ballet als »Prinzip des Schlechten«, wie der philosophische Choreograph auf das Personenverzeichnis gesetzt, mitzuwirken hatte. Grille d'Enes schien sich zu langweilen, denn sie verzog den erdbeerfarben geschminkten Mund mehr als einmal zu einem energischen Gähnen; sie sah überhaupt etwas mißmutig aus, und wenn ihre hübschen braunen Augen in das Gewirr zwischen den Coulissen spähten, als suche sie dort ein etwas, dann legte sich eine kleine Falte zwischen ihre scharf gezeichneten und schön geschwungenen Brauen. Die Kolleginnen kannten den Kummer der Ärmsten; Grille d'Enes war verliebt, – das kam öfters vor, – aber was nicht oft vorkam: Grille d'Enes war *aussichtslos* verliebt, und zwar in den Schatten-Silhouettisten Mister Tom Price.

Der Mensch mußte ein steinernes Herz haben. Er war wirklich unnahbar. Die hübschesten Mädchen aus der Arène d'hiver konnten sich keines freundlichen Blicks aus seinen ehrlichen, stahlblauen Augen rühmen. Tom Price schritt an ihnen vorüber, als existierten sie gar nicht. Sein Freund Fritz Sterzinger, der »Tyroler Herkules«, war freilich nicht viel besser, – aber doch immerhin ein klein wenig. Er war wenigstens etwas zugänglicher, liebenswürdiger, höflicher als der angelsächsische Barbar, scherzte wohl auch einmal mit dieser und jener und lachte lustig auf, wenn man ihm ein fröhlich gemeintes Wort zurief. Aber dieser Tom Price, – das ganze weibliche Personal der Arène d'hiver, von der Prima Ballerina assoluta Signora Anina

Palermi bis herab zur Friseuse Madame Athénais Fanchon, war einig darüber, daß Tom Price ein Ungeheuer ohnegleichen sei.

Da kam er, – Grille d'Enes hob das Köpfchen und gähnte nicht mehr! Sie lächelte unendlich süß, aber es nützte ihr nichts. Tom Price sah sie gar nicht. Er trat zwischen die erste und zweite Coulisse und lehnte sich an einen Rosenbusch aus Pappe. Er war schon in Kostüm. Sein Gesicht sah wie eine Maske aus, – es war mit einer dichten Schicht Paste bedeckt, das die ursprünglichen Linien seines Profils vollkommen veränderte; dazu trug er einen falschen Bart à la Rubens und ein weites Sammetkostüm.

Tom blickte einige Minuten hindurch träumerisch in das bunte Gewühl. All' die lachenden, rosigen Gesichter, die nackten Schultern und Arme, die von leichter Gaze und seidenem Tand umflatterten Glieder hatten keinen Reiz für ihn. Sein Auge sah sie kaum. Er hatte vor einer Stunde einen langen und lieben Brief aus der Heimat erhalten, und immer, wenn er so traute Grüße aus England empfing, wollte das süße Gesichtchen seines sweet-heart vor seinem Blicke nicht weichen. Wie lebend sah er es vor sich, – mitten im Tollen der Balletratten und der traurigen Pracht der Coulissenwelt . . .

Tom seufzte auf und riß sich gewaltsam aus seinem wachen Traum. Halb mechanisch schritt er über die Bühne durch den Kreis der kichernd und leise flüsternd zurückweichenden Tänzerinnen und bückte sich zu dem Loch im Vorhange herab. Der Zuschauerraum war voll wie immer. In den Logen saßen vereinzelte Offiziere in ihren koketten Uniformen, junge Stutzer mit ängstlich hohen Stehkragen, farbigen Shlipsen und den unvermeidlichen Monocles im Auge, – hie und da einmal eine würdigere Herrenerscheinung, irgend ein fremder Diplomat vielleicht, denn die vornehmere Pariser Aristokratie besuchte die Arena nicht, – und schließlich massenhaft geschminkte Weiber, die Nachtfalter der Boulevards, die gerade der Art Theater wie die Arène d'hiver mit Vorliebe zu besuchen pflegten.

In einer der Logen rechts, ganz nahe dem Proscenium, glaubte Tom ein bekanntes Gesicht entdeckt zu haben. Oder irrte er sich? – Er blickte noch einmal durch den Vorhang, – nein, er täuschte sich nicht: dies selten schöne Antlitz mit seinen großen kohlschwarzen Augen war gar nicht zu verkennen! .. Die Klingel des Inspizienten ertönte in diesem Augenblick; Tom zog sich zurück, und der Schwarm der Tänzerinnen begann sich unter Leitung des Ballettmeisters zu den Auftrittsfiguren zu ordnen, – die Gasflammen hinter den Soffiten und Coulissenreihen leuchteten auf, und der Regisseur nahm auf seinem Stuhle hinter der rechten Prosceniumssäule Platz, wischte sich das Augenglas sauber, stopfte rasch eine Prise in die Nase und gab dann dem Theatermeister das Zeichen, das letzte Glockensignal zu geben. Die Gardine rauschte auseinander.

Grille d'Enes, das »Prinzip des Schlechten«, war erst nach den ersten Ensembletänzen beschäftigt. Sie hatte sich beim Erscheinen des Inspizienten auf die linke Seite der Bühne gedrängt und wartete hier auf Tom Price. Er mußte sich doch endlich einmal erweichen lassen!

»Guten Abend, Mister Tom,« flüsterte sie, als er mit geneigtem Kopfe und wie immer tief in Gedanken an ihr vorüberschritt, blickte verführerisch zu ihm auf und streckte ihm die niedliche, mit Brillanten bedeckte Hand entgegen. Aber Tom, der Barbar, sah diese niedliche Hand nicht oder wollte sie nicht sehen; er ließ einen flüchtigen Blick über die in Mousseline und Seidentrikot gehüllte reizende Gestalt der vor ihm Stehenden gleiten, nickte dann gleichgiltig und schritt mit den Worten weiter: »– 'd evening, Miss Grille!«

Die kleine Tänzerin wurde rot und ihre Augen sprühten. Diese kühle Abweisung war empörend! Sie ballte die Händchen und riß an ihrem Battisttuche. Um dieses stiernackigen Engländers willen hatte sie sich seit Wochen nicht mehr um ihren Grafen gekümmert, – nun aber sollte es anders werden, – oho, ganz anders! Und sie sprang eilfertig auf den dicken Pompier zu, der jeden Abend auf derselben Stelle zwischen der zweiten und dritten Coulisse auf einem Vorsatzstücke träumte und von allen Ratten als zuverlässigster postillon d'amour geschätzt wurde, und wisperte ihm, sich tief zu ihm hinabneigend, in's Ohr:

»Gehen Sie in der nächsten Pause zum Logenschließer von Nummer drei, Froissard: er soll dem Grafen d'Haussonville sagen, ich erwartete ihn gegen Zehn in der Garderobe!« .. Und dann hüpfte Grille d'Enes auf ihren Standplatz zurück und murrte ärgerlich in sich hinein: »O Gott, was ist es doch schwer, tugendhaft zu bleiben, – o Gott, dieser Tom!« –

Derselbe Tom dachte schon gar nicht mehr an die verliebte kleine Grille, sondern schritt langsam und in dem ihm eignen wiegenden Gange nach der Garderobe seines Freundes Fritz Sterzinger, die ganz am Ende eines langen, halbdunklen Korridors lag.

Fritz saß, gleichfalls schon im Kostüm, vor einem Handspiegel und ordnete sich das Haar.

»Grüß' Gott, Tom, – was giebt's?«

Tom setzte sich auf den Schemel, der neben der primitiven Toilette Fritzens stand, zog eine locker in seiner Jackettasche steckende Cigarette hervor und zündete sie an der Gasflamme an.

»Il est interdit de fumer, monsieur,« lachte Fritz; »du bist eine unverbesserliche Schmauchratze!«

»Weiß schon,« nickte Tom mit seinem, von einer mächtigen Perrücke umwallten Kopfe. »Du, – ich habe eine Entdeckung gemacht! Weißt du, wer im Theater ist?«

Fritz legte die Bürste hin und schaute auf.

»Nun?«

»Erschrick' nicht, mein Junge, – du dürftest es kaum erwarten! Carmella Nera!« –

Fritz erschrak doch. In der That, – es war mehr Schreck als Staunen, das er in diesem Augenblick empfand.

»Carmella?!« rief er. »Ja, du lieber Gott, wie ist denn das möglich?! Wie kommt die nach Paris?!«

»Wohl auf direktestem Wege,« entgegnete Tom trocken. »Wann hat sie dir zum letztenmal geschrieben?«

»Sie hat mir seit unserer Abreise von Kopenhagen überhaupt nur ein einzigmal geschrieben – wenige Zeilen in kaum lesbaren Krähenzügen! Das ist über ein halb' Jahr her ... Höre, Tom, es ist mir durchaus nicht angenehm, abermals mit Carmella zusammentreffen zu müssen!«

»Warum nicht? Übrigens, – geniert sie dich, so kümmere dich nicht um sie!«

»Das ist leicht gesagt, aber sie wird mich aufsuchen und die alten Beziehungen von neuem anknüpfen wollen! Ich weiß nicht, woher es kommt, aber ich gestehe offen, daß ich das Interesse und die Sympathie für sie eingebüßt habe.«

»Das ist nicht hübsch von dir, denn ich weiß, daß du einstmals dein kinderreines Herz an sie verloren hattest! Aber die Zeiten ändern sich ja. Dein Herz hat sich ausgewachsen, – apropos, die kleine Titi Prillon muß dir doch ausgezeichnet gefallen, daß du dir hundert Francs von deiner Gage absparen konntest, um ihr ein neues Armband zu schenken« ...

Fritz wurde dunkelrot.

»Was geht mich die Titi Prillon an?« gab er in verlegener Heftigkeit zurück; »mag ihr Armbänder schenken, wer da will – ich werde den Teufel thun! Laß mich mit deinen Neckereien in Frieden!«

»Ah bah – ruhig Blut, mein Junge! Du bist dein freier Herr, – mir soll's auch schon ganz recht sein, wenn du dir die Hörner ein wenig abstößst! Aber ich warne dich vor den Liebhabereien unserer kleinen Kolleginnen, – sie sind kostspielig. Die zierlichste Ratte ist oft gefräßiger als ein Oger; sie kann einen Menschen mit Haut und Haar verschlingen und lächelt dazu ... Besides, my boy, wenn dein Herz nun doch einmal so ungestüm ist, daß es sich in den ruhigen Gleichschlag der Leidenschaftslosigkeit nicht mehr hineinfindet, so erweise mir wenigstens den Gefallen und verliebe dich in die Grille d'Enes. Sie verfolgt mich mit ihren Blicken, und das wird mir auf die Dauer erschrecklich langweilig« ...

Fritz wollte eine lachende Entgegnung geben, als es an die Thüre klopfte. Monsieur Roche-Crevet, der zweite Direktor und artistische Leiter der Arène d'hiver, trat ein, – wie gewöhnlich in tadellos sitzendem schwarzen Überrock, mit der knallroten Rosette des Ordens für Kunst und Wissenschaft von San Marino im Knopfloch, die der Herr Direktor immer trug, weil man sie von weitem für das Band der Ehrenlegion halten konnte, das die einem feilen Nepotismus huldigende Regierung der Republik ihm noch immer vorenthalten hatte.

»Guten Abend, meine Herren,« sagte Roche-Crevet, während die beiden Künstler sich von ihren Sitzen erhoben, »ich bitte Platz zu behalten – bitte sehr! .. Mister Price, ich sehe, Sie rauchen, und Sie wissen doch, daß das Rauchen in den Garderoben auf das Strengste verboten ist. Wollen Sie die Güte haben, die Cigarette ausgehen zu lassen – so – ich danke Ihnen ... Monsieur Sterßengschèr, ich möchte Sie bitten, mich auf eine Minute anzuhören; – wollen Sie nicht ruhig hierbleiben, Mister Price, Sie stören durchaus nicht; – sollten Sie indessen auf der Scene beschäftigt sein, so bitte

ich, sich nicht abhalten zu lassen ... Also, Monsieur Sterßengschèr, ich möchte Sie um die Gewogenheit ersuchen,
Ihr Programm für den ersten Oktober mit neuen Trics ausstatten zu wollen, falls Sie, wie ich zu Gunsten unsres Instituts erhoffe, eine Verlängerung Ihres Kontrakts wünschen.
Sie mögen mir gestatten, mein Anliegen, das auch das des
ersten Direktors ist, kurz näher zu begründen. Wir haben
die Erfahrung machen müssen, daß das Publikum sich bei
Ihren Produktionen, denen ich meine Hochschätzung nicht
versage, zu langweilen beginnt. Das Kugelspiel, das Ketten-
sprengen und derlei Kunststücke mehr fallen nach und nach
in das alte Register. Ich möchte Sie, immer in vollem Ein-
verständnisse mit dem ersten Direktor, daher bitten, etwas
Neues zu erfinden, etwas Packendes, etwas Sensationelles –
sagen wir etwas Nerven Aufregendes. Sie haben noch sechs
Wochen vor sich, – bei Ihrer Geschicklichkeit, Gewandtheit, Volubilität und Erfindungsgabe eine ungemessene
Spanne Zeit. Ich darf wohl höflichst bis zum fünfzehnten
September um geneigte Benachrichtigung bitten, was Sie zu
thun gedenken ... Da ich auch Sie zufällig vorfinde, Mister
Price, so gestatten Sie mir die ergebene Bemerkung, daß
wir uns zum ersten Oktober leider trennen werden müssen;
eine schriftliche Kündigung dürfte Ihnen zur gesetzlichen
Frist zugehen, doch gebe ich mir jetzt bereits die Ehre,
Ihnen diese bedauerliche Mitteilung zu unterbreiten, damit
Sie sich rechtzeitig anderweitig umthun können ... Guten
Abend, meine Herren – es war mir eine große Freude« ...

Und Monsieur Roche-Crevet reckte sich zu imponier-
ender Höhe empor, neigte dann den Kopf zu flüchtig
vornehmem Gruße und verschwand hinter der Thür.

»Schuft!« sagte Fritz. »Diese gleißnerische Höflichkeit
ist nicht mehr auszuhalten! Lieber eine Grobheit als – diese
kandierte Niedertracht! – Was soll nun werden?«

Tom zündete in aller Gemächlichkeit seine Papyrus
wieder an.

»Ich sah die Wendung der Dinge voraus,« meinte er; »Roche-Crevet mag bemerkt haben, daß sich die Grille an meine Rockschöße hängen wollte, und da er selbst zu ihren Anbetern zählt, so bin ich überflüssig geworden. Das ist immer so im Coulissenleben. 's soll mir übrigens recht sein, – ich bin fertig mit meiner ›Künstlerlaufbahn‹. Meine Braut hat mir heute geschrieben, daß sie ihren Eltern unser ganzes Liebesverhältnis mit all' seinen romantischen Anhängseln entdeckt habe. Die guten Alten sind gerührt gewesen und haben mich auffordern lassen, meine Studien in ihrem Hause zu vollenden. Ich hoffe aber, es wird nicht mehr nötig sein. Vor acht Tagen habe ich meine Arbeit an die Prüfungs-Kommission gesandt, und für das mündliche Examen fühl' ich mich sicher. Es wird also an das Abschiednehmen gehen müssen, mein treuer Junge.«

»So bald und so plötzlich?!« – Fritz schaute mit unglücklichem Gesicht zu dem Freunde auf. »Das wird schrecklich werden, wenn ich ohne dich sein muß, Tom! Weißt du, Tom, daß der Gedanke allein mich rasend machen kann? – Was warst du mir alles! Freund, Vater, Bruder, Lehrer – alles! Erst durch dich bin ich Mensch geworden, und ich fühle wohl, ich wäre in dieser schmutzigen Flitterwelt zu Grunde gegangen, hättest *du* mich nicht gestützt und gehalten! Du hast mir einmal gesagt, ich sei kein Charakter, – ein guter Kerl, was man so nennt, aber kein Charakter. Und du hast Recht: ich *bin* kein Charakter! Ich bin eine haltlose Natur und bedarf fester Stützung. O – daß du gehen mußt!« –

Und Fritz blickte finster brütend vor sich hin; sein Herz war voll von Weh.

Das durch die Schminkpasta wie versteint aussehende Gesicht Toms veränderte sich in keiner Miene, aber die Hand, welche die Cigarette zum Munde führte, zitterte:

»Sei nicht thöricht, Junge, und mach' uns das Herz nicht so schwer,« gab er zurück. »'mal *mußte* es so kommen! Glaubst du, es wird mir leicht, dir Lebewohl zu sagen – vielleicht für immer? Müßte deine Wesenheit nicht kennen gelernt haben und dir nicht so nahe getreten sein, wie ein Bruder zum Bruder! Wie lieb ich dich habe, weißt du, und ich denke, wir werden auch in schriftlichem Verkehr miteinander bleiben, können wir uns persönlich nicht mehr sehen. Und nun höre noch eins: es ist richtig, ich sagte dir einmal, du seiest kein Charakter. Aber darüber ist ein Jahr verflossen und mehr, und gerade *dies* Jahr, mein Alter, war, mein' ich entscheidend für dich! Du bist geistig gewachsen, trotz des erniedrigenden Gaukelspiels, das dir das Leben fristet, du bist innerlich reifer geworden. Ich weiß das besser als du. Du bedarfst keiner Stütze mehr, wenn du dein Ziel nicht aus dem Auge verlierst. Und rascher als ich wirst *du* dein Ziel erreichen und dann jubelnd wie ich diesen Coulissen-Plunder vom Leibe streifen, denn Fritz, ich muß dir sagen, daß das Gefühl wahrhaft beseligend für mich ist, endlich, endlich die Fesseln lösen zu dürfen, die mich an diese triste Welt voll Schein und Hohlheit binden!«

»Ob ich das glaube! Ich weiß ja, wie es in dir aussieht und wie du dich nach Freiheit gesehnt hast! Mehr wie ich, denn ich bin anders beschaffen als du! Mein Wissen ist Stückwerk gegen das deine, und meine Zukunft auch im besten Falle ein eng begrenztes Stück Leben gegen die Carriere, die *dir* offen steht! Du sprichst von meinen Zielen! Sie sind nicht hoch gesteckt, sie können es gar nicht sein – ich weiß das wohl. Und noch ein andres weiß ich – weiß ich zuversichtlich: wenn ich es einmal wirklich zu der erhabenen Stellung eines Handlungsreisenden oder eines Buchhalters gebracht haben sollte, dann würde ich sicher *nicht* glücklicher sein als in der Zeit, da ich mit dir gemeinsam vor dem Publikum meine Späße machte oder in unserm kleinen Zimmer über den Büchern saß!« . . .

Eine Glocke schlug an, und dann hörte man bis in das entlegene Garderobezimmerchen hinein den dumpfen Wiederhall der Beifall klatschenden Menge. Die erste Abteilung des Programms war beendet.

»Ich muß auf die Bühne,« sagte Tom und reichte Fritz die Hand. »Wir werden ein ander Mal auf das Thema zurückkommen, old boy, und ich denke, du wirst dann wohl überlegener urteilen als heute« . . .

Tom nickte und ging. Fritz beendete langsam seine Toilette. Er war in unglückseliger Stimmung. Um mit dem Freunde zusammenbleiben zu können, hatte er es im Frühjahr bei seinem Agenten glücklich durchgesetzt, daß er in Paris engagiert wurde, – und nun sollte diesem Beisammensein so rasch und so unerwartet ein Ende gemacht werden! Freilich – Tom hatte ganz recht: früher oder später hätte es ja doch einmal so kommen müssen! Und Fritz konnte dem Scheidenden nicht einmal zürnen! Der brach alle Brücken hinter sich ab und stieg in schönerem Neuland ans Ufer, wo seiner eine geachtete Stellung, ein liebes Weib und ein gemütliches Heim harrte! Der hatte sein Ziel erreicht! –

Fritz warf einen Blick tiefen, verachtenden Ingrimms auf das Gladiatoren-Kostüm, das er trug. Er war noch nicht so weit, daß er diese schillernde Hülle hätte abstreifen dürfen. Mit seinen paar hundert Thalern Ersparnis war nicht viel zu machen, – und was winkten ihm auch für Aussichten, wenn er in einen »anständigen« bürgerlichen Beruf zurückkehrte! Er dachte mit Schrecken daran, wie er gezwungen sein würde, sich in einem dumpfen Comtoir am Pulte in langweiligem Rechendienste abzumühen oder am Ladentische mit der Elle zu hantieren! Ihm blieb ja nichts, als irgend ein kaufmännischer Beruf zur Wahl, und er wußte genau, daß er seiner ganzen Veranlagung nach zu allem anderen eher geschaffen war als zum Kaufmann. Es war ein quälendes Dilemma für ihn: auf der einen Seite der von der besseren Gesellschaft und von ihm selbst mit Verachtung be-

trachtete, wenn auch materiell günstige Erwerb als vagier-
ender Gaukler, – auf der andern ein geringer Verdienst in
einem Berufe, den er mit wirklicher Hingebung nie würde
ausfüllen können! Und nun noch die Trennung von dem
lieb gewordenen Freunde, und zu all' dem die drohende
Forderung des Direktors, bei Beginn der neuen Saison mit
einem reichhaltiger ausgestatteten Programm als bisher vor
das Publikum zu treten! Es war zum Verzweifeln! –

Mißmutig schraubte Fritz die Gasflamme über den
Spiegel tiefer herab und begab sich hinter die Scene, um
den Aufbau seiner Cachiertische und seines eisernen Mater-
ials zu überwachen!

Es war hohe Zeit geworden. Das Arrangement stand
bereits fertig auf der Bühne, – wenige Minuten später flog
die Gardine auseinander, und Fritz trat mit einer Verbeugung vor die Rampe. Seine Produktionen wurden nur mit
lauem Beifall aufgenommen, obwohl er sie exakt und sicher
wie immer ausführte. Heute zum erstenmale fiel Fritz diese
kühler gewordene Stimmung des Publikums auf. Vielleicht
war Roche-Crevet doch nicht im Unrecht; vielleicht lang-
weilte die Menge sich wirklich bei diesen sich Abend für
Abend wiederholenden Kraft-Kunststücken des »Tirolischen« Herkules (die neue Nationalität hatte Fritz in Rücksicht auf die Preußenfeindlichkeit der Pariser annehmen
müssen). Er war schon zu lange am gleichen Ort im Engagement; die Zuschauer wollten Abwechslung haben –
Roche-Crevet kannte seine Leute . . .

Nach dem letzten, besonders gelungenen Tric wurde der
Beifall stärker, und durch das Klatschen des Publikums
glaubte Fritz aus der rechten Bogenreihe auch ein hell klingendes Bravo zu vernehmen. Als die Gardine zum zweitenmal auseinanderging und Fritz sich dankend verneigte, ließ
er einen raschen und scharfen Blick über die Bogenreihe
gleiten. Und wieder klang ihm ein Bravo entgegen, und
gleichzeitig sah er, daß eine in helles Leder geschlossene

Damenhand ihm grüßend zuwinkte. Tom hatte sich nicht geirrt: da saß Carmella, – mitten in einem Schwarm geputzter Weiber und nickte lächelnd zur Bühne herüber! –

Als Fritz in seine Garderobe zurückkehrte, kam ihm bereits einer der Logenschließer entgegen und überreichte ihm ein kleines Billet. Es war von Carmellas Hand und enthielt, mit Bleistift geschrieben und in unorthographischem Deutsch nur die wenigen Worte: »Nach der Vorstellung am kleinen Ausgange links! Wie freu' ich mich! Carmella« . . .

Fritz schminkte sich ab und kleidete sich um. Als er fertig war, spielte gerade das Orchester den Kehraus-Marsch. Tom war vorangegangen; er hatte noch in der Nacht wichtige Briefe nach der Heimat zu schreiben und bedauerte, Fritz nicht begleiten zu können. Als dieser durch den kleinen seitlichen, vom Publikum wenig benutzten Ausgang vor das Theater trat, sah er Carmella vor sich stehen. Sie streckte ihm beide Hände entgegen und ihr ganzes Gesicht lachte.

»Fritz!« sagte sie und preßte seine Rechte, und ihre dunklen Augen leuchteten. »Mein Gott, wie ich mich freue!« . . .

Die Begrüßung seinerseits war kühler. Er sprach ein paar freundliche Worte und reichte ihr dann den Arm.

»Wohin?« fragte er. »Sie wollen doch auch noch zu Abend speisen? – Gehen wir zu Civré, – das ist ein kleines Weinhaus ganz in der Nähe, mit guter Küche und billigen Preisen« . . .

»Gehen wir,« gab sie zurück und hängte sich an ihn. Sie duftete stark nach Patschouli; Fritz fiel das um so mehr auf, als ihm bekannt war, daß sie ehedem keine Freundin schwerer Parfums gewesen war.

Es war in den ersten Septembertagen und noch sommerlich warm, so daß man im Restaurant Civré, an das sich nach hinten heraus ein kleiner Garten schloß, im Freien sitzen konnte. Die beiden wählten eine Laubennische, die ein bunter Ballon matt erleuchtete. Es war ein behagliches Plätzchen, fernab vom Nachtgeräusch der Straße, in halbem Dämmer liegend und von frischem Grün umrankt. Der Garten enthielt etwa ein halb Dutzend solcher Lauben, die sich längs der Mauerfront der ihn umschließenden Häuser hinzogen; aus allen leuchtete eine bunte Laterne und erklang leises Wispern und Lachen.

Ein Kellner deckte den Tisch und brachte Wein. Fritz bestellte ein kleines Souper mit einer Delikatesse als Vorgericht; er wußte, daß Carmella ein gutes Essen liebte, und er wollte ihr eine Freude machen.

Sie hatte neben ihm Platz genommen, und jetzt erst kam er dazu, ihr nähere Aufmerksamkeit zu schenken. Er war erstaunt, sie schöner wiederzufinden, als sie je gewesen war. Ihre Figur hatte etwas an Üppigkeit verloren, aber das stand ihr vortrefflich. Auch ihre Wangen waren ein wenig schmäler als früher, und dadurch gewann das Gesicht an Charakter und Ausdruck. Die Züge schienen weicher geworden zu sein, der düstere Ernst, der die einzelnen Linien des Profils oft wie zu einer tragischen Maske versteinte, war gewichen. Und herrlich, ganz herrlich wie einst schimmerten noch immer die Kohlenaugen, – die mächtig großen, durstigen Augen, vor denen Tom einmal in gelegentlichem Gespräche den Freund gewarnt hatte.

Carmella hatte bisher wenig gesprochen. Erst als sie in der Laube saß und gemächlich ihre Handschuh aufknöpfte, während Fritz den Wein einschenkte, wurde sie lebhafter und begann zu erzählen. Das seien böse Monate gewesen, die hinter ihr lägen. Viel Krankheit und dazu den Kummer des Verlassenseins und schließlich eine schwere Zeit im Wochenbette! Aber nun sei das alles verwunden, und sie fühle sich frischer und kräftiger denn je – wie neu geboren! Und ihr Junge, – o, das sei das süßeste Kind auf Gottes Erdenrund; er habe Ähnlichkeit mit Krey, aber ihre Augen – »schwarz wie die Hölle!« lachte sie, und Leopolds Augen seien doch blau! Der Junge sei merkwürdig artig und habe die lange Reise von Kopenhagen nach Paris vortrefflich überstanden. Sie habe eine eigne Amme für ihn, denn sie selbst habe nicht nähren dürfen, – die habe sie auch mit nach Paris gebracht, weil sie das Kind so ausgezeichnet pflege; sie könne sich den Luxus schon erlauben, – ob Fritz denn wisse, daß sie geerbt habe?

»Jawohl – geerbt! Machen Sie nur nicht so große Augen, Fritz, es ist schon so, wie ich sag'! Krieg' ich da eines schönen Tages einen langen Gerichtsbrief, der weiß Gott wo überall in der Welt umhergewesen, eh' er mich erreicht hat, und in dem mir angezeigt wird, daß mein guter Vater, Gott hab' ihn selig, verstorben sei und mir zweitausend Gulden vermacht habe! Das hat natürlich lange gedauert und viel Schreiberei und Schererei gekostet, eh' ich durch Vermittlung von Advokaten und unserm Konsul in Kopenhagen zu meinem Erbe gekommen bin, und schließlich haben mir die Herren Advokaten auch noch ein schön Stück Geld gekostet, – aber am Ende hab' ich es doch gekriegt, und da ich zu der Zeit schon wieder ganz gesund und frisch gewesen bin, hab' ich mich mit meinem Bubi und der Wärterin rasch auf den Weg gemacht und bin hierhergekommen. Ich dachte nämlich so: in Kopenhagen kannst du nicht bleiben und willst es auch nicht, weil es dir da nicht gefällt, und in Paris triffst du wenigstens noch deinen Kollegen Fritz, der dir gern behilflich sein wird beim Suchen nach einer neuen Stellung, – und findest du keine, nun so ist Paris auch nicht aus der Welt und du nimmst an, du hätt'st nur eine kleine Vergnügungsreise gemacht! . . Und da bin ich denn hier! Eine Wohnung habe ich auch schon, in der Rue de Madrid, ganz in der Nähe vom Trocadero, – freilich vier Stiegen hoch, aber freundlich und sonnig –, zwei Zimmer, das eine nach vorn heraus mit Plüschmöbeln und einer Hängelampe, und das andre nach dem Hofe – aber einem weiten und großen Hofe, nicht so einem engen, kleinen, in den kein Sonnenstrahl hinein kann! Sie werden's ja sehen, Fritz, denn ich denke doch« – und sie stockte und warf aus der heimlichsten Tiefe ihrer schönen Augen einen fragenden Blick auf Fritz – »ich denke, Sie werden mich auch einmal besuchen!« . .

Der Kellner servierte das Souper und die Unterhaltung stockte für einige Zeit. Fritz fand indessen Muße, seine stillen Beobachtungen fortzusetzen. Der Leichtsinn Carmellas war der alte geblieben, und ihre unglaubliche Naivität auch. Die ererbten zweitausend Gulden dünkten ihr Schätze, die gar nicht auszugeben seien; statt sich von Kopenhagen aus direkt nach einem neuen Engagement umzuthun, was eine Kleinigkeit gewesen wäre, wenn sie an Rennerke nach Berlin geschrieben hätte, dampfte sie frischfröhlich nach Paris, um – *ihn* zu besuchen! . . Der letzte Gedanke befremdete und beunruhigte Fritz. Welch' Unsinn, um seinetwillen eine so weite Reise zu unternehmen! Aber bei diesem seltsamen Weibe fielen Entschluß und Ausführung, ließ es sich irgend ermöglichen, immer zusammen.

Sie speiste mit kräftigem Appetit. Es sah reizend aus, wie sie mit den nicht kleinen, doch sehr schön geformten und gepflegten Händen nach dem Hummer griff, seine Schale zerbrach und die roten Scheren mit den Lippen aussaugte. Auf ihrem Gesichte lag dabei der Ausdruck glücklichster Zufriedenheit, aber ohne störende materielle Beimischung; es war nicht die Wiederspiegelung der Freude am Genuß, sondern an der Behaglichkeit des Augenblicks.

Fritz fragte nach Krey. Carmella antwortete mit ruhiger Gelassenheit und ohne mit der Wimper zu zucken, der habe nichts mehr von sich hören lassen, – gar nichts. Er habe auch kein Geld geschickt, – der Himmel wisse, wo er sich herumtreibe. Sie habe anfangs sich das »Herz aus dem Leibe« zu grämen vermeint, daß er sie so mutterseelenallein gelassen, – aber das habe sich gegeben, – wenn *er* sich nicht um *sie* kümmere, dann würde auch sie *ihn* zu vergessen versuchen. Er habe schändlich an ihr gehandelt, so schändlich, wie sie es im Leben nicht verdient habe . . .

Der Kellner räumte ab, nur der Wein blieb stehen. Carmella wurde immer lebhafter. Sie rückte näher an Fritz heran, tastete nach seiner Hand und drückte sie und versicherte ihn immer von neuem, wie froh sie sei, wieder einmal mit ihm zusammen sein zu können. Und dann griff sie zum Glase und stieß mit ihm auf sein Wohl an und dann auf das Wohl Bubis – einen Namen habe er noch nicht, aber er solle Leopold Fritz heißen, nach Vater und »Onkel« – und dann stieß sie auf Tom Price an, nach dem sie sich lebhaft erkundigte, und schließlich auf glückliche Zukunft. Und bei dieser Gelegenheit fragte sie ganz nebenbei und etwas zaghaft, ob Fritz wohl glaube, daß sie in Paris irgendwo Engagement finden werde; französisch spreche sie freilich herzlich schlecht, aber darauf käme es ja nicht an, und die alten Kräfte habe sie längst wieder.

Fritz entgegnete ihr offenherzig, er glaube kaum, daß sie in Paris Beschäftigung finden würde, und erzählte ihr, daß auch er möglicherweise die Arène d'hiver werde verlassen müssen, da sein Direktor ihm ein erweitertes Programm mit neuen Trics vorgeschrieben habe . . . Carmella stutzte, bewegte den schönen Kopf hin und her und zog die Augenbrauen zusammen. Dann aber glitt plötzlich ein glückseliges Lächeln über ihr braun getöntes Gesicht, und mit rascher Bewegung griff sie nach Fritzens Hand.

»Fritz – o, ich habe eine herrliche Idee,« rief sie, »eine Idee, die uns beide von Vorteil werden kann! Eine göttliche Idee, sage ich Ihnen! Wollten wir nicht schon einmal zusammen arbeiten?! – Ihr Direktor verlangt eine Erweiterung Ihres Programms, – ebbene, wir werden morgen zu ihm gehen und ihm sagen, daß wir uns vom ersten Oktober ab gemeinsam produzieren wollen! Ich nehme die Gage, die er mir bietet, und ist sie noch so gering! Zu leben hab' ich ja vorläufig noch! Und dann sollen Sie einmal sehen, wie uns das Publikum zujauchzen wird! .. Bitte, bitte, Fritz, sagen Sie ja! Ja – – ja?!«

Sie beugte sich weit zu ihm herüber und schaute ihm ins Gesicht – mit fiebernden Augen, glühenden Wangen und zitternder Lippe. Ein heißer Strom durchrieselte Fritz, – er lehnte sich weit zurück in den Stuhl, damit ihr Atem seine Wange nicht streife. Er spürte diesen warmen Atem in jedem Nerv . . .

Er nickte. »O ja – ja, ja,« sagte er zögernd, »der Gedanke ist gut, – ich werde mir einmal überlegen« – –

Carmella unterbrach ihn mit einem mühsam unterdrückten Jubel und umschlang seine Schultern.

»Nicht überlegen, – nicht überlegen!« rief sie. »Abgemacht – abgemacht! Ihr Glas, Fritz – wir wollen anstoßen auf die gemeinsame Arbeit! Kling kling – o, wie das klang! Das war ein guter Ton – das bedeutet Glück! Und passen Sie auf: ich bring' Ihnen auch *wirklich* Glück! Nun aber noch eins, Fritz! Hinter den Coulissen nennt sich alles »du«, – so müssen wir's auch halten! Ich will Sie du nennen, und Sie sollen gerade so sagen! Das ›Sie‹ klingt so steif, so häßlich, so garstig! Holla – jetzt wird Brüderschaft getrunken! Aber halt da, – erst voll gießen! So den einen Arm um den andern, und nun ausgetrunken bis auf die Nagelprobe!« .. Sie leerte das Glas mit tiefen Zügen; in ihren Augen zeigte sich ein verschwimmender Schimmer, – dann lachte sie auf und wurde unmittelbar darauf tief ernst . . . »Fritz,« flüsterte sie und neigte sich vor, »nun müssen wir uns küssen, sonst ist's nichts Rechtes um unsre Brüderschaft. Komm her!«

Sie wartete nicht ab, daß er aufstand, – stand selbst auf, legte ihre Arme in enger Verschlingung um seine Schultern und küßte ihn lange und innig. Er aber rührte sich nicht, denn wie in süßer, wonniger und gedankenleerer Betäubung hingen seine Lippen an ihrem Munde.

* *
*

Einige Tage später wurde Fritz ein viel in der Welt umhergereister Brief in das Haus gebracht. Er trug den Poststempel Wien und die Aufschrift: »Herrn Fritz Fiedler, bei Herrn Grafen Kölpin-Deesenhoff, Berlin, Stüler Straße 32«. Diese Adresse war ausgestrichen und darunter mit Hempels unverkennbaren Krähenfüßen die Wohnung Otto Hartwigs angegeben worden. Der wieder hatte kurzweg »Reichshallen-Theater« darunter geschrieben; durch die Direktion desselben war der Brief nach Kopenhagen und von dort an die Arène d'hiver nach Paris geschickt worden. Er hatte fünf Wochen gebraucht, um in die Hände seines Empfängers zu gelangen.

Fritzens erster Blick, nachdem er mit Erstaunen das vielbeschriebene Couvert betrachtet und das notwendige Nachporto entrichtet hatte, galt der Unterschrift – und ein Laut freudiger Überraschung entrang sich ihm, als er den Namen »Fanny« las. Ein Brief von Fanny –, der erste, den er von ihrer Hand erhielt . . . und er fühlte, daß sein Herz plötzlich lauter und schneller zu schlagen begann . . .

»Mein lieber Fritz,« schrieb Fanny, »du bist gewiß recht sehr erstaunt, einmal von mir ganz unvermutet etwas zu hören, aber das kommt nämlich so. Seit ich aus Klein-Busedow fort bin, kümmert sich kein Mensch mehr um mich. Du mußt wissen, daß ich es zu Hause nicht länger aushalten konnte – gerade so wie du – und daß ich deshalb eines Tages auf und davon gegangen bin – gerade so wie du. Nur bin ich natürlich nicht Reitknecht geworden wie du, sondern habe mich ehrbarlich als Gesellschaftsdame in einem Wiener Bürgerhause vermietet. Es gefällt mir sehr gut hier, aber daß Vater auf keinen meiner Briefe auch nur eine Zeile antwortet und daß auch Mutter, Gustl, Line, Toni und Bär-

273

bchen nichts, gar nichts von sich hören lassen, obwohl sie meine Adresse kennen – das betrübt und schmerzt mich aufs tiefste. Lines Verlobung mit dem Pastor Stube habe ich ganz zufällig aus der Zeitung erfahren – man scheint mich ganz und gar vergessen zu wollen. Der Otto schreibt ja dann und wann einmal eine Postkarte, aber ich glaube, immer nur, wenn er in Katerstimmung ist, denn seine Karten enthalten herzlich wenig und auf meine Fragen geht er überhaupt nicht ein. Da habe ich denn gedacht: du wirst dich einmal an deinen alten Freund und ritterlichen Beschützer Fritz Fiedler wenden, vielleicht meint der es besser mit dir als die eignen Verwandten, die es mir nicht verzeihen können, daß ich mein Glück nicht in der Stille des Pfarrhauses von Klein-Busedow finden wollte. Ich habe dir sehr viel zu erzählen, Fritz, möchte gern einmal so recht vom Herzen herunter zu dir sprechen – aber ich weiß noch nicht einmal, ob dieser Brief dich überhaupt erreichen wird, und es wäre mir unangenehm, wenn meine Herzensergüsse in fremde Hände kämen. Darum zunächst diesen Vorboten mit den Anfragen: wo bist du und was machst du? Ich adressiere meine Zeilen an die Kölpinsche Wohnung, obwohl ich annehme (ich hoffe es, Fritz, das ist wahrer), daß du dir längst eine bessere Beschäftigung gesucht haben wirst als die reitende, aber doch immerhin nicht ganz ritterliche Thätigkeit beim Grafen Kölpin. Sei nicht böse über den schlechten Scherz, aber es ging mir damals wirklich recht nahe, als du, nur um in die Welt zu kommen, den Knechtsdienst in Berlin annahmst. Ich kann nichts für mein Empfinden.

»Mir ist's im ganzen gut, wenn auch bunt genug ergangen. Ich bin, nachdem ich meine Stellung als Gesellschafterin aufgegeben – nein, das erzähle ich dir alles erst, wenn ich weiß, wo du dich gegenwärtig aufhältst und deine neue Adresse kenne. Schreib' sie mir gleich – ja? Ich weiß nicht, woher es kommt, aber ich habe eine förmliche Sehnsucht nach dir, du großer Junge. Du bist mir das letzte Stück

Heimat, nachdem ich die Heimat verloren habe. Schreib'
mir unter der Chiffre »Fanny O. 7005« postlagernd Haupt-
postamt Wien, – ich teile dir später mit, warum gerade so.
Aber antworte umgehend; es ist sehr leicht möglich, daß ich
schon in den nächsten Tagen Wien verlasse. Nun lebe wohl,
Dickkopf, und vergiß du mich nicht auch wie die andern!

Deine Fanny.«

Fritz las den Brief zehnmal durch, setzte sich dann gleich
hin und antwortete in einem überschwenglichen, acht Seiten
langen Schreiben, das er aber wieder zerriß, weil ihm
nachträglich einige Redewendungen mißfielen. Er schrieb
dann noch einmal, ruhiger und überlegter, doch nicht minder eingehend, adressierte den Brief, wie Fanny angegeben
hatte, und trug ihn selbst zur Post.

Von diesem Tage ab vermied es Fritz geflissentlich, mit
Carmella zusammen zu treffen. Er ging nicht mehr zu ihr.
Er wartete auf die Antwort Fannys.

Aber die Antwort traf nicht ein. Statt dessen fand Fritz
eines Abends, als er aus dem Theater nach Hause kam,
seinen eignen Brief wieder vor mit dem postalischen Ver-
merke: »Nach Lagerfrist geöffnet und zurück an den Ab-
sender.« . . Der Brief war nicht abgeholt worden.

Als Fritz am nächstfolgenden Abend durch die kleine, für
die Mitglieder der Bühne reservierte Seitenthür der Arène
d'hiver auf die Straße trat, stand Carmella vor ihm. Sie
schob ihren Arm unter den seinen und sagte:

»Ich habe dir etwas zu erzählen, Fritz – aber sei nicht
böse darüber. Ich bin heute vormittag ohne dein Wissen zu
Roche-Crevet gegangen und habe mich vor ihm produziert.
Er will mich engagieren und wünscht, daß wir beide zusammen auftreten.« . .

Neunzehntes Kapitel

Durch die Fenster der ziemlich geräumigen und wohnlich eingerichteten Stube, die Tom und Fritz im fünften Stockwerk einer Seitenstraße des Boulevard Saint-Michel bewohnten, dämmerte mit rosenrot gemischten Schatten der Abend herein. Tom kniete vor einem großen Reisekoffer, der hauptsächlich mit Büchern gefüllt war, und bemühte sich, die Schlußkrammen desselben in die Widerhaken zu drücken; Fritz saß rücklings auf einem Stuhl am Fenster und rauchte eine Pfeife.

»Soll ich dir helfen?«

»Danke, es geht schon so,« gab Tom zurück. »Gottlob, daß ich fertig bin! Die Leinwandflächen, die ich für meinen Silhouetten-Zauber brauchte, liegen zusammengefaltet in der Kommode. Ich will mich nicht damit schleppen, – kannst sie verkaufen oder dir Nachthemden draus machen lassen! Auch den Rembrandt-Anzug und die Perrücken lasse ich dir als Angedenken zurück, – sonst nichts. Sage 'mal: besitzest du nicht eine Photographie von dir?«

»Leider nein, aber ich schick' dir gerne eine nach, doch nur gegen Umtausch.«

»Vergiß es nicht; du erhältst mein Bild, sobald ich mich wieder auf besseren Lebenswegen zurechtgefunden habe. Hast du dir gemerkt, um wieviel Uhr der Frühzug nach Calais abgeht?«

»Um fünf ein halb!«

»Teufel, so früh! Das ist ja vor Tagesanbruch! Komm' nicht erst mit auf die Bahn, Junge, bleib' ruhig liegen! Ich brauch' dich nicht, und so ein verlängerter Abschied zerrt mehr am Herzen als ein Händedruck und ein Kuß und ein kurzes Auf Wiedersehen! – Junge, es geht mir doch schmerzlich nahe, dich allein zurücklassen zu müssen! Du hast mir in letzter Zeit gar nicht gefallen, gar nicht! Es ist so etwas von einer Zweiseelen-Natur in dir zum Durchbruch gekommen, das mir nicht zusagen will. Könntest du doch *auch* dies Jammerleben aufgeben und dich einer vernünftigeren Beschäftigung zuwenden!«

Fritz lachte kurz und bitter auf.

»Laß' das,« sagte er, »es ist noch nicht an der Zeit! Aber ich werde ja auch dahin kommen und dann nicht verfehlen, dir anzuzeigen, daß ich deiner würdig geworden bin. Vorläufig bin ich's nicht.«

»Red' nicht solchen Unsinn, Fritz! Verstehe nicht, was seit einiger Zeit in dich gefahren ist! Oder vielmehr: ich glaube es *doch* zu verstehen! Ich habe dich schon einmal vor der Carmella gewarnt und ich wiederhol' diese Warnung: hüte dich vor ihr! Du hast einen kräftigen Anlauf genommen, aus dem alten Netze herauszukommen, – nun aber läufst du Gefahr, mehr und mehr eingesponnen zu werden.« . .

Fritz schwieg einige Minuten und schaute zum Fenster hinaus auf das Dächermeer, über dem der Abendglanz lag. Dann wandte er sich zu Tom zurück und entgegnete ruhigen Tones:

»Schilt nicht auf Carmella, – sie verdient es nicht. Sie hat ihre Fehler, wie jeder Mensch, aber die guten Seiten überwiegen. Ich bin ihr zudem zur Dankbarkeit verpflichtet. Roche-Crevet hätte mich kaum behalten, wenn sie sich nicht bereit erklärt hätte, mit mir gemeinsam aufzutreten. Er ist entzückt von ihr, hat ihr aber einen Bettellohn angeboten. Ihr ist das gleich, sie lachte darüber, – sie war zufrieden, mir helfen zu können. Sie ist ein gutes, selbstloses Geschöpf!«

»Selbstlos?! – Eh nun, ich bin andrer Meinung. Was *du* Selbstlosigkeit nennst, dünkt *mich* nackteste Selbstsucht. Sie hat eine tolle Leidenschaft für dich und will dich ködern und fangen, und wie Exempla beweisen, versteht sie es ganz vortrefflich, den Köder auszuwerfen. Hüte dich, ich sag' dir's noch einmal! Ich sehe es seit Wochen deinem Wesen und deinem Auge an, daß du Feuer gefangen hast. Aber so eine Leidenschaft dörrt und verbrennt jede bessere Regung und erstickt das Gefühl für Gutes und Edles. Sie wird dich in der Tiefe zurückhalten, wo du aufwärts klimmen wolltest! Und hast du vergessen, daß Carmella verheiratet ist, daß ihr Mann heute oder morgen zurückkehren und seine Rechte an ihr geltend machen kann? Willst du Moral und Scham deiner Leidenschaft opfern? – Nimm aber einmal an, Krey kehre wirklich zurück, – glaubst du nicht, daß Carmella sich *ihm* wieder an den Hals hängen würde? Glaubst du nicht, daß sie *dir* lachend den Rücken wenden würde? O, mein guter Junge, du bist wirklich noch *sehr* naiv!«

Tom hatte dies alles in ruhig gleichmütigem Tone, zuweilen mit ironischem Anklang gesagt, während er sich mit dem Packen einer kleinen Handtasche beschäftigte. Nun stellte er die Tasche auf einen Stuhl, trat dann gleichfalls an das Fenster heran und legte seinen Arm um die Schulter Fritzens.

»Ich weiß, was du denkst, Alter,« fuhr er fort. »Du denkst: ›ist der Tom ein unangenehm öder Moralprediger, – Gottlob, daß man ihn los wird!‹ – Nein, das letztere denkst du nicht, ich will nicht übertreiben, will ehrlich sein, – aber meine Ansichten über Welt und Menschen hast du schon manchmal verwünscht, nicht wahr? Leider kann ich nun 'mal nicht aus meiner Haut heraus und kann auch nicht etwas Grünes gelb finden, – und ich meine zudem, es ist immer besser, wenn man es schlankweg ausspricht, was man auf dem Herzen hat, als daß man es mühsam hinunterwürgt. Ich gestehe dir ganz offen: ich könnte mich gleichfalls für diese Carmella interessieren, – sie hat Rätselaugen und die schönsten Lippen der Welt, – das würde mich aber nicht hindern, ihr mit unverhohlenem Mißtrauen zu begegnen. Ich traue ihr nicht ... Nun etwas andres: Du sagtest mir vor einigen Wochen, du hättest dir für dein gemeinsames Auftreten mit der Nera einen neuen Scherz eingeübt, von dem du dir Erfolg versprächest; darf man wissen, was das ist?«

»Was soll es sein,« – Fritz zog die Achseln hoch, – »ein alberner Hokuspokus für die Schaulust des Publikums – nichts weiter! Ich lasse mir die Brust mit Eisengewichten belasten und singe dabei eine Arie aus dem Troubadour. Eine Fanfaronade.«

»Die dir die Gesundheit kosten kann,« fiel Tom warnend ein.

»Dann opf're ich mich meinem Berufe,« gab Fritz bitter zurück, »und die Welt wird mir ein Denkmal setzen! .. – Weißt du übrigens, daß man ein neues Talent in mir entdeckt haben will? – Unser Kapellmeister von der Arène d'hiver, von dem ich mir die Manrico-Arie einstudieren ließ, um die Melodie wenigstens einigermaßen richtig wiederzugeben, behauptet, ich sei zum Tenoristen geboren. Geht's also nicht mehr mit der Muskelkraft, so tret' ich als Volkssänger auf. Vielleicht bring ich's einmal so weit wie der große Paulus, der mit seiner Boulangisten-Hymne ein Vermögen verdient hat ... Wo speisen wir zu Abend? Bei Civré?« –

Die Freunde hingen die Mäntel über die Schultern, stülpten die Hüte auf und kletterten aus der Himmelsnähe ihres fünften Stockwerks auf die Erde herab. Beide waren den ganzen Abend hindurch ziemlich einsilbig; die bevorstehende Trennung drückte auf ihre Stimmung. Man speiste, trank ein letztes gemeinsames Glas und kehrte schon gegen zehn in die Wohnung zurück.

Als Tom am nächsten Morgen erwachte, sah er Fritz bereits am Waschtisch stehen. Tom rieb sich die Augen, gähnte und reckte die Arme.

»Du solltest ja liegen bleiben, Junge!«

»Ach – sieh' da, bist du auf?« gurgelte Fritz aus dem Waschbecken hervor. »Guten Morgen, mein Herr! Kannst du wirklich im Ernste verlangen, ich solle in den Federn bleiben, wenn du abreisest? Du wirst mir schon gestatten müssen, dir das Geleite zu geben ... Aber nun heraus, Tom, es wird Zeit!«

Tom schlüpfte aus dem Bette und begann sich anzukleiden. Fritz hatte die Lampe angesteckt, – durch das Fenster drang der erwachende Tag erst in fahlem, nebelgrauen Dämmer.

In einer Viertelstunde standen die beiden gerüstet. Fritz holte einen Fiaker vom nächsten Standplatz und half Tom, den schweren Reisekoffer die Treppen hinabschaffen. Dann rasselte die Droschke durch den Morgennebel nach dem Bahnhofe.

Als Tom sein Billet besorgt und das Gepäck abgefertigt hatte, blieb noch eine gute halbe Stunde Zeit übrig, ehe der Zug abging. Die beiden ließen sich im Wartesaale nieder, in dem es eisig kalt war und eine schlechte Luft herrschte. Der öde, weite Raum war ziemlich leer; nur in einer Ecke hockte auf Kisten und Koffern eine aus Mann und Weib und drei halbwüchsigen Kindern bestehende Auswandererfamilie.

Die Freunde saßen fröstelnd und dicht aneinander geschmiegt am Ende einer, die Längswand einnehmenden Holzbank. Nur von Zeit zu Zeit sprach der eine und andere ein Wort; jeder war mit dem eigenen Gedanken beschäftigt.

»Tom, schreibst du bald?«

Tom nickte. »Am Tage der Ankunft!«

Neue Pause; die Auswanderer flüsterten und zischelten in ihrer Ecke.

Fritz nahm die Rechte Toms zwischen seine Hände.

»Schick' mir recht bald dein Bild,« sagte er. »Ich will dich wenigstens im Bilde bei mir haben! Vergiß es nicht! Mir ist so elend zu Mute! Weißt du, mir ist, als gehe ein Stück Gutes in mir verloren« . . .

Tom kämpfte schwer mit sich selbst. Sein stahlfarbenes Auge wurde feucht und seine Lippe zuckte schmerzhaft, als er mit Lachen entgegnete:

»Unsinn, my boy! Laß' doch die Sentimentalität! Wir werden uns wiedersehen! England liegt ja nicht aus der Welt! Sitz' ich erst warm in meiner jungen Häuslichkeit, dann kommst du einmal hinüber und besuchst mich. Das wird eine Freude sein!«

Fritz entgegnete nichts. Er hatte den Kopf gesenkt und starrte vor sich hin. Erst nach einigen Minuten wiederholte er tonlos:

»Schreib' nur recht bald« . . .

Ein schrilles und rohes Auflachen klang durch den kahlen Raum. Die Thür war aufgerissen worden und zwei Männer, ein großer und ein kleiner, waren in den Wartesaal getreten. Der große lachte noch, als er zum nächsten Tische schritt und eine Handtasche auf diesen schleuderte.

»Sie sind ein närrischer Kauz, würdiger Hempel,« sagte er mit rauh klingender Stimme und lockerte den Shawl, den er um seinen Hals geschlungen hatte. »Was wollen Sie denn noch?! Glauben Sie vielleicht, ich werde in Paris verbleiben, um mein Geld in den Closeries oder in der Moulin rouge zu verjuxen? Nichts da – frei Land ist mir lieber! Sie haben Ihren Schein, und ich erbitt' mir den Mammon! Heraus damit!«

»Sobald Sie im Wagen sitzen, Herr Baron,« entgegnete der andre; »ich habe die Befehle meines Auftraggebers zu respektieren. Also gedulden Sie sich bitte noch einige Minuten! Ich meine übrigens, es ist nicht nötig, daß wir so laut miteinander verhandeln. Wir sind nicht allein.«

Er schaute sich um und stutzte, als sein Blick auf Fritz fiel, der sich beim Eintritt der beiden halb erstaunt, halb erschreckt in seiner Ecke aufgerichtet hatte. Über das verwitterte, gelbhäutige Gesicht des kleinen Mannes zuckte es seltsam; er legte die rechte Hand als Schutzdach gegen das flackernde Gaslicht über die Augen – dann schrie er plötzlich auf.

»Fritz! Kleiner! Bist Du's?!« –

Fritz flog auf ihn zu und umhalste ihn, während der andre, gegen die Tischplatte gelehnt und mit der Rechten in seinem großen Vollbart wühlend, mit blödem Auge zu den beiden hinüberstierte.

»Fritz? – Fritz Fiedler?! Ei wahrhaftig, der Herkules! Geben Sie mir die Patschhand, mein Don – das nenn' ich ein Wiedersehen! Wollte Sie schon immer 'mal aufsuchen, da draußen in der Arène d'hiver, aber so etwas wie Scham hielt mich davon ab oder Reue oder – – oder dummes Zeug, ami Fritz, ich habe ein wenig zu hastig meinen Portwein getrunken und da schwatz' ich denn Unsinn! Es ist nichts, schon in aller Frühe mit Portwein zu beginnen, aber ich steh' auf dem Sprunge, nach Amerika hinüber zu rudern, und da wollt' ich mir zuvor die Morgennerven stärken . . . Ihr seht gut aus, edler Hidalgo, und ich hoffe, es geht euch auch also!«

Mit innerem Widerstreben reichte Fritz Krey die Hand, aber er vermochte nicht, ihm in das fahle, gedunsene

Gesicht zu schauen. Ihm ekelte vor diesem Manne und vor
dem Odem des Verfalls, den er auszuströmen schien.

Auf dem Perron erklang das erste Glockenzeichen vor
Abgang des Frühzuges, und gleichzeitig wurde es lebendi-
ger in allen Räumen des Bahnhofes.

»Nachher – nachher,« flüsterte Hempel Fritz zu. »Wir
bleiben ja noch zusammen, – oder willst du verreisen?«

»Ich geleite nur einen Freund,« gab Fritz zurück und
schaute sich nach Tom um. – »Teufel, wo steckt er denn?!«
– Tom war verschwunden.

»Er wird schon draußen sein,« meinte Hempel; »laß' dich
nicht abhalten, Kleiner, – ich erwart' dich nachher« . . .

Fritz stürzte auf den Perron, wo ihm Tom bereits entge-
gentrat.

»Verzeihe, mein Junge,« sagte er, »es sah aus, als wollte
ich dir sans adieu entwischen, – aber das Entwischen galt
nur diesem gräßlichen Krey! Ich möchte es vermeiden, mit
ihm zusammen zu fahren.« . .

Man suchte ein Coupé. Fritz schaute nach Krey aus, der
in Begleitung von Hempel soeben den Perron betrat und in
einem anderen Wagen Platz nahm.

»So Gott will, auf Wiedersehn, Fritz,« sagte Tom und
küßte den Freund.

Die Lokomotive pfiff, und der Zug setzte sich mit langsam gleichförmigem Rasseln in Bewegung.

Ein letzter Händedruck, – dann trat Fritz vom Fenster
zurück.

»Valet, ami Fritz,« hörte er noch das rauhe Organ Kreys,
»moriturus te salutat! Apropos, mein Don, sollten Sie Carmella einmal wiedersehen, so sagen Sie ihr meinen Ab-
schiedsgruß! Sie soll sich um meinetwillen nicht genieren,

– ich gebe sie frei! Es war eine Dummheit – eine verfehlte« – –

Rrrrr – rrrrr – rrrrr – rasselten die Wagen. Fritz sah im Rahmen des Coupéfensters noch ein grinsendes Gesicht, eine weiße, schön gehaltene Hand, – und schneller sauste der Zug vorüber . . .

»Nun komm'!«

Der alte Hempel steckte seinen Arm unter den seines ehemaligen Stallers und watschelte mit krummen Knien und einwärts geschobenen Füßen an seiner Seite den Perron entlang.

Draußen war es lichter Tag geworden – ein kalter, nebelfreier Herbsttag. Die Sonne hing klar und voll, aber fast ohne Strahlenglanz, am Firmamente, und dunkelblau spannte der Himmel sich aus. Es lag wie Winterstimmung in der Luft; sie war merkwürdig durchsichtig und ließ alle Gegenstände in der Runde mit scharfen Konturen hervortreten.

Hempel hatte Fritz vorgeschlagen, zunächst einen kleinen Spaziergang zu machen und dann in irgend einem Speisehause ein Frühstück zu nehmen; man müsse dies fröhliche Wiedersehen doch mit einem Schluck Feuchtigkeit begießen, – 's sei lange genug her, daß man im Stalle des Grafen Kölpin zum letztenmale eine Berliner Weiße getrunken habe.

Fritz nickte, – ihm war alles recht. So schritten die beiden denn lustig fürbaß, dem Tuileriengarten zu, – der kleine Hempel Arm in Arm mit dem blonden jungen Riesen, ein Bild, das manchem Passanten ein stilles Lächeln abnötigte. Aber weder Fritz, noch der alte Jockey achteten darauf, – sie waren viel zu sehr miteinander beschäftigt. Was hatten sie sich nicht auch alles zu erzählen! – Hempel schlug nach alter Gewohnheit einmal über das andre auf seine Lende, daß es laut schallte, als Fritz ihm, – nicht ohne zu erröten und nicht ohne Stocken – über seine Erlebnisse bei der Bühne berichtete, – und einmal über das andre rief er in starrem Staunen aus: »Ist es denn möglich?! – Als Herkules, sagst du?! – In Trikot, so ganz luftig, duftig?! – Mit Kanonenkugeln?! – I Gott bewahre!« – und dann schob er den schwarzen Cigarrenstummel in die linke Mundecke und sog geräuschvoll daran, bis die fast erkaltete Virginia wieder langsam zu glimmen begann.

Aber Fritz hatte nicht allein so bunte Abenteuer erlebt, auch Hempel wußte das Seinige zu erzählen. Ein Telegramm Kölpin's hatte ihn ganz unerwartet nach London gerufen, wo der Graf mit seiner Gemahlin Winter und Frühling verlebte. Der Graf hatte wahr gemacht, was er schon immer beabsichtigt: seinen Abschied eingereicht und den Dienst quittiert. Sein Vater wollte ihm Deesenhoff zur Bewirtschaftung überlassen, und dort beabsichtigte Wendelin sich ein eignes Gestüt, wenn auch vorläufig noch in engerem Rahmen, zur Heranziehung eines Muster-Rennstalls anzulegen. Hempel hatte die Aufgabe, seine Kenntnisse in den großen englischen Privat-Instituten ähnlichen Genres zu vervollständigen und dem Grafen gleichzeitig beim Ankaufe des neuen Pferde-Materials zur Hand zu gehen. Er sang förmliche Hymnen auf die »Artemisia«, die »Hindernis-Stute«, die er im Stall des Mister Smakers zu Hastings entdeckt hätte und die beim Halali noch ebenso stolz und »fit« aussähe wie beim Abreiten, die jedem Zügelanzuge im Augenblick folge und jegliches Hindernis mit einer Schönheit und Grazie nähme, die einfach – ganz einfach vollendet wäre. Und nun erst der »Pilot«, der mächtige Vollblütler vom »King Edward« aus der »Orange«, den man dem Lord Fizbury so zu sagen mit Gewalt hätte entreißen müssen, denn Lord Fizbury hätte partout nichts von dem Handel wissen wollen, – Wetter, das sei ein Gaul! Ein Gaul »mit Herz«, hoch aufgesetzt, wunderbare Gänge, ein Gebiß zum Küssen und Beine »wie die Fehnuß« (Hempel meinte in seinem etwas kühnen Vergleiche die Venus)! Und dann der

»Spooter« und dann die »Berenice«, eine Tochter des weltberühmten »Poodle Pick«, und dann die neuen Deckhengste
– – o, diesmal hatte Graf Kölpin wahrhaftig nicht gespart,
das Gold hätte locker gesessen wie noch nie! –

Wie ehemals, wenn er von seinen geliebten Vierbeinern
oder vom grünen Plane sprach, so redete sich der wackere
Hempel auch jetzt wieder in eine hohe Begeisterung hinein.
Bei der Schilderung der außerordentlichen Vorzüge der
»Artemisia« glühten seine Backen, und bei der Aufzählung
der mannigfachen Schönheiten, welche die »Berenice« aus-
zeichneten, geriet er förmlich in Verzückung. Fritz mußte
unwillkürlich lächeln; Hempel war der alte närrische Kerl
von früher geblieben! –

Als man gemütlich bei einem Glase Wein und einem
saftigen Hammelkotelette saß und der Erinnerung an die
verflossenen Tage im Stallgange beim Grafen Kölpin, an
den seligen »Zappelphilipp«, den Vegesacks ruchlose Hand
meuchlings vergiftet, an den alten Aalkrug und den würdigen Herrn Spirius, an Tom, Nickel und Basedow die ersten
roten Tropfen geweiht hatte, kam Hempel auch auf Leopold
Krey zu sprechen.

»Den sind wir los,« meinte er mit schadenfrohem
Lächeln, »und so Gott will for ever! Aber es that auch Not!
– Das ist nämlich so gewesen! – Um die Mitte Juli reisten
wir aus England ab, blieben an die acht Wochen in Biarritz,
was da unten 'rum nach Spanien zu liegt und wo wir mit
dem alten Deesenhoffner Herrn zusammentrafen, und dann
ging's hierher nach Paris. God be praised reisen wir in drei
Tagen nun endlich nach Hause zurück – direktemang nach
Deesenhoff – ich habe das Herumkutschieren in aller Welt
aber auch ehrlich satt! – Na also, – der Graf und die Gräfin
sind eines schönen Abends, es mag so vor vierzehn Tagen
gewesen sein, in der Großen Oper, und ich bringe der
Gräfin, weil es kühl geworden war, für den Rückweg eine
Pellerine, oder wie man so'n Ding nennt, nach dem Theater

und pflanze mich in der Vorhalle auf, um dort das Ende der Vorstellung abzuwarten. Da seh' ich auf einmal, wie ein langer Herr mit blondem Vollbart, etwas heruntergekommen gekleidet, aber so auftretend, als ob er der Großmogul selbst sei, an mir vorüberstolziert und mir scharf ins Gesicht guckt. Natürlich hab' ich meinen Baron Leopold doch ohne weiteres erkannt, aber ich muckse nicht und thue so, als ob er mir ganz fremd wäre! Der läßt aber nicht ab, stellt sich mir gegenüber an einen Pfeiler, klemmt ein Monocle ins Auge und schaut mich unverwandt an. Das Theater war einige Minuten später zu Ende, und in dem Gewühl der herausdrängenden Menschenmenge verlor ich Krey aus dem Gesicht. In dem Augenblick aber, wo der Graf und die Gräfin in den Wagen steigen und ich dem Kutscher zurufe: ›Nach dem Grand Hotel!‹ taucht Krey ganz plötzlich wieder hinter mir auf. Er hatte gehört, daß die Kölpins im Grand Hotel wohnten, und weiter wollte er wohl vorläufig nichts. Am andern Morgen fass' ich mir ein Herz und erzähle dem Grafen – natürlich mit aller Vorsicht und in allem Respekt –, daß ich seinen Herrn Schwager vor dem Theater gesehen hätte. Donnerwetter, schnitt der ein Gesicht! Ungefähr so, als wenn man ein Glas Bitterwasser mit Petroleum und einer Wanze d'rin auf einen Zug austrinkt! Aber meine Vorsicht belohnte sich doch. Der Graf nahm auf der Stelle Rücksprache mit seinem Vater, und der alte Herr beauftragte mich, auf der Polizei Erkundigungen über Herrn Leopold einzuziehen. Da erfuhr ich denn aber auch nichts weiter, als daß Krey schon vor Monaten in Paris eingetroffen sei und zuerst im Hotel Monopol gewohnt habe; dann sei er dort fortgezogen und logiere jetzt in einem ganz kleinen Gasthofe in der Rue de Berlin. Ich also zunächst nach dem Hotel Monopol! Der Wirt wußte genau Bescheid über unsern lieben Herrn Baron. Der war eines schönen Tages in Begleitung einer sehr hübschen stattlichen Dame angekommen und hatte geraume Zeit hindurch wie ein Fürst im Hotel gewirtschaftet, viel Geld ausgegeben und sich das Leben lieb sein lassen. Aber das Vergnügen dauerte nicht allzulange. Erschien da auf einmal ganz unerwartet ein älterer, würdig aussehender Herr im Hotel und verlangte die Frau Baronin von Krey zu sprechen, denn als solche gab der Herr Leopold seine Begleiterin aus. Die Frau Baronin war zufällig allein zu Hause – und nun soll sich, nach Aussage der Kellner, die bekanntlich ein Ohr mehr haben als andre Menschen, im Zimmer der Gnädigsten zwischen ihr und dem fremden Herrn eine Scene abgespielt haben, – so geräuschvoller Art, daß das ganze Hotel in Mitwissenschaft gezogen wurde. Schließlich öffnete sich die Zimmerthür und die Gnädigste erschien in tiefer Verschleierung am Arme des Fremden; der Portier mußte eine Droschke holen, die beiden stiegen ein und – wurden nicht mehr gesehen! Als Krey nach Hause kam, fand er das Nest leer, und er mag gehörig gewettert haben, als die hohnlächelnden Kellner ihm auf seine Anfrage hin erzählten, wo die gnädige Frau geblieben sei . . . Na, – die nächste Folge dieses eigentümlichen Vorfalls war jedenfalls, daß Krey das teure Hotel Monopol mit dem billigeren in der Rue de Berlin vertauschen mußte; dorthin aber mußte ich wenige Tage nach meinem Zusammentreffen mit Krey den alten Deesenhoffner Grafen führen, der es übernommen hatte, Herrn Leopold einmal unschädlich zu machen. Der alte Deesenhoffner hat immer eine glückliche Hand in derlei Sachen gehabt, – ich besinne mich, daß er seinen Herrn Sohn, als dieser noch unverheiratet, einmal aus einer sehr heiklen Affaire, bei der eine Ballettänzerin die Hauptrolle spielte, unversehrt und heil, dadurch herausgeholt hat, daß er selbst zum Courmacher der Ballettänzerin wurde und – na ja, das gehört freilich nicht zur Sache, aber sehr komisch muß es gewesen sein! Nun also, – der Deesenhoffner hielt Herrn Leopold eine gehörige Standpauke und zeigte ihm dann sein wohlgefülltes Portefeuille, – das heißt er *zeigte* es ihm wirklich nur, teilte ihm aber dabei mit, daß er Besitzer dieses herrlichen Portefeuilles werden sollte, sobald er sich schriftlich verpflichten würde, auszuwandern und nie wieder nach Europa zurückzukehren. Der Herr Leopold überlegte natürlich nicht lange; es ging ihm kreuzschlecht, und die zwanzigtausend Mark kamen ihm grade recht! So unterzeichnete er denn den ihm vorgelegten Schein, den ein geschickter Advokat noch mit allerhand verzwickten Klauseln versehen hatte, um die Kölpin's auch künftighin vor der Begehrlichkeit Kreys zu schützen, und so ist er denn abgedampft! Hol ihn der – –«

Hempel verschluckte das arge Schlußwort mit einem Glase Rotwein, das er rasch in die Kehle goß, und sah dann nach der Uhr.

»Wetter, was haben wir uns verplaudert!« meinte er, »Kellner, die Rechnung! Laß' man, Fritz, heute bezahl' *ich!* – Die Herrschaft wird gut auf mich warten, – aber wenn man so einen lieben alten Bekannten unvermutet wiederfindet, vergißt man weiß Gott Dienst und Pflicht! Heute abend komm' ich in dein Theater, mein Kleiner –, ich muß doch 'mal sehen, wie du auf der Bühne ausschaust! Also Sterzinger nennst du dich? – na ja, ich kann mir am Ende denken, daß es dir der Leute wegen nicht gerade angenehm ist, mit dem eignen Namen auf den Zetteln zu paradieren – – ich sprech' auch nicht darüber, du kannst dich beruhigen, aber weißt du, Fritz: lieber wäre mir's gewesen, du wärst im Sattel geblieben und wärst 'mal so ein tüchtiger, fuchtiger Sportsmensch geworden, – son Kerl aus dem ff, was man so sagt« . . . Und der alte Hempel steckte die grünseidene Geldbörse wieder in die karierten Beinkleider, erhob sich schwerfällig und watschelte am Arme Fritzens aus dem Restaurant, ohne dem Wutblick des Kellners, der kein Trinkgeld erhalten hatte, Beachtung zu schenken.

* *
*

289

In einem Salon des Grand Hotel saßen zur selben Zeit die beiden Grafen Kölpin, Vater und Sohn, und die Gräfin Katinka beim Frühstück.

Wendelin hatte sich im letzten, im Auslande zugebrachten Jahre äußerlich entschieden zu seinem Vorteile verändert. Er war etwas stärker geworden, und das stand ihm recht gut; die Wangen waren gebräunt und von einem kurz gehaltenen blonden Vollbart umrahmt. Er sah kraftvoller und männlicher aus als früher.

Auch auf seine Gattin, die in einer eleganten Matinee aus Rohseide an einem Seitentische stand und mit den zierlichen Fingern die Theetasse ihres Schwiegervaters unter dem Samowar von neuem füllte, hatten die mannigfachen Anregungen der Reisezeit und der Klimawechsel sehr günstig eingewirkt. Auch sie schien etwas voller geworden zu sein; das hübsche, vornehme Gesicht war allerdings fast farblos wie immer, aber in den Augen lag ein Ausdruck größerer Zufriedenheit und erhöhterer innerer Ruhe, wie man ehedem hätte bemerken können.

Und in der That: Gräfin Katinka fühlte sich glücklicher und sorgenfreier als sonst. Seit ihr Gemahl den Heeresdienst, in dem er sich niemals recht wohl gefühlt, quittiert hatte, um sich mit voller Passion dem Sport und der Landwirtschaft zu widmen, war er liebenswürdiger, zugänglicher und heiterer geworden. Auch die charakteristischen Ecken seines Wesens, seine Neigung zu übertriebener Sparsamkeit und zur Kleinlichkeitskrämerei, schienen sich allgemach abschleifen zu wollen. Es machte den Eindruck, als ob die großen Ausgaben, die er für die geplanten Neueinrichtungen in Deesenhoff benötigte, seinen Blick geweitet und damit indirekt auch ein tieferes Verständnis für die ideelleren Seiten des Lebens in ihm geweckt hätten.

Gräfin Katinka war sehr glücklich über die Wandlung im Wesen ihres Gatten. Sie hatte lange genug liebeleer und

vereinsamt an seiner Seite gelebt, um nicht auch die gering-
fügigste Veränderung zum Besseren mit Jubel zu begrüßen.
Ein ganz neues, beseligendes Empfinden kam über sie, als
sie nicht ohne Staunen die Wahrnehmung machen mußte,
daß Wendelin ihrer Person ein erhöhteres Interesse als vordem zuwandte, daß er sich in liebevoller Weise um sie
bekümmerte, seine Heftigkeit zu bezwingen sich mühte,
daß er zärtlicher und zarter gegen sie wurde. Und auch der
alte Graf Klaus sah mit inniger Freude diesen Umschwung
der Dinge, der seinen noch ungetrübt scharfen Diplo-
matenaugen nicht entgehen konnte. Es war diesem innerlich
wie äußerlich gleich tadellos ritterlichen Greise stets ein
schmerzlicher Gedanke gewesen, daß dem Eheleben seines
Sohnes das rechte Glück fernbleiben sollte; er hatte schwer
unter der gegenseitigen kühlen Gleichgültigkeit seiner
Kinder gelitten, und es brachte hellen Sonnenschein in
seine alten Tage, daß dies nun anders werden sollte . . .

Graf Klaus saß seinem Sohne gegenüber am Tische, –
eine große, schlanke Erscheinung mit noch vollem schnee-
weißem Haar und bis auf einen gleichfarbigen kleinen
Schnurrbart glatt rasiertem Gesicht mit feinen Zügen und
frischen Farben.

»Schönsten Dank, mein Kind,« sagte er, als Katinka ihm
die gefüllte Tasse zurückreichte, und führte ihre Hand an
seine Lippen; »nun nimm aber auch du Platz, – da – rücke
heran –, du opferst dich um unsres Leibes Notdurft! – Irre
ich mich oder ist es wahr: Du scheinst mir heute eine klein
wenig unruhig zu sein? – Ah« –, und er griff nach der
Stirn –, »ich verstehe: Du bist gespannt auf die Nachricht,
die Hempel uns bringen wird!« . . .

Graf Wendelin zog seine Uhr.

»Ich muß gestehen, daß auch ich etwas beunruhigt über
das lange Ausbleiben Hempels bin,« meinte er kopfschüt-

telnd. »Hoffentlich wird Leopold nicht noch im letzten Augenblicke Schwierigkeiten gemacht haben!«

»Es wäre schrecklich,« setzte Katinka leise hinzu, und unwillkürlich ging ein Zittern durch ihre Gestalt.

»Ich glaube nicht, daß wir noch in der zwölften Stunde eine Abweisung des Barons von Krey zu fürchten haben,« entgegnete der alte Herr in beruhigendem Tone, »aber ich begreife vollauf, daß gerade du, meine arme Katinka, mit Sehnsucht auf die Entscheidung wartest! – Es giebt in solchen Dingen schwer einen rechten Trost, – doch das eine laß dir sagen, mein Herz: die Thorheit und der Leichtsinn eines einzelnen kann die Ehre eines ganzen Geschlechts nicht verdunkeln! Auch an der Eiche, die seit Jahrhunderten in üppiger Fülle ihren Wipfel reckt, giebt es verdorrte Äste . . . Das andre aber – das Schmerzgefühl, den Mann, der deinem Herzen einstmals nahe gestanden, gesunken und verloren zu sehen – das wirst du überwinden! Das beste Heilmittel gegen alle Wunden der Seele ist das Glück einer stillen Häuslichkeit und eines zufriedenen Schaffens, und ich hoffe« – und nun flog ein ernster Blick zu seinem Sohne herüber – »ich hoffe, Wendelin wird dir den Stützpunkt bieten für dieses höchste Glück im Leben einer Frau« . . .

Mit Rührung drückte Katinka die Hand des alten Herrn. Wendelin war verlegen geworden; er sagte kein Wort, hatte sich tief über den vor ihm stehenden Teller geneigt und schlug ein Ei auf, bei welcher Beschäftigung er ein so ernstes Gesicht zur Schau trug, als berge das frische Hühnerprodukt ein neu zu entdeckendes Geheimnis in seinem Innern. Sein Gesicht wurde erst heller, als es an die Thür klopfte und Hempel eintrat.

Graf Klaus erhob sich.

»Nun, Hempel,« fragte er, »alles in Ordnung?«

»Alles in Ordnung, Erlaucht,« rapportierte Hempel, »der Herr Baron von Krey ist mit dem Frühzuge nach Calais gefahren und reist von dort noch heute Abend mit dem Dampfer ›Ville de Marseille‹ nach New York weiter. Der vom Herrn Grafen engagierte Polizeibeamte ist in ein andres Coupé desselben Zuges gestiegen und wird den Herrn Baron beobachten, bis er sich an Bord des Dampfers befindet.«

Graf Klaus nickte. »Es ist gut, Hempel,« sagte er, »ich danke Ihnen.«

Hempel trat ab. Als der alte Herr sich umwandte, sah er, daß Katinka tiefblaß geworden war und heftig zitterte. Wendelin war aufgesprungen, – neigte sich über sie und umschlang sie.

»Aber, Kind, was ist dir?« sagte er leise und in zärtlichem Tone. »Nun ist ja alles geordnet und nichts mehr zu fürchten!«

»Verzeih' mir, Wendelin,« flüsterte Katinka zurück, »es war eine thörichte Schwäche – nichts weiter . . . Ich bin so froh, daß sich alles zu unserm Besten gewandt hat – ja, *alles*, Wendelin! Ich bin so glücklich!« . . Und sie legte ihre Arme um den Hals ihres Gatten, neigte ihren Mund dicht an sein Ohr und wisperte in dieses hinein, während ihr Antlitz sich bis zu den Löckchen auf der Stirn und bis zum Halsansatz purpurn färbte.

Auf Wendelin übte das ihm zugeflüsterte traute Geheimnis eine wahrhaft elektrisierende Wirkung aus. Er stürzte vor seiner Frau auf die Knie nieder, küßte ihre Hände, sprang dann wieder empor und bedeckte auch ihren Mund und ihre Wangen mit ungezählten Küssen. Und wie betäubt ruhte Katinka in seinen Armen und überließ sich seiner stürmischen Zärtlichkeit; in ihrem vielgeprüften Herzen sprießten zu dieser Stunde wonnige Frühlingskeime auf.

Der alte Graf war zuerst diskret in eine Fensternische getreten und wollte sich dann heimlich aus dem Zimmer entfernen, aber Wendelin hielt ihn noch einen Augenblick zurück, nahm mit glückstrahlendem Gesicht seine Hand und sagte mit komischer Grandezza:

»Papa – Klaus Graf Kölpin-Deesenhoff – ich gratuliere dir zu der Zukunft deines Geschlechts!« –

Zwanzigstes Kapitel

Die Vormittagsprobe in der Arène d'hiver war beendet. Die beiden mächtigen, brennend roten, von einem handbreiten weißen Streifen durchquerten Plakate rechts und links vom Haupteingange des Theaters versprachen ganz besondere Genüsse für den heutigen Premierenabend, der die Wintersaison einleiten sollte. Meister Gredelue hatte ein neues Ballett geschaffen, das unter seiner Leitung einstudiert worden war und den poetischen Titel »Dichterträume« führte; Grille d'Enes hatte in der Pantomime die Rolle der Phantasie zu tanzen und sich zu diesem Zwecke eine neue Garderobe anschaffen müssen: zwei Meter Silbergaze und ein Diadem aus Perlen. Das letztere hatte Graf d'Haussonville, der Stammgast in der Parkettloge drei, seiner Angebeteten zu Füßen gelegt; seit Tom Price die Bühne verlassen, liebte Grille d'Enes ihren Grafen mit alter Innigkeit ... Neben dem Ballett, das als pièce de résistance den Abschluß des Programms bildete, waren auch die übrigen Nummern neu besetzt worden: alle Agenturen der Welt hatten, wie Monsieur Roche-Crevet sich bombastisch ausdrückte, ihr Vollkommenstes, Edelstes und Bestes an Specialitäten nach der Arène d'hiver geschickt – die Saison sollte glänzend eröffnet werden. Da gab es »Flammenmenschen« – die Gebrüder Pitter-Pritt – zwei wunderliche Kerle in

Teufelskostüm, die es mit Hilfe einer komplizierten, von ihnen erfundenen und konstruierten elektrischen Maschinerie fertig brachten, sich gänzlich in lodernde Flammen einzuhüllen und Feuerströme aus Mund und Nase zu entsenden; ferner einen »Eidechsenmann«, der sich gleich der Schlange im Paradiese um den Stamm eines Apfelbaumes zu winden verstand – einen »Schnellbildhauer«, Signor Arrigo Rubini, eine Trommelvirtuosin, eine Seiltänzergesellschaft, die auf schlappem Drahte Phänomenales vollführte, ein paar weibliche Parterre-Akrobaten und was noch der Wunder mehr.

Diejenigen Künstlernamen, von denen die Direktion sich eine besondere Anziehungskraft versprach, waren mit fetten Lettern gedruckt worden. Nach der Numero fünf des Programms hatte man sogar zwei Zeilen ausgelassen, um das dann Folgende um so auffälliger in die Augen springen zu lassen. Da hieß es nämlich:

Auftreten des weltberühmten Tiroler Herkules

Herrn August Sterzinger junior

in seiner neuen Glanz- und Parade-Nummer:

›Der Troubadour mit der eisernen Brust.‹

Herr August Sterzinger junior wird sich die Brust mit Eisengewichten von einem Centner Schwere belasten lassen, dabei die Arie des Manrico aus dem letzten Akte des ›Troubadour‹ singen und sich selbst auf der Violine begleiten, – eine Leistung einzig in ihrer Art!

Auftreten der unvergleichlichen gigantessa italiana

Signora Nera Carmella

in ihren überraschenden Kraft-Produktionen!

»Bum, bum!« hatte Fritz zu Carmella geäußert, als er die Reklamezettel am Theatereingang gelesen, »Roche-Crevet muß verrückt geworden sein, uns in so rücksichtsloser Weise an den Pranger zu schlagen! Zum Teufel, was muß man sich alles gefallen lassen!«

Carmella hatte nur mit den Achseln gezuckt; sie war das gewöhnt und machte sich nichts aus dem Pranger. –

Der Direktor und artistische Leiter war außerordentlich zufrieden mit der »Programmerweiterung« Fritzens und versprach sich namentlich von der Troubadour-Scene einen vollen Erfolg, der Kapellmeister der Arène d'hiver, Monsieur Legrandier, hingegen nahm die Gelegenheit wahr, Fritz nach beendeter Probe in einem dunklen Coulissenwinkel noch einmal vor der Gefährlichkeit dieser Produktion zu warnen.

»Es ist geradezu lächerlich,« meinte er, »wie sehr Sie durch diese wahnsinnige Kraftproduktion auf Ihre Gesundheit einwüten!.. Kommen Sie ein bißchen näher heran, – drüben steht Roche-Crevet, und der Esel braucht nicht zu hören, was wir miteinander zu verhandeln haben ... Ich habe Ihnen mehrfach gesagt: Sie besitzen eine so wunderschöne Stimme und ein so ausgesprochenes musikalisches Talent, daß es jammerschade wäre, wenn Sie auf eine Ausbildung Ihrer Begabung verzichten wollten. Sich aber Lunge, Kehlkopf, Brust und Stimmbänder durch eine blödsinnige Produktion absichtlich zu ruinieren, – lieber Freund, das ist einfach gottlos!«

»Ich weiß, wie gut Sie es meinen, Herr Kapellmeister,« gab Fritz zurück, »und danke Ihnen herzlich für Ihr Wohlwollen! Meine Brust ist indessen kräftig genug, eine Centnerlast zu tragen, und dieser kräftigen Brust verdanke ich Brot und Leben. Meine Stimme würde mich nicht ernähren; die gesangliche Ausbildung verschlingt Tausende – Sie selbst haben es mir gesagt – und ich bin ein armer Kerl! Ich käme vielleicht auf halbem Wege vorwärts und müßte dann liegen bleiben« . . .

Legrandier stieß ärgerlich mit seinem Krückstock auf den Boden.

»Wenn ich es je bedauert habe, selbst arm zu sein,« entgegnete er, »so ist es jetzt! Ich habe eine große Familie und kann von meinem geringen Gehalte als Kapellmeister nicht leben, bin daher darauf angewiesen, Unterricht zu erteilen. Wie gern möcht' ich Sie in meiner Schule haben! Dieses schnöde Geld, – es ist eine Schande! – Und doch wiederhole ich: seien Sie vorsichtig – ich meine es wirklich gut!« –

Und der schon alte Mann stampfte mit schweren Schritten davon. Fritz blickte ihm mit finsterer Miene minutenlang nach. Das schnöde Geld – ja, es war eine Schande! Die Armut hielt ihn mit ehernen Banden im Dunkel dieses Coulissenlebens fest, und nie hatte er sich mehr als in den letztverflossenen Tagen aus ihm hinausgesehnt. Er fühlte, daß Legrandier recht hatte. Als er, um sich die Manrico-Arie einzuüben, zum erstenmale wieder seit seinen Kindertagen in Klein-Busedow zu der alten Fiedel griff, die er, wie das schweinslederne Bibelbuch aus dem Nachlasse seines Vaters, auf all' seinen Fahrten mit sich geführt hatte, – da wurden ihm unwillkürlich die Augen feucht. Er versuchte, ob ihm noch die lustigen Gassenhauer in der Erinnerung geblieben wären, mit denen er so oft auf der Wiese hinter dem Kantorshause die Dorfkinder entzückt hatte, – und siehe da, wie er den Bogen nahm und über die Saiten strich, da kehrte Melodie auf Melodie zurück. Fritz jauchzte auf, als er den lustigen Klingklang hörte, der ihm Heimat und Kindheit vor Augen zauberte, – er hätte die Geige am liebsten gar nicht mehr aus der Hand gegeben! Legrandier, der ihm die Arie einübte, war in der That auf das Höchste erstaunt über das seltene musikalische Talent des tirolischen Herkules. Im Umsehen hatte sich Fritz mit der Notenschrift bekannt gemacht, so daß er schon nach kurzer Zeit vom Blatte zu spielen im stande war. Mehr aber noch überraschte den Kapellmeister das schöne, ausgiebige und umfangreiche Stimmmaterial Fritzens, in dem der gewiegte alte Musiklehrer den Fundus für hervorragende tenoristische Leistungen zu entdecken glaubte. Fritz selbst war mit Herz und Seele bei der Sache; er hatte immer den Gesang geliebt, – aber daß seine Stimme der Ausbildung wert sei, war ihm neu. Er fluchte seiner Armut, die es ihm unmöglich machte, in der Welt vorwärts zu kommen, und eine tiefe Verbitterung bemächtigte sich seiner. Er kam sich vor wie ein gefangener Vogel, dem man die Flügel gestutzt hat und der sich vergeblich emporzuschwingen müht. Nicht auf dem Comptoirsessel oder hinter dem Ladentische war sein Platz, – aber zu einem künstlerischen Höhenfluge spürte er die Kraft in sich, der Herkules der Arène d'hiver . . .

Noch andres kam hinzu, ihn um Stimmung und Laune zu bringen. Das Kind Carmellas war plötzlich erkrankt, und ihr Klagen und Jammern tönte ihm beständig im Ohre wieder. Sie hing an dem Kleinen mit zärtlichstem Mutterherzen, und auch Fritz hatte das süße Bürschchen mit seinen großen, schwarzen, verwunderten Augen herzlich lieb. Seit gestern früh nun war der Junge unruhig geworden und zeigte Fieberneigung, die sich gegen Abend verstärkte, so daß Carmella es für geboten erachtete, am heutigen Morgen zum Arzte zu schicken, der eine leichte Entzündbarkeit der Luftröhre konstatierte und die erforderlichen Gegenmaßregeln anordnete; er hielt das Krankheitsbild an sich nicht für bedenklich, schärfte der Mutter und Wärterin aber trotzdem die größte Vorsicht ein, da der Kleine noch in sehr zartem Alter stehe und Erkrankungen des Halses und der Luftwege gegenwärtig in ganz Paris epidemisch seien.

Carmella, die in der Generalprobe für die heutige Premiere mitwirken mußte, hatte sich nach Beendigung derselben in fliegender Hast die Trikots vom Leibe gerissen und mit ihrer Straßentoilette bekleidet. Dann eilte sie vor die Garderobe Fritzens und klopfte an.

»Ich bin es, Fritz!« rief sie durch die Thür. »Begleitest du mich?«

Fritz öffnete, – auch er hatte bereits das Kostüm gewechselt.

»Selbstverständlich,« entgegnete er, sich den Mantel zuknöpfend; »ich ängstige mich nicht minder als du um den Jungen« . . .

Sie stiegen vor dem Theater in eine Droschke und fuhren nach der Wohnung Carmellas. Die besorgte Mutter flog förmlich die Treppe hinauf. Im Vorderzimmer trat ihr die Wärterin, eine hübsche blonde Dänin, ein treues und anhängliches Geschöpf, mit auf den Mund gelegtem Finger entgegen.

»Er schläft Madame,« flüsterte sie, »– pssst!« . .

Carmella schlich sich auf den Zehenspitzen in das Nebengemach. Das Fenster war hier verhängt, Dämmerlicht herrschte im Zimmer. Neben dem Bette Carmellas stand die Wiege des Kindes. Die Kleine schlief, aber es war kein gesunder, erquickender Schlummer, – jeden Atemzug begleitete ein leises, surrendes Röcheln. Das süße Gesichtchen war von fieberischer Röte bedeckt, die Händchen lagen geballt, aber von Zeit zu Zeit nervös zuckend, dicht an den Wangen.

Carmella blieb lauschend vor der Wiege des Jungen stehen und starrte ihn unverwandt mit thränenerfüllten Augen an. Ihr Herz war von Jammer überlastet; sie hätte schreien können. Sacht sank sie in die Knie, bekreuzte sich und faltete die Hände in fast krampfhafter Umschlingung.

»Maria und Josef,« betete sie mit unhörbarem Murmeln der Lippe, »schützt mir mein Kind und laßt es gesunden, und ich will gut werden und allabendlich zu Euch beten wie früher« . . .

Sie erhob sich wieder und beugte sich zu dem Kleinen herab. Sein rotes Mündchen wölbte sich ihr entgegen, – was hätte sie nicht darum gegeben, ihn küssen und herzen zu dürfen, – das liebe Geschöpf an die Mutterbrust zu betten und ihm den Odem ihrer eigenen üppigen Lebenskraft einzuflößen! – Aber still! – der Kleine regte sich, – er mußte ja weiterschlafen . . . Und sie schlich in das Vorderzimmer zurück.

Hier stand Fritz im Gespräche mit der Wärterin am Fenster.

»Nun?« fragte er. »Wie scheint dir sein Befinden –?«

Statt aller Antwort warf sie sich, ohne der Wärterin zu achten an seine Brust und schluchzte laut und heftig. Im Nebengemach begann gleich darauf der erwachte Kleine heiser und jämmerlich zu schreien – ein Schreien aus armer, wunder Kinderbrust. Und im Nu riß Carmella sich wieder los, stürzte in das Schlafzimmer zurück und warf sich abermals vor der Wiege nieder.

»Mein süßer Liebling – mein einziger – weine nicht, ich bin hier! Mein Herzchen, – mein alles! Weine doch nicht – weine doch nicht« . . .

»Gehen Sie hinein,« flüsterte Fritz in herrischem Ton der Wärterin zu, »und versuchen Sie, das Kind zu beruhigen. Ich werde den Doktor holen – so geht das nicht weiter!«

Er setzte den Hut auf und sprang die Treppen herab. Der Arzt wohnte nicht weit und war auf der Stelle bereit, Fritz zu begleiten. Er verhehlte ihm nicht, daß der Zustand des Kleinen ein besorgniserregender sei; direkte Gefahr liege jedoch nicht vor – bis jetzt nicht. Die Hauptsache sei, das

Kind bei Kräften zu erhalten und von den Schleimabsonderungen in der Luftröhre, die erstickend wirken könnten, zu befreien.

»Es thut mir innig leid um die junge Mutter,« setzte er auf der Treppe zur Wohnung Carmellas hinzu, »– sie schien mir heut früh bei meinem ersten Besuche ganz aufgelöst zu sein vor Kummer und Schmerz« . . . Er schwieg einen Augenblick und fuhr dann mit einem Seitenblick auf Fritz fort: »Sind Sie der Vater – wenn ich fragen darf?«

»Nein,« entgegnete Fritz rauh und unter Erröten; »ich bin nicht der Gatte der Signora Nera« . . .

»Ah – das vermutete ich,« fiel der Arzt, verlegen werdend, ein, »ich fragte nur – pardon, mein Herr, ich hatte nicht die Absicht, indiskret zu werden!«

Sie waren vor der Thür Carmellas angelangt, und hier sagte Fritz, ehe er den Doktor einließ:

»Signora Nera ist mit einem Deutschen verheiratet, und aus dieser Ehe stammt der Kleine« . . .

Die harte Betonung, mit welcher Fritz diese Worte sprach, ließ den Arzt erstaunt aufblicken, aber er erwiderte nichts.

Seine Untersuchung war sorgfältig und währte geraume Zeit. Sein Gesicht war dabei ernst geworden, und er schüttelte mehrfach bedenklich den Kopf. Die Krankheit sei zweifellos vorgeschritten, äußerte er zu der in Thränen gebadeten Mutter, aber noch nicht alle Hoffnung vergeblich. Er habe viel schwierigere Fälle zu glücklichem Ausgang gebracht.

Er verschrieb ein Rezept, verordnete breiige Umschläge und versprach dann, gegen Abend wiederzukommen.

Carmella war eine schlechte Krankenpflegerin. Ihre leicht erregbare und leidenschaftliche Natur gestattete ihr

301

keine ruhige Hand, keine stille, geräuschlose Emsigkeit. Dafür nahm sich Fritz mit Hilfe der sehr geschickten und zuverlässigen Wärterin des armen Kleinen an, der ihn mit den dunklen, fieberglänzenden Augen fremdartig anstarrte und mit seinen heißen Händchen in das Gesicht patschte.

Das Pulver des Arztes wirkte schleimlösend, und die Umschläge schienen dem Kinde Beruhigung zu bringen. In den ersten Nachmittagsstunden schlummerte es von neuem ein. Fritz und Carmella zogen sich in das Vorzimmer zurück.

»Willst du nicht etwas essen, Carmella?« fragte Fritz; »Du bist seit heute früh nüchtern und überanstrengt dazu. Vergiß nicht, daß dir am Abend noch diese unselige Theaterarbeit bevorsteht« . . .

»Ich kann nichts genießen,« gab Carmella zurück, »es würde mir im Halse stecken bleiben . . . Aber der Abend! O Gott, ich denke mit Grauen daran!«

»So bleib' hier,« entschied Fritz. »Sei vernünftig und bleibe hier! Ich werde es vor der Direktion zu verantworten wissen, werde dich als plötzlich erkrankt anmelden. Meine neuen Produktionen genügen für das Programm. Bleib' bei dem Kinde!«

»Das ist unmöglich,« fuhr Carmella auf; ihre Erregtheit steigerte sich von Stunde zu Stunde. »Nicht nur um meinetwillen, auch um deiner! Wir sind laut dem neuen Kontrakte zu gemeinsamem Auftreten verpflichtet und setzen uns hoher Konventionalstrafe aus, wenn wir schon am ersten Abend unpünktlich sind. Es geht nicht! . . . Die Pflege kann ich auch getrost Friederike überlassen, – wenn nur die Sorge nicht wäre, ob ich den Kleinen noch lebend wiederfinde! – Friederike ist eine bessere Pflegerin als ich selbst, aber diese Angst, den Jungen verlieren zu müssen, verwirrt mir die Gedanken! Mir ist, als sollte mein Herz brechen! ... Fritz, sag' es mir ehrlich: glaubst du, daß er sterben wird?!«

Sie schaute mit Augen voll unsäglicher Qual zu ihm auf und umschlang ihn dabei.

»Ich hoffe zu Gott, er wird am Leben bleiben,« gab Fritz tonlos zurück. –

Die Stunden verrannen. Der Kleine schlummerte weiter, und neues Hoffen regte sich in Carmella. Sie saß brütend, mit blassem Gesicht und heißen Augen, in einem Sessel. Von Zeit zu Zeit wandte sie sich mit einer kurzen, hastig hervorgestoßenen Frage an Fritz, sprang wohl auch einmal auf und lauschte an der offenen Thür des Nebengemachs auf das noch immer röchelnde Atmen des Kindes.

Einmal fragte sie: »Glaubst du, Fritz, daß Leopold auch so in Sorge sein würde wie ich und du, wenn er hier wäre?«

Fritz hatte Carmella, um ihr eine neue unnötige Aufregung gerade in dieser Zeit zu ersparen, noch nicht von seiner letzten Begegnung mit Krey erzählt, – er erwiderte daher nur:

»Gewiß, – ist es nicht sein Kind?!«

Carmella nagte an der Unterlippe, schwieg einige Minuten und meinte dann mit vollem Augenaufschlag zu Fritz:

»Es ist merkwürdig – und es ist vielleicht Unrecht, daß ich es sage: aber ich glaube, du, Fritz, liebst den Kleinen mehr, als der eigne Vater ... Das macht, du hast mehr Herz als er ... Sag' einmal, Fritz: hab' ich eigentlich Herz oder nur tierisches Empfinden?«

Fritz schaute voller Verwunderung zu ihr hinüber.

»Wie kommst du zu dieser närrischen Frage?« gab er zurück.

303

Sie lachte leise auf. »Ich habe neulich in einer Zeitung oder irgendwo gelesen, Mutterliebe sei nur tierischer Instinkt und gerade so verhielte es sich mit der sinnlichen Liebe . . . Das wäre doch etwas Gräßliches, wenn es wahr sein sollte! Ich habe die ganze Nacht davon geträumt, ich sei in ein Tier verwandelt worden« . . .

Fritz schüttelte den Kopf, und sein Blick ruhte fast mitleidsvoll auf dem seltsamen Geschöpf. War sie denn wirklich mehr als ein schönes Tier? – Die Gedankenfrage, die so plötzlich in ihm aufstieg, widerte ihn an. Er erhob sich rasch und trat an das Fenster.

»Red' nicht so thörichtes Zeug!« sagte er rauh, und sie kauerte sich betroffen tiefer in die Polster des Sessels. –

Der Nachmittag schritt vor. Vom nahen Kirchturm schlug es fünf Uhr, und dann setzte summend ein Glockenspiel ein.

»Es ist Zeit, Carmella,« sagte Fritz. »Ich bitte dich, entschließe dich kurz. Ich verspreche dir, alle Schuld auf mich zu nehmen, wenn du heut' nicht in das Theater kommst.«

»Davon kann keine Rede sein,« entgegnete Carmella, rasch einfallend, und sprang empor, »– ich komme mit!«

Sie nahm ihn am Arm und zog ihn auf die Schwelle des Schlafzimmers.

»Pst – er schläft noch immer!« – Sie beugte sich vor, um das Gesicht des Kleinen sehen zu können. Es war in Fieberglut getaucht wie vorher, dunkelrot und mit glänzenden Schweißperlen bedeckt, aber der Atem schien leichter zu gehen, das beängstigende Röcheln hatte ein wenig nachgelassen.

Carmella winkte die neben der Wiege sitzende Wärterin zu sich heran.

»Gottlob, – es scheint ja besser geworden zu sein,« flüsterte sie ihr zu. »Ich muß nach dem Theater, Friederike, – du weißt, wo es ist, und wirst sofort zu mir schicken, wenn auch nur die leiseste Verschlechterung im Befinden des Kleinen eintreten sollte! Verstehst du – sofort! Der Junge des Schneidermeisters von nebenan wird dir gern den Gefallen thun und nach dem Theater kommen; er soll sich dann eine Droschke nehmen und durch den kleinen Seiteneingang gehen, der direkt nach der Bühne und den Garderoben führt. Ich werde dem Portier sagen, daß er ihn durchläßt . . . Hoffentlich passiert nichts!«

»Es wird nicht, Madame,« setze die Wärterin hinzu; »ich glaube, das Schlimmste ist überwunden, – und dann will ja auch der Arzt noch einmal wiederkommen, und ich bin ja auch hier« . . .

Carmella nickte dankbar; das Geschwätz der treuen Person beruhigte sie mehr als alles ärztliche Hoffen.

Man fuhr nach dem Theater, in dem die Vorstellungen an den Premièren-Abenden stets schon um halb sieben Uhr begannen, – im Gegensatz zu fast allen übrigen Pariser Bühnen, die sich meist erst um acht dem Publikum zu öffnen pflegen.

Die Kassen waren umlagert. Roche-Crevet, der, wie immer in glänzendem Cylinder und schwarzem Gehrock mit roter Ordensrosette, dann und wann einen Rapport einholte, hatte alle Ursache zu einem vergnügten Schmunzeln. Es gab ein ausverkauftes Haus, und mehr als das; morgen konnten die Zeitungen melden, daß »Hunderte an der Kasse umkehren mußten, weil kein Billet mehr zu haben war.«

Roche-Crevet ging in der Eingangshalle auf und ab und grüßte die Habitués und Bekannten mit respektvoller Lüftung des Huts oder vertraulichem Händedruck. Er gab sich als Gastgeber, hielt wohl auch diesen oder jenen an, um mit ihm ein paar flüchtige Worte zu wechseln und dabei gleichzeitig auf geschickte Art für den Abend Stimmung zu machen. Seine geschäftliche Gewandtheit wurde nur noch durch seine Gewissenlosigkeit übertroffen.

Inzwischen drängte sich das Publikum in das cirkusartig erbaute Theater und verteilte sich in der ungeheuren Weite des mit Tischen und Stühlen besetzten Parterreraums, der Bogengänge und Galerien. Es hastete und wogte, brauste und summte durcheinander, bis sich der Lärm der Menge in den Klängen der beginnenden Ouverture allgemach verlor. –

Carmella hatte sich rasch in ihr schillerndes Kostüm geworfen, das blaßgrüne Gesicht mit Rouge übertüncht und die Frisur geordnet, hatte dann einen dunklen Radmantel um die Schultern gehängt und war in die Garderobe ihres Partners geeilt.

»Laß' mich ein!« rief sie, an die niedrige Holzthür pochend; »ich ertrage es nicht mehr vor Unruhe und Ungeduld!« . .

Fritz öffnete, und sie schlüpfte in den kleinen, von einer einzigen Glasflamme erhellten Raum und ließ sich erschöpft auf einem Schemel nieder.

»Ich bin in grenzenloser Aufregung, Fritz,« begann sie in ihrer hastigen Art von neuem und zog den Mantel fröstelnd dichter um die nackten Schultern, »– vielleicht wär' es doch besser gewesen, ich hätte deinem Rate gefolgt und wäre daheim geblieben!«

»Kleide dich um und gehe,« gab Fritz zurück, »es ist noch möglich! Ich werde dem Direktor melden, du seiest ganz plötzlich erkrankt« . . .

»Dann kann ich morgen früh auf meine Kündigung gefaßt sein! Roche-Crevet hat mich auch schon gesehen und Grille d'Enes, der Neidhammel, begegnete mir auf der Treppe! Nein – ich muß ausharren! Sei's d'rum, – an Mut fehlt's mir nicht, aber die Unruhe ist unerträglich! Wär' diese Hetze doch erst vorüber!«

Und sie rang die Hände und ihr Blick irrte fiebernd im ganzen Gemache umher, als suche sie nach einem Ruhepunkte.

Fritz bemühte sich, von allerhand Gleichgültigem zu sprechen, erzählte ihr von dem neuesten Coulissenklatsch und beendete dabei eilfertig seine Toilette.

»Jetzt komm',« – und er erhob sich; – »noch eine Viertelstunde, und die Sklavenarbeit ist gethan! Dann fahren wir sofort nach Hause. Sei vernünftig, Carmella, und versuche, dich zu sammeln!«

Sie stützte sich einen Augenblick auf seinen Arm und lehnte ihren Kopf gegen seine Schulter.

»Wär's nur erst vorüber!« wiederholte sie leise, und Fritz spürte, wie sie zitterte. –

Die Musik präludierte zu der Auftrittsnummer der Beiden Melodien aus Verdis »Troubadour«, dann ging der Vorhang auseinander. Hand in Hand trat Fritz mit Carmella vor das Podium und verneigte sich. Die Claque setzte ein, – ein donnernder Applaus folgte, in der Logenreihe erhob man die Operngucker: die wundervolle Erscheinung der »Gigantessa« in ihrem knappen Kostüm erleichterte den Erfolg der Piece . . . Roche-Crevet, der im Zuschauerraum hinter einem Pfeiler stand, nickte vergnügt . . .

Die Produktionen begannen mit den gewöhnlichen leichteren Übungen, die von beiden gemeinsam ausgeführt wurden. Das Publikum war guter Laune und nahm das oft Gesehene mit Wohlwollen auf. Der Beifall steigerte sich indessen schon bei dem Übergange zu dem schwierigeren Teil der Nummer: Carmella nahm eine Eisenstange, schlug sie auf den rechten Oberarm-Muskeln ihres Partners krumm und ließ die Stange dann in das Parterre reichen, um sie dem Publikum zur Prüfung zu übergeben. Nun folgte der Glanzpunkt der Piece: der Troubadour-Tric.

Fritz ließ sich auf einem Stuhle nieder und beugte den Oberkörper ziemlich weit nach hinten über die breite und niedrige Lehne desselben. Dann legte ihm Carmella ein Brett auf die Brust und belastete dasselbe mit einer Anzahl Eisengewichte, auf die mit weißer Ölfarbe Ziffern gemalt waren, welche die Schwere jedes einzelnen Eisenstückes anzeigen sollten. Schließlich reichte sie ihm noch Geige und Bogen; Fritz stemmte das Instrument unterhalb des Bretts gegen den Leib und begann dann, während die Musik leise accompagnierte, die Manrico-Arie gleichzeitig zu spielen und zu singen.

Das war noch nicht da gewesen! Das Publikum war anfangs wie erstarrt. Trotz der kolossalen Belastung der Brust klang die Stimme des Singenden klar, kräftig und schmiegsam durch den weiten Raum. Auch kein Geigenstrich ging fehl, keine Dissonanz wurde hörbar . . . Roche-Crevet schmunzelte hinter seinem Pfeiler, – das war ein Abend glänzender Siege! – Kapellmeister Legrandier ließ während des Dirigierens kein Auge von Fritz. Er war der einzige im ganzen Saale, der wußte, wie Gesundheit vernichtend diese thörichte Produktion werden konnte und welch' kostbares Stimm-Material auf so wahnwitzige Art vergeudet und verwüstet wurde. Er war auch der einzige, dessen Gesicht sich nach der schmetternden Schluß-Cadenz des Sängers in finstere Falten legte und der, während das Publikum in johlenden Beifall ausbrach, mißmutig in seinen grauen Bart murrte: »Verrückt – verrückt! Alle – alle! Der junge Mann und der heulende Pöbel! Verrückt! – verrückt!« . .

Carmella war rasch neben Fritz gesprungen, hatte ihm Geige und Bogen aus der Hand genommen und ihn von seiner eisernen Last befreit. Er stand auf und verbeugte sich lächelnd, obwohl ihm die Brust gewaltig schmerzte, und erneuter Beifall rauschte durch das Haus, der in rasende Bis- und Bravorufe und einen tollen Jubel ausartete, als sich die Gardine schloß. Dreimal mußte Fritz von neuem erscheinen, und noch immer wollte sich die Menge nicht beruhigen. Roche-Crevet war eiligst hinter die Coulissen gestürzt – die Stimmung des Publikums mußte ausgenutzt werden. Mit dem Taschentuche winkte er Fritz zu sich heran und flüsterte ihm zu:

»Zweihundert Francs Zulage – mein Wort darauf! – wenn Sie die Da capo-Nummer bringen!«

Und wie um seinen Worten Nachdruck zu geben klopfte er auf die rechte Brustseite seines Überrocks, wo sich hinter den Nähten der Tasche die Umrisse seines Portefeuilles abzeichneten.

»Los – los, Sterßengschèr – zweihundert Francs Zulage – mein Wort darauf! Die Telamonen-Nummer!«

Fritz zog Carmella auf die Bühne zurück, und die Gardine öffnete sich abermals. Die für alle Fälle eingeübte sogenannte Da capo-Nummer bestand aus einer gemeinsamen Produktion – einer Art Kugelspiel, das im Jargon der Artisten-Welt die etwas barock klingende Bezeichnung der »Telamonen-Nummer« trägt. Telamonen sind männliche Statuen von Giganten, die auf ihren Schultern, dem Nacken oder den emporgehaltenen Händen schwere Lasten, in der Architektur meistens Bogen und Balkone, tragen und, freistehend, die Säulen ersetzen; sie bilden also gewissermaßen die männlichen Pendants zu den Karyatiden, – eine Art Atlanten. Die »Telamonen-Nummer« der Athleten beginnt damit, daß die sich Produzierenden zunächst ein paar eiserne Kugeln, die dicht hinter ihren Füßen liegen, mit den Absätzen rückwärts in die Luft schleudern und sie dann mit dem Nacken oder mit den Händen wieder auffangen. In dieser Pose, die dem architektonischen Urbild der Telamonen und Karyatiden ähnelt, bleiben sie einige Sekunden stehen, bis die Produktion wiederholt wird oder wechselt.

In demselben Augenblick, da Fritz sich vor seiner Kugel in Position stellte und soeben im Begriffe war mit leiser Stimme das Kommando »Los!« zu geben, erbleichte er jählings. Er hatte zwischen der ersten und zweiten Coulisse, von zwei Theaterarbeitern zurückgehalten, einen etwa zehnjährigen Jungen erblickt, dessen Gesicht er kannte. Ein furchtbarer Schreck durchzuckte ihn und staute alles Blut vor seinem Herzen. Das war der »Junge des Schneidermeisters von nebenan«, der Carmella Nachricht bringen sollte, wenn in der Krankheit ihres Kleinen eine Verschlechterung zu befürchten stände! – Die Wärterin hatte ihn geschickt – der arme Kleine rang vielleicht jetzt schon mit dem Tode! . . .

Fritz raffte sich zu voller moralischer Kraft zusammen, – die Produktion mußte ausgeführt werden, ehe Carmella den Jungen mit seiner Hiobspost gesehen hatte! –

»*Los!*«

Die Kugeln sausten empor, – dann gellte ein furchtbarer Schrei von der Bühne herab und in wilden Dissonanzen schwieg die Musik. Eine plötzliche Stille entstand, – aber unmittelbar darauf erhob sich im Zuschauerraum ein Rufen, Kreischen und Toben, – man stürmte das Orchester, kletterte auf Stühlen und Tischen am Proscenium empor . . . In wirren Massen strömte es die Galerien herab, – die Logen entleerten sich.

Wie ein Rasender stürzte Roche-Crevet auf den Inspizienten los.

»Klingelzeichen! Gardine zu! Courtine herunter!«

Die elektrische Glocke arbeitete gellend. Der Vorhang schloß sich, und langsam senkte sich die eiserne Courtine und sperrte den Bühnenraum vom Publikum ab. Durch eine

Seitenthür im Proscenium trat Roche-Crevet vor die Rampe und winkte dem erregt tobenden Publikum, gleich einem Parlamentär vor dem Festungswalle, mit seinem weißen Taschentuche Ruhe zu. Aber er winkte vergebens; das Publikum, das nur den gellen Schrei gehört und die Gestalt der schönen Gigantessa auf dem Podium hatte zusammenbrechen sehen, gab nicht so bald Ruhe, – man schrie durcheinander, tobte und johlte ... Endlich kam Roche-Crevet auf den guten Gedanken, von einem der Musiker im Orchester einen Trommelwirbel anschlagen zu lassen, dann schwenkte er von neuem das Taschentuch und brüllte sein »Rrruhe! Rrruhe, meine Damen und Herren!« in das Auditorium hinein.

Der Einfall wirkte, – die Wogen der Erregung glätteten sich, Roche-Crevet konnte zu Worte kommen.

»Meine Damen und Herren,« schrie er, und in der eignen Aufregung vergaß er ganz, sich Pose zu geben, »– ich bitte nur, sich fünf Minuten gedulden zu wollen, – die Vorstellung wird dann ohne Unterbrechung fortgesetzt werden! Signora Carmella Nera, die schon ein wenig leidend das Theater betrat, ist von einer leichten Ohnmacht befallen worden – einer ganz leichten Ohnmacht, die kaum schwerere Folgen nach sich ziehen dürfte! Ich bitte, sich zu beruhigen und gefälligst Ihre Plätze wieder einnehmen zu wollen, meine Damen und Herren, – die Sache hat nichts auf sich, gar nichts – ich wiederhole es Ihnen! Musik, Herr Kapellmeister!«

Der alte Legrandier griff, noch halb betäubt von dem Vorgefallenen, nach dem Taktstock, und die lustigen Rhythmen der Angot-Quadrille erklangen, indes hinter dem Vorhang ein gequältes Mutterherz brach ...

Im Moment, da Carmella ihre Kugel emporschleuderte, hatte sie bei der zum Auffangen des Eisenballs notwendigen Drehung des Nackens zur Seite geblickt und den

Schneidersjungen in der Coulisse erkannt. Dann kam jener furchtbare Schrei, der ein Todesschrei war ... Nun lag sie lang ausgestreckt auf dem Teppich, der das Podium bedeckte, und Fritz kniete neben ihr und hielt den dunklen, blutenden Kopf in seinen Armen. Die Kugel hatte im Rückfall ihr Hinterhaupt gestreift und eine entsetzliche Wunde geschlagen, Fritz fühlte, wie eine warme, klebrige Masse über sein nacktes Fleisch rieselte.

Der Kreis von Arbeitern und Mitgliedern der Bühne, der sich um die Verunglückte gebildet, lichtete sich, als zwischen den Coulissen die zankende Stimme Roche-Crevets hörbar wurde. Er hatte den heulenden Schneidersjungen am Rocke hervorgezerrt und schimpfte wütend auf ihn ein.

In diesem Augenblick war es Fritz, als bewegten sich die Lippen Carmellas noch einmal – ganz sacht – und als träte ein neues Leben in ihr fast erloschenes Auge zurück.

»Lassen Sie mich, mein Herr,« jammerte der Schneidersjunge, »ich kann ja nichts dafür, – der Portier hat gesagt, ich sollte nur 'raufgehen – nur immer geradeaus, die Madame müßte noch in ihrer Garderobe sein! Und ich sollte Madame doch bestellen, daß der Arzt da gewesen sei und gesagt habe, nun wäre alle Gefahr vorüber und morgen würde ihr Kleiner wieder ganz gesund sein, – sie solle sich nicht weiter ängstigen, hat mir die Friederike gesagt – und ich habe doch nicht gewußt, daß ich hier nicht herein darf« ...

Im brechenden Auge Carmellas spiegelte sich noch einmal der Widerschein eines unbemessenen, seligen Glückes ab. Und dann verdunkelte sich ihr Blick mehr und mehr, und ganz plötzlich setzte der Atem aus. –

Der Theaterarzt hatte sich eingefunden, Polizisten kamen herzu, – ein kurzes Protokoll wurde aufgenommen, dann hüllten Theaterarbeiter die Leiche in Leinentücher, legten sie in eine Tragbahre und trugen sie von der Bühne. Zehn

Minuten später rollte der Eisenvorhang von neuem in die Höhe und die Gardinen teilten sich: Grille d'Enes tanzte über den kaum verwischten Blutflecken ihren wirbelnden Cancan . . .

Fritz war, ob des gräßlichen Geschehnisses fast unfähig, seine Gedanken zu sammeln, eiligst in die Garderobe gestürzt und hatte sein Kostüm gewechselt. Dann kehrte er zu der im Garderobengange niedergestellten Leiche zurück, schüttete sein Portemonnaie in die Hände der Arbeiter und trug ihnen auf, ihm in die Wohnung Carmellas zu folgen.

Als Fritz den Arbeitern mit der Bahre voran auf die Straße trat, löste sich aus dem Dunkel der gegenüberliegenden Häuserfront die Gestalt eines kleinen Mannes und eilte ihm entgegen.

»Fritz, Kleiner – ich bin es, der Hempel! . . . Ich war im Theater und habe alles mit ansehen müssen! Mein armer boy, – mein armer kleiner Fritz! Kann ich dir nicht behilflich sein, dir irgendwie nützen?« . .

Fritz hing sich an den Arm des alten Jockeys. Es dünkte ihm zu dieser Stunde wie ein Sonnenblick aus schwarzem Gewitterhimmel, einen Getreuen an seiner Seite zu haben. Er vermochte kein Wort zu sprechen, aber er preßte den Arm Hempels fest an sich und schritt dicht neben ihm die Straße hinab. –

Die Verzweiflung der Wärterin, als sie die Leiche ihrer Herrin erblickte und von dem unseligen Mißverständnisse erfuhr, dem diese zum Opfer gefallen, war grenzenlos. Sie warf sich an der Bahre nieder und schluchzte herzbrechend, indes der verwaiste Kleine nebenan in süßem Schlummer seiner Genesung entgegenging.

Um Mitternacht entfernte sich Hempel mit dem Versprechen, am nächsten Morgen wiederzukommen; Kölpins hatten noch einige Tage für den Pariser Aufenthalt zugelegt, – erst in kommender Woche wollte man sich zur Rückreise rüsten.

Nun blieb Fritz allein zurück bei seiner toten Freundin. Die Bahre stand mitten in der Stube; auf einem Nebentisch brannte die Lampe, – Fritz hatte sich auf das Sofa gesetzt und starrte mit glanzlosem Auge, das kein Schlummer schließen wollte, vor sich hin.

Er spürte eine entsetzliche Öde in sich, ein Gefühl tiefster moralischer Gebrochenheit. Die entseelte Hülle der schönen Carmella war die dritte Leiche auf seinem Lebenswege, seitdem er sich den Leib mit dem farbigen Flitter der Jahrmarktsgaukler behängt hatte. Zuerst Sterzinger und dessen kleine Geliebte, – nun sie! Und in der Erinnerung an all' den Jammer und an den Wust von Unrat, den er im Zigeunerleben der letzten Jahre hatte erschauen müssen, erfaßte ihn plötzlich eine heiße Wut auf alles, was unter der gleißenden Hülle dieses falschen Künstlertums lebte und atmete. Er ballte die Fäuste – und dann fiel sein Blick auf die Linnentücher, die den Körper Carmellas umhüllten, und er legte den Kopf in die Hände und weinte . . .

Die Nacht verrann, und fahl flutete das Morgenlicht durch die Fenster des Stübchens. Fritz erhob sich, weckte die an der Wiege des Kleinen eingeschlafene Wärterin und trug ihr auf, für die Waschung und würdige Bekleidung der Leiche Carmellas zu sorgen. Mit thränenden Augen versprach Friederike, alles zu thun, was nötig sei, ihrer verstorbenen Herrin die letzte Ehre zu erweisen. Fritz nahm Hut und Mantel und streifte indessen ruhelos durch die Straßen des Viertels.

Es war Tag geworden, als er nach Hause zurückkehrte – blaß, übernächtig und um den Mund einen harten, tief eingegrabenen Zug, der seinem Gesicht ein völlig verändertes, charakteristisches Gepräge gab: das einer gereiften Männlichkeit.

Friederike hatte die Wiege des Kleinen in die Vorderstube geschoben und die Leiche mit Hilfe der Nachbarsleute auf das Bett Carmellas geschafft. Das Gesicht der Toten war nicht entstellt; der Ausdruck seligen Mutterglücks, der sich in ihrem brechenden Auge wiedergespiegelt, schien noch immer in sanftem Abglanz auf dem schönen Antlitz zu ruhen.

Gegen zehn Uhr kam Hempel erregt und in Hast mit einer unerwarteten Botschaft auf das Zimmer. Er habe dem alten Herrn Grafen von dem traurigen Vorfall erzählt und durch ihn habe wiederum Gräfin Katinka davon gehört. Die Herrschaften seien unten im Wagen, – sie bäten, die Tote und das Kind sehen zu dürfen, sie nähmen innigen Anteil an beiden.

Und dann stiegen die Herrschaften die vier Treppen hinauf, reichten Fritz mit freundlicher Begrüßung die Hand und traten in das Zimmer, in dem Carmella aufgebahrt lag. Gräfin Katinka hing fest am Arme ihres Schwiegervaters und schaute der Toten lange in das blasse Gesicht, und wohl mochte die Erinnerung an das Glück, das dieses blasse Gesicht und die geschlossenen Augen ihr dereinst gestohlen, mächtig in ihr wühlen, denn ihr Blick verschleierte sich und voll tiefer Bewegung wandte sie sich ab.

Graf Klaus erkundigte sich bei Fritz noch einmal nach allen Einzelheiten des traurigen Begebnisses, räusperte sich dann etwas verlegen unter seinem seidenen Foulard und fragte schließlich:

»Ist es Thatsache, lieber Herr – lieber Herr Fiedler, daß der Baron Leopold Krey nach den Formen des Gesetzes mit der – mit der Unglücklichen verheiratet gewesen ist –?«

»Thatsache, Erlaucht,« entgegnete Fritz, »wie der unter den Papieren der Verstorbenen befindliche Trauschein beurkunden wird.«

»Und – und der arme Kleine in der Wiege nebenan ist das rechtmäßige Kind aus dieser Ehe?« fuhr Graf Klaus zögernd fort.

»Das rechtmäßige Kind aus dieser Ehe,« wiederholte Fritz mit starker Betonung.

Der Graf, der sich mit dem Rücken gegen das Fensterbrett gelehnt hatte, richtete sich würdevoll auf, und sein vornehmes Greisenantlitz wurde noch ernster als zuvor.

»Sie wissen,« sagte er, »daß der Baron Leopold Krey im Auslande weilt und – schwerlich zurückkehren dürfte; der Kleine steht also verwaist auf der Welt. Da die Kölpins in verwandtschaftliche Beziehungen zu den Kreys getreten sind, so ist es unsre Pflicht, uns des kleinen Burschen anzunehmen. Ich habe bereits mit meinem Sohne und meiner Schwiegertochter über die Angelegenheit gesprochen: wir sind gewillt, das Kind so erziehen zu lassen, wie es dem Namen, den es trägt, zukommt; wir wollen, daß ein braver Mensch aus ihm werde!«

Und ohne eine Entgegnung Fritzens abzuwarten, trat der Graf in das Vorderzimmer zurück. Da saß Katinka auf einem niedrigen Sessel neben der Wiege des Kleinen, hielt ihn in ihren Armen und herzte und küßte ihn. Auf ihrem seinen und zarten Gesicht lag eine lichte Röte, und in ihrem Auge glänzte etwas wie die Ahnung kommenden Mutterglücks. Der kleine Bursche aber, der die gefährliche Krisis der Krankheit völlig überstanden hatte, lachte ihr aus dem Steckkissen mit seinen dunklen Augen freundlich entgegen, und seine rosigen kleinen Fäuste patschten vergnügt in die Luft.

Ein Lächeln flog über das Gesicht des alten Grafen beim Anblick des reizenden Bildes. Er trat an seine Schwiegertochter heran, beugte sich tief zu ihr hinab und legte seine Hand auf ihren welligen Scheitel.

»Er soll der *unsre* werden, der süße, kleine Bursche,« sagte er mit leiser Stimme, »und soll nie fühlen, daß er ein Waisenkind ist!« –

Schon am Nachmittage sollte Friederike, die man vorläufig zur Pflege des Kleinen behalten wollte, mit diesem nach dem Grand Hôtel übersiedeln. Dann verabschiedeten sich der Graf und die Gräfin von Fritz. An der Thür wandte sich der erstere noch einmal um.

»Sie werden mir verzeihen, Herr Fiedler,« sagte er, »wenn ich die Bitte an Sie richte, die Sorgen für das Begräbnis der Verstorbenen *mir* zu überlassen. Sie hat den Namen Krey geführt und soll würdig beigesetzt werden.«

Fritz verneigte sich schweigend. –

Am Nachmittage fanden sich abermals Polizeibeamte ein, und die protokollarischen Scherereien begannen von neuem. Fritz hatte sich ihrer kaum erledigt, als es die Treppe hinaufstürmte und Roche-Crevet in das Zimmer trat.

»Ich bin in fliegender Hast,« meinte er und fächelte sich mit den abgezogenen Handschuhen Luft zu, »– war bereits in Ihrer Wohnung, fand Sie dort leider nicht vor, – ahnte aber schon, daß Sie *hier* weilen würden und ließ mich deshalb ungesäumt herfahren ... O, mein lieber Herr Sterßengschèr, welch Unglück! Auch für mich, lieber Herr Sterßengschèr, denn Carmella Nera war eine große Künstlerin, für die nicht so leicht Ersatz zu schaffen ist! Ein Unglück mit folgenschweren Weiterungen! Mein ganzes Programm ist zerstört, – ich möchte behaupten, die Zukunft meines Instituts steht auf dem Spiel, denn die Blätter werden natürlicherweise die ganze schaudervolle Angelegenheit in all' ihren Einzelheiten breit treten und werden noch mancherlei hinzudichten, hinzu erfinden! O diese Zeitungen! Brauchte ich sie nicht, – wahrhaftig, ich würde jedem Journalisten den Eintritt in die Arena verbieten! Aber man braucht dieses Volk! Man braucht es – leider, leider! ... Sagen Sie, mein guter Herr Sterßengschèr,« – und Roche-Crevet drängte sich schmeichelnd dichter an Fritz heran und klopfte wie absichtslos auf die Brustgegend seines Rockes, wo seine Brieftasche saß –, »sagen Sie: Sie produzieren sich doch heute abend wieder in Ihrer prächtigen Troubadour-Nummer – was?.. Das Publikum erwartet es zuversichtlich – es war ja ganz außer sich am gestrigen Abend! Ich mache Ihnen übrigens noch nachträglich mein Kompliment, Herr Sterßengschèr, – die Produktion ist einfach vollendet! Gigi Rollon, – wissen Sie, der berühmte bretonische Athlet, der im vorigen Jahre in den Folies bergères solch' Aufsehen erregte, – würde es Ihnen nicht nachmachen können! Nein, das würde er nicht!.. Also nicht wahr: Sie lassen mich nicht im Stiche und zeigen sich in der Troubadour-Nummer? Unter uns: ich belasse Ihnen die volle Gage, – trotz des Todes – o, des bedauernswerten Todes Ihrer Partnerin!« . .

Mit einer heftigen Gebärde des Ekels wandte Fritz sich ab.

»Ich trete überhaupt nicht mehr auf, – *nie* wieder!« stieß er brüsk hervor.

Roche-Crevet schrak zurück, – er glaubte nicht recht gehört zu haben, aber er erblaßte doch unwillkürlich. Der »Troubadour mit der eisernen Brust« sollte auf seinem Programm fehlen –? Das war ja eine Unmöglichkeit, ein barer Unsinn! Roche-Crevet war darauf gefaßt gewesen, Fritz würde ihn um einige Tage Urlaub ersuchen, und er hatte sich bereits fest vorgenommen, ihm diese Bitte rundweg abzuschlagen, ihn mit List oder Gewalt schon heute abend wieder auf die Bühne zu locken, – und nun sprach dieser entsetzliche Mensch davon, überhaupt *nie wieder* aufzutreten!

Nie wieder?! Ja, war denn der Sterzinger junior über Nacht verrückt geworden? Wozu gab es denn Kontrakte auf der Welt! –

Roche-Crevet wirbelte mit seinen Handschuhen in der Luft herum.

»Pardon, lieber Herr Sterßengschèr,« sagte er, noch immer in seiner süß höflichen Weise, »– ich habe nicht ganz verstanden! Ich erlaubte mir nur eine Bitte, nur eine Bitte, verehrter –«

Fritz wandte sich rasch nach ihm um und schnitt ihm das Wort ab. Über sein Gesicht huschte eine dunkle Flamme, sein Auge sprühte.

»Geben Sie sich keine Mühe, mich zurückzuhalten, Herr Roche-Crevet,« sagte er in wachsender Erregung. »Ich trete nicht wieder auf, – auf *Ihrer* Bühne ganz sicher nicht! Eher will ich zu Grunde gehen, eher Hungers sterben, als auf denselben Brettern, auf denen sich ein armes Weib zu Tode verblutete, meine Narrenrolle weiterspielen! Suchen Sie sich einen neuen ›Troubadour‹ und einen neuen Herkules! Ich schenke Ihnen die Trikots und die Lappen und Fetzen und die Eisenkugeln, die noch in meiner Garderobe liegen – mein Nachfolger mag sie benutzen! Mit meiner Herkulesrolle ist es vorbei, – die Kraft ist mir ausgegangen. Und damit Gott befohlen, Herr Roche-Crevet!«

Er schritt an das Fenster und legte die Stirn an die Scheiben.

Roche-Crevet wagte kaum noch zu atmen, er war starr und fassungslos. Dann stieg ihm plötzlich Grimm und Ärger zum Hirn; er schlug mit den Handschuhen auf den Tisch und lachte höhnisch auf.

»Und Ihr Kontrakt, mein Herr?!« schrie er heiser. »Sind wir gesetzlos?! – Und die Konventionalstrafe – hehe?«

Fritz fuhr jach herum. Seine Hand deutete nach der Thür.

»Klagen Sie!« rief er, »thun Sie, was Sie, *was* Sie wollen, aber verlassen Sie mich!«

Roche-Crevet knirschte. Er riß den Hut vom Tische und warf Fritz einen Blick wütenden Hasses zu.

»Ich gehe schon,« sagte er, »aber, mein Freund, wir sehen uns wieder! Oho – wir werden uns wiedersehen! Sie werden zu Kreuze vor mir kriechen und glücklich sein, meine Bühne von neuem betreten zu dürfen!«

»Ich will ehrlos sein zeitlebens, thu' ich das je!«

Krachend fiel die Thür ins Schloß. Fritz aber atmete hoch auf und sein Blick wurde heller. *Eines* von jenen Zielen, die er mit Tom Price erträumt und erstrebt, hatte er erreicht: er hatte mit der *Vergangenheit* gebrochen.

* *
*

Als Fritz am Abend dieses Tages, um nach seiner Wohnung zurückzukehren, über den hell erleuchteten Boulevard St. Michel schritt, fiel ihm im Schauladen einer Kunsthandlung die Photographie eines jungen Weibes auf, in dessen schönen Zügen er eine entschiedene Ähnlichkeit mit Fanny zu entdecken vermeinte. Das Bild stand in einer Reihe von Kabinettphotographien meist hervorragend schöner weiblicher Köpfe auf einer Etagere im Fenster.

Die Ähnlichkeit frappierte Fritz so, daß er in den Laden trat, sich die Photographie kaufte und dabei den Kunsthändler fragte, ob er zufällig wisse, wen das Bild darstellen solle.

Der Mann zog die Achseln hoch.

»Ich bedaure aufrichtig,« erwiderte er höflich, »ich habe die ganze Kollektion erst vor wenigen Tagen als Galerie schöner Frauenköpfe aus Prag bezogen. Es sind wohl durchweg Aufnahmen mehr oder weniger bekannter Schauspielerinnen . . . Die Namen kenne ich nicht, – meine Kunden interessieren sich auch mehr für die Gesichter als für die Namen, mein Herr« . . .

Fritz nahm das Bild mit nach Hause und betrachtete es dort noch einmal lange, sehr lange, ehe er es zu dem Briefe Fannys legte, den er vor Monaten von ihr erhalten hatte. Er faßte es als ein günstiges Omen auf, gerade an diesem heutigen Tage an diejenige erinnert worden zu sein, die er im regellosen Leben einer ganzen Reihe von Jahren nicht hatte gänzlich vergessen können, weil sein Herz an ihr hing.

Einundzwanzigstes Kapitel

Der kleine, im Laufe der Jahre ziemlich schäbig gewordene Regulator aus Mahagoni, der über dem Pulte des ersten Buchhalters hing, begann leise zu schnarren und schlug dann mit blechern klingender Glockenstimme an. Ein Uhr – Mittagszeit! Und die Federn, die bisher emsig und in ununterbrochener Arbeit über das Papier geflogen waren, hielten plötzlich inne, ein Aufatmen ging durch den ganzen Raum. Der erste Buchhalter klappte geräuschvoll den mächtigen Folianten zu, über dem er bisher gebrütet hatte wie eine pflichteifrige alte Klucke über dem Eierneste, wischte sich die Stahlbrille ab, nahm verstohlen eine Prise und griff dann eiligst nach Hut und Überrock, um zu der Mittagsmahlzeit in der Weißbierstube nebenan auch nicht um eine Minute zu spät zu kommen.

Er war immer der erste, der beim Schlusse der Geschäftsstunden das Bureau der Holz- und Kohlenhandlung von Leo Leppiehn, Berlin SW., Zimmerstraße 13 parterre, verließ, und man konnte es ihm nicht übel nehmen, daß er sich so schnell als möglich aus dem zwar mäßig großen, aber niedrigen, stets halbdunkeln und von dumpfer Luft erfüllten Hofzimmer, welches das Comptoir der Firma bildete, hinaussehnte. Trotz dieser menschlichen Anwandlung war Herr Fichte aber ein gestrenger Herr, der sein Bureaupersonal in Zucht und Ordnung hielt und bisweilen sogar seine kleinen tyrannischen Launen zeigte; die Physiognomie des Comptoirs änderte sich denn auch jedesmal blitzähnlich, sobald Herr Fichte die Thür hinter sich geschlossen hatte. Heute, wie immer.

Der alte Buchhalter war kaum verschwunden, als Leben in die Schreibmaschinen hinter den alten, von Würmern angefressenen Pulten kam. Der kleinste Schreiber, ein sechzehnjähriger Bengel und eine echte Berliner Pflanze, hatte nichts Eiligeres zu thun, als sich auf seinem lederüberzogenen Drehsessel auf den Kopf zu stellen und mit den Beinen in der Luft herumzufuchteln. Sein nur um zwei Jahre älterer Nachbar changierte währenddessen in einer Art wilden Krakowiaks durch das ganze Zimmer, und ein dritter Angestellter jauchzte in hellen Fisteltönen den jüngsten Gassenhauer in die Luft. Nur einer, ein großer blonder Mensch mit sehr hübschem, ernstem Gesicht, saß noch tief über seiner Arbeit und malte Buchstaben auf Buchstaben mit gleichmäßig schöner Handschrift auf das vor ihm liegende Papier: »Preßkohlen, an 10 000 Stück = M 60, – 20 Centner Nuß-Steinkohlen = M 27,50 – Buchenholz, 6 Meter, vierschnittig = M 75 – Patent-Feueranzünder, an 5000 Stück = M " – –

Der Schreibende schaute von der Rechnung, die er auszufüllen im Begriffe stand, auf.

»Sind nicht die Feueranzünder seit dem ersten September heruntergegangen, Schindler?« fragte er. »Fichte hat sie noch mit fünf Mark fünfzig pro Mille notiert« . . .

»Dieser pp. Fichte dürfte seinen Rest von Verstand bald völlig in Weißbier ersäuft haben,« erwiderte der Angeredete, der Sänger von vorhin; »er wird immer duseliger. Natürlich sind die Anzünder heruntergegangen – die Konkurrenz ist ja rasend geworden – im letzten Vierteljahr sind fünf neue Patente angemeldet worden! Schwerebrett, ich möchte mich aufs Erfinden legen, – dabei ist noch etwas zu verdienen! Wissen Sie, wieviel unser Chef als erster, der die Feueranzünder vor acht Jahren eingeführt hat – er hatte das Patent irgend einem armen Teufel für eine Lumperei abgekauft – wissen Sie, wieviel er aus der Geschichte herausgeschlagen hat? An eine viertel Million, sage ich Ihnen – Mark natürlich, aber ich würde auch schon mit einer viertel Million Groschen zufrieden sein!«

»Ich nehme sie *auch*,« entgegnete der am Pulte und tauchte die Feder ein; »also was kostet das Mille –?«

»Viere fünfundzwanzig,« gab Schindler zurück und schlüpfte in seinen Paletot, indes sich auch die übrigen zum Fortgehen rüsteten. »Nun aber punktum, Fiedler, – seien Sie nicht so nachahmenswert fleißig! Wo essen Sie heute? Kommen Sie mit zum Herzog von Lichtenhain? – Ach, hören Sie, der hat seit einigen Tagen eine neue Kellnerin, der man wirklich alle Hochachtung zollen könnte, wenn sie nicht so furchtbar unnahbar wäre! Ein entzückendes Mädel mit *solchen* Augen« – er malte ein Rad in die Luft – »und prachtvoller Figur! Käthe heißt dies Ideal.«

»Legen Sie Käthe meine Bewunderung zu Füßen,« sagte Fiedler lachend, »ich selbst kann es leider nicht. Sie müssen sich schon allein weiter an dieser Schönheit betaumeln.«

»Ah – das ist schade! Sie kommen nicht mit?«

»Ich habe einen Besuch zu machen, der sich nicht gut aufschieben läßt.«

Der andere bedauerte nochmals, grüßte dann freundlich und ging zu seiner Käthe.

Fiedler legte die Feder fort, schloß seine Bücher ein und rüstete sich gleichfalls. Das kleine, sehr bescheidene Stübchen, das er bewohnte, lag unweit des Comptoirs von Leo Leppiehn – er hatte es erst vor kurzem gemietet, um auf dem Wege vom Geschäft nach Hause möglichst wenig Zeit zu verlieren, denn er gebrauchte seine freie Zeit in jeder Stunde.

Er beeilte sich heute mehr als sonst. Nur einmal blieb er unterwegs stehen – vor einem Bäckerladen. Er schaute sich vorsichtig nach allen Seiten um, ob keiner seiner Comptoirbekannten zufällig in der Nähe sei, dann huschte er rasch in den Laden hinein und kaufte sich einige Schrippen, die er in seinen Taschen verbarg. Dann ging es eiligst weiter, – durch den offenen Thorweg einer fünfstöckigen Mietskaserne quer über den Hof in ein Seitengebäude und vier schmale schwarzgraue Stiegen hinauf.

Es war nicht viel mehr als eine Mansarde, das niedrige Stübchen, in dem Fritz Unterkommen gefunden hatte. Die eine Wand stieß in schiefem Winkel an ihre Nachbarn an, und durch das einzige Fenster sah man über einem Chaos von Dächern, Schornsteinen und Telephongerüsten, einem lustigen Wirrwarr, der sich beim Mondenscheine gar phantastisch ausnehmen konnte, nur einen schmalen Strich Himmel. Bett, Stuhl und Tisch und eine alte Kommode bildeten das Mobiliar, aber über der Kommode hing ein Stück Erinnerung – ein Neu-Ruppiner Bilderbogen, der letzte, der Fritz von seinen kolorierten Schätzen aus dem Pastorate von Klein-Busedow verblieben war. Die andern waren verloren gegangen, einen – Garibaldi mit dem Rubens-Barett – hatte Tom Price als Andenken mit hinüber nach England genommen. Auch das Überbleibsel war nicht mehr in sonderlicher Frische erhalten; die eine Ecke war abgerissen, so daß man von dem »Elefanten in Indien« nur noch die Füße sehen konnte, und auf dem Fell des Zebras schimmerte ein großer Fettfleck. Aber trotz der abgerissenen Ecke und des

Fettfleckes auf dem Zebrafell liebte Fritz den alten Bilderbogen doch mit fast rührender Zärtlichkeit, mit einer Art
sentimentaler Pietät; er sah etwas von einem Fetisch in ihm
und stäubte ihn allmorgendlich, wenn er sein Zimmer
aufräumte, säuberlich mit einem Tuche ab, um ihn vor den
weiteren Einflüssen der rauh vernichtenden Zeit zu bewahren.

Fritz nahm seine Semmeln aus der Tasche, zog dann die
Kommode auf und holte aus dem ersten Schubfache einen
eingewickelten Wurstzipfel hervor, den er in Scheiben
schnitt und mit einer der Schrippen fast gierig verzehrte. Er
hatte einen wütenden Hunger, aber keine Zeit, ihn vollauf
zu befriedigen; Professor Schmidt wartete nicht – und mit
leerem Magen sang es sich immer noch besser als mit ge-
fülltem . . .

Fritz klopfte das Herz stärker, da er der nächsten Stunden
gedachte. Er wechselte seine Kleidung, legte den dürftigen
Comptoirrock ab, zog sein schwarzes Jackett an und trat
dann vor den kleinen Spiegel, um sich das Haar zu scheiteln
und den Bart zu bürsten. Um Wangen und Kinn sproßte
ihm jetzt ein blonder üppiger Vollbart; er hatte etwas wild
zu werden gedroht, drum hatte Fritz am gestrigen Abend
einen Fünfziger geopfert und sich die Manneszier im
Friseurladen fein nach der Mode zurechtstutzen lassen. Er
wollte »anständig« vor dem Professor erscheinen, nicht als
Naturmensch. Der Professor gab etwas auf das Äußere –
Fritz wußte das, und während er mit der Bürste glättend das
Haar strich, begann das Herz wiederum lauter zu schlagen –
tick – tick – tick, wie eine Uhr . . .

Dummes Herz, sei doch still! Hast doch so manche Prü-
fungsstunde durchlebt und hast nicht so thöricht geklopft!
Still, Herz, und mutig – wie einst unter den Eisengewichten
und wie am Grabe der Liebe! –

Die Last, die ihm das Herz bedrückte, als er zum letztenmal im feuchten Herbstnebel am Grabe Carmellas auf dem
Kirchhofe von Montmartre stand, war freilich noch schwerer gewesen als das Plastron des »Troubadours mit der
eisernen Brust«! ... An die zwei Jahre lagen zwischen
damals und heute, aber wären es auch hundert Jahre
gewesen, – Fritz hätte jenen regendurchschauerten Herbsttag nicht vergessen. In einem pomphaften Sarge, den Graf
Klaus Kölpin bestellt, hatte man das unglückliche Weib
nach dem Friedhofe gefahren. Hier warteten bereits die
beiden Kölpins und Gräfin Katinka am offenen Grabe.
Leise und eintönig rieselte es vom Himmel herab und
ebenso eintönig und wie gelangweilt durch die Monotonie
des Tages sprach der Geistliche seine Gebetsworte in den
Regen hinein. Dann fielen die Schollen polternd auf den
Sarg hinab, – die Totengräber schaufelten die feuchte Erde
zu einem Hügel zusammen, über den der geistliche Herr
noch einmal segnend seine Hände ausbreitete und ein letztes Amen murmelte ... Fritz blieb noch einige Minuten allein am Grabe zurück. Er betete nicht, aber das, was in
diesen Minuten durch seine Gedanken ging, war so gut wie
ein Gebet ... Es sah schauerlich herbstlich aus im Umkreise. Der Regen streifte die gelben Blätter von Baum und
Strauch und wühlte sich in die zerfallenen Georginen,
Astern und Herbstrosen ein, mit denen liebende Hände die
nächsten Gräber geschmückt hatten. Auf dem ganzen Friedhofe war kein Mensch zu sehen, – Fritz stand vereinsamt
vor dem frischen Hügel, der seine Liebe barg, seine erste
glühende Liebe und die erste schwere Sünde seines Lebens.
Wie er mit brennendem, doch thränenlosem Auge auf den
gelben, grobkörnigen Sand des Grabes blickte, tauchten in
seinem arbeitenden Hirn noch einmal alle Stadien dieser
Liebessünde auf, alle Einzelheiten – von seiner ersten
Begegnung mit Carmella an bis zu dem verhängnisvollen
Abend im Restaurant Civré, wo ihr heißer Kuß das Gift der
Leidenschaft in seine Seele trug.

Es war etwas Eignes um diese Leidenschaft gewesen. Es hatte Stunden gegeben, in denen es Fritz wie ein wilder Haß gegen Carmella überkam, aber es war doch kein Haß, sondern nur ein Gefühl der Scham darüber, daß er dies Weib, das nach Gesetz und Recht einem anderen angehörte, so rasend lieben konnte. Rasend –, das war der rechte Ausdruck für die zügellose Leidenschaft, die der erste Kuß Carmellas in ihm entfacht hatte. Seine Liebe war wirklich nur eine Raserei der Sinne gewesen, und da auch im ruhelosen Umherzigeunern Charakter und Seele in ihm noch nicht Schiffbruch gelitten hatten, so empfand er in stillen Stunden das moralisch Widrige seiner Leidenschaft oft genug tief – um so tiefer, als er das Bewußtsein hatte, daß die Fesseln, die ihn in neuster Zeit an Carmella ketteten, fester waren als Stahl und Eisen. Im langen und innigen Verkehr mit dem ungemein feinfühligen Tom Price hatte sich auch das Empfindungsleben Fritzens subtiler ausgebildet – und so glaubte er denn zuweilen sein Verhältnis zu Carmella wie eine Art folternden ästhetischen Mißbehagens fühlen zu müssen. Es drückte auf ihn – mehr noch, als seine ganze soziale Stellung und sein Beruf ihn bedrückte, – doch seine Leidenschaft war stärker als der Wille, sich frei zu machen. Seine Leidenschaft beherrschte ihn. Wie oft dachte Fritz nicht in dieser Zeit, in der sich, so kurz bemessen sie auch war, ein Prozeß neuer Wandlung in ihm vollzog, an die Mahnungen Toms zurück! Und dann kochte die Wut in ihm auf, und um nicht in das glänzende Auge Carmellas schauen und ihre Stimme hören zu müssen, griff er nach Hut und Stock und eilte ins Freie – weit hinaus in die äußerste Vorstadt, wo sich an die Ringbefestigungen der Capitale die Villen-Kolonien mit ihren im Herbstschmucke prangenden Gärten und Anlagen anschlossen . . .

Nun hatte der Tod die Ketten gesprengt, die *er* zu lösen zu schwach gewesen war. Im Nebelgeriesel war Carmella zur Erde gebettet worden, und er stand thränenlos an ihrem Grabe. Er betrauerte sie tief und mitleidsvoll, nicht aber die

Schicksalswendung, die sie aus dem Leben gerissen hatte. Es dünkte ihm gut für sie, daß sie gestorben, ehe sie im Schlamme erstickt war. Für ihn aber, der an dem halb entblätterten Rotdorn vor ihrem Grabe lehnte und mit starrem Auge die Kiesel zu zählen schien, die den Hügel deckten, war ihr Tod Erlösung und Befreiung gewesen. Denn auch ihn hätte sie, die ihn mit tausend Polypenarmen der Leidenschaft umstrickte, hinabgezogen in den erstickenden Schlamm. –

Als Fritz an jenem Begräbnistage in seine Wohnung zurückkehrte, erwartete ihn dort ein Stadtsergeant mit einem Haftbefehle. Roche-Crevet hatte denselben gegen ihn ausfertigen lassen; da Fritz drei Tage lang nicht aufgetreten war, so galt der Kontraktbruch als erwiesen, und da Fritz fernerhin Ausländer war und fluchtverdächtig erschien, so mußte dem Ansinnen des Direktors, der gesetzlichen Anspruch auf die kontraktlich stipulierte Entschädigungssumme hatte, polizeilicherseits nachgegeben werden. Fritz wurde vorläufig im Untersuchungsgefängnis untergebracht, in dem er möglicherweise eine ganze Spanne Zeit hätte vertrauern können, wäre ihm der alte Hempel nicht schon am nächsten Tage als Retter in der Not erschienen. Die Kölpins wollten nun wirklich abreisen, und Hempel kam, seinem little boy Lebewohl zu sagen. Er war nicht wenig erstaunt, als er durch Fritzens Wirtin von dessen neuem unfreiwilligem Aufenthalt hörte, und er zögerte nicht, unter Beihilfe des Grafen Wendelin, der an seinem ehemaligen Stalljungen noch etwas gut zu machen hatte, ein Arrangement mit dem Direktorium der Arène d'hiver zu treffen und Fritz aus seiner unangenehmen Klausur zu befreien.

Zwei Tage danach saß der verabschiedete Herkules auf der Bahn und dampfte der deutschen Grenze entgegen. Er hatte Rechnung mit sich selbst gemacht, hatte einen Strich unter das Facit seines bisherigen Lebens gezogen, wollte ein neues Konto beginnen. Der Zukunftsplan, den er sich entworfen, lag fest und in bestimmten Umrissen vor ihm, und in heimlicher Stunde hatte er sich, im Gedanken an den einzigen Freund, den er sich im Vagabundenleben erworben, fest zugeschworen, nicht einen Schritt weit von dem Wege abzuweichen, der ihn dem Ziele zuführen sollte – ob früher oder später, – gleichviel! –

Und er hatte gedarbt und gehungert in Berlin, um seinem Ziele näher zu kommen. Nach unsäglichen Bemühungen war es ihm endlich gelungen, eine kleine Comptoirstellung in dem Holz- und Kohlengeschäft von Leo Leppiehn zu erlangen; sie brachte ihm herzlich wenig ein, aber immerhin genug, um sein Leben zu fristen und um in den wenigen Mußestunden, die ihm verblieben, an seiner musikalischen Ausbildung weiter zu arbeiten. Kurz vor seiner Abreise aus Paris war er noch einmal bei dem alten Legrandier gewesen, um von ihm ein ehrliches Schlußurteil über seine Stimme zu hören. Und Legrandier hatte ihm wiederholt, was er ihm schon mehrfach gesagt: daß sein Organ nur der Ausbildung und der Schulung bedürfe, um zu »Hoffnungen nicht gewöhnlicher Art zu berechtigen«, wie der Kapellmeister der Arène d'hiver sich vorsichtig ausdrückte. Fritz wußte, daß Legrandier ihm nicht nur wohl wollte, sondern daß er auch ein Mann war, der es ehrlich meinte und der nicht um des Anscheins liebenswürdiger Gesinnung halber eine Phrase sprach. Und so entschloß sich denn Fritz, den Versuch, sich einen neuen Lebensberuf auf Grund seiner musikalischen Begabung zu suchen, mutvoll zu wagen. Eine Harlekinade, jener Herkules-Tric vom »Troubadour mit der eisernen Brust«, hatte seine alte, fast erloschene Neigung für die Musik von neuem geweckt – und mit fieberndem Eifer und glühender Passion bildete er zum Studium aus, was ihm in sorgenlosen Kindertagen die unbemessen freie Zeit verkürzen half.

Der erste Gesangslehrer, den er in Berlin gefunden hatte und der sich seiner gegen geringes Entgelt annahm, war an einer Mädchenschule dritter Ordnung angestellt und so sehr mit Arbeit überlastet, daß er Fritz eines Tages selbst erklärte, er könnte sich nicht in dem Maße mit ihm beschäftigen, wie seine Stimmmittel es verdienten. Fritz mußte sich demzufolge nach einem neuen Lehrer umsehen, der ihm denn auch mit Hilfe eines alten guten Bekannten, des ehemaligen Schauspielers und gegenwärtigen Anmessers bei Landré und Bonnheimer, des wackeren Herrn Mausebrei, zugeführt wurde. Herr Mausebrei, mit dem Fritz zufällig eines Tages auf der Straße zusammentraf und der in hohem Maße begeistert that, seinen einstigen Schützer und Schützling wiederzufinden, stand nämlich in gutem Rufe bei Erich Schilling, dem Organisten der Dreifaltigkeits-Kirche. Herr Schilling war ein tüchtiger Musiker und ein Gesangslehrer, dessen Praxis als nicht unbedeutend galt; er hatte in Neu-Ruppin als Sohn eines dort angesessenen Bäckermeisters das Licht der Welt erblickt, und Neu-Ruppin war auch die glückliche Stadt, die sich der Heimatsberechtigung Mausebreis rühmen durfte. Obwohl der würdige Organist die sociale Kluft, die ihn von seinem Landsmanne trennte, nie außer Augen zu lassen pflegte, so gestattete er doch, daß Mausebrei dann und wann des Sonntags bei ihm zu Mittag speiste und ihn durch die drolligen Schilderungen seines Wanderlebens als Heldenvater und schleichender Intrigant ergötzte. Einen solchen Sonntag nun benutzte der gute Mausebrei, dem Organisten seinen jungen Freund zu empfehlen. Fritz hatte Glück; bei Schillings gab es an jenem Sonntage jungen Gänsebraten mit Grünkohl und danach gebackene Äpfelschnitten mit Fruchtsauce – Leibgerichte des Hausherrn, der infolge dessen sehr guter Laune war und sich Fritz zuführen ließ. Fritz sang ihm einige Lieder von Mozart und Lortzing und eine Wagnersche Arie zur Klavierbegleitung vor; der Organist rief »Bravo«, ging dann mit über der Brust gekreuzten Armen und mit mächtigen Schritten einige mal im Zimmer auf und ab und blieb schließlich, seine Löwenmähne zurückwerfend und

Fritz mit flammenden Augen anschauend, dicht vor dem Sänger stehen.

»Sie gefallen mir, junger Herr,« sagte er, »ich nehme Sie an. Aber ich verlange eisernen Fleiß! Merke ich nur ein einziges Mal, daß Thatkraft und Lust zur Sache erlahmen, ist's aus mit uns! Kommen Sie morgen nachmittag sechs Uhr wieder. Adieu!«

Von diesem Tage ab war Fritz der eifrigste Schüler des Organisten Schilling. Gleich nach der ersten Lehrstunde hatte er sich nach dem Honorar, das er zu zahlen habe, erkundigt, aber Schilling hatte die Frage abgelehnt. »Erst lernen Sie etwas,« hatte er gesagt, »dann wollen wir vom Zahlen sprechen« . . .

Und Fritz lernte tapfer. Bis sechs Uhr nachmittags war er in seinem Bureau beschäftigt, saß er auf dem hohen Bocksschemel hinter seinem wurmstichigen Pulte und schrieb Rechnungen aus, addierte und subtrahierte und machte sich mit den Geheimnissen der Kohlenpreise und des Steigens und Fallens der Briquettes vertraut. Es war für ihn eine lähmend langweilige, geisttötende Arbeit, aber er führte sie gewissenhaft aus, und nie fand der erste Buchhalter oder sein Prinzipal Grund zur Klage über ihn. Erst die Abendstunden gehörten ihm selbst. Wenn er nicht Unterricht hatte, übte er entweder in seinem kleinen Stübchen und dann mußte die alte treue Fiedel, die er aus der Kinderzeit in den Trubel des Lebens hinübergerettet, ihm dabei Hilfsdienste leisten, – oder er ging zu Mausebrei. Dieser würdige Mann befaßte sich unter anderm nämlich auch mit dem Geschäft des Zimmervermietens, und sein gegenwärtiger Zimmerherr, ein musikalischer Referendar, befand sich im glücklichen Besitze eines Pianoforte »auf Leihkontrakt«. Da nun der Herr Referendar in den Abendstunden nie zu Hause weilte, so hatte sich Mausebrei für diese Zeit die Benutzung seines Instruments erbeten, was der gefällige Jusbeflissene auch gern gestattete.

Mausebreis größte Freude war es, den Übungen seines jungen Freundes zuhören zu dürfen. Er schwor auf dessen Zukunft und stellte ihn unbedenklich schon heute mit Niemann und Bötel in eine Reihe. Der kleine Mann saß während der Übungsstunden im Zimmer des Referendars, gewöhnlich ganz eng zusammengekauert und in einen entsetzlich schäbigen, ehemals himmelblau gewesenen, sammetnen Theaterschlafrock gehüllt, in einer Sofaecke und ergötzte sich an dem Gesange Fritzens. Er machte, obwohl er von Musik so viel wie gar nichts verstand, stets ein ungemein wichtiges Gesicht, nickte zuweilen ernsthaft mit dem Habichtskopfe und ließ zeitweilig ein leises »Bravo!« oder ein »bonus« oder auch ein »manjibib« (womit er magnifique meinte) fallen. Er hatte es auch versucht, Fritzen die Anfangsgründe des Sichbewegens auf der Bühne beizubringen und vor ihm höchstselbst eine Reihe von Posen – Antonius vor der Leiche Cäsars, Romeo unter dem Fenster der Julia, Carl Moor in der Unterredung mit der Magistratsperson u. a. – als Muster zur Nacheiferung gestellt, war aber im höchsten Maße in seiner künstlerischen Ehre verletzt worden, als Fritz plötzlich laut und herzhaft herauspruschte – ein Pruschen, das sich allgemach in ein homerisches Lachen auflöste. Fritz bedauerte seine ungezügelte Heiterkeit nachträglich aufrichtig, denn Mausebrei sprach infolgedessen acht Tage lang kein Wort mit ihm und durchbohrte ihn mit Blicken, wenn er ihn sah, – aber der kleine närrische Schneider hatte eine so urkomische Art, als Romeo mit den Augen zu schmachten, als Carl Moor die Stirn in dräuende Falten zu legen und als Antonius die mageren Arme über der Heldenbrust zu kreuzen, daß auch eine hypochondrische Natur bei diesem Anblicke in eitle Fröhlichkeit hätte ausbrechen müssen. Fritz versöhnte ihn schließlich dadurch, daß er ihm eines Tages eine antiquarische Ausgabe von Schillers gesammelten Werken als Geschenk mitbrachte – Schiller war nämlich der Lieblingsdichter des kleinen Zweiseelenmenschen. –

Ein Jahr hindurch hatte Fritz seinen Unterricht bei dem Organisten Schilling genossen, als dieser ihm gelegentlich mitteilte, er habe seinetwegen kürzlich in einer Gesellschaft mit dem Professor Philipp Schmidt gesprochen, und der Herr Professor habe geäußert, er möchte den jungen Mann wohl einmal singen hören. Die Schmidtsche Opernschule erfreute sich eines bedeutenden Renommees; eine Anzahl Sänger und Sängerinnen von Ruf hatte dort ihre letzte Ausbildung erhalten – Schmidt selbst stand mit den Leitern der ersten Bühnen in intimer Verbindung und übte auch auf die Konzertbureaus und Theateragenturen einen nicht zu unterschätzenden Einfluß aus. Fritz hatte schon öfters von den weit reichenden Beziehungen dieses Mannes gehört und war glücklich über die Aussicht, sich vor ihm hören lassen zu dürfen.

Heute war nun dieser wichtige Tag gekommen. Am Abend vorher hatte nach beendeter Unterrichtsstunde Schilling ganz beiläufig zu ihm geäußert: »Apropos, mein lieber Herr Fiedler, – da hat mir der Professor Schmidt eine Postkarte geschrieben. Sie möchten doch morgen einmal so zwischen ein und drei Uhr zu ihm herankommen und eine Rolle mitbringen. Ganz gleich, welche – nehmen Sie doch den Troubadour!« . . .

Und nun war Fritz pochenden Herzens auf dem Wege zu dem Gewaltigen. Der Professor bewohnte eine luxuriös ausgestattete Etage am Kronprinzenufer. Ein gallonierter Diener öffnete Fritz und ließ ihn in das Vorzimmer treten. In dem achteckig geformten Raume standen sechs Büsten großer Tonmeister auf dunklen Säulen rings an den in pomejanischem Rot schillernden Wänden, um die sich in Manneshöhe ein Relieffries zog, allegorische Darstellungen zeigend. Den Plafond schmückte ein gewaltiges Farbenbild, eine Scene aus »Rheingold«. Man merkt es: in diesem Hause ging die Kunst nicht nach Brot.

In bänglicher Erwartung harrte Fritz über eine halbe Stunde, ehe der Diener von neuem erschien, um ihn in den Musiksaal zu führen. Das weite Gemach war hell und luftig, aber ganz leer, mit Ausnahme eines Bechsteinschen Flügels und einiger Rohrstühle.

Fritz war kaum eingetreten, als durch eine Seitenthür der Professor erschien – ein schlanker Mann Anfang der Sechziger mit wüstem, gelbgrauem Haar und mürrischem, bartlosem Gesicht. Sein Wesen war kurz angebunden und unfreundlich.

»Herr Fiedler?« fragte er, ohne dem sich tief Verbeugenden die Hand zu reichen, und rückte dabei an seinem, von schwarzer Horneinfassung umrahmten Pincenez. »Man hat mir von Ihnen erzählt . . . Darf ich bitten« . . .

Er nahm Fritz ohne weiteres die Musikrolle aus der Hand und blätterte in den Papieren.

»Der Troubadour,« murrte er zwischen den wulstigen Lippen hervor, »dacht' mir's beinahe! Als gäb's gar nichts andres! Der Verdi ist der Abgott aller Dilettanten! Dudelei infame! . . . Läßt unsre deutschen Meister links liegen und schnurreit mit dem welschen Geklimper umher! Mozart und Beethoven scheinen nie gelebt zu haben, und der Wagner – na ja – nun aber bitte! Viel Zeit hab' ich nicht, – woll'n 'mal die Arie aus dem zweiten Akt nehmen!«

Er öffnete die Thür, durch die er eingetreten war, und brüllte mit kolossaler Stimme: »Siebenschuh! Sie–ben–schuuuh!«

»Herr – Professor!« schallte es aus der Ferne zurück, – dann kamen eilige Schritte näher, und ein dürres kleines Männchen in abgeschabtem, eng über der hageren Brust geschlossenem schwarzen Rocke erschien, trippelte an den Flügel und ließ sich dort nieder. Professor Schmidt legte ihm die Noten vor, ohne ein Wort zu sagen, und deutete auf die aufgeschlagene Seite. Dann ließ er sich am äußersten Ende des Saales auf einen Stuhl nieder.

»Wenn ich nun bitten darf, mein guter Herr,« sagte er, zu Fritz gewandt; »Siebenschuh wird Sie begleiten« . . .

Fritz stellte sich neben den geheimnisvollen Siebenschuh, der mit geübter Hand ein kurzes Präludium anschlug, und setzte voll ein. Von diesem Augenblick an war alle Befangenheit bei ihm geschwunden.

Das gelangweilte Gesicht des Professors nahm schon nach den ersten Tönen einen interessierteren Ausdruck an. Er schlug die Beine übereinander, stützte das Kinn auf die rechte Hand und schaute unter den buschigen Brauen aufmerksam zu dem Singenden hinüber. So verharrte er regungslos, bis Fritz endete.

»Macht sich,« sagte der Professor kopfnickend; »mehr, als ich erwartet habe! Gar nicht übel! Bitte die Schlußarie!«

Und Fritz begann von neuem. Er hatte noch nicht geschlossen, als Professor Schmidt ein dröhnendes »Halt!« dazwischen rief. Der berühmte Mann hatte sich erhoben und winkte Fritz zu sich heran.

»Habe genug gehört,« meinte er, »um mir ein Urteil über Sie bilden zu können. Stimme ist gut, rein, wohllautend, umfangreich. Bin auch mit der Schulung einverstanden. Schilling hat aus Ihrem Organe gemacht, was innerhalb eines Jahres überhaupt zu erreichen war. Nur auf eines möcht' ich Sie noch aufmerksam machen: auf eine präcisere Atemführung. Ihre kräftige Natur verleitet Sie dazu, häufiger zu voll Atem zu schöpfen, – dadurch verliert der Ton namentlich beim Verklingen an Weichheit. Haben Sie schon eine Theaterschule besucht?«

Fritz verneinte es.

»Hm,« – der Professor dachte einen Augenblick nach . . .
»Schadet nichts,« fuhr er sodann fort, »die Theaterschulen
können den besten Sänger verderben. Man giebt dort zu viel
auf dramatischen Accent, auf deklamatorisches Pathos, auf
schauspielerische Mätzchen – und all' das hat mit der Inner-
lichkeit des Gesanges nichts zu thun. Ich werde Ihnen etwas
sagen: ich habe einen sehr tüchtigen Vortragsmeister, der
Ihnen die ersten Rollen einstudieren kann. Sind Sie bemit-
telt?«

»Nein, Herr Professor,« entgegnete Fritz, setzte aber, als
er sah, daß die Stirn des vor ihm Stehenden sich zu kräuseln
begann, sofort hinzu: »Ich werde indessen das Honorar, das
von mir gefordert wird, zu beschaffen wissen« . . .

»Gut – gut,« fuhr der Professor hastig fort; »ich fragte
nur, weil – weil – mein Gott, weil ich meine Leute auch zu
bezahlen habe!« – Er fuhr mit der Rechten durch sein strup-
piges gelbes Haar und rückte wieder an seinem Pincenez.
»Also das Honorar beträgt pro Stunde zwanzig Mark. Über
den Zahlungsmodus werden wir uns schon einigen. Ich
werde mit Calliano sprechen. Kommen Sie – warten Sie
mal, heut' haben wir Dienstag – kommen Sie Donnerstag
Vormittag um elf Uhr wieder zu mir heran.«

Und der Professor nickte und hatte, ehe Fritz die Entgegnung, daß er des Vormittags in seinem Bureau
beschäftigt sei, abgegeben hatte, bereits das Zimmer verlassen.

Herr Siebenschuh, der Klavierspieler, lauschte, bis die
wuchtigen Schritte seines Chefs in der Entree verhallt war-
en, gab sich dann ein gewichtiges Ansehen, reckte die
magere Brust heraus, trat zu Fritz heran und legte seine
spinnenförmige Hand wohlwollend auf dessen Schulter.

»Donnerstag Vormittag um elf Uhr,« wiederholte er die
Worte seines Prinzipals und fügte aus eigenem Ermessen
kopfnickend hinzu: »Sie haben eine sehr schöne Stimme,

lieber Herr, aber der gewisse Avec fehlt noch. Calliano versteht sich darauf, – in einem halben Jahre können Sie auf der Bühne stehen« . . .

Und dann verließ er ebenfalls den Musiksaal. An der Thüre aber wandte er sich noch einmal um und repetierte mit wichtiger Betonung:

»Donnerstag Vormittag um elf Uhr, ich werde Calliano vorbereiten, lieber Herr!« –

Zweiundzwanzigstes Kapitel

Mit gemischten Gefühlen trat Fritz den Heimweg an. Die Freude über die unleugbare Thatsache, daß seine Stimme dem Professor gefallen und daß dieser sich bereit erklärt hatte, seine weitere Ausbildung zu übernehmen, wurde durch allerhand gewichtige Bedenken getrübt. Da war zunächst das Honorar, das der Professor gefordert hatte! Es war nicht übertrieben hoch – es war das gewöhnliche, das in Instituten von dem Renommee der Schmidtschen Opernschule gezahlt zu werden pflegte, – und doch ein riesenhohes für einen armen Teufel, wie Fritz! Seine Ersparnisse waren bis auf einen geringen Rest in der Zeit, da er stellungslos, verzehrt worden, sein Gehalt bei Leo Leppiehn langte kaum für die notwendigsten Bedürfnisse des täglichen Lebens. Fritz dachte an Hempel und den Grafen Kölpin. Die beiden hatten ihn schon einmal aus drückender Notlage befreit; bis heute war es ihm noch nicht möglich gewesen, auch nur einen kleinen Teil jener Schuld zurückzuerstatten, – würde Graf Wendelin oder der alte Herr ihm angesichts dieses Umstands noch einmal helfen? – Sie waren reich genug, selbst einen Verlust von Tausenden gleichmütig ertragen zu können, – aber was ging sie schließlich Fritz an! Wenig oder nichts, – selbst die wärmste Fürsprache Hempels konnte dabei nichts ändern! Und wenn Fritz ihnen auch auf Ehre und Gewissen und schriftlich und mündlich versprechen wollte, den ihm gewährten Vorschuß in den erhofften besseren Tagen auf Heller und Pfennig zurückzuzahlen, – wer garantierte ihnen denn dafür, daß diese »besseren Tage« wirklich in fester Aussicht ständen? –

Fritz dachte auch an Otto und an das Pfarrhaus in Klein-Busedow, aber er mußte selbst bei dem Gedanken lächeln, daß von dort vielleicht Hilfe zu erhoffen sei. Du lieber Gott – die Pfarrersleute in Klein-Busedow gehörten zu den Ärmsten im Dorfe; Matzenthien und Groß-Schulze waren reiche Leute gegen die Bewohner des Pastorats! Fritz hatte lange, lange nichts von ihnen gehört. Der briefliche Verkehr war gänzlich eingeschlafen, seit Fritz zum erstenmale die Bühne betreten hatte. Wohl war, als er nach Berlin zurückgekehrt, mehr als einmal der Wunsch in ihm aufgestiegen, sich nach Otto umzuthun, der aller Wahrscheinlichkeit nach noch in der Residenz weilen mußte, – aber er schämte sich, dem Jugendfreunde mit dem ganzen Ballast seiner bankerotten Existenz unter die Augen zu treten . . .

Fritz mochte überlegen, so viel er wollte, – als letzte Hoffnung blieb ihm immer nur die Freigebigkeit und der Wohlthätigkeitssinn der Kölpins. Er verhehlte sich nicht, daß er auch im Leppiehnschen Geschäfte nicht länger bleiben konnte. Die Thätigkeit daselbst nahm fast seine ganze Zeit in Anspruch, und es war erklärlich, daß man im Institute des Professors Schmidt in Bezug auf die Einteilung seiner Übungsstunden weniger Rücksicht nehmen konnte, als dies Schilling gethan hatte. Fritz wußte noch nicht einmal, wie er sein Ausbleiben am Donnerstag Vormittag, an dem er zu Schmidt bestellt worden war, entschuldigen sollte. Durch Kranksein – nun ja, einmal ließ sich dieser Entschuldigungsgrund wohl brauchen, aber öfter nicht. Fritz sah bereits im Geiste das strenge, verkniffene Gesicht des ersten Buchhalters vor sich. Wahrhaftig, – die Kölpins blieben auch diesmal die einzige Rettung – ach, und es wurde Fritz so schwer, bitten und betteln zu müssen! –

Im gedankenlosen Umherschlendern war er vor einem Schauladen in der Französischen Straße stehen geblieben. »Antiquariat von Oskar Hammer« stand in Goldbuchstaben auf der Spiegelscheibe, und dahinter türmten sich, in steifer Regelmäßigkeit aufgebaut, Berge von Büchern auf. Fritz ließ den Blick müde und gleichgültig über dies Wirrsal aus allen Sprachen und Wissenschaften vieler Jahrhunderte schweifen, über die in allen Farben strahlenden Einbände, die meist vergriffen und abgenutzt aussahen und auf denen dicker Staub lagerte. Plötzlich flog ein Lächeln über das Gesicht des jungen Mannes. Ganz in einer Ecke des Fensters, zwischen zwei Folianten, die ihrem ehrwürdigen Äußeren nach aus dem sechzehnten oder siebzehnten Jahrhundert stammen mochten, hatte er ein paar unscheinbare Bändchen entdeckt, die sein Interesse in Anspruch nahmen. Der Goldtitel auf dem braunen Lederrücken war zwar reich verblaßt, ließ sich aber immer noch lesen. »J. F. Cooper« stand auf allen drei Bänden und darunter als Titel: »Conanchet« – »Der letzte der Mohikaner« und »Die Waise von Wish-ton-Wish« . . .

Wie lange war es her, daß Fritz die kindliche Phantasie an den Schilderungen Coopers berauscht hatte, daß er dem letzten vom Stamme der Mohikans an das Lagerfeuer gefolgt war und mit dem tapferen Conanchet das Kriegsbeil ausgegraben hatte, um durch Prairie und Urwald auf hundert Schleichpfaden gegen die Bleichgesichter zu Felde zu ziehen! – In mächtiger Wallung stieg die Erinnerung an das Heimatsdorf in ihm auf und trieb ihm das Blut in die Wangen und die Sehnsucht ins Herz. Der alte Cooper hatte ihm dereinst so manche Stunde versüßen und verträumen helfen, daß er ein fast unbezwingliches Verlangen darnach trug, sich noch einmal die wildromantischen Gestalten seiner Indianerhelden, die brennenden Steppen und den im Sturme jauchzenden Urwald mit all' seinen Geheimnissen vor die Seele zu zaubern . . . Und ohne Zögern trat er in den von dumpfer Luft erfüllten Laden, dessen Wände mit Büchern tapeziert zu sein schienen und in dem man sich kaum bewegen konnte, ohne an ein schweinsledernes Ungetüm oder einen Ballen zusammengeschnürter, staubaufwirbelnder Drucke zu stoßen.

Ein kleiner Mann kam dem Eintretenden entgegen und fragte nach dessen Begehr. Fritz erhielt die drei Bände Cooper für den ungeheuren Preis von einer Mark und wollte soeben seelenvergnügt abgehen, als sein Blick zufällig auf zwei altertümliche Foliobände fiel, die aufgeschlagen auf dem Ladentische paradierten. Fritz las auf der von Würmern an der Randung benagten und von der Zeit fast gelbbraun gefärbten ersten Seite des einen Bandes die Worte: »Bibel teutsch der erst tail.« Zwischen der ersten und zweiten Seite ragte ein Pappstreifen hervor auf den in großen Buchstaben geschrieben war: »Günstige Occasion! *Nur* Mark 90! Komplettes Exemplar!« –

Fritz schüttelte den Kopf. »Neunzig Mark?« meinte er fragend, »– für *dieses* Buch? für eine alte Bibel?«

Herr Hammer lächelte überlegen.

»Scheint's Ihnen zu viel, verehrter Herr?« gab er zurück, sich die schmutzigen Hände reibend. »Zu viel?! Du lieber Himmel! Der Levy von nebenan, der sich gern den bedeutendsten Antiquar von Deutschland nennt, würde das Werk nicht unter hundertundfünfzig Mark abgeben! Ja ja, – gucken Sie mich nur so erstaunt an – das ist ein sehr seltenes Buch, mein verehrter Herr, ein Buch, das man nicht alle Tage findet! Wollen Sie gefälligst sehen – da hier, – was steht hier? »Augspurg, Siluan Otmar, in verlegung vn Kosten des Johan Rynman, 1518!« Und wissen Sie, was das heißt, verehrter Herr? Das heißt, daß dieses Werk die sogenannte vierzehnte und letzte deutsche Bibel vor Luther ist – ein Rarum ersten Ranges! Und nun sehen Sie sich einmal den Einband an! Lederpressung von oben bis unten und mitten darin die Jahreszahl 1519! Ein gleichzeitiger Einband, verehrter Herr – – da sind neunzig Mark ein Spottgeld – ein Spottgeld, mein Herr!«

Der alte Antiquar war ganz erregt geworden und murmelte noch immer vor sich hin, während Fritz sich verlegen über das »Rarum« beugte und die verschnörkelten Buchstaben betrachtete.

»Entschuldigen Sie nur,« meinte er, »– ich wußte ja nicht, daß die Dinger so teuer sind! Ich habe auch eine alte Bibel zu Hause und wenn ich –«

Der Antiquar unterbrach ihn mit schrillem Lachen.

»Auch eine alte Bibel ist gut, mein Herr!« er rieb sich wieder die dürren, vom Bücherstaube inkrustierten Finger. »Ja, du lieber Gott, wenn *alle* alten Bibeln 'was wert wären, dann könnte man es bald zum reichen Manne bringen! . . Aus welchem Jahre stammt denn Ihr Exemplar?«

Fritz wurde wieder verlegen. »Ich weiß es nicht genau,« entgegnete er, »es ist mir entfallen, – ich glaube, es steht gar keine Jahreszahl auf dem Titel, – ich glaube, meine Bibel hat überhaupt kein Titelblatt« . . .

»Was denn? Kein Titelblatt? Es wär' ein Inkunabel? I das ist ja gar nicht möglich!« Der Antiquar fuhr sich mit dem Finger über die Nase. »Eine *deutsche* Bibel?«

»Nein, keine deutsche – eine lateinische, aber nicht in lateinischen Lettern gedruckt! Ich kann Ihnen wirklich keine genaue Auskunft über das alte Ding geben, mein Herr, ich hab' es mir lange nicht angesehen, aber ich bin gern bereit, es Ihnen einmal herzubringen, wenn es Sie interessiert.« Fritz lächelte. »Für neunzig Mark laß' ich es

Ihnen,« fuhr er heiter fort, »die kämen mir gerade zu passen!«

Der Antiquar überhörte den letzten Satz.

»Wo stammt denn die Bibel her?« fragte er.

»Von meiner Mutter, das heißt aus dem Hause meiner Mutter – aus einer Försterfamilie« . . .

Der Antiquar sah nach seiner Uhr. »Bis sechs bin ich im Geschäft,« sagte er, »bringen Sie mir das Buch einmal her; vielleicht ist etwas daran. Freilich – ich glaub's nicht, aber man kann ja nicht wissen! Vielleicht hab' ich auch einmal Glück – ebensolch' Glück wie der Levy! 's ist nichts mehr zu verdienen am Antiquariat; die Sammler werden seltener, und die wirklichen Wertstücke bleiben in festen Händen. Faule Zeiten! . . Also bis sechs! Habe die Ehre, mein Herr – empfehl' mich!«

Fritz zog mit seinen drei Bänden Cooper davon. Er wollte noch nicht so recht an die Möglichkeit glauben, daß seine alte Bibel ihm ein paar Groschen Geld einbringen könne – vielleicht sogar mehr als nur ein paar Groschen! Neunzig Mark – das war beinahe so viel, als Herr Leo Leppiehn ihm Monatsgehalt bezahlte – das war das Honorar für vier Unterrichtsstunden im Institut des Professors Schmidt und immerhin mitzunehmen! Freilich – vielleicht zuckte Herr Hammer auch nur bedauernd mit den spitzen Schultern, vielleicht war das alte Ding gar nichts wert und verlohnte sich nicht einmal der Mühe des Einstampfens! Man mußte es darauf ankommen lassen, – in seiner gegenwärtigen Situation hielt es Fritz für erforderlich, auch nicht die geringste Möglichkeit, zu Gelde zu kommen, außer Augen zu lassen . . .

Er suchte, als er in seinem Stübchen angelangt war, die Bibel aus der Kommode hervor, löste die vergilbten Zeitungspapiere, in die er sie bei seiner Abreise aus Paris

342

eingehüllt hatte, und betrachtete sie noch einmal forschend von allen Seiten. Und wieder flog ein lustiges Lächeln über sein Gesicht. Nein – neunzig Mark gab es nicht für die verstaubte Scharteke mit dem in allen Fugen klaffenden Einband – das war sicher! – Er schlug den Deckel auf, aus dem eine Motte emporhuschte. Auch die ersten Blätter waren nicht sonderlich gut erhalten, – sie waren beschmutzt, hie und da eingerissen und zeigten Stockflecken und die Spuren des Bücherwurmes, – erst von den folgenden Seiten ab war die äußere Erhaltung des Buchs eine bessere. Fritz schaute sinnend auf den Anfangsbuchstaben des Werks, ein schön ausgeführtes, bunt koloriertes Initial, ein F darstellend. Die Füllung des Buchstabens war lilafarben, die Konturen erstrahlten in mattem Golde; auch die Umrandung der ganzen Seite war in Farben gehalten – grün, blau, rot und golden. Es war merkwürdig, wie diese zarten Farbentöne verhältnismäßig noch frisch erglänzten, – von Staub und Schmutz auf chemischem Wege gereinigt mußten sie in voller Deutlichkeit hervortreten! . . Fritz wurde es plötzlich recht schwer, das alte Buch aus der Hand geben zu sollen; er entsann sich, daß seine Mutter ihm einstmals erzählt hatte, ihr Vater habe die Bibel aus seiner Heimat, einem westfälischen Städtchen, mitgebracht, und dort sei sie bei einem Hausumbau in einem vergessenen Abschlag unter allerhand altem Gerümpel gefunden worden. Die Mutter hatte immer eine gewisse Pietät für das schweinslederne Unding empfunden, und deshalb hatte Fritz es auch seiner Zeit bei der Auktion in Klein-Busedow zurückgekauft – für bare fünfzig Pfennige, er wußte es noch ganz genau! Und deshalb hatte er es auch mit durch die Welt geschleppt – nach Berlin und nach Kopenhagen und nach Paris und wieder zurück nach Berlin – und nun sollte das einzige Erbstück aus dem Kantorshause in dem muffigen Buchladen des Antiquars für immer verschwinden? . . .

Ärgerlich klappte Fritz den mächtigen Deckel, von dem die Bronzeschließen längst abgefallen waren, wieder zu und griff nach dem »Letzten Mohikaner«. Er war unruhig und nervös – der Cooper sollte ihn zerstreuen helfen.

Er setzte sich am Tische dicht am Fenster nieder und begann zu lesen. Aber der selige James Fenimore wollte seine Schuldigkeit nicht thun. Fritz hatte keinen Sinn für die braunhäutigen Helden der Pampas; er durchblätterte die ersten Seiten, stützte dann den Kopf in die Hand und begann zu träumen – allerhand Zukunftsträume, die ihn in aufsteigender Linie in einen glänzenden, lichtstrahlenden Tempel des Ruhms und in absteigender Kurve in die Bedrängtheit des Augenblicks zurück führten. Was sollte werden? Ja, was sollte werden, wenn er nicht zu energischem Handeln schritt! ... Er sprang auf und warf den Cooper beiseite. Er *mußte* an den Grafen Kölpin und als Unterstützung seines Bittgesuchs an den alten Hempel schreiben, – so schwer es ihm wurde, es half nichts! Courage, rief er sich zu, du hast Schlimmeres ertragen müssen, als den moralischen Kampf um eines Bettelbriefes halber! ... Er griff nach dem Hute, um sich im nächsten Laden anständiges Briefpapier zu kaufen – und dabei fiel sein Blick wieder auf die Bibel, die noch immer auf der Kommode unter dem Bilderbogen aus Neu-Ruppin lag und von der verscheuchten Motte in alter Anhänglichkeit umkreist wurde.

Einen Augenblick blieb Fritz stehen – dann griff er hastig nach dem ungefügen Buche, hüllte es wieder in die Zeitungspapiere ein, nahm es unter den Arm und stürmte die Treppe hinab. Er wollte sein Glück versuchen; bot ihm der Antiquar wirklich nur einige Groschen, so konnte Fritz die Bibel immer wieder mit zurück nehmen – für einige Groschen war sie ihm nicht feil, aber warum sollte sie nicht auch neunzig Mark wert sein wie jene andre von Anno Soundsoviel! Die neunzig Mark wollten Fritz nicht aus dem Kopfe ...

Es dämmerte schon, als er abermals in den Laden des Antiquars trat. Der kleine Mann stand vor seinem Pulte unter einem flackernden Gaslicht und schrieb. Er schaute beim Eintritt Fritzens flüchtig auf, schob seine Brille höher auf die Stirn und nickte.

»Ah – da sind Sie ja – gut! Bitte Platz zu nehmen! Einen Augenblick – so!« Er rieb sich die Nase. »Nun her mit dem Ding! Wetter, hat das ein Gewicht!«

Er riß das Zeitungspapier voneinander und beugte sich tief auf das Buch herab. Seine dürren Finger glitten tastend über das Schweinsleder.

»Schlechter Einband,« murrte er, »wenigstens schlecht erhalten – da fliegt eine Motte – das Wetterzeug nistet sich allenthalben ein!« Er griff nach der Motte, fing sie in der hohlen Hand, zerdrückte sie und warf sie auf die Erde. Dann schlug er den Einbanddeckel zurück und neigte sich wieder tief über die erste Seite des Bibelwerks.

Als er den Kopf von neuem erhob, bemerkte Fritz mit Befremden, daß das gelbhäutige, faltige Gesicht des Alten von dunkler Röte übergossen war. Seine kleinen Augen funkelten förmlich, und ein Blick unverhohlenen Mißtrauens flog zu Fritz herüber. Er sprach kein Wort, begann aber plötzlich eine unruhige, fast fieberhafte Thätigkeit zu entfalten. Er schleppte dickleibige Bücher herbei, in denen er eifrig blätterte, nachschlug und nachlas, dann irrten wieder seine Finger über die erste Seite der alten Bibel und schienen die Zeilen zu zählen, während sein Auge durch eine mächtige Lupe mit schwarzer Horneinfassung auf das Blatt schielte. Und dann schüttelte und nickte er zuweilen mit dem grauen Kopfe und seine Lippen murmelten nur halb verständliche Worte: »Das ist ja unglaublich . . . aber eine Täuschung ist gar nicht möglich . . . die Beschreibung Panzers stimmt auf das Haar . . . ist auch mit

Klemm konform . . . das ist ja unfaßlich . . . Nöldeke! Nöl–de–ke!«

Auf diesen letzten, schmetternd hervorgestoßenen Ruf schlurrte aus dem Nebenzimmer ein buckliger kleiner Kerl hervor, schaute sich blöde um, machte einen Kratzfuß vor Fritz und blieb dann vor dem Ladentische stehen.

»Riefen Sie mich, Herr Hammer?« fragte er und klappte, um der Antwort schärfer gewärtig zu sein, die rechte Ohrmuschel um.

Herr Hammer wurde immer erregter. »Natürlich rief ich Sie! Esel!« fuhr er heraus. »Sie scheinen geschlafen zu haben! Das verbitt' ich mir! Nachtmütze! – Nehmen Sie Ihren Hut und springen Sie auf der Stelle zu Herrn Levy hinüber; Herr Levy möchte sofort einmal zu mir kommen, es sei eine Sache von größter Wichtigkeit! Pascholl!«

Der Buckelinski schlurrte davon und kehrte nach wenigen Minuten mit einem jüdisch aussehenden älteren Herrn von hagerer Statur und intelligenten Gesichtszügen zurück. Das war der Hofantiquar Saul Levy, ein raffinierter Geschäftsmann, so zu sagen mit allen Hunden gehetzt, aber auch ein vielseitig gebildeter Mann, vor allem ein ausgezeichneter Kenner der altdeutschen Litteratur und der sogenannten Wiegendrucke: der gelehrteste Antiquar seiner Zeit, wie er sich gern nennen hörte.

Herr Levy stellte seinen Cylinderhut auf den Ladentisch und reichte seinem Kollegen die Hand.

»Na, mein guter Hammer,« meinte er mit jovialem Accent im Tone, »was giebt es Neues? Wieder einmal einen rare bit aufgefischt? – aber auch wirklich einen? – Wissen Sie noch, wie Sie mich das letzte Mal rufen ließen? Glaubten ein komplettes Exemplar von Sprengers Statuten der Rosenkranzbrüder aufgestöbert zu haben, und als Gott den

Schaden besah, waren von den fünfzehn Blatt zwei facsim-
iliert . . . Was haben Sie denn heute da?«

Ohne ein Wort zu entgegnen, schob Herr Hammer dem
Hofantiquar die Bibel Fritzens zu.

Levy setzte den Klemmer auf und beugte sich über das
Buch. Aber er hatte nur einen einzigen Blick auf die erste
Seite, das kolorierte Initial und die Typenstellung geworfen,
als er voll maßlosester Überraschung wieder aufschaute.

»Hammer – eine zweiundvierzigzeilige?!«

»Zu dienen, mein Herr – zu dienen, mein Herr,« jubelte
Hammer, »eine zweiundvierzigzeilige! Komplett und gut
erhalten! Was sagen Sie *nun*, Herr Hofantiquar?!

Und Hammer rieb sich mit dem Zeigefinger vergnügt die
spitze Nase und schaute seinen Konkurrenten triumphierend
und nicht ohne ein Gemisch von Bosheit und Schaden-
freude an. Der aber klappte ohne weiteres das Bibelwerk zu
und nahm es unter seinen Arm.

»Ist *das* da der Besitzer?« fragte er, auf Fritz deutend, der
in krassem Staunen noch immer auf dem Schemel neben
dem Ladentisch saß.

»Das ist er,« gab Hammer zurück.

Der Hofantiquar nickte. »Werden uns schon einigen,«
meinte er. Kommen Sie in Ihr Comptoir, Hammer, – wir
wollen das Ding einmal ein wenig genauer prüfen« . . .

Und die beiden Männer verschwanden hinter der Thür
des Nebenzimmers und ließen Fritz allein mit dem buckli-
gen Nöldeke zurück, der auf eine Stehleiter gekrochen war
und mit einem Handwedel die Bücher an den Wänden ab-
stäubte.

Fritz konnte sich von seinem Staunen noch immer nicht
recht erholen. Daß er Glück gehabt hatte, daß die alte Bibel
doch so eine Art Seltenheit war – daran zweifelte er nach

dem, was er gesehen und gehört, allerdings nicht mehr. Aber was sollte er fordern, wenn er gefragt wurde, wie viel er für das Schweinslederne haben wolle? – Er überlegte. Mit neunzig Mark Wertangabe war die zweibändige Bibel vom Jahre 1518 bezeichnet gewesen, die er am Vormittage auf dem Ladentische gesehen, – da war es wohl nicht zu viel, wenn er für sein Buch den gleichen Preis stellte. Versuchen ließ es sich ja – man konnte noch immer handeln . . .

Währenddessen wurde im Nebenzimmer ein lebhaftes und erregtes Gespräch geführt. Fritz hörte die Stimmen der beiden Antiquare deutlich, ohne jedoch den Zusammenhang der Unterhaltung zu verstehen. Herr Hammer erhob von Zeit zu Zeit sein Organ zu unmutvollem Schmettern, und dann erklang wieder besänftigend und salbungsvoll die Stimme des Hofantiquars. Endlich schien eine Einigung erfolgt zu sein – es wurde still im Comptoir nebenan – man flüsterte nur noch miteinander.

Weit über eine halbe Stunde mochte verflossen sein, als die beiden Leute mit roten Gesichtern wieder in den Laden traten. Der Hofantiquar hatte die Bibel noch immer im Arm. Er wandte sich direkt an Fritz.

»Sie wollen das Buch verkaufen?« fragte er. »Wissen Sie, was es wert ist?«

»Nein,« entgegnete Fritz, und, vorsichtig werdend, denn er sah, daß das Luchsauge des Antiquars forschend auf seinem Gesicht las, fügte er hinzu: »Aber ich werde es ja erfahren« . . .

»Gewiß – ganz gewiß,« fuhr der Hofantiquar hastig fort, »ich fürchte nur, Sie können leicht in die Hände eines Betrügers fallen . . . Hören Sie mich an: ich habe mich mit Hammer geeinigt – ich will die Bibel für mein Lager erwerben. Es ist ein seltenes – ein höchst seltenes Buch, das überhaupt nur noch in wenigen Exemplaren existiert. Ich biete Ihnen daher auch einen sehr hohen Preis, aber Sie müssen

sich auf der Stelle entschließen, ja zu sagen oder nein ...
Ich biete Ihnen fünfundzwanzigtausend Mark!«

Fritz machte in diesem Augenblick ein unglaublich al-
bernes Gesicht. Seine Augen weiteten sich, sein Mund
stand halb offen – mit blödem Ausdruck stierte er den Hofantiquar an. Scherzte der Mann? Hatte er recht gehört?
Fünfundzwanzigtausend ... ah, es war ja Unsinn!

Und Fritz erhob sich. Er zitterte so stark, daß er sich mit
den Händen rückwärts auf den Ladentisch stützen mußte.
Dann lallte er: »Fünfundzwanzig« ...

»Tausend Mark,« vollendete der Hofantiquar. Der Sch-
laufuchs war ein viel zu gewiegter Menschenkenner, als
daß ihm die maßlose Überraschung des jungen Mannes entgehen konnte. Sie mußte ausgenutzt werden. Er zog ihn in
das Comptoir nebenan, nahm dort sein Checkbuch aus der
Brusttasche und füllte ein Blatt mit der genannten Summe
und seiner Unterschrift aus.

»Da,« sagte er; »präsentieren Sie den Check morgen
vormittag an der Filiale der Deutschen Bank in der Mauer-
straße und lassen Sie sich das Geld auszahlen. Und nun
bitte hier! Wollen Sie mir gütigst bestätigen, daß ich das
Buch rechtmäßig gegen Barzahlung von fünfundzwanzigtausend Mark von Ihnen erworben habe – dann sind wir
quitt. Darf ich bitten?«

Er drückte Fritz die Feder in die Hand, und Fritz unterschrieb – betäubt, verwirrt, klaren Denkens unfähig. Nur das
Zahlwort »fünfundzwanzigtausend Mark« klang unablässig
in seinem Ohre ...

Der Hofantiquar lachte.

»Nun stecken Sie Ihren Check aber auch ein, bester
Herr,« meinte er wohlwollend, »verbummeln Sie das Ding
nicht! Sie sind ja ganz konsterniert! Ei nun ja, ich kann mir
schon denken, daß einem die Fassung verloren geht, wenn

349

man im Umsehen so ein kleines Vermögen verdient! Sie haben Glück, bester Herr! Ihr Buch ist eine sogenannte zweiundvierzigzeilige Bibel, das erste Druckwerk, das aus der Gutenbergschen Offizin in Frankfurt hervorgegangen ist. Sie wissen doch, wer der Gutenberg war? Na, sehen Sie, und von diesen zweiundvierzigzeiligen Bibeln existieren derzeitig nur noch zwanzig Exemplare – zwei davon habe *ich* aufgefunden, eines in der Rheinprovinz und eines in einer kleinen spanischen Stadt, – *Ihr* Exemplar würde das einundzwanzigste sein! Begreifen Sie nun die Seltenheit? – Ich würde Ihnen das doppelte gezahlt haben, wenn Ihre Bibel auf Pergament gedruckt wäre, – Guttenberg hat näm-lich eine Anzahl Exemplare auf Pergament abziehen lassen, von diesen sind uns aber nur noch neun verblieben, nicht mehr! Es giebt auch noch eine ältere Bibel, die sogenannte sechsunddreißigzeilige, das älteste Holztafelwerk, das über-haupt vorhanden ist, – das soll aber aus der Pfisterschen Of-fizin stammen . . . na, das sind Sachen, die Sie wohl kaum interessieren dürften! Ich gratuliere Ihnen – und nun adieu, lieber Herr Fliedner, und verlieren Sie Ihren Chek nicht! Adieu, lieber Hammer, – ich erwarte Sie also morgen früh, – adieu, meine Herren!« . .

Und der Hofantiquar drückte seinen Bibelschatz fest an sich, stülpte den Cylinder auf und ging ab. Herr Hammer rieb sich die Nase und schickte sich an, Fritz gleichfalls eine längere Rede über das ihm widerfahrene unerhörte Glück zu halten, – aber Fritz hatte an dem guten Willen genug. Er faltete eiligst das Checkblatt zusammen, pfropfte es in sein Portemonnaie und stürzte dann mit kurzem Gruße ins Freie. Der Wind, der draußen erwacht war und der ihm mit erfrischender Kühle entgegenschlug, war ihm eine Wohlthat, denn die Stirn brannte ihm und seine Pulse schlu-gen wie im Fieber.

*   *
*

In der Nacht, die jenem Glückstage folgte, vermochte Fritz herzlich wenig zu schlafen.

Er war stets ein Freund weiter Spaziergänge gewesen, und er hatte es sich, besonders wenn er sich in Aufregung befand und wenn ihn die Sorgen bedrückten, angewöhnt, oft stundenlang durch die Straßen oder in der Umgebung der Stadt umherzuschweifen. In Kopenhagen waren Marienlyst und Lyngby, in Paris Meudon und St. Cloud die gewöhnlichen Ausflugpunkte für ihn gewesen, wenn er einmal in der Nacht nicht schlafen konnte, weil das stürmende Blut und die zuckenden Nerven ihm die Ruhe raubten, – hier in Berlin suchte er die Stille und die Einsamkeit des in nächtlichem Dunkel sich dehnenden Grunewalds auf.

Mit starken Schritten eilte er, als er den Laden des Antiquars verlassen, die Straßen hinab und schlug den Weg nach der westlichen Endseite der Hauptstadt ein. Das im Schimmer der Gaslaternen und der elektrischen Ballons an ihm vorüberflutende geräuschvolle Leben bedrückte und verstimmte ihn, – er sehnte sich nach friedfertiger Ruhe, die ihm helfen sollte, die Gedanken zu sammeln. Denn noch toste und brandete es gewaltig hinter seiner Stirn; zu unerwartet hatte der Zufall in sein Geschick eingegriffen, als daß er im stande gewesen wäre, in kaltblütiger Überlegung sich jetzt schon über die praktische Ausnutzung des ihm in den Schoß gefallenen Glücksloses klar zu werden. Er befand sich in einer Stimmung, in der ihm ein logisches Denken förmlich schwer fiel; er konnte das Geschehene noch gar nicht recht fassen und begreifen – die ganzen letzten Stunden dünkten ihm wie eine Art Traum, dem früher oder später ein krasses Erwachen folgen mußte ...

Als er am Ende des Kurfürstendammes die letzte Gaslaterne leuchten und dahinter Feld und Wald in dunklen Linien sich erstrecken sah, blieb er hochaufatmend einige Minuten stehen. Dann trat er dicht an die Laterne heran, zog aus seinem Portemonnaie das Checkblatt des Hofantiquars hervor und las es noch einmal durch – und noch einmal – und wieder und wieder . . . Und dann griff er plötzlich in überwallendem maßlosem Jubel an seinen Hut und schleuderte ihn hoch in die Luft und stieß einen so hellklingenden Jauchzer aus, daß es aus schwarzer Ferne wie ein leises Echo widertönte und hie und da in den vereinzelt stehenden Villen mit heiserer Stimme ein in der Nachtruhe gestörter Hund anschlug.

Allmählich ward es Fritz lichter und klarer im fieberheißen Kopfe. Er schritt mächtig aus, die breite Chaussee hinab, die durch Felder und Wiesengrund nach dem Grunewald führt, – ließ sich den kühlenden Wind um die bloße Stirne wehen und atmete mit vollen Zügen die Nachtluft ein. Eine wohlthuende Stille lag über der Natur. Ein Eulenschrei, das Quakquak eines Frosches oder auch einmal der schrille Pfiff einer Lokomotive, deren brennende Augen in der Ferne vorübergehend das Dunkel erhellten, waren die einzig hörbaren Laute.

Mitternacht mochte vorüber sein, als Fritz an den Heimweg dachte. Der Mond war aufgegangen und schüttete blendenden Glanz auf den Weg, dessen weiße Staubschicht wie Silber flimmerte. Dunkler noch als zuvor, in tiefster Schwärze ragten die Tannen und Kiefern auf, die Wahrzeichen märkischen Sandes, und ließen den Nachtwind in ihren Nadeln singen und rauschen. Es war sehr kühl geworden, fast frostig, so daß Fritz seinen leichten Mantel zuknöpfen mußte und den Kragen in die Höhe schlug.

Der Mond, der dem Kantorsjungen in die Augen leuchtete, sah ein lachendes, glückstrahlendes Gesicht, – und als derselbe Mond zwei Stunden später durch das Mansardenfenster Fritzens auf dessen Bette lugte, sah er noch immer das Lächeln auf den Zügen des jungen Mannes, der sich zu kurzem Schlummer niedergelegt hatte und dem der Traumgott das Glück des Tages in einer rosigen Fata Morgana noch einmal vorzauberte.

Der erste Gang Fritzens am folgenden Morgen führte ihn selbstverständlich nach der Deutschen Bank, wo er (noch immer mit dem leisen und ganz geheimen Zittern, die Sache könne vielleicht doch nicht ihre Richtigkeit haben) den Check des Hofantiquars präsentierte und sich alle Taschen voll Tausendmarkscheine pfropfen konnte. Sein zweiter Weg ging in das Comptoir von Leo Leppiehn, wo man schon seit einer Stunde auf ihn wartete und wo Fichte, der erste Buchhalter, bereits eine ernsthafte Rede über die Verlotterung der jungen Leute von heutzutage im allgemeinen und über die Fritzens im speziellen losgelassen hatte.

Fritz hatte in seinem Glücksgefühle beschlossen, seine Comptoirgenossen mit der neuen Lage der Sache durch einen Scherz bekannt zu machen. Er trat, den Hut auf dem Kopfe, mit großartiger Grandezza mitten in das Zimmer, begrüßte die Anwesenden mit vornehmer Handbewegung und sagte dann in näselndem Tone:

»Ich wünsche Briquettes zu kaufen, meine Herren – für tausend Mark! Da!«

Und er legte einen Tausendmarkschein auf den Pult des Herrn Fichte nieder. Herr Fichte schnitt ein Gesicht, als ob er versteinert worden sei, sämtliche übrigen Herren aber ließen die Federn fallen, sperrten die Münder auf, machten große Augen und lächelten blöde. Sie mochten glauben, der arme Fiedler sei verrückt geworden.

Und nun zog Fritz einen zweiten sepiafarbenen Schein aus der Tasche, legte ihn vor dem jungen Herrn Schindler nieder und sagte ernsten Tones:

»Ferner wünsche ich für weitere tausend Mark Feueranzünder deutsches Reichspatent Nr. 6487, – und dann noch für tausend Mark Coaks – oder Steinkohle, das ist mir egal,

– und dann noch für zweitausend Mark Buchenholz, vierschnittig, aber bitte, lassen Sie mir jedes Scheit extra polieren« . . . und dabei legte er noch drei weitere Scheine auf die Pulte der übrigen Herren, trat dann wieder in die Mitte der Stube und ergötzte sich an der sprachlosen Verwunderung des gesamten Comptoirpersonals.

Herr Fichte sah noch immer völlig versteinert aus, nur hin und wieder zuckte ein Funke von Leben um seine Nasenspitze. Die sonstigen Herren kamen über ihr blödes Lächeln nicht heraus, nur der Allerjüngste streckte vorsichtig seine Finger nach dem vor ihm liegenden Bankscheine aus, um nachzusehen, ob es nicht etwa eine Blüte sei . . .

Nun aber konnte Fritz nicht anders: er brach in ein herzhaftes Lachen aus.

»Geben Sie mir meine Tausendmärker wieder, meine Herren,« lachte er noch immer, »– es war nur ein schlechter Witz, den ich zu entschuldigen bitte! Sie insbesondere, Herr Fichte, den ich zugleich meine Kündigung bei Herrn Leo Leppiehn anzubringen ersuche! Ja wohl, meine Herren, ich kündige, denn – seien Sie nicht böse darüber – ich habe soeben eine Erbschaft erhoben, die mir gestattet, den Handel mit Holz und Kohlen feierlichst niederzulegen!«

Im nächsten Augenblick war Fritz vom ganzen Personal umringt und ein halb Dutzend Stimmen sprachen auf einmal auf ihn ein. Das Ende vom Liede war aber, daß Fritz sich genötigt sah, Herrn Fichte und Herrn Schindler und Herrn Beinhammer und Herrn Glucksuhn und den langen Lebede und den kleinen Fechner für den Abend zu einer Riesenbowle geziemend zu laden.

Die Bowle wurde denn auch getrunken, und es ging um so lustiger bei derselben zu, als der erste Buchhalter mit seinem strengen Gesicht, des süßen Weines ungewohnt,

sehr bald in einer Ecke den Schlaf der Gerechten hinüber-
schlummerte.

Es war ganz gut, daß Fritz an diesem Abend nicht durch
die Französische Straße ging – sonst wäre ihm seine Jubel-
stimmung sicher ein wenig verkümmert worden. Denn in
der Französischen Straße sammelte sich um diese Zeit ein
ganzer Schwarm neugieriger Menschen vor dem glänzenden Schauladen des Hofantiquars Levy, in dem unter
einer Glashülle die Bibel Fritzens lag. Zu Häupten derselben war aber ein Zettel angebracht worden, auf welchem
in Kurrentschrift die Worte zu lesen waren: »Seltenheit ersten Ranges! Zweiundvierzigzeilige Bibel aus Guttenbergs
Offizin! Preis 50 000 Mark!«

Das war das Doppelte der Summe, die Fritz am Abend
vorher erhalten hatte! Und doch verlangte Herr Levy noch
nicht zu viel, denn schon acht Tage später verkaufte er
seine litterarische Rarität für den von ihm geforderten Preis
an einen reichen englischen Sammler, der die von dem Hofantiquar in die Zeitungen lancierten Notizen über seinen
»Fund« gelesen und sich das Rarissimum durch Quaritsch
in London sofort auf telegraphischem Wege gesichert hatte.

Dreiundzwanzigstes Kapitel

Vor der Entreethür des Herrn Mausebrei stand ein schlank gewachsener junger Mann mit fast bartlosem, etwas
blassem, aber gesundem Gesicht, das auf der rechten Backe
die schlecht verharschte Narbe einer tüchtigen Tiefquart
zeigte. Er trug einen breitkrämpigen Hut und einen Havelock und hielt den Klingelgriff in der unbekleideten rechten
Hand.

Auf dem Korridor schlurrte es, und dann öffnete Herr Mausebrei, in seinem himmelblauen Theaterschlafrock und mit riesigen Babuschen an den Füßen, höchstselbst.

»Sie wünschen?« fragte er und stellte sich, die Linke in die Brustseite des Schlafrockes geschoben, in Positur.

»Ich wünsche, zunächst *Sie* zu begrüßen, Ritter von Mausebrei,« entgegnete der Herr im Havelock. »Ich hatte vor Jahren einmal das mir unvergeßlich gebliebene Vergnügen, Sie im Restaurant zur ›Springenden Münze‹ kennen zu lernen, – an jenem denkwürdigen Abend nämlich, da Sie, ein zweiter David, im mörderischen Kampfe gegen den Goliath des Reichshallen-Theaters – Sterzinger hieß er, glaub' ich – triumphierend obsiegten. Ich reiche Ihnen die biedere Rechte, edler Mann!«

Mausebrei verneigte sich mit dummem Gesicht und ließ sich die Hand schütteln. Er war sich über die Persönlichkeit des vor ihm Stehenden nicht recht klar, aber er that so, als ob er sich geschmeichelt fühlte.

»Des Ferneren möchte ich,« fuhr der Herr im Havelock fort, »die bescheidentliche Anfrage an Euer Hochwohlgeboren stellen, ob hierselbst vielleicht ein viellieber Bekannter von mir logiert, den ich seit manchem Jahre nicht gesehen habe und gern einmal wieder begrüßen möchte, – ein von der Mutternatur ungemein groß und stattlich veranlagter Herr in meinen Jahren, Namens Fritz Fiedler?«

Mausebrei verneigte sich abermals und erwiderte mit vollendetem Anstande, indem er gleichzeitig mit der rechten den dunklen Korridor hinabzeigte:

»Herr Fiedler domiziliert allerdings seit gemessener Frist bei mir, mein Herr, und wird sich sicher freuen, einen alten Bekannten wiederzusehen, denn wahrer Freundschaft Bande erlöschen nie, sagt der Dichter, und im Tempel der Ami – der Amititia lodert ständig die heilige Flamme.

Wollen Sie sich gütigst näher bemühen; Herr Fiedler hat seine vier Pfähle in der ehemals von dem Referendar Stuhse bewohnten Behausung aufgeschlagen, – geradeaus und dann links, wenn Sie so gut sein wollen« . . .

Der Fremde folgte der Weisung Mausebreis und klopfte an einer Thür an, hinter der Klavierspiel ertönte. Das Spiel verstummte indessen sofort, und eine kräftige Stimme rief das Herein.

»Herr Fiedler aus Klein-Busedow?« fragte der Herr im Havelock, eintretend, und ein unterdrücktes Lächeln zuckte um seine Mundwinkel.

»Der bin ich, – mit wem hab' ich« . . . dann starrte der andre dem Eingetretenen eine Weile in das Gesicht und schrie hierauf jubelnd auf: »Otto! – Otto! – Otto!« –

Das war eine Überraschung! Sie fielen sich um den Hals und küßten sich, ließen sich dann an dem kleinen Tische nieder, der unweit des Fensters in dem hübsch und gemütlich ausgestatteten Zimmer stand, griffen in die Cigarrenkiste, die Fritz hervorholte, und begannen mächtig zu qualmen, während sie sich die Erinnerungen vom Herzen plauderten.

»Hatte ja keine blasse Ahnung, daß du wieder in Berlin seiest,« meinte Otto und zog sich den Aschbecher heran, »– da erzählte mir neulich einmal der dicke Stuhse, mit dem ich zusammen auf dem Amtsgericht arbeite, er sei von dem gewaltigen Mausebrei hier so quasi exmittiert worden, weil der einen Freund von sich, einen angehenden Sänger Namens Fiedler, der früher einmal Herkules oder so etwas gewesen sei, bei sich unterbringen wolle. Der Name Fiedler in Verbindung mit unserm getreuen Kampfgenossen Mausebrei machte mich natürlich stutzig, – ich beschloß nachzuforschen.– na und ich kann dir sagen, ich wäre beinah' bis an die Decke gesprungen, als ich dich leib- und wahrhaftig vor mir stehen sah . . . Herrgott, wie lange haben

wir uns nicht gesehen! Wo hast du dich nun eigentlich überall in der Welt umhergetrieben? Bist du wirklich Herkules
gewesen und hast du in der That die Absicht, Sänger zu
werden? Du hattest allerdings immer so ein bißchen ver-
nickelte Ideen« . . .

Es dauerte geraume Zeit, ehe Fritz dem alten Spielkameraden über alle Wechselfälle seines Lebens Bericht erstat-
tet hatte. Otto ließ es an erstaunten Ausrufen nicht fehlen,
und als Fritz ihm die Geschichte von seiner Bibel und dem
Hofantiquar Levy erzählte, blies er den Rauch seiner Cigarre in langen Streifen in die Luft und sagte in ehrlicher Verwunderung:

»I Gott bewahre, was nicht alles auf der Welt passiert!
Wer hätte es für möglich gehalten, daß aus dem Kantorshause in Klein-Busedow einmal ein Schatz hervorgehen
würde, der mehr als eine alte Hose wert ist! Du hast wirklich bei allem Pech immer noch ein ausnehmendes Glück
gehabt, Fritze! Na, ich gönn' dir's von Herzen, und die Eltern werden sich nicht minder freuen, wenn ich's ihnen
schreibe. Du, die Alten sind höllisch stolz auf mich geworden, seitdem ich mein Examen gemacht habe! Vater hat
mich 'mal in Berlin besucht – vor zwei Jahren, – da hättest
du aber einmal sehen sollen, wie würdig er sich vorkam, als
ich ihn hier herumführte! Er war seit dreißig Jahren nicht in
Berlin gewesen und wollte noch über die Sechserbrücke gehen und fragte nach Callenbachs Vaudeville-Theater, das er
als Student einmal besucht hatte . . . Du weißt doch, daß ich
verlobt bin? – Nein, woher sollst du denn das wissen! – Da
ist mein Verlobungsring, – er hat zwanzig Mark gekostet
und ist gegenwärtig der Hüter meiner Tugend . . . Mit wem
ich verlobt bin? Du errätst es doch nicht! Mit Martha
Lehmann, – du besinnst dich sicher noch auf Frau
Lehmann, unsre gemeinschaftliche Philöse! – Vor einem
Jahre bekam ich den Typhus und lag recht böse danieder,
und da hat mich die Martha wirklich in rührender Weise ge-

hegt und gepflegt. Und wie das so ist, weißt du, – in der Rekonvalescenz kamen mir allerhand Liebesgedanken und eines Tages war ich verlobt, ich wußte nicht wie. Ich habe die Martha aber schon immer sehr gern gehabt – sie ist ein süßes kleines Geschöpf und hat mich in Otho umgetauft – mit einem th und das erste o langgezogen – weil ihr das kurze Otto zu hart und barbarisch klingt. Unter uns gesagt, ich mache auch sonst eine ganz gute Partie, – meine Schwiegermutter ist immer sehr sparsam gewesen, – na, man läßt sich das ja gern gefallen! Wir wollen aber doch warten, bis ich den Assessor hinter mir habe, – daß ich den Doktor gemacht, habe ich dir doch erzählt? Das ist ja eben Vaters Hauptstolz – auf jeden Brief, den er an mich schreibt, malt er das ›Dr. jur.‹ mit mächtigen Buchstaben auf die Adresse! . . Hast du Fanny schon gesehen?« –

Fritz zuckte empor. »Welche Fanny? – deine Schwester?!«

»Nu ja – wen sonst!«

Fritz wurde lebhafter. »Was denn,« meinte er, »– ist die Fanny hier in Berlin? Ich denke, sie steckt in Wien oder sonst irgendwo als Stütze der Hausfrau oder Gesellschafterin?« . . .

»Ja – du,« – und Fritz hüllte sich in dichtes Tabaksgebrodel, – »das ist eine eigne Geschichte mit der Fanny! Denke dir, sie ist Schauspielerin geworden!«

Fritz machte große Augen, und Otto wurde ein wenig verlegen.

»Es ist ja gerade nicht der geeignetste Beruf für eine Pastorentochter,« fuhr er fort, »der Schauspielerstand, – aber du wirst dich erinnern, daß Fanny immer eine etwas absonderliche Natur gewesen ist, ein romantischer Wuselkopf, dem es in den vier Pflöcken ländlich bürgerlicher Häuslichkeit durchaus nichts gefallen wollte! Da ist sie denn nun zu allem Unglück in Wien auch noch in die Familie eines berühmten Schauspielers, des Josef Lipinsky, geraten, freundete sich mit der Frau desselben sehr intim an und entdeckte eines schönen Tages ihr Talent. Lipinsky vermittelte ihr die ersten Engagements, und da sich ihre Begabung in der That als stichhaltig erwies, so blieb sie bei der Bühne ... Sie ist indessen rücksichtsvoll genug gewesen, ihren bürgerlichen Namen fallen zu lassen und nennt sich Fanny Ohlden« ...

Fritz schlug sich vor die Stirn.

»Fanny Ohlden!?« rief er aus. »Donnerwetter – Donnerwetter! Fanny Ohlden! Donnerwetter!«

»Was wetterst du denn so erschrecklich, Mensch?«

Fritz schlug sich noch einmal vor die Stirn, daß es förmlich knallte.

»Nun ist mir ja *alles* klar,« meinte er lachend, »nun verstehe ich auch die geheimnisvollen Anspielungen in ihrem Briefe an mich, – sie hat mir einmal geschrieben, ein einziges Mal, seit ich von Klein-Busedow fort bin – und nun ist mir auch« ... Er unterbrach sich und schüttelte den Kopf. »Wie kann man denn nur so mit Blindheit geschlagen sein!« fuhr er fort, stand dann auf und kramte in einem Fache seines Schreibtisches umher, bis er unter allerhand Briefen, die meisten von der Hand Tom Prices, eine Photographie in Kabinettformat fand, die er Otto reichte. »Ist das die Fanny?« fragte er.

»Natürlich ist sie's,« gab Otto zurück, »aber die Aufnahme ist nicht gerade vorteilhaft – sie ist entschieden hübscher im Leben, – ich möchte behaupten, sie ist sogar eine Art Schönheit! Sie ist gerade so schön, wie ich häßlich bin, – aber ich nehme ihr das nicht übel ... Wo hast du das Bild her?«

»In Paris gekauft, ohne eine Ahnung zu haben, daß es in der That Fanny sein sollte, – ich hielt es für eine zufällige Ähnlichkeit! Also Fanny ist in Berlin – und als Schauspielerin? Wo gastiert sie? Was spielt sie für Rollen? Hat sie bereits ein gewisses Renommee?«

»Liest du denn keine Zeitungen, Menschenskind?«

»Wenig, – ich bin so ganz mit der Einstudierung meiner Rollen beschäftigt, daß ich mir kaum eine freie Stunde gönne . . . Also sie hat Renommee, – sie ist eine tüchtige Künstlerin geworden?«

»Und was für eine! Die Kritik stand Kopf und das Publikum auch, als sie vorgestern zum erstenmale im Deutschen Theater gastierte. Sie spielte die Luise in ›Kabale und Liebe‹ – auf Engagement hin. Ich sage dir, das Publikum brüllte förmlich, und die Blätter meinten, – na, du kannst die Kritiken ja allein nachlesen! Es war ein Bombenerfolg!«

Fritz stand am Fenster und schaute noch immer auf die Photographie, die in seinen Augen plötzlich Leben zu gewinnen schien. – Dann nahm er sein Notizbuch aus der Tasche und legte das Bild hinein.

»Wo wohnt sie?« fragte er unruhig; eine unwiderstehliche Sehnsucht hatte ihn plötzlich gepackt.

»Vorläufig noch im Hotel de Rome, – aber ich glaube, sie will sich dieser Tage ein Privatquartier nehmen . . . Besuche sie nur einmal, sie wird sich riesig freuen! Das arme Mädel ist unglücklich, daß Vater durchaus nichts von ihr und ihrem Berufe wissen will. Sie hat mich schon von Wien aus brieflich um meine Vermittelung gebeten – aber Vater ist unbeugsam. Ihm schwebt immer das Schicksal unsrer Großmutter vor Augen. Da kann nur die Zeit helfen. Mit Muttern ist es schon anders. Die hat der Fanny bereits zwei rührsame Briefe geschrieben und möchte sich am liebsten an dritter Stelle mit ihr treffen. Vielleicht läßt es sich einmal arrangieren . . . Nun bitt' ich mir aber aus, Fritz, daß du auch mich einmal besuchst – und meine Braut, verstehst du! So viel Zeit mußt du dir von deinem Studium abknapsen können; – du kannst doch nicht den ganzen Tag singen, – das hält ja der gesundeste Kehlkopf nicht aus! Warte 'mal – übermorgen ist Marthas Geburtstag – da haben wir ein kleines Souper bei Mutter Lehmann, in unsrer alten Behausung, zu dem du hiermit in aller Form Rechtens feierlichst geladen bist. Kommst du?«

»Ich komme! Um wieviel Uhr?«

»Um acht Uhr – ohne akademisches Viertel. Frack ist nicht nötig, aber sehr viel gute Laune . . . Hand drauf, daß ich dich erwarten kann! Adieu, Alter, – empfiehl mich dem Ritter von Mausebrei zu Gnaden und lege ihm meine Hochachtung vor die Babuschen« . . .

Sie schüttelten sich die Hände, und Otto verließ das Zimmer. Er war kaum aus der Thür, als Fritz zum zweitenmale die Photographie Fannys aus der Brieftasche zog und sie mit Aufmerksamkeit betrachtete. Er versuchte, die Züge des Porträts mit dem Bilde zu vergleichen, das ihm in der Erinnerung haften geblieben war; er führte dabei die Photographie ziemlich dicht vor seine Augen und drückte bei dieser Gelegenheit einen Kuß auf das Bild. Der Kuß schmeckte allerdings nach Seife, denn das Porträt hatte längere Zeit in Fritzens Koffer in unmittelbarer Nachbarschaft von zwei Stücken Adlerseife gelegen, – aber aus dem unangenehmen Geschmack machte sich Fritz nichts. Er war einer heißen, unwillkürlichen Herzensregung gefolgt. Und als er das Bild abermals in seiner Brieftasche barg, färbte ein dunkleres Rot seine Wangen . . .

Draußen klingelte es, dann ertönten wuchtige Schritte im Korridor und es klopfte von neuem.

Ein hünenhafter Mensch in Sammetjoppe und weißer Weste trat ein, mit feistem, glattrasiertem Gesicht und beweglicher Mimik. Er schleuderte seinen Kalabreser auf den Nebentisch und streckte Fritz die tatzenähnliche Rechte entgegen.

»Servus, Fiedler,« sagte er in lufterschütterndem Baß, »ich bringe fröhliche Mär! Komme soeben aus der Merkelschen Agentur, – oho, den guten Merkel hab' ich mir ganz gehörig vorgebunden, hab' ihm gesagt, daß ein einziges Wort unsres Schmidt genügen würde, ihm das Geschäft bis in alle Comptoirwinkel zu verderben, daß er zu thun hätte, was wir verlangten! Da ist er denn kleinlaut geworden.«

»Das heißt?« fragte Fritz, und in ungeduldiger Verstimmung fügte er hinzu: »Mein Gott, Calliano, was ist das für eine heillose Wirtschaft mit diesen hundert heimlichen Brücken, die man aufzubauen und abzubrechen gezwungen ist, ehe man überhaupt einmal dahin kommt, die Bühne betreten zu dürfen! Sie haben mir selber gesagt, ich hätte eine hervorragende Begabung – das sind Ihre eigenen Worte! – Sie haben Monate lang mit mir Rolle für Rolle durchstudiert und mir positiv erklärt, ich sei bühnenreif, könne mich hören und sehen lassen, würde Beifall finden und was noch des Schönen mehr – und nun erschwert man mir schon das erste Debüt auf jede nur mögliche Weise! Da muß man ja schließlich Geduld und Ausdauer verlieren!«

Calliano warf sich in einen Sessel und steckte sich eine der auf den Tisch stehenden Cigarren an.

»Dafür sind Sie nunmehr aber auch am Ende Ihrer Prüfungszeit, amico mio,« entgegnete er gemächlich. »Hören Sie, was sich begeben hat . . . Apropos, lieber Fiedler, eine Einschaltung zuvor, die mir die große Seele bedrückt: pumpen Sie mir fünfhundert Mark auf einige Wochen – ich bin durch einen Kollegen höchst unangenehm in die Tinte geritten worden! Da kam neulich der Antonio Dotti zu mir, – er hatte in Petersburg gastiert und war auf der Heimreise nach Mailand, Sie, das ist ein Tenor – ein gottbegnadeter Künstler, ein ganzer Kerl, aber er steckt bis über die Ohren in Schulden, und da hatten sie ihn denn im Hotel Demut ausgepfändet, ehe er Petersburg verließ, und da mußte er so zu sagen bei Nacht und Nebel die Lokomotive besteigen, um der sforza del destino zu entfliehen – und da kam er denn schließlich hilfesuchend zu mir, ein Kollege zum andern, – und da . . . und da« . . .

Calliano brach das Gespinst seiner schönen Erfindung ab, als er sah, daß sich Fritz bereits am Mittelfache seines Schreibtisches beschäftigte – ein sehr beruhigendes Symptom für den in beständigen Geldverlegenheiten steckenden ehemaligen Opernsänger. Er legte den mächtigen Kopf auf die Fauteuillehne zurück und blies kunstreiche Rauchverschlingungen zur Decke empor.

»Hier,« sagte Fritz und ließ eine Anzahl Goldstücke klirrend in Callianos Bärentatze gleiten, – »zweihundert Mark – mein ein und alles!« . .

Calliano wehrte sich gegen die Annahme, während er die Goldstücke schon in die Tasche steckte.

»Wirklich Ihr letztes?« dröhnte er los. »Nein – dann nehme ich's nicht! Nein, dann verzichte ich! Das wäre hart!« . . Er legte ein Goldstück wieder auf den Tisch zurück. . . »Freilich, Sie sind jung, stehen allein, haben keine Familie! Sie haben keine Familie, Fiedler – bei mir betteln fünf Kinder um das tägliche Brot! Und ich habe eine leidende Frau, – die Ärmste, wie wird sie sich freuen, wenn ich mit der fröhlichen Botschaft nach Hause kehre: hier ist Geld, geh', kaufe ein!« . . Er steckte das Goldstück wieder in die Westentasche . . . »Nur auf kurze Zeit, Fiedler. Hier meine Hand, die Hand eines Ehrenmannes! Fiedler, ich danke Ihnen . . . Nur freu' ich mich doppelt, Ihnen erzählen zu können, daß Merkel Ihnen drei Gastspielabende bei Kroll auswirken wird. Es ist ein fait accompli. Und zwar Anfang Juni, Fiedler, wo noch alle Welt in Berlin ist! Gehen Sie gleich morgen zu Merkel und schließen Sie mit ihm ab. Troubadour, Postillon und Lyonel! Und Sie werden mir Ehre machen! – Nun, Sie sagen ja gar nichts? Jubeln Sie nicht auf, daß Sie endlich so weit sind?« –

»Ich bin an Enttäuschungen gewöhnt, lieber Calliano,« gab Fritz zurück, »und glaube nicht eher an das Debüt, ehe ich nicht den Kontrakt in der Tasche habe« . . .

»Kontrakt – was, Kontrakt!« brauste Calliano auf. »Ich habe Handschellen für Merkel, – die sind fester als jeder Kontrakt! Merkel weiß, daß wir jede Verbindung mit ihm abbrechen, wenn Sie morgen nicht im Besitze Ihres Vertrags sind! So wahr ich lebe! Das wär' ja noch schöner, wenn wir nicht einmal mit so einem lumpigen Agenten fertig würden! Morgen mittag um ein Uhr sind Sie bei Merkel! Da wird er bereits mit Direktor Elgers verhandelt haben, und die Geschichte ist abgemacht! Oho, wir sind auch noch da! Addio, amico!«

Er reckte die Hand zum Gruße empor und stampfte davon.

Fritz blieb in verärgerter Stimmung zurück. Er konnte mit Calliano zufrieden sein, denn der verdorbene Opernsänger war in der That eine ausgezeichnete Lehrkraft und hatte sich – wenn auch allerhand selbstsüchtige Motive dabei mitspielten – mit Fritz eingehender beschäftigt als mit den übrigen derzeitigen Schülern und Schülerinnen des Schmidtschen Instituts. Trotzdem war es Fritz bisher noch nicht gelungen, öffentlich aufzutreten. Sein Wunsch war zunächst ein Debüt auf einer größeren Provinzialbühne; er wollte sich erst einmal selbst prüfen, erst selbst einmal sehen, was er zu leisten im stande war. Aber seit Wochen war er immer nur mit Versprechungen und halben Zusagen getröstet worden, – trotz der Empfehlungen des Professors Schmidt und der schmetternden Radamontaden Callianos hatte es keine Agentur gewagt, dem gänzlich unbekannten jungen Sänger ein Gastspiel in der Provinz zu verschaffen. Es war dies um so übler für Fritz, als die Saison sich ihrem Ende zuneigte, und die Direktionen bereits die Engagements für den nächsten Winter abzuschließen begannen . . .

In der fast sicheren Voraussetzung, wieder mit allerhand Ausflüchten empfangen zu werden, machte er sich am folgenden Tage auf den Weg nach der Merkelschen Theater-Agentur, die sich in der Hauptsache mit Vermittelungen auf dem Gebiete der Oper befaßte. Fritz war daher nicht wenig erstaunt und erfreut, als der kleine Merkel ihm mit süß lächelnder Miene entgegenkam, ihn liebenswürdig begrüßte und unter einem Schwall von schönen Phrasen einen Kontrakt mit der Direktion der Krollschen Sommer-Oper überreichte, die Fritz im Juni zu einem dreimaligen Auftreten daselbst verpflichtete. Natürlich war auch dieser Kontrakt mit mancherlei versteckten Fußangeln versehen, aber Fritz kannte derartige Verträge bereits, – er wollte vorläufig nichts andres als ein Probegastspiel, um sich der Kritik und dem Publikum vorstellen zu können. Ob er dafür Honorar erhielt oder nicht, war ihm vor der Hand ebenso gleichgültig, wie die verzwickte Verklausulierung im Kontrakt, in welcher von der Möglichkeit eines festen Engagements für die Sommermonate gesprochen wurde, »falls er reüssiere«.

Da der kleine Merkel ihm gesagt hatte, Direktor Elgers, der gegenwärtige Leiter der Krollschen Oper, wünsche ihn persönlich kennen zu lernen, so setzte er sich sofort in eine Droschke und fuhr in die Wohnung des um seiner Absonderlichkeiten willen in allen Theaterkreisen bekannten Mannes. Elgers, ein wohlbeleibter Herr mit freundlichem Gesicht, gefärbtem Schnurrbart und mauschelnder Stimme, war zu Hause und kam Fritz mit demselben Kalauer entgegen, mit dem er jeden Fremden zu begrüßen pflegte, – das Kalauern war eine besondere Leidenschaft von ihm. Fritz antwortete in ähnlicher Weise mit einem gleich schlechten Witze, und das gefiel dem Herrn Direktor so außerordentlich, daß er eine Flasche Wein kommen ließ und mit seinem »künftigen Mitgliede« anstieß. Der Medoc Margaux gehörte allerdings auch zu der Klasse der »Fremdenweine«, aber Fritz schluckte ihn tapfer herunter und war hinterher sogar im stande, auf Ersuchen von Elgers auch noch eine Arie aus »Aïda« und ein Lied aus dem »Waffenschmied« am Flügel zu singen, zu welcher Produktion der Direktor seine dicke Gemahlin und ein mageres Töchterchen von sechzehn Jahren mit einem ungemein kühn profilierten Gesicht in den Salon nötigte. Alle drei thaten sehr entzückt, nachdem Fritz geendet hatte, und Herr Josua Elgers behauptete sogar, die Stimme Fritzens erinnere ihn lebhaft an Tichatscheff; es liege so etwas d'rin . . . . Fritz verbeugte sich selbstverständlich dankend, obwohl er ganz genau wußte, daß der Direktor nicht viel von Musik verstand und sich lediglich auf seine Agenten verließ; er drückte auch der Frau Direktor unterthänigst einen Kuß auf den glitzernden Brillantring ihrer rechten Hand und lächelte das magere Töchterchen bei der Verabschiedung mit Verbindlichkeit an, – aber als er das Elgerssche Haus hinter sich hatte, atmete er auf, wie von einem Alpdrucke befreit. Es war gar zu schwer, zum Ziele zu kommen! –

Man stand im April, und im Tiergartenviertel, in dem Elgers wohnte, kleidete sich bereits Baum und Strauch mit dem ersten matt schimmernden Grün. In den Frühstunden hatte es geregnet, nun aber schien die Sonne warm und leuchtend und sog gierig die letzten kleinen Wasserflecken auf, die hell und glänzend auf dem Trottoir und dem Macadam lagen.

Der Sonnenblick in der Natur fand auch im Herzen Fritzens Eingang. Ihm war wohlig zu Mute wie lange nicht.

Er überlegte, ob er einen Spaziergang oder eine Fahrt durch den lenzlich prangenden Tiergarten unternehmen sollte, als eine in eleganter Equipage an ihm vorüberrollende Dame, die eine entfernte Ähnlichkeit mit Fanny zu haben schien, ihn daran erinnerte, daß es noch Zeit sei, der Jugendfreundin einen Besuch abzustatten. Er schaute auf die Uhr; Schlag vier, – Fanny mußte also aller Wahrscheinlichkeit nach noch im Hotel zu treffen sein.

Er sprang auf einen Pferdebahnwagen und fuhr nach den Linden. Der Portier im Hotel de Rome wies ihn in die zweite Etage, wo ein umherlungernder Kellner seine Anmeldung übernahm.

Der befrackte Mensch kehrte nach wenigen Augenblicken zurück, dienerte tief und meldete, Fräulein Ohlden sei allerdings gerade beim Diner, werde sich aber sehr freuen, den Herrn Baron empfangen zu dürfen.

Der »Herr Baron« zog bei Fritz nicht; er gab dem befrackten Menschen kein Trinkgeld, klopfte an die Thür der Numero Sieben und trat in ein großes elegantes Zimmer, in dem sich niemand befand. Dafür ertönte aber aus dem Nebengemache eine sonor klingende, melodische Frauenstimme, die das Herz des jungen Mannes schneller klopfen ließ:

»Hier herein, Fritz, – hier herein!«

Und dann wurde eine Portiere zurückgeschlagen, und Fritz stand Fanny gegenüber. –

Er wußte vor Verlegenheit nicht, was er sagen sollte. Er hatte in der Schule des Lebens auch an Gewandtheit des Benehmens gelernt, aber sie ließ ihn in diesem Augenblicke im Stiche. Er war purpurrot im Gesicht und in starker Verwirrung.

Fanny hatte eine Bewegung gemacht, als sei sie gesonnen, dem Genossen ihrer Kindertage ohne weiteres um den Hals zu fallen, – seine Verwirrung und sein tiefes Erglühen aber ließen sie stutzen. Auch ihre Wangen färbten sich plötzlich dunkler und ihre schönen Wimpern senkten sich leicht. Es war, als habe Fritz sie mit seiner unbeholfenen Verlegenheit angesteckt, nur wußte sie als Schauspielerin und Dame der Welt sich schneller in die Eigenart der Situation hineinzufinden, als er. Sie legte ihre beiden Hände auf seine Schultern und sah ihn mit lachendem Blicke an.

»Nun schauen Sie mich auch einmal an Fritz,« sagte sie, doch es klang dabei aus ihrer Stimme etwas wie innere Bewegung heraus, »ich muß doch wissen, ob Sie es wirklich sind ... Mein Gott, welch' frostige Begrüßung, wenn man sich an ein Dutzend Jahre nicht gesehen hat! Wollen Sie mir nicht wenigstens die Hand reichen?«

Und nun endlich verwand Fritz die Befangenheit, die ihn bei dem Anblick des schönen Mädchens überkommen hatte. Er nahm die Rechte Fannys und küßte sie.

»Verzeihen Sie,« sagte er, »und rechnen Sie meine Ungeschicklichkeit dem Stück Bauernjungen zu gute, das immer noch in mir steckt – oder auch« – und Fritz stockte abermals – »der Überraschung, Sie in so blühender Schönheit vor mir zu sehen.«

»Fritz, – o Fritz, was ist aus Ihnen geworden!« rief Fanny heiter aus. »Das war ja eine regelrechte Schmeichelei! Ich sehe schon, Sie fischen nach Komplimenten, Sie geben sich anders, als Sie sind, um mich in Erstaunen zu setzen! Nun gut, so werde auch ich einen formelleren Ton anschlagen!« – Und sie knixte tief und sagte in komisch gespreiztem Tone: »Gestatten Sie mir, mein Herr, Sie zu einem Teller Suppe einzuladen? Die meinige scheint bereits kalt geworden zu sein, – ich möchte gern weiteressen, mir versagt aber der Appetit, wenn ich jemand an meinem Tische sitzen sehe, der nicht gleichfalls tapfer zulangt« ...

Sie war bereits an der Thür, klingelte und flüsterte sodann der eintretenden Zofe einige Worte zu. Es währte nicht lange, so stand auf dem kleinen Tische, der unweit des Kamins gedeckt war und der das geschmackvolle Servier-Arrangement eines vornehmen Hotels zeigte, ein zweites Couvert, – und dann knixte Fanny wieder und deutete lächelnd auf den leeren Platz.

»Darf ich bitten?« –

»Da Sie es wünschen,« – Fritz legte Hut und Handschuhe auf den Stuhl neben der Thür, – »und da ich nicht gern Ihren Appetit beeinträchtigen möchte.«

»Nur deshalb,« fiel Fanny ein, »nur deshalb! Bitte Ihren Teller! Moctourtle-Soupe – man speist sehr gut in diesem Hause . . . Also Sie leben noch, Fritz – darf ich Ihnen ein Glas Sherry geben? – und Sie haben Ihr Glück gemacht, sonst würden Sie anders aussehen! Nun hören Sie einmal zu: wir haben noch genau anderthalb Stunden Zeit, keine Minute mehr, – in dieser Frist müssen Sie mir Ihr Leben und Streben während der letzten zwölf Jahre in jeder Einzelheit erzählt und beschrieben haben! Ja? – Ich werde Sie durch keinerlei Unterbrechung stören und Ihnen nebenbei auch die nötige Muße zum Essen lassen« . . .

Sie stellte den Flacon mit Sherry wieder auf den Tisch zurück, und diesen Umstand benützte Fritz, um noch einmal ihre Hand zu ergreifen.

»Alles – alles, Fanny! Aber erst muß ich Ihnen sagen, wie ich mich freue, wie ich glücklich bin, Sie wiederzusehen! Sie sind dieselbe geblieben, die Sie waren – und doch eine andre geworden! Nicht nur äußerlich, wie es mir scheint, auch an Temperament. Sie strahlen Sonne und Leben aus,– nur wenn man Ihnen tiefer ins Auge schaut, spürt man noch etwas von dem romantischen Schwärmergeiste, der Sie ehemals beseelte . . .«

»Der mir aber in der Nüchternheit des Lebens verloren gegangen ist, lieber Freund,« warf Fanny ein. »Übrigens sind Sie nicht der erste, der mich vernünftiger geworden findet, – mein Bruder Otto sagte mir ähnliches . . . Das, was noch in mir schwärmt, verpuffe ich auf der Bühne, und meine romantischen Neigungen betrachte ich nur noch mit dem Auge eines Raritätensammlers . . . Scherz beiseite: die Kritik nennt mich eine realistische Schauspielerin, aber bin ich es wirklich, so ist meine realistische Kunstauffassung ganz sicher aus meiner Passion für die Romantik hervorgegangen . . . Wissen Sie noch, wie Sie mir in Klein-Busedow heimlich den Schlüssel zu der Giebelstube verschafften, in der die Bibliothek Großvaters stand mit all' ihren köstlichen Werken von Auffenberg, Houwald, Kotzebue und Konsorten? Die alten Herren sind Schuld daran, wenigstens Mitschuldige, daß ich mich der Bühne gewidmet habe!« . . .

Es war wundervoll lauschig in dem kleinen Zimmer, in dem bereits die Gaskrone brannte und ein zartes Parfum die Luft durchwellte. Auf Fannys Geheiß hatte die Zofe einige Scheit Holz im Kamin angezündet; die Flammen zuckten und sprühten und warfen gelbe Lichter auf den Teppich und seine farbigen Ornamente. Die Zofe war in das Vorgemach gewiesen worden; sie erschien nur, um die Teller zu wechseln und einen neuen Gang zu servieren. Dann und wann auch flüsterte sie ihrer Herrin einige Worte ins Ohr, – Namen, wie es Fritz schien – »Herr Doktor Fränkel,« »Herr Biesenthal,« »Herr Mayer Ball« . . . Und jedesmal schüttelte Fanny energisch den Kopf und entgegnete: »Ich bin beschäftigt – beim Essen – bei der Toilette – wie du willst!« –

»Störe ich?« hatte Fritz gelegentlich dazwischen geworfen, doch lachend hatte Fanny entgegnet: »Bewahre, – die Herren können wiederkommen! Reporter und Theateragenten sind schnellfüßiges Volk! Ich habe keine Lust, mir diese

Stunde der Gemütlichkeit und der Erinnerung an die Heimat kürzen zu lassen« . . .

Und sie beugte sich wieder über den Tisch und lauschte mit schier verhaltenem Atem und glänzenden Augen auf jedes Wort, das Fritz sprach.

Sie war schön geworden, wie man es als Kind schon von ihr hatte erwarten können. Die Gestalt freilich war mädchenhaft geblieben und erschien in der faltenreichen Matinee aus türkisblauem Kaschmir fast zu schlank, fast ein wenig schmächtig. Aber der herrliche Kopf mit seinen wunderbar edlen Proportionen mußte jedes Künstlerauge begeistern; »er erinnert in der Lineamentierung der Nase und des Kinnes an die Klytia, während Mund und Stirn unwillkürlich an das Porträt der Potocka mahnen«, hatte am Abend ihres ersten Gastspiels ein sehr berühmter Bildhauer und hervorragender Ästhetiker im Foyer des Deutschen Theaters geäußert.

Der Sinn für eine kunstgemäße Zergliederung ihrer Schönheit, wie er dem berühmten Bildhauer eigen, ging Fritz ab, nicht aber die Begeisterung für das, was er da in jugendlichem Prangen, und doch erst in halber Erschlossenheit, einer im Sonnenlichte treibenden Knospe gleich, vor sich sah. Während er erzählte, wich sein Blick nicht von ihr; ihm war, als könne er sich gar nicht satt schauen an dem holden Liebreiz ihrer Persönlichkeit und der Anmut jeder Bewegung.

Die Zeit verrann. Das kleine Diner, dem die beiden Tafelnden nur mit spärlichem Appetit zugesprochen, ging zu Ende. Fanny hatte von der, ein reizvolles Stillleben abgebenden Obstschale inmitten des Tisches eine Orange genommen und sie entschält und reichte die blaßrote, mit feinen Blutadern marmorierte Frucht nunmehr Fritz hinüber.

»Du wirst dich durstig gesprochen haben, mein armer Freund,« sagte sie dabei, »aber der Wein scheint dir nicht zu munden. Vielleicht thut die Orange besser ihre Schuldigkeit« . . .

Fritz nahm die Frucht dankend entgegen, während ein lichtes Aufblitzen in seinem Auge sein Staunen und seine Freude darüber kund gab, daß Fanny so plötzlich und unvermittelt zu dem trauten »Du« aus der Kinderzeit zurückgekehrt war. Fanny merkte den staunenden Ausdruck, und ein helles Scharlach flutete über ihr Gesicht. Sie tippte mit dem Zeigefinger auf ihre Stirn, aus der das dunkle Haar schlicht zurückgestrichen war, und lachte leise auf.

»Meine Gedankenlosigkeit! . . Ich hatte mich um Jahre verrechnet, da ich Sie du nannte! Aber es war gut gemeint, Fritz – verzeihen Sie!«

»Verzeihen, – o Fanny, wenn ich nur aussprechen könnte, wie sehr mich dies trauliche Du beglückt hat! Warum bleiben Sie nicht dabei? Bin ich Ihnen so fremd geworden in den letzten paar Jahren? – Ja, in den letzten paar Jahren, denn noch in dem einzigen Briefe, den ich je von Ihnen erhalten habe, nannten Sie mich du! Ich war so froh darüber!« Und mit einem vollen, warmen Blicke aus seinen ehrlichen Augen sagte er noch einmal: »Wirklich, – so froh!« . .

Sie streckte ihm über den Tisch hinüber ihre zierliche Hand entgegen.

»Du guter großer Junge,« entgegnete sie, »du hast das alte treue Herz behalten . . . Also es bleibt bei dem Du! Es war Thorheit, daß wir die Anrede gewechselt haben – daran war unsre erste Befangenheit Schuld, nichts andres! Woher kam sie nur?« . . Und mit einer gewissen Hast brachte sie, an den Schleifen ihrer Matinee nestelnd, das Gespräch auf ein andres Thema . . . »Weißt du, woran es lag, daß ich damals deinen Brief aus Paris nicht auf dem Postamte abheben konnte? – Ich gastierte in Prag, aber aus den beabsichtigten sechs Gastspielen wurden dreimal sechs; die Direktion ließ mich nicht los und das Publikum auch nicht. Ich kam erst nach vier Monaten nach Wien zurück, und da hatte dein Brief längst die Rückreise angetreten. Ach, Fritz, ich war dazumal in unglückseliger Stimmung! Ich konnte der Lorbeern, die ich einheimsen durfte, nicht froh werden! Die rücksichtslose Strenge Vaters, der mir durch Otto hatte schreiben lassen, ich sollte nie wieder sein Haus betreten, wenn ich bei der Bühne bleiben wollte, und das absichtliche Nichtbeachten von seiten meiner Mutter und meiner Geschwister, die keinen meiner Briefe einer Antwort würdigten, hatte mich förmlich zur Verzweiflung gebracht. Ich war völlig vervehmt und verstoßen, und wäre die Liebe zu meiner Kunst nicht so stark und allmächtig gewesen, – ich glaube wahrhaftig, ich wäre reuig nach Klein-Busedow zurückgekehrt und hätte wieder Strümpfe gestrickt und Miezes Waschkleider ausgebessert! – Heut' habe ich's überwunden. Heut' weiß ich freilich auch, daß Mutter sowohl wie die Geschwister nur auf den strikten Befehl Vaters hin meine Briefe unbeantwortet ließen, daß mir ihre Liebe noch gerade so gehört wie ehemals! Die ersten Verbindungen mit der Heimat sind auch schon geknüpft, und ich hoffe, auch die Zeit wird kommen, wo Vater milder denken lernt, – ganz vergeben wird er mir freilich nie! Ich kenne ihn, und ich habe mich wehen Herzens damit abgefunden. Ich will nur noch, daß mir seine Liebe bleibt . . . Sag', Fritz, ist es nicht seltsam, daß wir beide trotz der Verschiedenheit unsrer Lebenswege schließlich am gleichen Ziele angelangt sind? Und ist es nicht wunderlich genug, daß aus dem stillen Pfarrhause von Klein-Busedow zwei Leutchen hervorgegangen sind, die den Beruf zur Bühnenkunst in sich fühlen? – Pfarrhaus und Bühne – man sollte meinen, es seien Gegensätze, für die es nie Berührungspunkte geben könnte!«

»Und warum nicht?« warf Fritz ein. »Ich denke, jeder Künstler, der es ernst und wahrhaftig mit seiner Kunst meint, vermag in seinen Zuhörern ein Gefühl von Andacht zu erwecken, das einer ganz ähnlichen weihevollen Stimmung entspringt wie jenes, das eine fromme Predigt in uns erzeugt: das über irdische Sorge hinaus Erhebende, das Gemütbefreiende und Herzstärkende. Kunst und Religion haben ganz gewiß nichts miteinander gemein, aber warum will man unübersteigbare Schranken errichten zwischen dem Manne, der Gottes Wort lehrt und verkündet, und dem Künstler, der sich zum Interpreten von Gott begnadeter Geister macht? – Weltliche und geistliche Musik haben *eine* Mutter und können in gleicher Weise erheben und erbauen, und Prediger wie Schauspieler wirken auf ihre Zuhörer durch den geistigen Gehalt dessen, was sie, freilich verschiedentlich in äußerer Art und Form, der Menge künden. Ich spreche dabei immer nur von der einzig wahren und ernsten Kunst, nicht von ihren Abarten, wie gerade ich sie habe kennen lernen müssen . . . Man sagt, du seiest eine große Tragödin, Fanny, – ich glaube es. Und da meine ich, daß dein Vater dir vergeben *müßte*, wenn er dich einmal in einem Drama irgend eines echten Dichters auf der Bühne sähe, denn auch von den Brettern, die die Welt bedeuten, kann der Odem der Göttlichkeit wehen« . . .

Fanny hatte sich erhoben und stand, in Sinnen verloren, vor dem Kamine, in dem das Feuer ausgebrannt war und die letzten Funken knisternd erloschen.

»Vielleicht,« sagte sie, »doch – ich glaube es nicht. Ich gebe dir in jedem Worte Recht, aber – du hast die sociale Kluft vergessen, die zwischen Geistlichen und Schauspielern liegt, und die Pfarrhaus und Bühne trennt. Stärker als alle geistigen Berührungspunkte sind immer die socialen Gegensätze gewesen. In diesem Falle, mein' ich sogar – seien wir ehrlich – mit Recht. Der Talar paßt nicht zu dem allabendlich in andern Farben schimmernden Rocke des Komödianten. Und deshalb verstehe ich auch meinen Vater, so schmerzlich mich seine Nichtachtung berührt.«

Fritz schüttelte den Kopf.

»Ich bin andrer Meinung, Fanny, ich kann mir nicht helfen. Seit ich mich entschlossen habe, zur Bühne zu gehen, beschäftige ich mich in meinen Mußestunden viel mit den einschlägigen Litteraturen allerlei Art. Da hab' ich denn entdeckt, daß Geistlichkeit und Bühne oft genug Hand in Hand gegangen sind. Ich sehe von den Mysterien religiöser Natur und den Passionsspielen gänzlich ab, spreche nur von weltlicher Kunst. Es ist vorgekommen, daß geistliche Herren Intendanten bedeutender Hofbühnen gewesen sind, z. B. Ende des siebzehnten Jahrhunderts der Abbate Grimani, der die Opera all' San Chrysostomo in Venedig leitete und später als erster Dirigent bei der Dresdener Oper angestellt wurde – ferner der Abbé Heusinger in Wien und der Abbate Catana, der unter Lorenzo dem Prächtigen alle Theatervorstellungen am Florentiner Hofe arrangierte. Mir fallen diese Namen nur so beiläufig ein! Und wieviel Geistliche, katholische und protestantische, haben nicht für die Bühne geschrieben!«

Fanny lehnte noch immer am Kamin und schaute aufmerksam, ein Lächeln um den Mund, zu Fritz hinüber.

»Mein Gott, was bist du gelehrt geworden!« meinte sie scherzend, trat dann, als sie sah, daß ein helles Rot der Verlegenheit über seine Wangen strömte, auf ihn zu und nahm seine Hand. »Im Ernste, Fritz: ich bin glücklich über die geistige Regsamkeit, die sich in dir entwickelt hat, und über die Ernsthaftigkeit, mit der du deinen neuen Beruf ergriffen hast. Laß es mich ruhig aussprechen: ich bin *sehr* glücklich darüber! . . Zur Sache selbst aber – Fritz, was würdest du wohl dazu sagen, wenn in unsern Tagen irgend ein geistlicher Würdenträger Intendant der Königlichen Schauspiele wäre? – Guter Freund, man muß immer mit den Zeiten rechnen, in denen man lebt . . . Doch nun genug. Sei mir nicht böse, Fritz, aber ich muß dich hinauskomplimentieren.

Es ist die höchste Zeit, daß ich nach dem Theater fahre. Sieht man dich wieder?«

Fritz griff schon nach seinem Hute.

»Ja – wenn du erlaubst – recht oft . . .«

Sein ganzes Gesicht strahlte.

»Recht oft – ich erlaube es,« lachte Fanny.

Vierundzwanzigstes Kapitel

Zu Hunderten drängte sich das Publikum, plaudernd und schwatzend und in seiner fast fieberhaften Erregung noch unter dem Banne der begeisterten Beifallssalven stehend, mit denen an diesem Abend der gastierende Sänger förmlich überschüttet worden war, durch die weit geöffneten Flügelthüren über die Freitreppen hinab in den feenhaft erleuchteten Garten des Krollschen Etablissements.

Es war ein wundervoller Juniabend – warm wie im Hochsommer, doch nicht schwül, da sich ein leiser Wind aufgemacht hatte, der sein schäkerndes Spiel mit den tausenden von Gasflammen trieb, die aus den Girandolen und Blumenkelchen, den schwebenden Guirlanden und Kandelabern des Gartens strömten. Eine unzählbare Menge promenierte zu den Klängen zweier Regimentskapellen über die mit farbigem Kies bestreuten Wege. Das Theater war ausverkauft gewesen, wie gewöhnlich um diese Jahreszeit, wo die Königliche Oper bereits geschlossen ist, die Konzertsaison ihr Ende erreicht, die musikliebende Welt aber noch nicht ihren Schwalbenflug an das Gestade der See und in die Ozonluft der Berge unternommen hat. Der gute alte »Troubadour« war angekündigt gewesen und in der Titelrolle als erstes theatralisches Debüt ein junger

Sänger, dessen Namen kein Mensch kannte, von dem noch nie jemand aus dem großen Publikum irgend etwas gehört hatte. Merkwürdigerweise hatte sich auch die Reklame dieses Herrn Fiedler so gut wie gar nicht angenommen, nur in einem, lediglich in Theaterkreisen gelesenen Fachblatte, der von der Merkelschen Agentur herausgegebenen »Posaune«, waren kurz hintereinander einige Notizen erschienen, die von den abenteuerlichen Lebensschicksalen des neuen Tenors in geheimnisvoller Andeutung sprachen, von seinem Können aber nichts verrieten. Die großen Tageszeitungen hatten sich darauf beschränkt, das Auftreten des Debütanten in wenigen Worten anzukünden.

So brachte der heutige Theaterabend bei Kroll dem Publikum eine um so größere Überraschung. Das sympathische Äußere des Debütanten gewann ihm von vornherein die Gunst der zahlreich erschienenen Damenwelt, und schon der Antrittsarie folgte ein stürmischer Applaus. Die Kritiker, die in den ersten Reihen des Parketts mit ernster und wichtiger Miene auf ihren kurulischen Sesseln Platz genommen hatten, hoben erstaunt die Köpfe, ließen das Plaudern sein und wurden aufmerksamer.

»Nanu?« sagte der alte Professor Triesel zu dem neben ihm sitzenden Kollegen vom Tageblatt, »wat is denn det? (Triesel kokettierte mit seinem Berliner Dialekt wie einst der selige Wrangel.) Det is ja Stimme! . . . Wie heeßt der Kerl?« . . . und er beugte den lockenumwallten, kolossalen Kopf tief auf den Theaterzettel herab.

Es kam aber noch anders. Der Applaus des Publikums wurde zur Begeisterung, und die Begeisterung zum Sturm, als der Vorhang nach dem zweiten Akte die Scene schloß. Der Erfolg war ein großer und ein unbestrittener – Publikum und Kritik waren einmal einig wie selten.

Im ersten Nebensaale erholten sich in der kleineren Zwischenpause die Herren Recensenten am Büffett. Dort stand auch Calliano mit geblähter Brust, die Unterlippe stolz gekräuselt, Triumph im blühenden Antlitz, und neben ihm in maßloser Erregung der kleine Merkel.

»Sagen Sie, was Sie wollen!« krähte der Agent, »an einen *solchen* Erfolg haben Sie selbst nicht gedacht! – Geben Sie mir noch eine Selters, Fräulein – Gott, was bin ich aufgeregt!«

Calliano lächelte großartig. »Ich bin meiner Sache stets sicher,« entgegnete er, »ich wußte, was ich wußte – der Fiedler ist ein Phänomen. Das ist er! Was, Herr Professor, ist er das?«

»Nu nee,« gab der alte Triesel zurück und trat näher, »en Phänomen is er nu jrade nich, aber er hat wat – det läßt sich jar nich leugnen! Er kann ooch wat, wenn ick ihm ooch 'nen bißken mehr Schule wünschte« . . .

»Herr Professor,« erwiderte Calliano gekränkt, »Fiedler hat bei uns studiert, und wenn Sie wüßten, in welch' kurzer Zeit wir ihn in die Höhe gebracht, mit welcher Schnelligkeit wir an seiner Ausbildung gearbeitet haben, dann würden Sie anders sprechen! Daß er immer noch nachlegen muß, bestreite ich nicht – dafür giebt er sich auch nicht als Virtuosen, sondern als ein Sänger, der sich in allen Sätteln zurecht findet. Ist er noch kein bedeutender Künstler, so wird er es sicher einmal werden.«

»Wenn ihm nicht der Größenwahn zu Kopf steigt und er sich vor der goldgierigen Ausbeutungssucht der sehr geschätzten Herren Impressarii hütet,« bemerkte einfallend ein jüngerer Kritiker. »Es wäre schade, wenn diese Fülle von Begabung im Virtuosentum unterginge!«

»Davor schützt ihn sein ehrliches Streben,« fiel Calliano eifrig ein, »und mehr als das die Harmonie seiner Begabung, die nicht auf Bravourstückchen und brillierende

Mätzchen angewiesen ist und nicht in blendenden Einzelheiten zerflattert!«

»Nein – nicht in blendenden Einzelheiten zerflattert,« repetierte der kleine Merkel in voller Erregung.

»Det mag ja allens wahr sin,« nickte Professor Triesel, »ick wünsche dem jungen Mann ooch allens Jute und wer' mich janz jewiß lobend über ihn aussprechen! Ick kann nich anders sagen: er hat mir jefallen – seine Stimme, seine Erscheinung, sein schlichtes Auftreten, det bei allen Erfassen seiner Rolle nischt Theatralisches an sich hat, hat unjemein sympathisch auf mich einjewirkt« . . .

»Sympathisch – das ist der richtige Ausdruck,« warf der jüngere Kritiker, der den älteren Kollegen gern ein wenig aushorchte, zustimmend ein; »seine Stimme ist frisch, ausgiebig, klangvoll, tüchtig geschult – das haben wir bei andern Anfängern auch konstatieren können – aber den meisten fehlte das, was Fiedler in entschiedenem Maß besitzt: das Sympathische – die Seele – das aus der Tiefe Quellende« . . .

Er nickte sich selbst zu und notierte die Ausdrücke in seinem Taschenbuche, während der kleine Merkel plötzlich mit verzücktem Gesicht den Zeigefinger erhob:

»Meine Herr'n – der dritte Akt beginnt! Auf die Plätze! Auf die Plätze, sonst stören wir!« . . .

In der linken Prosceniumsloge saßen Fanny, Otto und dessen blondzöpfige kleine Braut. Fanny war für das Deutsche Theater auf vorläufig drei Jahre als erste tragische Heldin fest engagiert worden. Da sie bis zur Eröffnung der neuen Saison in ihrer freien Zeit unbeschränkt war, so hatte sie es als selbstverständlich betrachtet, dem ersten Bühnenversuche des Jugendfreundes beizuwohnen. Mit zitterndem Herzen und einem Angstgefühle, wie es sie damals bedrückt, als sie selbst zum erstenmale vor die Rampe getreten, saß sie an der Logenbrüstung und wartete, während sich hinter ihr Otto und Martha verliebte Dinge ins Ohr flüsterten, auf das Erscheinen Manricos. Der glänzende Sieg des Debütanten erfüllte sie mit grenzenloser Freude. Mit fiebernden Wangen und blitzenden Augen verfolgte sie, ohne sich zu rühren, jede seiner Bewegungen, und wenn er sang, klopfte ihr Herz, daß sie jeden Schlag zu hören vermeinte.

Seit die beiden sich wiedergefunden, waren sie häufig, in der letzten Zeit fast täglich zusammengekommen. Fritz hatte oft in Fannys Wohnung gesungen, und er hatte ihr in Bezug auf das Dramatische des Vortrags manch guten Rat zu verdanken. Sie kannte also bereits seine Stimme und wußte, daß er bestehen würde. Einen so geräuschvollen, so stürmischen Erfolg aber hatte sie nicht erwartet, obwohl sie ihn sich erklären konnte. Es war gewissermaßen eine Demonstration des Publikums gegen das Virtuosentum, gegen jenes nomadisierende Künstlervolk, das aus der Kunst ein Kunststück macht und über die Einseitigkeit glänzender Paradeeffekte nicht hinauskommt. Fritz trat als ein tüchtiger Sänger vor die Lampen und das Publikum war überrascht. Vielleicht hatte man eines jener »hohen C-Talente« (Professor Triesel nannte sie so) erwartet, die entdeckungslüsterne Impressarii von Zeit zu Zeit von den Kutscherböcken herabzuholen pflegen und in deren kurzer, überhasteter Ausbildung der einzige Wert auf eine übertriebene Schulung der Effekttöne gelegt wird – eine jener ephemeren Künstlererscheinungen, wie sie gerade *diese* Bühne mit Vorliebe an sich heranzog. Statt dessen hörte man einen jungen Sänger, dessen Stimme in allen Tonlagen gleich wohllautend klang, gleich gute Schule verriet, der sich auch als tüchtiger Schauspieler erwies und sich von allen jenen Mätzchen freihielt, die gewissermaßen schon zum ständigen Inventar der bei Kroll gastierenden Heldentenore gehörten. Und das Publikum zeigte, daß es noch Geschmack und Gefühl für das einfach Schöne und das von jedem raffinierten Putz befreite Gute besaß, und klatschte dem glückstrahlenden Sänger immer von neuem Beifall.

Nur Fanny rührte die Hände nicht. Sie hörte auch kaum die Worte begeisterten Lobes und die Ausrufe der Überraschung, die Otto und Martha ihr zuraunten – sie war wie benommen von dem Glückssegen, der auf Fritz herabrauschte und der auch sie traf. Sie fühlte sich ihm urplötzlich näher gerückt als bisher; der edle und lautere Fundus seiner Kunst stellte sie gewissermaßen geistig noch dichter an ihn heran . . . Einmal, am Schlusse des zweiten Akts, als er zum so und so vielten Male vor dem Vorhang erschienen war, um sich dankend zu verbeugen, streifte sein Blick suchend auch nach der linken Proceniumsloge empor. Und da nickte sie ihm zu, und er sah es an ihrem Auge, wie beglückt sie war; sie aber wäre am liebsten zu ihm hinabgestiegen, hätte seine Hand erfaßt und einmal über das andre gesagt: »Du guter großer Junge – wie ich mich freue – wie ich mich freue!« . . .

Nun war die Vorstellung beendet und Fritz hatte sich zum letztenmale vor dem Publikum verneigt. Ein fast drückendes Gefühl taumelnden Glücks im Herzen, kehrte er in seine Garderobe zurück, wo er bereits von Direktor Elgers, sowie von Pietzker, dem Oberregisseur, und von Swantien, dem Theatersekretär, in feierlicher Gruppe erwartet wurde. Der dicke Elgers that tiefgerührt und flog Fritzen, um ihn zu umarmen, wie eine Bombe auf den Leib, schüttelte ihm dann beide Hände und sprach ihm endlich in wohlgesetzten Worten seine Glückwünsche zu dem Erfolge des Abends aus; dabei glänzte von seinem feisten Gesicht eitel Wohlwollen und die gefärbten Favoris zitterten zu jedem Worte, das er hervormauschelte. Oberregisseur Pietzker und der Sekretär Swantien ließen es sich selbstverständlich nicht nehmen, gleichfalls ihre Gratulation anzubringen – dann kam aber die Hauptsache. Swantien zog ein verdächtig aussehendes Papier aus der einen, ein kleines

Reisetintenfaß und einen zusammenschiebbaren Federhalter aus der andern Tasche, legte alles dies auf den Garderobentisch und machte dann ein Kompliment vor Fritz, begleitet mit einer Handbewegung, die zu sagen schien: »Seien Sie so gut, lieber Herr« . . . »Es ist der neue Kontrakt,« lächelte der Direktor, »wir können nun ja getrost fest abschließen« . . . und der Regisseur fügte hinzu: »Gewiß, gewiß – das können wir beruhigt« . . .

Es war Fritzen sehr angenehm, daß es in diesem Augenblicke an die Thür klopfte und draußen die Stimmen Callianos und des kleinen Merkel laut wurden.

»Heil dir, du Sänger größter, du edler Fiedeleer!« gröhlte Calliano, und das feine Stimmchen Merkels kam piepsend hinterher: »Dürfen wir hineinkommen, bester Herr – wir wollen gern die ersten sein, Ihnen die Hand zu drücken! Gott, was bin ich aufgeregt!«

Direktor Elgers wurde sichtlich verstimmt und winkte seinem Sekretär, den Kontrakt wieder einzustecken; Swantien that es mit betretener Miene und Pietzker wurde gleichfalls verlegen. Calliano machte ein erstauntes Gesicht, als er die Gruppe sah, aber der kleine Agent mochte etwas von den Absichten der löblichen Direktion wittern, denn er wandte sich, nachdem er Fritz überschwänglich begrüßt hatte, sofort an Elgers und sagte mit pfiffigem Lächeln:

»Na, Direktorchen, wie wär's mit einem Engagement für die Sommersaison? Rattatata – das wär' so 'was! Aber diesmal müssen Sie gehörig bluten, für einen Pappenstiel kriegen Sie den Fiedler nicht, dafür werden *wir* schon sorgen!«

Inzwischen hatte es von neuem an die Thür geklopft.

»Herr Fiedler, – ach entschuldigen Sie, Herr Fiedler,« ließ sich die Stimme des Theaterdieners vernehmen, »Herr Mayer Ball möchte Sie gern einmal sprechen« . . .

Der kleine Merkel wieherte auf. Mayer Ball war auch ein Theateragent – sein erbittertster Konkurrent. »Zu spät, mein guter Herr Ball,« jubelte Merkel, »das Vögelchen läßt sich nicht mehr fangen!«

». . . und der Herr Professor Triesel wartet im Konversationszimmer,« fuhr der Theaterdiener mit neuem Anpochen fort, »er wünscht, Herrn Fiedler kennen zu lernen, hat er gesagt. Dann sind auch noch zwei Dienstleute da, – mit einem Korbe Champagner – wo soll denn der hingesetzt werden?« . . .

»Den werde ich in Verwahrung nehmen,« lachte Calliano – und dann klopfte es abermals.

»Entschuldigen Sie, Herr Fiedler, ich muß noch 'mal stören, – da sind noch zwei andre Herren, die Sie sprechen wollten – ein kleiner dünner und ein großer dicker . . . Der eine heißt Mauseloch oder so ähnlich – soll ich die auch ins Konversationszimmer schicken –? Und dann sind eine Masse Karten abgegeben worden – und ein Lorbeerkranz, – und der Vorsitzende des Vereins Gelbe Schleife möchte sich gern mit Ihnen in Verbindung setzen wegen – na, wegen 'was war's denn gleich« . . .

Fritz hielt sich die Ohren zu.

»Lassen Sie mich in Ruhe!« schrie er zurück. »Calliano, thun Sie mir den Gefallen und sagen Sie aller Welt, daß ich heute nicht mehr zu sprechen wäre! Und nun, meine Herren, gestatten Sie mir gütigst, daß ich mich erst einmal umkleide und meine Menschheit wechsle. Dann können wir weiter miteinander verhandeln.«

Die Fünf räumten die Garderobe und Fritz zog den Manrico aus. Er war erschöpft und sehnte sich nach einer behaglichen Ruhestunde, wie er sie mit Otto, Fanny und Martha verabredet hatte. Aber die Ruhe sollte noch nicht kommen. Im Konversationszimmer wartete seiner noch ein Dutzend

Leute, die sich nicht abweisen lassen wollten: Theateragenten, die ihn mit Anträgen aller Art so lange bestürmten, bis er grob wurde, – Reporter, die sich einige Mitteilungen über seine bisherige Thätigkeit, von seiner Geburt ab bis zum heutigen Abend, erbaten, – der Zeichner eines illustrierten Klatschblattes, des »Moment-Photographen«, der um seinen Charakterkopf behufs zinkographischer Vervielfältigung in vierzigtausend Exemplaren (notariell beglaubigte Auflage!) ersuchte, – einige begeisterte Zuhörer, die ihn Maëstro titulierten, der Vorsitzende des Gesang-Vereins Gelbe Schleife, der sich zufällig unter dem Publikum befunden hatte und Fritz zu einer Privatsoirée auffordern wollte, ein Mensch, der sich als passionierter Autographensammler vorstellte und um den Namenszug der neuen Berühmtheit bat – – außerdem noch der alte Montevero, der in aller Schnelligkeit einen Korb seines Champagners hatte kommen lassen, um ihn Fritzen zu verehren, ferner der kleine Mausebrei, der sich vor Freude wie ein Wahnsinniger geberdete, und hinter dessen zappliger Persönlichkeit Fritz auch das unangenehme Gesicht des Agenten Rennerke aus der ›Springenden Münze‹ auftauchen sah . . .

Schließlich wurde es dem Gefeierten zu viel. Die meisten der Anwesenden waren ihm gleichgültig oder nichts weniger als angenehm, – er machte daher kurzen Prozeß, verbeugte sich mit liebenswürdiger Miene vor der Gesamtheit und sagte: »Nun muß ich aber um Vergebung bitten, meine Herren – ich werde erwartet« . . . und dann war er aufatmend hinter der Thür.

Vor dem großen Portale schritten schon seit über einer Stunde Fanny, Otto und Martha auf und nieder. Otto war so aufgeregt, als ob er selbst einen glänzenden Sieg erfochten hätte, und erging sich in allerhand Scherzen, über die seine Braut jedesmal mit silbernem Kichern quittierte. Fanny war still – aber als sich Fritz endlich im Schatten des Portales zeigte, da war sie die erste neben ihm und drückte seine Hände, und ihre glänzenden Augen sprachen mehr als ihr Mund.

Otto fiel Fritz jubelnd um den Hals.

»Hosianna, mein Sohn, – ich gratuliere tausendmal! Bei allen Göttern, was bin ich stolz, einen so berühmten Freund zu besitzen! Marthel, komm' her und gieb ihm auch einen Kuß – er hat ihn verdient! Aber bloß einen!« –

Dann stieg man zu viert in eine Droschke und fuhr in die Stadt. Vor dem nächsten Telegraphenamte wurde angehalten; Fritz hatte Tom Price, mit dem er nach wie vor in regem Briefverkehre stand, versprochen, ihm sofort über den Ausfall seines ersten Debüts zu berichten, und er konnte wahrheitsgemäß telegraphieren: »Glänzender Sieg – dein glücklicher Fritz« . . .

In einem Kabinett bei Uhl unter den Linden wurde soupiert. Fritz hatte das Menü bestellt: Hummern, Rehrücken und Eis, dazu Roederer carte blanche. Das hatte er bei Spirius und Aalkrug gelernt. Der Gastgeber und Fanny genossen wenig, dafür waren Otto und Klein-Marthchen bei vortrefflichem Appetit. Als der Champagner in den Schalen perlte, schlug Otto an sein Glas und stand mit feierlicher Miene auf – er hatte noch eine wichtige Neuigkeit in petto, die er sich für diese Stunde des Beisammenseins aufgehoben hatte. Er machte es kurz.

»Meine Herrschaften,« sagte er, »es war einmal ein Kantorsjunge, als der noch klein war, war er schon recht groß. Aber das war nur äußerlich. Als er noch größer wurde, wurde er leider wieder kleiner. Und das war innerlich. Nun aber ist die Zeit gekommen, wo sein innerer Mensch sich mit dem äußeren ausgeglichen hat, und da der heutige Abend gewissermaßen als Brennpunkt dieses Ausgleichs bezeichnet werden muß, so schlage ich vor: der Kantorsjunge lebe hoch!«

386

Unter Lachen und Scherzen klangen die Gläser zusammen. Otto aber setzte sich noch nicht. Er behielt seine feierliche Miene bei, zog einen Brief aus der Tasche und entfaltete ihn.

»Ich habe noch eine Mitteilung erfreulichen Inhalts,« fuhr er fort. »Fanny, halte dich bitte mit beiden Händen an der Tischplatte fest, damit du nicht umfällst, denn die Mitteilung betrifft *dich*. Ich habe heute abend einen Brief von Vatern aus Klein-Busedow erhalten, der hat folgende Nachschrift: ›Mutter und deine Geschwister bringen mich noch um von wegen der Fanny. Nun bin ich zwar leider ein Komödianten-Vater, will mich aber nicht als solcher geberden. Ich komme am Dienstag nach Berlin; sage der Fanny, daß ich mich freuen werde, sie wiederzusehen‹« . . .

Marthchen jauchzte auf und schwang ihr Glas. Fanny aber war leichenblaß geworden, und dann sprang sie empor, riß Otto den Brief aus der Hand und las die Nachschrift selbst noch einmal durch – Wort für Wort. Da stand es – in der großen, eckigen und ungefügen Handschrift des Vaters: »sage der Fanny, daß ich mich freuen werde, sie wiederzusehen.« . . Und da schossen ihr plötzlich die Thränen ins Auge – sie schluchzte leise auf vor seliger, bebender Freude.

Es waren glückliche Stunden. –

In die sonnigen Traumbilder, die in dieser Nacht durch Fritzens Schlummer zogen, floß auch eine wehmütige Erinnerung hinein. In frischer Deutlichkeit rief sich ihm jener Abend in das Gedächtnis zurück, da er als Telamone neben der Karyatidengestalt Carmellas auf den Brettern der Arène d'hiver stand, und im Traume sah er noch einmal, wie seine Gefährtin unter der fallenden Eisenlast blutend zusammenbrach . . . Ein Strahl hellen Mondenlichts, der quer über seine Augen fiel, weckte Fritz, und als er, den Kopf in der Hand gestützt, daran dachte, wie seltsam es doch gewesen, daß er gerade heute, wo seine Seele so von Frohsinn erfüllt, von jenem tragischen Geschehnisse habe träumen müssen, da kam ihm unwillkürlich eine symbolische Deutung jenes Traumbildes zu Sinn.

Wir sind allesamt Telamonen und Karyatiden, aber nur der Schwache und Geschicklose bricht unter der Last zusammen, die das Schicksal uns auf die Schultern häuft.

* *
*

Am nächsten Vormittage klingelte Fritz, einen kleinen Packen Zeitungen unter dem Arme, schon ziemlich frühzeitig an der Wohnung Fannys.

»Sagen Sie dem Fräulein, ich *müßte* sie sprechen,« rief er dem öffnenden Mädchen entgegen, »– nur auf zehn Minuten meinetwegen, aber sprechen muß ich Fräulein Ohlden!«

Er wurde in den kleinen Salon geführt, der an das Boudoir Fannys anstieß. Sie selbst erschien nach einer Viertelstunde in so strahlender Morgenfrische, als sei der gestrige Abend nicht bis weit über die Mitternachtsstunde ausgedehnt worden.

»Schon ausgeschlafen?« fragte sie und streckte Fritz die Hand entgegen.

»Längst – und du?« Er schaute mit entzücktem Blick zu ihr auf. »Thörichte Frage – man braucht dich nur anzusehen! Was bist du schön, Fanny!«

»Aber Fritz!« lachte sie. »Hast du deshalb deinen Morgenschlummer abgekürzt, um mir eine hausbackene Schmeichelei zu sagen?«

»Nein, doch nicht! Um etwas Selbstverständlichem willen hätte ich ruhig weiter geschlafen! . . . Ich bin glückselig, Fanny! Ich habe mir natürlich sofort diejenigen Zeitungen

388

gekauft, die schon in der Morgennummer über die Ereignisse des Abends zu berichten pflegen. Herrgott, bin ich gelobt worden! Schamrot hätte ich eigentlich bei der Lektüre werden müssen! Da – hier! Das Tageblatt schildert mich als einen ›Künstler, der Anwartschaft darauf hat, einst in der Reihe der berühmtesten Tenoristen unserer Zeit genannt zu werden‹! Das Kleine Journal spricht von ›tiefer Seele im Gesange‹, von einem ›Urquell des Schönen‹ und so weiter. Die Morgenzeitung hält mich für einen ebenso hervorragenden Schauspieler wie Sänger und macht die Intendanz der Hofbühnen auf mich aufmerksam. Am meisten hab' ich mich aber über die kurze Kritik Triesels gefreut! Professor Triesel ist in musikalischen Dingen maßgebend – sein Wort fällt gewaltig in die Wagschale. Hör' nur zu!«

Und er las:

»»In der gestrigen Troubadour-Vorstellung bei Kroll lernten wir zu unsrer Freude in Herrn Friedrich Fiedler einen neuen, jungen Tenoristen kennen, dessen vortreffliche Mittel zu hohen Erwartungen Berechtigung geben. Schon in dem hinter der Scene gesungenen Cis-moll-Ständchen des ersten Aktes überzeugte uns die Mühelosigkeit, mit welcher der Debütant in der nun einmal (wenn auch leider) üblich gewordenen hohen Variante des Schlusses das eingestrichene B in prächtiger Klangfarbe hervorbrachte, von dem ebenso umfangreichen wie gediegenen Material seiner stimmlichen Mittel. Der Glanzpunkt der Leistung war natürlich die Stretta des dritten Aktes. Die sechzehntel Figuren des Motivs kamen in so sicherer Klarheit heraus, wie das nur bei tüchtiger Schulung zu erreichen ist. Selbstverständlich fehlte auch das unvermeidliche eingestrichene C am Schlusse nicht, doch wollen wir gern konstatieren, daß auch diese Bravourleistung sich dem Ganzen harmonisch einfügte und in keiner Weise auf den Zuhörer wie ein virtuosenhaftes Mätzchen wirkte. Überhaupt ist der treffliche Ausgleich der Stimmregister bei dem jungen Manne besonders zu schätzen; die Mittellage ist nicht, wie bei den meisten sogenannten Bravour-Tenoristen auf Kosten der Höhe vernachlässigt, – selbst bis zu dem kleinen e herunter klingt das Organ schön und männlich. Verständige Auffassung nach musikalischer und dramatischer Seite hin, sowie eine vorteilhafte Persönlichkeit unterstützten den Erfolg auf das glücklichste«« . . .

Und Fritz schaute mit strahlendem Gesicht von dem Blatte auf.

»Nun – was sagst du dazu?«

»Nichts weiter, als: ich freu' mich von ganzem Herzen – die Wiederholung dessen, was ich dir schon gestern abend ein dutzendmal gesagt habe!« – Sie ließ sich auf der Chaiselongue nieder und zeigte auf das daneben stehende Taburett. »Nun setz' dich einmal hübsch artig zu mir, Fritz, und zügle deine glückliche Erregung ein klein wenig. Ich möchte ein vernünftiges Wort mit dir sprechen. Laß nur die Zeitungen ruhig liegen – ich nehme sie dir nicht fort . . . So! – Willst du vorläufig bei Kroll bleiben?«

»Ich weiß es noch nicht.«

»Willst du ein andres Engagement annehmen? Du sagtest mir gestern abend, Merkel hätte etwas von Dresden verlauten lassen« . . .

»Ich weiß es noch nicht.«

»Mein Gott, du mußt dich aber doch irgendwie entschließen, – dir eine feste Position an einer besseren Bühne zu schaffen versuchen!«

»Ich weiß es wahrhaftig noch nicht!«

Fanny zog die Stirn in unmutige Falten und lachte dann fröhlich auf.

»Das ist köstlich!« rief sie. »Fritz – ich bitte dich, entnüchtere dich ein wenig aus deinem Freudenrausche und überlege einmal gemeinsam mit mir, was sich am besten mit dir anfangen läßt!«

Nun lachte auch Fritz.

»Gut – überlegen wir's,« meinte er. »Zuvor aber noch eine Mitteilung, die dich in Erstaunen setzen dürfte. Ich lag noch im Bette, als mir Mausebrei heut' früh den Besuch des Direktors von Schneeberg von der Königlichen Oper meldete« . . .

»Ah –!« Und Fanny hob überrascht den schönen Kopf.

»Schneeberg war gestern abend bei Kroll. Ich habe ihm so gefallen, daß er noch in der Nacht zum Generalintendanten gefahren ist, um mit ihm über die Möglichkeit meines Engagements bei der Hofoper zu verhandeln. Morgen mittag soll ich vor dem Intendanten singen.«

Fanny schlug die Hände zusammen. »Das ist ja herrlich!« jubelte sie auf, »das ist ja ein unmenschlicher Glückszufall, Fritz!«

»Ganz meine Meinung,« entgegnete Fritz trocken, »aber der Wermutstropfen im Glücksbecher fehlt auch nicht. Da Waldemar noch auf eine Reihe von Jahren der Königlichen Oper verpflichtet ist, so werde ich mich vorläufig mit zweiten Rollen begnügen müssen, und da das Budget der Hoftheater überlastet, muß ich mir außerdem eine verhältnismäßig bescheidene Gage gefallen lassen« . . .

Fanny wiegte den Kopf hin und her. »O – das ist unangenehm, das geht nicht,« sagte sie verstimmt. »Sprich lieber erst noch einmal mit Merkel! In Dresden hat man freigebigere Hände und größere Mittel zur Verfügung, – ich kann es dir keinen Augenblick verdenken, wenn du unter den gegebenen Verhältnissen auf Berlin verzichtest . . . so leid es mir persönlich auch thut!«

Fritz haschte nach ihren Händen.

»Was thut dir leid?« fragte er und schaute ihr tief ins Auge.

»Daß du fortgehst – mein Gott – was weiter,« erwiderte sie verwirrt und errötend.

Er küßte ihre beiden Hände und glitt zu ihren Füßen nieder.

»Siehst du, Fanny,« sagte er mit leisem Zittern seiner Stimme, »und weil es mir leid thun würde, ohne dich fortzugehen – weil ich mich nicht trennen möchte von dir, weil ich dich täglich sehen – sehen und küssen muß, weil ich nicht ohne dich leben kann, – darum bleibe ich hier und böte mir die Intendanz auch einen Bettellohn! . . Fanny, sieh' mir ins Auge! Fanny, ich hab' dich so lieb – so lieb« . . .

Und er legte seine Arme um ihre bebende Gestalt und zog sie an sich. Ihr locker gestecktes Haar löste sich bei dieser Bewegung und wehte duftend um seine Schulter und Wange.

»So lieb,« wiederholte er in süßem Erschauern, – und sie gab seinen Kuß zurück und sagte, kämpfend mit Thränen der Seligkeit:

»Mein einziger – guter – großer Junge!« . . .

Fünfundzwanzigstes Kapitel

»Mann,« rief die Pastorin in die Studierstube ihres Gatten hinein und wischte sich die Augen bei dem ihr entgegenschlagenden Tabaksqualm, »– bist du denn noch nicht fertig? Der Wagen kann jeden Augenblick vorfahren! Du liebe Seele, noch nicht 'mal ein reines Chemisette hat er sich vorgebunden!« – Sie wandte sich nach der Küche zurück. »Mieze!« schrie sie, »Mieze, so höre doch! Gieb 'mal ein neues Chemisette aus Vaters Spinde! Was – du mußt bei dem Braten bleiben? Dann schicke die Bärbel her! Aber ein bischen flink!«

Bärbchen, die lang aufgeschossen war und immer ihre weißen Zähne zeigte, stürmte durch den Flur, daß ihre Zöpfe flogen und kehrte nach wenigen Minuten mit dem gewünschten Toilettenstück zurück. Die Pastorin nahm das steif gestärkte Chemisette in die Hand, blies mit geschlossenen Lippen über die Leinwand, prüfte die Bänder, ob sie auch fest saßen und trat dann völlig in das Zimmer ihres Mannes.

»Puh,« sagte sie und wedelte mit der Schürze, »nein, hör' 'mal, Alter, was zu viel ist, ist zu viel! Du hast wie eine Lokomotive gequalmt! Du meine Güte!« ... Sie riß einen Fensterflügel auf ... »Was soll denn der Fritz denken, wenn er hier hereinkommt! Nachbar Krause wird meinen, es brennt bei uns, wenn er den Rauch aus dem Fenster sieht! ... Nun komm' 'mal her, Alter! Oder nein, bleibe sitzen – so geht es besser! Aber halte still!«

Und sie trat geschäftig hinter den schlohweiß gewordenen Pastor und band ihm das Chemisette um, zog ihm die Halsbinde zurecht und strich mit der flachen Hand glättend über sein Haar.

»So, – nun siehst du wenigstens menschlich aus,« meinte sie lachend. »Laß aber jetzt einmal die Arbeit ruhn, Männe – geh' lieber ein bißchen an die frische Luft und vertreibe den Qualm aus den Rocknähten! Was machst du denn für ein Gesicht, Alter? Freust du dich nicht auf den Jungen, den Fritz – auf unsern zukünftigen Herrn Schwiegersohn – he?«

»Was werd' ich mich nicht freuen,« brummte der Pastor und stand auf, »natürlich freu' ich mich, – aber da ist mir, wie ich über den Büchern sitze, so ganz unwillkürlich der Gedanke gekommen, daß die Freude doch noch ein End- chen größer gewesen wäre, wenn man auch – na ja, wenn

man auch die Fanny 'mal wieder im Hause gehabt hätte!
Weißt du, Mutter, der Gedanke ist mir so gekommen« –

»Meinst du etwa, *mir* nicht auch?« fiel die Frau Pastorin
ein. »Aber wer hat denn das gesagt, daß das nicht anging –
wer hat denn gesagt: am dritten Orte woll'n wir mit der
Fanny zusammensein – meinetwegen alle Tage – aber hier
in der Pfarrei nicht, hier in Klein-Busedow überhaupt
nicht –?! Da könnten die Bauern kommen und die Nase
über die Schauspielerin rümpfen – – als ob uns die Bauern
'was angingen und als ob unser Schwiegersohn nicht auch
so ein Stück von der Bühne wäre! Daß *der* herkam, dagegen hattest du aber nichts einzuwenden!«

»Weil's nicht unser leibliches Kind ist, Alte! Ich habe der
Fanny verziehen, habe sie in Berlin besucht und habe,
nachdem ich gesehen, wie die Sache steht, mit freudigem
Herzen meinen Segen zu ihrem Verlöbnis mit Fritz
gegeben. Basta. Im Hause aber will ich keine Komödiantin
haben, die meine Tochter ist! Das ist *meine* Ansicht und
dabei bleib' ich, wird's mir auch schmerzlich schwer! Nun
ärg're mich nicht weiter und laß es gut sein, Mutter . . .
Rumpelt's da nicht?« – Er reckte den alten Kopf nach dem
Fenster hinüber.

Die Pastorin schrie auf und huschte hinaus. Über den
Dorfanger holperte die alte Kalesche Bernschulzes, der mit
grinsendem Gesicht auf dem Bocke saß und einmal über
das andere mit der Peitsche knallte. Vor der Thür des Pas-
torhauses stand die ganze Jugend Klein-Busedows und auch
ein paar alte Weiber – die Männer waren draußen auf dem
Felde bei der Ernte beschäftigt. Die Kinder sperrten die
kleinen Mäuler auf, und die alten Weiber nickten sich gegenseitig zu, als der Wagen näher kam, und sagten: »Jo, jo,
des is er! – Jesesmine, wat is aus dem schlaksigen Bengel
geworden! – Weeßte noch, Gillerts Mutter, wie er uff de
Welt kam, hatten wir de ganze Nacht Sternschnuppen – det
hat immer wat zu bedeuten!« . . .

Nun hielt der Wagen, und Fritz sprang herab, mitten in den vergnügt kreischenden Kinderhaufen hinein, und gab jedem der alten Weiber die Hand und machte seine Scherze mit ihnen – und die alten Weiber kicherten und wackelten mit den Köpfen und meinten: »I du mein Je' –, nee aberscht so wat ooch! – Nee, wat sind Sie scheen geworden, Herr Fritze ... freilich, lang un groß sind Sie immer gewest ... aber nich so stattlich nich ... Nee, aberscht so wat ooch!« –

Nun eilte auch die Frau Pastorin herbei, und ihr dickes, gutmütiges Gesicht strahlte förmlich, und hinterher humpelte der Pastor, dem die Gicht in den letzten Jahren etwas in die Beine gefahren war, und dann kamen Toni, Bärbchen und Mieze – alle drei groß, schlank und blond, mit roten Backen und kräftigen Formen, und alle drei lachten dem Ankömmling entgegen und thaten gar nicht verschüchtert, als er sie nacheinander, in Anbetracht der kommenden Verwandtschaft, herzhaft abküßte. Dann ging's ans Fragen und Antworten – noch vor dem Thore – bis die Pastorin erklärte, die Suppe würde kalt, sie stände schon auf dem Tische, der Fritz sei sicher recht ausgehungert, man solle ihm doch Ruhe gönnen – so eine Reise sei auch ein Stück Arbeit, du liebe Güte ...

Es ging also zu Tische, und es gab Nudelsuppe und Kalbsbraten mit grünem Salat und geschmorten Kirschen und dazu den selbst gekelterten Johannisbeerwein des Pastors, der Fritzen noch so fürchterlich schmeckte wie vor zwölf Jahren an seinem Einsegnungstage, von dem er aber trotzdem mit wahrer Todesverachtung ein Glas nach dem andern trank. Währenddessen legte ihm einmal die Pastorin ein mächtiges Stück Kalbsbraten auf den Teller und dann wieder Toni ein andres und Bärbchen und Mieze ein drittes und viertes, und so immer abwechselnd – und als Fritz schließlich stöhnend erklärte, nun ginge es aber nicht mehr, da sagte die Pastorin ganz verwundert: »Aber Junge, du hast ja noch gar nichts gegessen!« –

Den Kaffee trank man in der Fliederlaube; Bärbchen hatte selbstverständlich Kuchen gebacken – und da Mieze den Kaffee gekocht und heimlich ein Lot mehr genommen, als die Mutter befohlen hatte, so wurden Fritzen die vier Tassen, die man ihm einfiltrierte, nicht gar zu schwer. Dann holte der alte Pastor eine bestaubte Kiste mit Cigarren herbei, die merkwürdig gelb aussahen und mit weißen Flecken geschmückt waren wie ein Leopardenfell. Nun aber hielt es Fritz für an der Zeit, um weiteres Unheil abzuwenden, die kleinen Geschenke auszukramen, die er für jedes Mitglied des Pastorats mitgebracht hatte.

Vorsichtshalber überreichte er zuerst dem Pfarrer eine Doppelkiste Havanna-Cigarren, um dessen Interesse von dem eignen, magenverderbenden Kraut abzuwenden. Der Alte war sehr gerührt, steckte sich sofort eine Havanna an und machte ein ganz seliges Gesicht, als die ersten duftenden Wolken vor ihm in die Luft tänzelten. Die Frau Pastorin aber meinte, er solle sich nicht verwöhnen, sonst schmecke ihm *sein* Kanaster nachher nicht mehr, doch der gute Alte schien die wohlmeinende Warnung seiner Lebensgefährtin gar nicht zu beachten, sondern saugte in seliger Verzückung an seiner Havanna weiter.

Als Fritz mit seinen Geschenken für die Damen kam, gab es der staunenden und jubelnden Ausrufe kein Ende. Es war aber auch alles gar zu prächtig und alles so praktisch! Man merkte wirklich, daß der Fritz eine Braut hatte, die ihn mit weiblicher Fürsorge bedachte . . . Die Pastorin erhielt einen seidenen Regenschirm, von dem sie meinte, er sei viel zu schade für Klein-Busedow. Für die drei Mädchen hatte Fritz Armbänder mitgebracht, über die sich die armen Dinger, die seit ihrer Konfirmation kein Schmuckstück geschenkt bekommen hatten, wie die Kinder freuten.

Gegen Abend, als die Leute vom Felde heimgekehrt waren, machte Fritz einen Rundgang durch das Dorf, um seine alten Bekannten aufzusuchen. In Klein-Busedow hatte sich wenig verändert. Nur ein neues Spritzenhaus war gebaut worden, und der Kirchturm hatte einen Blitzableiter erhalten, der im Glanze der Abendsonne weithin leuchtete. Matzenthien war immer noch Schulze, aber man wollte nicht mehr viel von ihm wissen. Je älter der wurde, desto grober wurde er auch; bei der nächsten Schulzenwahl hoffte die Opposition, an deren Spitze der demokratische Schneider stand, den dicken Krause durchzubringen.

Fritz wurde überall freudig willkommen geheißen. Von Deesenhoff her waren durch Hempel und Genossen schon längst allerlei Gerüchte über die Carriere des Kantorsjungen nach Klein-Busedow gedrungen – man wußte, daß er ein »großes Tier« geworden war, wie der alte Matzenthien sich ausdrückte. Matzenthiens Karle hatte geheiratet, die Miene des Krämers Fleher, und die Krugwirtschaft übernommen. Das paßte für den faulen Kerl. Da brauchte er nicht aufs Feld, sondern stand den ganzen Tag hinter dem Schenktische und probierte die Schnapssorten.

Am meisten amüsierte sich Fritz über den gebildeten Schneider, der immer noch auf den »Landboten für Tiesewalk und Umgegend« abonniert war, und der ihn mit einer längeren Ansprache empfing.

»Sehen Sie wohl, Herr Fritz,« sagte Thomas Fleck, »wie recht ich gehabt habe, als ich Ihnen damals davor warnte, nicht nach Amerika zu gehen, denn was hätten Sie dann gehabt? Die wahre Bildung ist nur bei uns zu finden, denn die fremden Völkerschaften verstehen davon nichts und wissen sich auch nicht zu benehmen. Ich habe immer gesagt, aus Fiedlers Fritz wird einmal 'was, weil der Pli und Erziehung hat, und das haben die meisten von unsern Bauern nicht. Darum wählen wir den Matzenthien auch nicht wieder zum Schulzen, sondern den dicken Krause, weil wir keinen andern haben. Es ist eine Sünde, Herr Fritze, wie es hier zugeht und wie wenig für die Aufklärung gethan wird« . . .

Und so sprach er noch eine Viertelstunde weiter, bis es Fritzen zuviel wurde und er sich verabschiedete, um noch einmal auf den Kirchhof zu gehen und die Gräber seiner Eltern zu besuchen. Pastors hatten den Doppelhügel mit frischem Epheu überziehen lassen und einen Rosenstock zu Häupten des Grabes gepflanzt, an dem volle, dunkelrote Blüten prangten. Über das Grab und die Rosen hinüber schweifte Fritzens Blick wehmütig nach dem hochgiebligen Kantorshause, in dem er seine Kindheit verlebt und seine ersten phantastischen Zukunftsträume gesponnen hatte. Und mit herber Deutlichkeit, als wäre es gestern gewesen, trat jene Nacht in sein Gedächtnis zurück, in der er gemeinsam mit dem alten Lennert am Totenbette seiner Eltern gewacht hatte – bis der Morgen dämmerte, der auch der Morgen einer neuen Zeit für ihn war. –

Am folgenden Vormittag fuhr Fritz nach Deesenhoff herüber, um Hempel zu besuchen. Auch da war die Freude groß. Hempel war noch krummer geworden als vordem, und mächtig ragte zwischen den eingefallenen Wangen die kolossale Hakennase hervor. Sein altes Lungenleiden hatte dem Jockey im letzten Jahre viel zu schaffen gemacht; er hustete böse, und auf seinen Backen zeichneten sich zirkelrunde rote Flecken ab. Trotzdem fuhr er mit Fritz von Koppel zu Koppel, zeigte ihm die neuen Einrichtungen, die Graf Wendelin hatte anlegen lassen, begleitete ihn durch die Ställe und schilderte ihm mit altem Feuereifer die Vorzüge der neu erworbenen Renner, der Jährlinge, der Mutterstuten und Deckhengste.

»Das ist jetzt ein Leben in Deesenhoff!« meinte er schmunzelnd. »Verdammt noch 'mal – ich habe wahrhaftig nicht erwartet, daß der Graf sich so ins Zeug legen würde! Es hat ein höllisches Geld gekostet, Fritz, aber die Erfolge bleiben nicht aus. Zweimal haben wir schon den großen Zuchtpreis nach Hause gebracht – du, das will etwas sagen! . . . Na, und oben im Schlosse herrscht nun schon seit Jahren das beste Einvernehmen! Die leben da wie die Turteltauben, als wär' es niemals anders gewesen! . . . Vom Baron Leopold Krey – du weißt doch, Fritze« – und er blinzelte ihm mit den Augen zu – »hat man nichts mehr gehört. Der muß verschollen sein – vielleicht lebt er gar nicht mehr. Ach du liebe Zeit, wie sich doch alles verändert hat!« . . .

Nickel, Tom und Basedow waren auch noch in gräflichen Diensten, ebenso Herr Spirius, der Koch, aber der alte Aalkrug hatte sich im letzten Winter hingelegt, um nicht wieder aufzustehen.

Selbstverständlich versäumte Fritz nicht, auch im Schlosse seinen Besuch zu machen, und er wurde dort von den beiden Grafen und der Gräfin Katinka mit herzlicher Liebenswürdigkeit empfangen. Da die Herrschaften gerade auf der Veranda beim Frühstück saßen, so wurde Fritz aufgefordert, ein Glas Wein mitzutrinken, und Graf Wendelin stieß bei dieser Gelegenheit mit seinem ehemaligen Horse-Groom auf fröhliche Zukunft an. Hempel hatte schon recht: es war merkwürdig, wie sich die Zeiten geändert hatten . . .

Nach beendetem Frühstück stürmten zwei kleine Buben, ein schwarzlockiger und ein Blondkopf, auf die Veranda und schmiegten sich an die Gräfin Katinka, um sich von dieser ihr Deputat vom Dessert zu erbitten. Die Gräfin deutete zunächst auf das schwarzhaarige Bürschchen, einen Jungen von idealer Schönheit, und sagte, zu Fritz gewendet:

»Das ist der Leopold oder Leu, wie ihn mein Schwiegervater getauft hat, weil er so wild ist und sich gern wie ein kleiner Löwe im Sande herumwälzt – – und das hier« – und die Gräfin zog den Blondkopf zärtlich an sich heran – »ist mein Sohn Klaus« . . .

* *
*

Fritz blieb drei Tage in Klein-Busedow und fuhr dann wieder nach Berlin zurück. Sein Engagement bei der Königlichen Oper war perfekt geworden, doch hatte er sich vor Beginn der neuen Saison noch zu sechs Gastspielen bei Kroll verpflichten lassen.

Im Herbst sollte Hochzeit gefeiert werden.

Ende